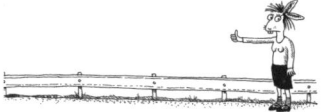

Lawrence Osborne
DENEN MAN VERGIBT

Roman

Aus dem Englischen von
Reiner Pfleiderer

Verlag Klaus Wagenbach   Berlin

Die englische Originalausgabe erschien 2012 unter dem Titel
The Forgiven bei Hogarth in New York, die deutsche Übersetzung
erstmals 2017 als Quart*buch* bei Wagenbach.

Wagenbachs Taschenbuch 874

© 2012 Lawrence Osborne
This translation published by arrangement with Hogarth, an
imprint of the Crown Publishing Group, a division of Penguin
Random House LLC.
© 2017, 2024 für die deutsche Ausgabe: Verlag Klaus Wagenbach
Emser Straße 40/41, 10719 Berlin   www.wagenbach.de
Covergestaltung Julie August unter Verwendung einer Fotografie
© Raymond Depardon/Magnum Photos/Agentur Focus
Foto des Autors © Christopher Wise. Das Karnickel auf Seite 1
zeichnete Horst Rudolph. Gesetzt aus der Dante
Gedruckt und gebunden bei Pustet, Regensburg
Printed in Germany. Alle Rechte vorbehalten

ISBN 978 3 8031 2874 4

Für meine Mutter, Kathleen Mary Grieve, 1933 – 2011

Nicht alle Wege führen zum Herzen.
Marokkanisches Sprichwort

DIE BESUCHER
IN AZNA

1

Sie bekamen Afrika erst um halb zwölf zu Gesicht. Der Nebel lichtete sich, und wie aus dem Nichts tauchten Jachten europäischer Millionäre mit Sotogrande-Flaggen auf. Cocktailgläser blitzten in der Sonne. Die Saisonarbeiter auf dem Oberdeck der Fähre schulterten, belebt vom Gedanken an zu Hause, ihr Gepäck, und der bange Ausdruck schwand aus ihren Gesichtern. Vielleicht lag es nur an der Sonne. Während sie die Motoren ihrer im Schiffsbauch aufgereihten Gebrauchtwagen aufheulen ließen, sprangen ihre Kinder mit Orangen in den Händen umher. Eine von Afrikas Küste ausgehende Energie schien die Algeciras-Fähre zu erfassen und zu elektrisieren. Die Europäer erstarrten.

Das britische Ehepaar, das im Liegestuhl ein Sonnenbad nahm, staunte über die bergige Küste. Auf den Bergkuppen ragten weiße Antennenmasten empor wie Leuchttürme aus Draht, und die Hänge überzog ein filzartiges Grün, das den Wunsch weckte, die Hand auszustrecken und sie zu berühren. Hier in der Nähe, dort, wo der Atlantik ins Mittelmeer drängt, hatten die Säulen des Herakles gestanden. Manche Orte sind dazu bestimmt, wie ein Eingang zu wirken, und man hat unwillkürlich das Gefühl, durch ein Portal gezogen zu werden. Der Engländer, ein Arzt um die fünfzig, hielt seine Hand, auf der rote Härchen sprossen, vor die Augen.

Selbst mit bloßem Auge konnte er die gewundenen Linien der Straßen erkennen, die es hier wahrscheinlich schon seit der Römerzeit gab. »Vielleicht«, dachte David Henniger, »wird die Fahrt weniger beschwerlich als befürchtet. Wer weiß, vielleicht sogar ein Vergnügen.« Aus einem Ghettoblaster am Flaggenmast drangen ein paar Takte Raï herüber, Pariser Hiphop. Er blickte zu seiner Frau, die interesselos in einer spanischen Zeitung blätterte, dann auf seine Armbanduhr. Menschen winkten von der näher kommenden Stadt herüber oder schwenkten Taschentücher, und Jo nahm kurz ihre Sonnenbrille ab, um festzustellen, wo sie war. Er bewunderte den Ausdruck aufrichtiger Verwirrung, der sich über ihr Gesicht legte. *L'Afrique.*

Sie gingen auf ein Bier ins Hôtel l'Angleterre. Es war nicht heiß und die Luft noch feucht von einem Nebel, der sich erst vor Kurzem aufgelöst hatte. Kleine Gauner und hübsche »Führer« schwänzelten um sie herum, und die Sonne tränkte die Terrasse mit einem Geruch nach Lack, schwarzem Pfeffer und abgestandenem Bier. Die schlecht gekleideten Ausländer, die mit ihrem Anhang ihre Teller mit ungeschälten Nüssen bewachten und sich an Gläsern mit kühlem Gin festhielten, waren zum Lachen aufgelegt. Früher, so ließen ihre Gesichter die Neuankömmlinge wissen, haben wir ein herrliches Bohemien-Leben geführt, aber wie das Schicksal so spielt, sind wir jetzt nur noch charmante, lustige Arschlöcher.

Die Hennigers hatten jemanden beauftragt, ihnen einen Mietwagen zu besorgen, und während der Mann mit Schlüsseln und Verträgen hin und her lief, tranken sie ein paar Gläser Bier mit Grenadine und aßen dazu frittierten Börek mit Ziegenkäse. David ließ die Umgebung auf sich wirken. Solide wirkende Häuser mit französischen Fassaden, die grießige Schatten auf die Straßen warfen. Die Mädchen waren flink und frech, mit Ehebruch in ihren Blicken. Er war durchaus angetan.

»Ich bin froh, dass wir hier nicht übernachten«, sagte sie und biss sich auf die Lippe.

»Das holen wir auf dem Rückweg nach. Das wird interessant.«

Er nahm seine Krawatte ab. Mit einem Mal kam wieder Leben in seine Augen, und er fragte sich, ob sie diese leichten Stimmungswechsel und Absichtsänderungen jemals bemerkte. Mir gefällt es hier, dachte er. Mir gefällt es besser als ihr. Vielleicht verbringen wir nach dem Wochenende hier noch ein paar Tage.

Auf der Fahrt nach Chefchaouen sprachen sie kein Wort. Der Mietwagen von Avis Tanger war ein alter Camry mit weichen Bremsen und zerschlissenen roten Ledersitzen. David, der perforierte Fahrerhandschuhe trug, steuerte ihn nervös und wich vorsichtig den Frauen mit zerfetzten Strohhüten aus, die auf den befestigten Seitenstreifen mit Stöcken Maultiere vor sich hertrieben. Die Sonne brannte immer stärker. Es war eine lange, von Steinen und Orangenbäumen gesäumte Straße, und an den Hügeln darüber erhoben sich die Slums und die Plattenbauten mit ihren Antennen, die alle ärmeren Städte schmückten. Von der Straße war weder Anfang noch Ende zu sehen. Nur ein Hauch von Meer hing in der Luft.

Alles war staubig. Er fuhr stur weiter, um möglichst schnell aus der Stadt herauszukommen. Das grelle Licht den ganzen Tag über hatte seine Augen ermüdet, und die Straße war nur noch blendendes Kaleidoskop, das bedrohliche Bewegungen belebten: Tiere, Kinder, Lastwagen, verbeulte, dreißig Jahre alte Mercedes.

Die Vororte von Tanger waren verfallen, aber die Gärten gab es noch. Und die verkrüppelten Zitronen- und Olivenbäume, die Ernüchterung und die leerstehenden Fabriken, den Geruch zorniger junger Männer.

Das Hotel Salam in Chefchaouen überragte eine Schlucht und einen Fluss namens Wadi el-Kebir. Die steile Gasse, an der es stand, die Avenue Hassan II, war gewissermaßen die Hotelstraße, denn gleich nebenan waren das Marrakéch und das Madrid, von den klösterlich weißen Wänden der Stadt überragt. Die Reisebusse waren bereits da. Der Speisesaal quoll über von holländischen Paaren, die Berge von Rührei mit Kurkuma verschlangen. Die Hennigers zögerten: Sollten sie hineingehen und sich an der Buffetorgie beteiligen oder lieber für sich bleiben? Die Holländer waren wie von Sinnen, als hätten sie seit Tagen nichts gegessen. David fragte sich, ob es in ihren riesigen Bussen keine Sandwichs gab. Sie waren leicht widerlich mit ihren großen roten Gesichtern und ihren strammen halbwüchsigen Kindern, die wiederkäuend die Buffettische abgrasten. Er war selber hungrig.

»Lass uns gleich etwas essen«, sagte er in lebhaftem Ton, »aber nicht hier. Vielleicht draußen, weit weg von den holländischen Horden. Vielleicht bekommt man auch irgendwo etwas anderes zu trinken als San Pellegrino Citrus.«

Glücklicherweise verfügte das Salam über eine eigene Terrasse, die nicht zu überlaufen war. Sie setzten sich an einen Tisch mit Aussicht und bestellten eine Zitronen-Tajine und dazu eine Flasche kühlen Boulaouane. Endlich Wein, dachte er und bedankte sich im Stillen.

»Musst du unbedingt trinken?«, fragte sie leise.

»Ist doch nur ein Glas. Ein Glas Plörre. Dieses Zeug ist Plörre. Sieh es dir doch an.«

»Das ist keine Plörre. Es hat vierzehn Prozent. Du musst noch fünf Stunden fahren.«

Sie verschlang die salzigen Oliven, die auf dem Tisch standen. David nahm solche Bemerkungen immer locker und blieb gelassen.

»Dann halte ich besser durch. Ich weiß, dass das jeder Alkoholiker als faule Ausrede benutzt. Aber es stimmt einfach.«

»Ich dürfte es nicht erlauben, Dummkopf.«

»Ich würde es mir nicht verbieten lassen. Die Straßen sind doch sowieso leer.«

»Und was ist mit den Bäumen?«

Seit elf Jahren lieferten sie sich solche Kämpfe. Die korrekte, pingelige Jo kreuzte die Klingen mit dem notorisch schlechtgelaunten David, der das Gefühl hatte, Frauen wollten einem immer die kleinen Sünden abgewöhnen, die das Leben halbwegs lebenswert machten. Warum taten sie das? Waren sie neidisch, wenn das Leben männliche Kuriositäten und spontane Vergnügungen ohne ihr Einverständnis hervorbrachte? Die Frage musste erlaubt sein. Man konnte darüber lächeln oder nicht – das blieb jedem selbst überlassen. Jo war zehn Jahre jünger als er, knapp einundvierzig, aber sie benahm sich wie ein altjüngferliches Kindermädchen. Es machte ihr Spaß, ihn zu maßregeln und von kleinen Abenteuern abzuhalten, die selbst dann ohne Folgen bleiben würden, wenn man ihnen freien Lauf ließ. Ich würde nie gegen einen Baum fahren, dachte er. Nicht in tausend Jahren. Nicht mal im Schlaf.

Sie trank ein halbes Glas von dem kräftigen marokkanischen Wein, und er hob die Augenbrauen. Sie wischte sich mit herausfordernder Miene den Mund ab. Blut stieg ihr in Stirn und Wangen.

»Du kriegst immer, was du willst, David. So läuft das doch zwischen uns. Du tust immer, was du willst, verdammt noch mal.«

»Ich bringe doch dein Leben nicht in Gefahr.« Seine Stimme klang leicht flehentlich. »Das ist absurd.«

Wir werden ja sehen, ob das absurd ist, dachte sie.

»Außerdem«, setzte er kühl hinzu, »ist es schlicht und ergreifend nicht wahr. Ich mache sehr selten, was ich will, wie du es ausdrückst. Die meiste Zeit befolge ich Befehle.«

Auf dem Grund der Schlucht kauerten weiße Häuser, auf deren Dächern Krüge mit in Salz eingelegten Zitronen standen. In den Palmenhainen darum herum bellten Hunde, was den Kellnern des Salam offenbar etwas peinlich war. Eine der holländischen Schönheiten trieb auf dem Rücken in dem kleinen Swimmingpool neben der Terrasse, drehte sich langsam unter den ersten Sternen und betrachtete ihre Zehen. Er beobachtete mit neugieriger Aufmerksamkeit, wie ihre wohlgerundeten Brüste das Wasser teilten. Sie aßen zügig und ohne Muße, denn sie waren in Gedanken schon bei der bevorstehenden Fahrt, anstatt den Augenblick zu genießen. Hinterher trank er den restlichen Boulaouane und reinigte sich die Zähne mit einem Zahnstocher vom Tisch. Mit seiner Stimme war etwas nicht ganz in Ordnung.

»Ich hätte Lust auf einen Spaziergang. Lass uns in der Altstadt einen Kaffee trinken, einverstanden? Die Kellner hier schlagen mir aufs Gemüt.«

Die Avenue Hassan II führte geradewegs zum Altstadttor Bab El Hammar und über den bezaubernden Makhzen-Platz in die Kasbah. Jetzt, in der ersten Dämmerstunde, bevölkerten zahlreiche Männer in frischgewaschenen Dschellabas den länglichen, mit Bäumen begrünten Platz und unterhielten sich angeregt. Sie standen in Kreisen beisammen, hielten sich an den Händen oder fingerten auf dem Rücken an Rosenkränzen.

Die makellose Sauberkeit der Männer wirkte paradoxerweise aufdringlich und dezent zugleich. Das Gleiche galt für die Schnelligkeit, in der Kinder mit Einkaufstüten und Pfirsichen in den Händen pfeifend vorbeieilten. Und für die weiß gekalkten Mauern, die kantigen Schatten. Jo ergriff Davids Hand so fest, dass sich ihr Ehering in seine Handfläche drückte, und hielt sie umklammert, als könnte ihr das in dem Getümmel Halt geben. Brauchte sie ihn doch noch eine Weile, gerade so lange, um aus dieser Stadt herauszukommen? Die belanglosen Streitereien der letzten Wochen verblassten. Letzten Endes waren es nur Worte, und Worte, so sagte sie sich, lösten sich auf, sobald die Sonne nur kräftig genug schien und man sich bewegte. Sie fanden einen kleinen abschüssigen Platz mit einem Feigenbaum und einem Lokal namens Café du Miel, dessen Tische sich auf ihren Zedernholzbeinen alle hangabwärts neigten. Alkohol gab es dort nicht, nur starken, frisch gemahlenen Kaffee und etwas Gutes zu rauchen, und David fühlte sich sofort wohl. Zum Kaffee wurden Kardamomsamen und ein Teller mit Mandelgebäck serviert – kleine delikate Aufmerksamkeiten. Die Straßen hatten, wenn man so wollte, ein patriarchalisches Gepräge, aber durchaus etwas Anheimelndes. Die Bäume warfen weiche Schatten auf die Steinplatten. David streckte sich und ließ einen Kardamomsamen in seinen Kaffee plumpsen.

»Ich bin jetzt gar nicht mehr so müde. Ich glaube, die Etappe heute Nachmittag war die schlimmste. Wenn wir um sieben weiterfahren, könnten wir gegen Mitternacht dort sein.«

»Glaubst du, sie bleiben so lange auf?«

»Bestimmt. Ohne uns können sie doch gar nicht richtig anfangen. Sie werden bis weit nach Mitternacht saufen.«

Oder die ganze Nacht, dachte sie hoffnungsvoll.

»Wir haben keinen Grund zur Eile«, sagte er in versöhnlicherem Ton. »Falls du hier übernachten willst, ist mir das recht. Ich hab mir gerade überlegt, dass zwei Partynächte eigentlich mehr als genug sind.«

Sie schüttelte den Kopf.

»Nein, lieber nicht, ich möchte so früh wie möglich bei Richard sein.«

Im nächsten Moment stiegen ihr Tränen in die Augen, und sie verspürte einen irrationalen Hass auf die ganze Situation. Die Gründe waren die üblichen. Die Hitze, die Schwüle, der starke Kaffee und der Ton in seiner Stimme, dieses abgehackte, ungeduldige Näseln. Es passte perfekt dazu, wie die Männer in den Cafés sie anstarrten mit ihren irgendwie zögernden Blicken, noch verstärkt durch ihre ländliche Neugier. Sie hatte gehofft, eine Fahrt durch die Wüste würde sie auf Ideen für ein neues Buch bringen, aber solche Rechnungen gehen selten auf. Was für ein neues Buch überhaupt? Stattdessen fühlte sie sich in einen Zeitplan gezwängt, den sie einhalten mussten, und den Blicken der Männer auf der Straße ausgesetzt, die sie unverwandt anstarrten und dabei mit Gebetsketten spielten. Sie merkte, wie sie langsam die Fassung verlor. In den Blicken dieser Männer lag blanker Hass, aber vielleicht war es auch gar kein Hass, sondern ein unbewusstes Überlegenheitsgefühl, das nicht einmal bewusst zu sein brauchte, um andere herabzusetzen.

»Lass gut sein«, sagte er knapp. »Wir wissen doch, dass sie verklemmt sind und innerlich brodeln. Sie behandeln ihre Frauen wie Esel. In ihren Augen bist du ein entlaufener Esel.«

Sie sah weg und zerknüllte ihre Serviette.

»Ich hasse es, wenn du so was sagst.«

»Wieso? Stimmt es vielleicht nicht?«

»Darum geht es nicht.«

»Und ob es darum geht«, entgegnete er. »Sie stören sich an deiner Anwesenheit, weil du eine Frau bist.«

»Ich bin mir nicht sicher, ob das der Grund ist. Außerdem hast du doch überhaupt keine Ahnung, wie sie ihre Frauen behandeln – nicht die geringste.«

Er lachte und nahm mit zwei Fingern einen Kardamomsamen. Sie erging sich wieder in Spitzfindigkeiten.

»Wie Sie meinen, Fräulein Feministin.«

Um mit seinem Französisch anzugeben, fragte er den am Nebentisch sitzenden Wirt des Café du Miel, wie heiß es in der Wüste sei. Die Antwort klang nach typisch marokkanischer Übertreibung.

»Vous allez souffrir, vous allez voir. Mais c'est beau, c'est très beau.«

Auf dem Rückweg zum Salam hielt er ihre Hand. Die Hunde in der Schlucht bellten so laut, dass er sich nicht entspannen konnte. Von einer plötzlichen Lethargie ergriffen, geriet er ins Grübeln. War es wirklich eine gute Idee gewesen, diese Extravaganz, die überstürzte Abreise, das spontane Hetzen ins Vergnügen? Alles nur um des Spaßes willen, um einer Freundschaft willen, für drei Tage unter einer noch unerbittlicheren Sonne. Er wusste, dass sie nicht hatte mitkommen wollen. Aber irgendwie genoss er es, sie unter Druck zu setzen. Er trieb Menschen gern in die Enge, wenn er das Gefühl hatte, dass ihr Ärger einer Sturheit und Heuchelei entsprang, was bei Jo mit Sicherheit der Fall war. Er verstand sich selbst als jemand, der anderen half, Fehler abzulegen und sich von Vorurteilen zu befreien. Auf lange Sicht würde sie davon profitieren, davon war er überzeugt, und bei diesem Gedanken schlich sich ein süßes Mitgefühl in seine Überlegungen, eine grimmige Zärtlichkeit, die aber nur indirekt seiner Frau galt und eher mit der Einsicht zu tun hatte, dass eine Weide gepflegt und ihre Hecke mit einer scharfen Schere gestutzt werden musste. Es ging darum, Ordnung in die Liebe zu bringen und die Monster in Schach zu halten.

In der spanischen Moschee brannte Licht, und das Wasser im Pool glitzerte in ihrem Widerschein, wenn es vom Wind gekräuselt wurde. Zwei Männer kamen Arm in Arm durch die Avenue Hassan II geschlendert und flüsterten angeregt miteinander. Frauen waren jetzt keine mehr auf der Straße, es war die Stunde der Männer. Ihre Blicke hefteten sich auf die große Blonde mit den Sommersprossen, die ein nicht mehr ganz neues Baumwollkleid, rote Sandalen und Schmuck trug. Es bereitete ihnen sichtlich Vergnügen, einer solchen *Gazelle* (das war das von ihnen bevorzugte Wort) hinterherzuschauen. Ihr Gang, der sie vor sexueller Neugier schützen sollte, hatte beileibe nichts Aufreizendes. Sie konnten ohne Weiteres erraten, dass sie eine Schriftstellerin, eine Intellektuelle vor sich hatten, so wie sie ihm ansehen konnten, dass er ein Arzt und ein Langweiler war.

David und Jo stiegen in den Wagen. Er faltete die Michelin-Karte auseinander, und nur mit Mühe fand er die dünne rote Linie der Straße wieder, der sie strikt folgen mussten. Sie gab ihm einen Kuss auf die Wange. Er spürte den Sand auf ihren Lippen und in seinem Gesicht. Zu seinem Leidwesen war der Sand bereits überall. Er juckte ihn sogar in den Ohren.

»Ich würde jetzt lieber schlafen, als ins Nirgendwo fahren«, sagte er.

Er spuckte ein Sandkorn aus, um sie zum Lachen zu bringen. Aber aus ihrer Stimme klang immer noch Unwille, eine spürbare Abneigung. Sie wollte nicht fahren. In stressigen Momenten zweifelte sie grundsätzlich an ihm, und wenn sie an ihm zweifelte, hatte sie immer einen Ton in der Stimme, der sofort seinen Widerstand herausforderte. Und genau deshalb mussten sie natürlich fahren.

»Es ist ein bisschen verrückt, jetzt weiterzufahren«, gab sie zu bedenken.

»In dem Nest bleiben wir auf keinen Fall. Es ist noch hell. Wir haben noch drei Stunden Tageslicht. Das wird eine Spazierfahrt. Immer der Nase nach.«

»Aber es wird dunkel.«

»Überhaupt nicht. Es wird nur weniger hell.«

»Wir könnten hier übernachten.«

Er ließ den Motor an. »Kommt nicht in Frage. Die Flöhe würden uns auffressen.«

»Flöhe?«

»Flöhe. Ich hab überall welche gesehen.«

Aha, dachte sie verächtlich. Es ist ein marokkanisches Hotel, also muss es dort Flöhe geben.

»Ich habe keine gesehen«, sagte sie schmollend.

»Du bist auch kein Arzt. Sie waren überall. Ich habe sogar auf den Rühreiern welche gesehen. Den Holländern steht eine sehr ungemütliche Nacht bevor.«

Wenigstens werden sie im Bett liegen, dachte sie.

»Das ist einer von diesen Orten«, fuhr er fort, »an denen man nicht bleiben will. Das liegt nicht nur an den Hotels.«

Kinder mit Honiglöffeln und fossilen Haifischzähnen standen an der Straße und hoben ihre Schätze in die Höhe. Sie hielten am Aguelmane Sidi Ali, einem länglichen See von bezaubernder Schönheit. Unheilvolle Zedernwälder schmiegten sich an die Berghänge, und ein paar Führer standen müßig in der anbrechenden Dämmerung und beobachteten sie mit sonderbarem Desinteresse. Dunkle Wolken zogen am Himmel auf und warfen große Schatten auf den See. Ein Stück weiter, am Col du Zad, begann es zu regnen, und die trockenen Geröllfelder zischten wie Bratpfannen, in die kaltes Öl gegossen wird.

Bis auf ein paar Militärlaster war kein Fahrzeug unterwegs. Jos Stimmung verdüsterte sich weiter. Beim Blick in die Michelin-Karte kam ihr der Gedanke, dass man Straßenkarten allzu blindlings folgte. Wie ein Akt großen Vertrauens. Man musste glauben, dass dieses kindlich anmutende Gekritzel ein ganzes Land abbildete. So folgte sie lieber mit dem Blick den Strahlen der Scheinwerfer, die flüchtige Bilder aus der Dämmerung schnitten – weiß getünchte Mauern, dürre Grasbüschel, Tiere unter Bäumen –, und sie konnte es nicht recht glauben.

David schob ein Album von Lou Reed in den CD-Player.

»Das ist doch die richtige Straße, oder?«

»Es gibt nur eine.«

Er verspürte grimmige Genugtuung.

»Ich kann Lou Reed nicht ausstehen. Was für ein Arschloch.«

»Die Musik ist ideal zum Fahren.«

»Genau das meine ich. Ich habe auch Vivaldi. Der ist beinahe genauso schlimm.«

Struppige Bäume flogen im Außenspiegel vorüber. Felsen, die mit arabischen Wörtern und Zahlen beschmiert, kahle Dornensträucher, die zur Seite gebogen waren. Im Straßengraben schliefen zerlumpte Männer, die Spitzhacken und angeschlagene Trilobitenplatten neben sich liegen hatten. Sie gelangten nach Midelt.

Die Stadt war ein Gewirr aus Beton und Antennen. Die Straßen wimmelten von wild dreinblickenden Männern in schweren Wollgewändern, die eine hungrige, heitere Kraft ausstrahlten. Man konnte den Steinbruch förmlich riechen. Hier war Fossilienland, mit einem langgestreckten Hügel als Hauptstraße. Die Welthauptstadt der Ammoniten und Krinoiden. Schilder warben verzweifelt für *Fossiles à vendre* und *Dents de requin*.

Nach einer kurzen Pause im Hotel Roi de la Bière, wo sie einen Espresso tranken, fuhren sie unverzüglich weiter. Der Wagen quälte sich stöhnend eine lange Steigung hinauf, ehe er in die Dunkelheit neuer Wälder eintauchte. Zwischen den Gipfeln des Atlas trat plötzlich der Nachthimmel hervor, noch hell in der Mitte und herzzerreißend blau, aber verschwommen und trügerisch dort, wo er sich zur Erde neigte.

Kurz vor Mitternacht hielten sie wieder an. Sie wussten nicht genau, wie weit sie von Errachidia oder Midelt entfernt waren, und die Abzweigung nach Azna – das dem Vernehmen nach sehr klein war – lag näher an Errachidia. Sie würden ihre Aufmerksamkeit jetzt verdoppeln müssen. »Wir werden sie verpassen«, hätte sie am liebsten gesagt, verkniff es sich aber. Stattdessen ging sie zur Mitte der Straße, schüttelte die Arme, als wäre eine Fessel von ihr abgefallen, und berauschte sich zum ersten Mal am Himmel und an der Fremdheit der Erde, die nun eher befreiend als beklemmend auf sie wirkte, jedenfalls für eine Weile. Als David sie so sah, stieg er sofort aus und richtete seine Taschenlampe auf sie. Seine Stimme klang scharf und hysterisch, als hätte er genau begriffen, dass sie einen Augenblick der Freiheit außerhalb von ihm auskostete.

»Du wirst noch überfahren. Hast du sie noch alle?«

Mit einer geschmeidigen Bewegung drehte sie sich weg und entfernte sich ein paar Schritte. Sie hatte die Fäuste geballt, war etwas wackelig auf den Beinen und hielt sich nicht ganz gerade.

»Steig wieder ein«, brüllte er. »Du stehst mitten auf der Straße.«

Da tauchten plötzlich hinter ihr Scheinwerfer auf. Er kam zu ihr und packte sie am Arm. Sie entwand sich ihm, huschte dann aber um den Camry herum zur Tür.

»Ich bin nicht blind«, zischte sie.

Ein großer Wagen glitt auf sie zu, ein nobles silbernes Mercedes-Cabrio mit offenem Verdeck. Sie waren beide so verdutzt, dass sie einfach nur zusahen, wie es vorbeirauschte, die Kotflügel auf Hochglanz poliert wie Tafelsilber – die anachronistische Zurschaustellung eines obszönen Luxus.

»Das müssen welche von den Gästen sein«, sagte David und hantierte mit den Schlüsseln. »Wir können ihnen nachfahren. Ein Mercedes!«

Sie lachte laut.

»Und wenn es keine Gäste sind?«

»Das werden wir bald herausfinden.«

»Nein, David. Du wirst dem Wagen nicht nachfahren.«

Er raste los und drückte aufs Gas, den Mund zu einer ebenso

grimmigen wie albernen Fratze verzogen. Sie ließ das Fenster herunter und beschloss, diesem Unsinn seinen absehbaren Lauf zu lassen, denn ein alter Camry konnte unmöglich mit einem Mercedes mithalten. Die Rücklichter des Cabrios verschwanden auch bereits im Halbdunkel vor ihnen. Sie lehnte sich zurück und wartete ab, was ihr reizbarer Gatte tun und wie er sich zu gegebener Zeit für seine Kraftausdrücke entschuldigen würde. Seine Wut verflog immer so schnell, wie sie gekommen war, und wich dann der Ruhe von Klärgruben und zerbombten Städten. So liefen die Wutanfälle des modernen Ehemanns ab, unerklärlich, dumm, rätselhaft in ihrer Entstehung. Was ihn diesmal besonders in Rage versetzt hatte, war die unverschämte Selbstsicherheit des Mercedes. Ob die Insassen Araber waren?

»Hast du sie gesehen?«

»Überhaupt nicht.«

»Komisch, dass sie nicht angehalten haben. Was, wenn wir eine Panne gehabt hätten? Sie sind nicht mal langsamer gefahren.«

»Zum Glück haben sie nicht angehalten.«

»Ich rede von der Haltung, auf die so ein Verhalten schließen lässt.«

Und auf was für eine Haltung lässt so ein Verhalten schließen?, dachte sie bitter.

Bald waren sie wieder allein. Kleine weiße Häuser zogen vorüber, lange nicht mehr genutzte Gräben, verfallene Gatter, Spuren, die in Richtung einer Oase liefen. Sie wusste, dass er sich verfahren hatte, und er wusste, dass sie es wusste. Immer mehr Insekten zerklatschten an der Windschutzscheibe, ein Schnaken- und Faltermassaker.

Während die Straße abflachte, stieg die Hitze und legte sich schwer auf ihre Handrücken, ihre empfindliche Haut. Trotz des Motorbrummens glaubte sie das Glitschen der Wasserräder zu hören, die sich in der Oase drehten. Schmale Straßen schlängelten sich in einen großen Palmenhain, Pisten, die in Dörfer führten, deren Namen auf Arabisch ausgeschildert waren. Aber natürlich konnten sie sie nicht lesen. Manche Ortsnamen waren auch auf Französisch angeschlagen, und darauf setzten sie ihre Hoffnung. Doch Azna war nicht darunter.

Auf ihr Drängen hin fuhr er langsamer, hielt schließlich an und zog erneut die Karte zu Rate, die immer ungenauer wurde. Azna war gar nicht eingezeichnet. Er vermutete, dass es irgendwo an der Straße zu dem Bergdorf Tafnet liegen musste. Dort teilte sich die Straße, und die beiden Gabelungen verloren sich in der Wüste. Vielleicht lag der glamourös renovierte Ksar von Richard und Dally dort irgendwo. Allerdings hatten die beiden Tafnet in ihrer Wegbeschreibung nicht erwähnt. Und weder auf den Hügeln noch in der Oase war ein Licht zu sehen. Sie waren zu spät losgefahren, dachte er beklommen, und das war unbestreitbar seine Schuld. Sie würden in Richtung Tafnet fahren, und dort würde es zum Streit kommen. Nach ein paar Kilometern würde sich zeigen, ob er mit seiner Vermutung falsch lag. Wenn ja, würde sie ihn in Stücke reißen. Aber vielleicht lag er ja richtig.

»Wir sollten in Richtung Tafnet fahren«, sagte er ruhig und klappte die Karte wieder zusammen. »Ich sehe keine andere Straße, die in Frage käme.«

»Aber von Tafnet haben sie nichts gesagt.«

»Ich weiß, Liebling. Aber vielleicht sind sie davon ausgegangen, dass Azna zusammen mit Tafnet ausgeschildert ist.«

»Und wenn nicht?«

»Dann nehmen wir die nächstbeste Straße.«

»Die nächstbeste, David?«

»Lass uns nicht wieder streiten. Ich bin genauso ratlos wie du.«

Seine Hand zitterte.

»Das kommt vom Alkohol«, sagte sie bissig.

»Steig ein. Uns wird schon was einfallen. Wir werden sie finden.«

Während er den Sicherheitsgurt anlegte, sagte er: »Mit dem Alkohol hat das nichts zu tun, das kann ich dir versichern. Ich bin nur beunruhigt. Alkohol schlägt mir nie auf die Nerven.«

Zwei Kilometer weiter erfassten die Scheinwerfer ein Kamel, das neben der Straße stand und Blätter von einer Akazie fraß. Sand wehte über die Fahrbahn, auf der Glasscherben lagen. Die Straße führte um einen Felsen herum, der mit Feigenkakteen bedeckt war, fiel dann leicht ab und wurde wieder eben.

Weit vor ihnen tauchte ein Wegweiser mit mehreren Ortsnamen auf Arabisch und Französisch auf. Sie konnten das Wort *Tafnet* erkennen, und Jo erklärte sogleich mit ruhiger, energischer Stimme:

»Nein.«

»Wir müssen umdrehen«, sagte er.

Sie packte ihn am Arm, und fast wären sie handgreiflich geworden. Sie schrien einander an, und er wollte bremsen, trat aber erst neben das Pedal. Er hielt nicht an. Er wollte die Sache nur geklärt haben, bevor sie beim Wegweiser waren. Ein Windstoß wehte Sand über die Straße, und alles verfinsterte sich.

»Lass den Quatsch«, fuhr er sie an.

Doch ihre Stimme blieb ruhig.

»Mach das Fernlicht an.«

Der Sand verdunkelte den Mond, und für Momente verschwanden die Umrisse der Straße. Dann, als die Sicht wieder besser wurde, bemerkte sie links neben der Straße zwei Männer. Sie kamen mit erhobenen Händen auf den Wagen zugelaufen, und einer hielt ein Pappschild hoch, auf dem *Fossiles* stand, mit einem Ausrufezeichen dahinter. Es wirkte wie eine alberne Touristenfalle.

»Halt an«, sagte sie ganz ruhig zu ihrem Mann.

Doch etwas in ihm entschied sich dagegen, und ihre traumähnliche Fahrt ging weiter. Das Pappschild flog durch die Luft, und zwei gegensätzliche Willen prallten zusammen. Jedenfalls kam ihr dieser Gedanke. In Wirklichkeit ging alles viel zu schnell, um einen klaren Gedanken zu fassen. Autoblech traf auf Menschenknochen, und das Geräusch, das dabei entstand, war wie ein einzelner Schlag auf eine große, straff gespannte Trommel – ein *Bumm*, das eine Sekunde lang wie betäubend wirkte, ein Geräusch, von dem sie sicher war, dass sie es schon einmal gehört hatte, das gleichzeitig aber ganz neu und frisch für sie war und von nichts Bekanntem herrührte. Es war eine Art Detonation, die nur einen Sekundenbruchteil dauerte, aber mehrere Minuten anzuhalten schien, währenddessen ihr Vertrauen in die Zukunft zerbrach.

2

Es war zehn Uhr abends. Umgeben von der halb verfallenen Mauer des Ksar Azna, reckte das Haupthaus aus dunkelbraunem Lehm seine würfelförmige Silhouette in den Himmel. Die alten Lehmmauern standen noch, und unregelmäßige Lehmziegeltreppen verbanden die vierhundert Jahre alten *Ghorfas* oder Speicherkammern, an denen die Zeit ihre Spuren hinterlassen hatte. Der Ksar lag hoch oben an einem Berghang hinter Tafnet und war seit der Unabhängigkeit 1956 verlassen. Er war nahe einer Quelle errichtet worden, welche die Fremdenlegion La Source des Poissons getauft hatte und deren Wasser, wie es hieß, unfruchtbaren Frauen zu einer Schwangerschaft verhelfen konnte. Der Fluss schlängelte sich um den Felshang herum, an den sich die Häuser schmiegten, die Hälfte davon verlassen. Eine Treppe führte von ihnen zu dem Teich hinab, in dem die Frauen der Aït Atta heimlich badeten, um ihre Kraft wiederzuerlangen.

Dann waren die Ausländer gekommen. *Les visiteurs*, wie sie genannt wurden. Große Männer mit goldenen Haaren, hellen Augen und ausgeklügelten, unbegreiflichen Vorlieben. Nach allem, was die Bewohner von Azna wussten, hätten sie ebenso gut auf einer Leiter vom Himmel herabgestiegen sein können. Die Bezeichnung *Besucher* implizierte zudem, dass sie irgendwann, in einer gnadenvollen Zukunft, ebenso plötzlich wieder verschwinden würden, wie sie gekommen waren. Gewiss, sie waren wohlhabend und verschleuderten ihr Geld in einer unsinnigen Weise, die den Bewohnern sehr zugute kam. Sie stellten zahlreiche Diener und Helfer ein, die sie nicht gerade mit Arbeit überhäuften. Auch davon profitierten die Menschen. Doch das änderte nichts daran, dass sie etwas Dämonisches an sich hatten. Und nicht nur wegen ihres Alkoholkonsums, der selbst nach den erbärmlichen europäischen Maßstäben extrem war. Oder wegen ihrer widerwärtigen sexuellen Gewohnheiten, obgleich es dazu viel zu sagen gäbe. Nein, es lag an ihrer Gewohnheit, nachts auf dem Dach zu sitzen und mit dem Fernglas in die Sterne zu gucken, manchmal den ganzen Tag zu schlafen und dann in der Abenddämmerung mit Blumengewinden um den Hals und Eiskübeln in der Hand auf den alten Pfaden zu wandeln. Außerdem konnten sie das hiesige Wasser nicht trinken, schwammen nackt in ihrem Swimmingpool und manchmal, Gott bewahre, sogar in den Teichen der Source des Poissons, die sie dadurch verunreinigten. *»Li jayin men lkharij gharab«* – Ausländer sind sonderbar.

Die wenigen alten Leute, die in den noch bewohnbaren Häusern an den Hängen lebten, sprachen mit kühler, verhaltener Abscheu über die Homosexualität Dally Margolis' und Richard Galloways. Doch trotz ihres Widerwillens bewunderten sie insgeheim den Reichtum und den kosmopolitischen Lebensstil der Besucher. Die beiden ließen sich Orangen aus Spanien einfliegen! Butter aus einem bestimmten Geschäft im achten Pariser Arrondissement! Tranken Mineralwasser, das aus dem fernen Meknès herbeigekarrt wurde! Man wusste das Geld zu schätzen, das sie unter die Leute brachten, die üppigen Löhne, die sie zahlten, und auch die Verschönerungsmaßnahmen am Ksar. Wie es hieß, war Dally der Devote und Richard mit seinem etwas strengeren Ton der Dominante. Man lachte. Die Dschinns in der Kasbah und den Speicherkammern, so wurde gemunkelt, seien ungehalten über die Anwesenheit von Ungläubigen an diesem Ort, der eigens für Muslime erbaut war, und des Nachts konnte jeder das Klappern von Töpfen und Pfannen in der Küche hören, Opfer übernatürlicher Zornentladungen.

Die Dschinns hatten recht. Im Haupthaus gingen skandalöse Dinge vor, aber vor dem Morgen danach durfte niemand einen Blick hineinwerfen. Die Leute erzählten, dass junge Männer nackt auf dem Fußboden schliefen – dass überall junge Männer waren, darunter auch Marokkaner.

Als die Sonne an diesem Tag untergegangen war, hatte sich der Schatten, den die mit Zinnen versehenen Mauern, die rechteckigen Türme und die halb verfallenen Ghorfas nach Osten warfen, wie ein bedrohliches Gebilde über die Felsvorsprünge gebreitet und den Eindruck einer gewaltigen zerfallenden Masse erweckt. Die Gelbkehltangare verstummten und saßen nun reglos auf den Häuserdächern, die noch heiß waren von der Sonne, und vom Fluss drang das aufgeregte Zwitschern der Schwalben herauf. Kaninchen warteten mit gespitzten Ohren hinter den Kakteen. Ein Hirte strebte mit müden Schritten hinter seiner kaum sichtbaren Ziegenherde dem zwei Kilometer entfernten Tafnet zu und schwang dabei einen Stock, als wollte er jemanden köpfen. Von der Straße, die ins Tafilalet führte, wirbelte Staub auf. Stimmengeplapper und ein Lied von Natacha Atlas drangen aus der Kasbah, konnten die alten Männer, die auf der Mauer am Fluss saßen, aber nicht dazu bewegen, die Köpfe zu drehen. Sie hatten dergleichen schon Dutzende Male gehört. In diesem Haus fanden ständig Partys statt. »Einmal«, so erzählten sie, »haben wir eine ungläubige Hure auf dem Rücken in der Source des Poissons liegen sehen. Ihre Männer sind nicht imstande, sie zu schwängern!«

Doch als einmal in einer sternenklaren Nacht ein Christ im Abendanzug heruntergestolpert kam, um sie zu begrüßen und die Aussicht zu bewundern, hatten sie mit mechanischer Höflichkeit gelächelt, die Hände erhoben und gerufen: »*Salaam aleikum.*« Und dann: »*La bess!*« – »Wie geht's?«

Der Amerikaner mittleren Alters schlenderte an dem baufälligen, noch nicht renovierten Teil der Ksar-Mauer entlang. Er trug einen Anzug von Huntsman mit einer Mohnblume im Knopfloch und hielt einen Pappteller mit Schoko-Kirschtörtchen in der Hand. Seine Schuhe waren während des Spaziergangs zugestaubt worden. Den Männern aus Azna war er einen Blick wert. Er war ungefähr fünfundvierzig, hatte ein italienisch geschnittenes Gesicht, und niemand wusste, wer er war. Tom Day hatte als privater Kapitalgeber in Dallys Unternehmen investiert, stellte ihm aber nie geschäftliche Fragen und erschien auch nur selten zu den »Events«, die Letzterer ständig organisierte. Er fühlte sich dafür zu alt, zumal er seine Lebenskerze schon an beiden Seiten angezündet hatte, wie alte Lebemänner gern von sich behaupteten. Das verbliebene Stück Wachs in der Mitte war ihm zu kostbar, um es bei Partys zu vergeuden, und so hatte er den Vorsatz gefasst, möglichst lange davon zu zehren, ohne durch Vergnügungen zu verlieren. Niemand wusste, womit er sein Geld verdiente, und von sich aus sprach er nie darüber. Das war kein Thema für ein kultiviertes Gespräch. Er hatte sich mit achtunddreißig zur Ruhe gesetzt, mehr brauchte niemand zu wissen. Er lebte allein in New York und besaß ein Haus in Ubud auf Bali. Vor ein paar Jahren war seine Frau mit einem Hedgefonds-Manager durchgebrannt. Über sie war nichts weiter bekannt. Frauen laufen davon und verblassen barmherzigerweise in der Erinnerung.

Von der Mauer ging der Blick über den hinteren Teil des Tales und die Straße bis zum weißen Saum der Sahara. Day rauchte eine Zigarre und genoss das Paffen und die Angeberei um ihn herum, die von Minute zu Minute konkretere Gestalt annahm wie eine monströse Karikatur oder wie etwas, das sich immer mehr aufblähte. Ganz in der Nähe waren Hausangestellte damit beschäftigt, Lichterketten in die Tamarisken zu hängen. Sie machten viel Wirbel darum und fluchten auf Tamazight. Offensichtlich hatte der Chef sie beauftragt, mit den Lichtern bestimmte Motive darzustellen. Während sie sich abmühten, krächzten um sie herum lautstark Kuhreiher, als herrsche zwischen Menschen und Vögeln Krieg, und die Diener vertrieben sie mit Stöcken und Gezisch. Probehalber wurde die Lichterkette an den Strom angeschlossen. Es funktionierte nicht. Allah wurde angerufen, aber er griff nicht ein.

Der Generator wurde ab- und wieder angestellt, und die Männer auf den höchsten Ästen schlangen noch mehr Glühbirnen um Zweige. Für wen waren sie bestimmt? Sie hängten auch kleine Mandarinen auf, deren Stängel mit Silberfolie umwickelt waren und die Day an die Orangen erinnerten, die beim chinesischen Neujahrsfest an Glücksbäumen baumeln. Das Kläffen von Fennekfüchsen drang über die kleine Schlucht herüber, in der die alten Männer im Dunkeln saßen und rauchten. *La bess!*

Er erklomm die Mauerkrone, bis er den Haupteingang sehen konnte. Man konnte eigentlich nur Verachtung dafür empfinden, wie sie ihn mit Lichtern und Blumen aufgemotzt hatten. Es war vulgär, aber nicht vulgär genug. Autos rumpelten die Schotterstraße herauf und wurden am Eingang von zusätzlich angeheuerten Helfern in Empfang genommen, die alberne, vom unbändigen Dally selbst entworfene Turbane und Schärpen trugen. Zu Dutzenden quollen Menschen daraus hervor, die alle über den erbärmlichen Zustand der marokkanischen Straßen lachten. Die Frauen trugen schon ihre Kleider und hatten im Wagen bereits getrunken. Es war wie bei einem Ball im Russland des neunzehnten Jahrhunderts: Die Kutschfahrt zum Festort war bereits Teil des Vergnügens, Teil der Lustbarkeiten. Er selbst war mit einem Mietwagen aus Meknès gekommen.

Schließlich wurde das Flutlicht eingeschaltet und ließ die filigranen Fassaden des Ksars in vollem Glanz erstrahlen. Ein Diener kam mit einem Tablett auf der Schulter und schien sich zu fragen, was Day ganz allein hier machte, wo doch so viele schöne Frauen da waren, mit denen man sich amüsieren konnte.

»*Vous désirez un cocktail, monsieur? Un petit sandwich?*«

Er durchquerte den Ksar, wobei er den letzten Rauch aus seinem Zigarrenstummel sog, und als er erneut an der Mauer vorbeikam, gingen in den Tamarisken die Lichter an, und das Personal applaudierte sich selbst. Wieder wurde Allah angerufen, nur diesmal emphatischer. Plötzlich lag etwas Festliches in der Luft. Er genoss das Gewusel, das Klatschen und die Art, wie die Diener heimlich in Orangen bissen und ihre Augen seinen Blick streiften. Dally und Richard erwarteten zum Wochenende rund vierzig Gäste, und die kleinen Gästehäuser füllten sich. Beinahe bewunderte er dieses Talent, Wochenenden zu veranstalten, die man in der Regel schnell vergisst, besser gesagt, er bewunderte dieses Talent, sie unvergesslich zu machen. Dally, so sinnierte er, musste ein Mann mit einem minutiös getakteten Innenleben sein, ein Mann, halb Uhrwerk, halb Ballerina, mit einem Händchen für Inszenierungen und Auftritte. Er betrieb in den Vereinigten Staaten eine Reihe von Online-Shops, die sich auf europäische Mode spezialisiert hatten, eine der wenigen Branchen, die von der jüngsten Wirtschaftskrise verschont geblieben waren. Was war das überhaupt für ein Name – Dally? Ein Spitzname, den ihm jemand gegeben hatte, ein Schimpfwort, das zum Kosewort mutiert war?

Er sah zu, wie die Gäste durch die offene Tür des Hauptgebäudes in den Hof strömten, in dem Tapeziertische aufgestellt waren, auf denen Schüsseln mit Früchtebowle und eisgekühltem Rosenwasser bereitstanden. Dazu Platten mit halbierten Feigen. Eine Gnawa-Kapelle war eingetroffen, und die Musiker bauten ihre Instrumente auf. Sie hatten eher etwas Urbanes, als kämen sie aus der Stadt und nicht aus den Bergen, was möglicherweise ein Zeichen der Zeit war, und die jungen Europäerinnen und Amerikanerinnen, die im Land gekaufte marokkanische Kleidung trugen, mischten sich mit Kennerblick und einstudierter Lockerheit unter sie. Man musste sie gesehen haben – diese großgewachsenen, dürren Frauen mit den ruhelosen Augen, die alles aufsaugten, was ihnen die »Weltkultur« zu bieten hatte. Sie waren durchaus schön, dachte er, aber auf eine Weise, die ihrer Zeit weit voraus war und mit der er nichts anzufangen wusste. »Tja, das sind deine Leute«, dachte er und meinte damit nicht ihre gemeinsame Hautfarbe. Diese Frauen waren Bewohner der Megalopolen, die einen neuen Menschenschlag bildeten. Wie Giraffen bewegten sie sich zwischen den Musikern und machten freundliche Bemerkungen, die für andere Ohren zweifellos unverschämt klangen. Sie erinnerten ihn daran, dass er beinahe alt war, in jener Voraltersphase, in der man merkwürdigerweise lebendiger war als in den vorausgegangenen, allerdings nur, weil es dem Ende zuging. Er gluckste und wippte auf seinen teuren Schuhen, die schon von weißem Staub bedeckt wurden. »Was bist du nur für ein komischer Vogel, alter Day. Versehentlich zum Partyspaß anderer Leute eingeladen und nicht einmal willens, gute Miene dazu zu machen. Du hättest zu Hause bleiben sollen.«

Die Gnawa gaben ein wildes Konzert. Mit den furiosen, hypnotischen Rhythmen der Schlaginstrumente hätte ihre Musik auch schwarzafrikanischen Ursprungs sein können, aber natürlich war sie bereits aus der CD-Abteilung jedes Virgin Megastores bekannt, und die Hälfte der Gäste hatte brav ihren Paul Bowles gelesen. Die Hausherren applaudierten als Erste, traten dann vor die Gäste und bedankten sich dafür, dass sie die weite Anreise auf sich genommen hatten. Ihr Auftreten erinnerte an zwei römische Senatoren, die vor den Abgeordneten eine Rede hielten. Sie trugen zueinanderpassende dunkel-cremefarbene Dschellabas und hatten noch nasse Haare von ihrem Sprung in den Pool. Mehrmals brandete stürmischer Beifall auf, und der eine oder andere obszöne Scherz wurde zum Besten gegeben. Der braungebrannte und jugendlich wirkende Dally lud die Gäste ein, von dem Midelt-Honig – aus lokaler Produktion, wie er betonte – und den Feigen zu kosten, und wies darauf hin, dass man um elf zu Abend essen werde. Man warte noch auf ein paar Gäste, die noch nicht eingetroffen seien. Darauf zerstreute sich die Gästeschar, und ein paar Frauen schlüpften in Badeanzüge und begaben sich zum Pool. Eine Stunde nach Sonnenuntergang herrschten immer noch über vierzig Grad.

In der Hoffnung auf einen Flirt folgte Day den anderen. Der Pool war kein schlechter Platz, um das Wochenendangebot in Augenschein zu nehmen. Unter den Palmen, die das Schwimmbecken umsäumten, hielten sich auch ein paar Frauen auf, die alle ein wenig unter der Hitze litten. Hier ein englischer Akzent, dort ein amerikanischer. Sie alle hatte die Aussicht auf ein Abenteuer oder reiche Männer in dieses entlegene Haus in Marokko gelockt. Sie hätten es nur ungern zugegeben, aber so war es. Zwar waren einige auch von Liebhabern herchauffiert worden, die mit ihnen angeben wollten, aber gerade diese »Schätzchen« sahen sich am eifrigsten um. Ihre Begleiter waren nicht viel anders als er, doch bei aller gerade erst konstatierten Gemeinsamkeit legte er keinen Wert darauf, sich unter sie zu mischen. Er hatte das Gefühl, dass sie auf ihn herabsehen würden. Gelangweilt ging er schließlich ins Haus.

Die Kasbah wurde durch eine imposante, mit Schnitzereien verzierte und mit Eisennägeln beschlagene Tür betreten. Die Vorhalle erinnerte ein wenig an die eines schottischen Schlosses. Rüstungen, Schwerter und Feuerwaffen berberischer Herkunft schmückten die Steinwände, dazwischen prangten überladene Schlachtengemälde. Er erkannte *Die Schlacht von Alcácer-Quibir*, ein großes Gefecht aus dem sechzehnten Jahrhundert, an das sich die Marokkaner gerne erinnerten, weil sie den Sieg davongetragen hatten und der portugiesische König dabei gefallen war. Der Fußboden war auf Hochglanz poliert und mit handgeschmiedeten, martialisch wirkenden Nagelköpfen verziert. Auf der einen Seite ging es in einen großen Speisesaal, in dem Tische aufgestellt waren und Klimaanlagen bereits für Kühlung sorgten. Auf der anderen Seite lagen eine Bibliothek und ein Spielzimmer. Richard, durch und durch Brite und ehemaliger Mitarbeiter bei Christie's, Abteilung erlesene Weine, hatte einen Blick für islamische Kunst.

Während Day noch »grauenvolle Schinken« vor sich hin brummte, erblickte er einen großen Hund, der auf einem der Rosshaarsofas schlief. Eine Deutsche Dogge, die sich über alle Kissen und Polster erstreckte. Ihre Zunge hing heraus, ihr Brustkorb hob und senkte sich. Er ging zu ihr und wollte sie gerade tätscheln, da vernahm er Schritte, und Richard rauschte mit zerstreuter Miene in die Bibliothek, in der Hand eine bemalte Papierlampe und eine Elektrozange. Überraschenderweise hatte er die Dschellaba abgelegt und trug jetzt einen Smoking, und da er schon einiges getrunken hatte, beschrieb sein Gang keine gerade Linie. Offensichtlich suchte er etwas. Er sah zuerst den Hund, seufzte und bemerkte erst dann Day daneben. Die Stimme des Engländers schnaufte los wie eine alte Dampflok.

»Ach, Sie sind das. Ich habe Sie noch gar nicht gesehen.« Sein Gesicht verkrampfte sich, während sich das Gehirn dahinter den Namen des Gegenübers und seine Wichtigkeit in Erinnerung rief. »Hat Ihnen Fatima etwas zu trinken gebracht? Sie können nicht ohne einen Drink in der Bibliothek sein.«

»Ich habe Fatima nicht gesehen.«

»Ich kann sie rufen, wenn Sie wünschen.«

Day schüttelte den Kopf und setzte sich neben den struppigen Hund. Schnarchte das Tier?

»Haben Sie eine Freundin mitgebracht?«, fragte Richard, während er in einem Schreibtisch wühlte. Er fand ein Handy und klappte es auf.

»Diesmal nicht. Die Frauen wollen nichts mit mir zu tun haben.«

»Ach? Sind Sie unartig gewesen? Dally sagt, Sie hätten tausend Freundinnen, und alle kämen miteinander klar.«

»Ich habe drei, und keine kann mich ausstehen.«

»Dann sollten Sie runter zum Pool. Haben Sie die Russinnen gesehen? Oh, là, là.«

Richard drückte eine Nummer auf dem Handy und wartete. Es klingelte, aber niemand ging ran. Er sprach eine Nachricht auf: »Wo bleibt ihr denn? Ruft mich an. Wir essen um elf. Fahrt vorsichtig.«

Er zuckte mit den Schultern und sah dem Amerikaner in die Augen. Er fand, dass er etwas Unverschämtes an sich hatte.

»Um wen geht's?«

»Zwei englische Freunde. Ich hätte nicht zulassen sollen, dass sie mit dem Wagen kommen, der Mann ist Alkoholiker.«

Sie gingen ins Spielzimmer und von dort weiter in eine Galerie mit kleinen schwarz-weiß gestrichenen Gebetsnischen. Durch längliche Fenster blickte man auf die orangefarben illuminierten Ghorfas und Obstbäume in kirschroten Kästen. Richard sprach erneut in sein Handy.

»Fatima? Sind die Wachteln fertig? Der Santenay muss auf Eis gelegt werden. *Oui, sur glace.*«

»Sie haben ein beeindruckendes Haus«, sagte Day. »Ich kann nicht glauben, dass Sie hier leben.«

»Wir werden hier leben. Man muss schon ein bisschen älter sein, wenn man in die Wüste zieht. Man muss der Stadt entsagen. Dally ist noch nicht so weit. Ich schon, muss ich zugeben. Ich werde noch ein paar Wochen hier bleiben. Jemand muss sich um den vierten Turm kümmern.«

»Kommt es vor, dass sich jemand auf dem Weg hierher verfährt?«

»Ständig. Wir sagen immer, dass das einen Teil des Reizes ausmacht. Die Marokkaner lassen einen in Frieden.«

»Das ist schön zu wissen.«

»Möchten Sie etwas Honig? Der Honig hier ist der beste der Welt. Dally und ich essen ihn löffelweise zum Frühstück mit Cannabis. Das versüßt einem den Tag.«

»Wenn das so ist, kann ich dann morgen welchen ans Bett bekommen?«

»Ich werde persönlich dafür sorgen. Mit starkem schwarzem Kaffee?«

»Inschallah.«

»Es freut mich, dass Sie für alles aufgeschlossen sind, Tom. Nicht alle Leute sind so. Die laden wir nicht wieder ein.«

Der Gastgeber schien förmlich zu strahlen, als sie zusammen in die Hitze und das bernsteinfarbene Licht von Feuerschalen hinaustraten. Die ganze Veranstaltung hatte einen so angestrengten Retro-Touch, dass man gar nicht richtig entspannen konnte. Die Frauen, die sich zuvor in Badeanzüge geworfen hatten, trugen jetzt lange Kleider, und die Bowleschüsseln waren halb leer. Nachtfalter tanzten um die erstaunten weißen Gesichter und leicht gebräunten Glieder, die einander umkreisten wie in Wasser wirbelnde Teilchen. Die Gnawa hatten wieder zu spielen begonnen und wiegten sich mit geschlossenen Augen zu ihrer Musik. Zunächst klang sie unangenehm, ja schwer erträglich, doch nach einer Weile ging sie, allein durch sture Wiederholung, ins Blut, fand den Weg in die Nervenbahnen, und Day ertappte sich dabei, wie er sich innerlich dazu bewegte. Er hätte ebenso gut auch ganz nachgeben können.

Bald war er gefesselt. In der Nähe des Tors kam er mit einer mürrischen jungen Französin ins Gespräch, und während sie sich unterhielten, blickten sie immer wieder zu dem weißen Staub auf der Straße, den Reifenspuren durchzogen. Ihre Augen waren völlig schwarz wie die eines jungen Hundes.

»Ich kann nicht glauben, dass Sie mit diesen Idioten befreundet sind«, sagte sie. »Ich bin nur wegen Mohammed Tarki hier. Kennen Sie Mohammed? Er ist der Coolste. Er ist nur hier, um Geld für sein Filmprojekt zu bekommen. Er dreht einen Film über Nomaden.«

»Wenigstens nicht über Gypsies. Oder Pantomimen.«

»Die Nomaden sind unsere Rettung«, erwiderte sie ernst. »Sie haben die richtige Einstellung zur Umwelt.«

»Tatsächlich? Und wo ist Mohammed?«, fragte er.

»Er steht da drüben. Der hübsche Bursche.« Sie wurde kokett. »Er sagt, dass ich wie eine Nomadin aussehe. Unverdorben.«

Um fünf vor elf wurden die Glöckchen geläutet und die Gäste aufgefordert, ihre durch Namenskarten ausgewiesenen Plätze am Tisch einzunehmen. Darum herum brannten große Berberlampen aus bemalter Tierhaut, und die Liliensträuße sonderten einen öligen goldenen Blütenstaub ab, den man auf der Zunge schmeckte. Das

Tischtuch erstrahlte in weißrosigem Licht, und die Wände wurden golden überglänzt.

Die Diener schoben Weinkühler auf Rädern, in denen Flaschen mit Santenay und Tempier-Rosé auf Eis lagen, im Raum herum. Die Türen wurden geschlossen, um die Hitze auszusperren, denn es war ein Wüstenwind aufgekommen, der wie eine Eisengießerei roch. Ein Mann trat ein und begann, auf einer Oud zu spielen, wobei er sich über die Laute beugte, als hätte er keine Zuhörer.

Sein ruhiges, besinnliches Spiel wurde nicht gebührend gewürdigt, dachte Day, und er musste an die Pfade denken, die aus Ubud hinaus und dann über Reisfelder und Terrassen führten, auf denen Palmen wuchsen, die so lang waren, dass nur kleine Kinder sie besteigen konnten. Eine Musik wie fließendes Wasser, denn sie war improvisiert, aber auch eine Musik von großer Ruhe und Zärtlichkeit. Die Gäste schwatzten einfach weiter, denn ihre Ohren waren nicht daran gewöhnt. Die *kemia* wurde hereingebracht – Salate mit Salzzitronen, marinierter Feta und gedünsteter Mangold mit Pfeffer, dazu Mandel-Briouats. Während die Vorspeisen aufgetragen wurden, drückte sich Richard an der Tür herum und sah mehrmals auf seine Uhr. Dann schien er die überfälligen Gäste abzuschreiben und forderte die Anwesenden auf, doch bitte mit dem Essen anzufangen. Day blickte auf die beiden leeren Plätze, die ihm gegenüber für das englische Ehepaar reserviert waren. Ein Teil von ihm, so musste er sich eingestehen, begrüßte es, dass die Hennigers nicht gekommen waren.

Dann wurden Platten mit Taubenpastilla serviert. Day kam mit einem alten Iren ins Gespräch, der ein schmutziges Barett trug.

»Auf der Herfahrt haben Maisy und ich ein weißes Paar am Straßenrand gesehen«, sagte der Ire. »Sie hatten offensichtlich gerade Sex gehabt, also haben wir sie in Ruhe gelassen. Störe nie Leute, die gerade Sex hatten, habe ich zu Maisy gesagt, sonst werden sie stinkig.«

»War es das englische Ehepaar?«, fragte Day.

»Woher soll ich das wissen? Ich habe nicht angehalten. Sie hätten auch als Engländer verkleidete Banditen sein können. Oder englische Banditen.«

Die irischen Eheleute warfen lachend die Köpfe zurück.

»Sind Sie auch homosexuell?«, fragte die Frau.

»Dieses Ehepaar«, fuhr Day fort, ohne darauf einzugehen. »Hatte es Streit?«

»Offensichtlich«, prustete der Ire.

Streitende Paare kamen nie pünktlich.

»Wir haben es für das Beste gehalten, sie einfach machen zu lassen.«

Day spähte zu Dally, der am anderen Ende saß und Eier schälte. Die Vorspeisen ließen die Tafel in der Farbenpracht von Pfefferschoten und Zitronen, eingelegten Oliven und Tomaten erstrahlen. Der Oud-Spieler beobachtete die Gäste mit den leicht entsetzten Augen eines Menschen, der gerade einen Geist gesehen hat. Day versuchte, seinen Blick festzuhalten. Es war leicht zu erraten, was er dachte – unglaublich, wie groß, oberflächlich und laut diese Leute waren. Sie aßen nicht mit den Fingern, und sie glaubten nicht an Gott. Sie waren mit ihren langbeinigen, furchteinflößenden Frauen aus fernen Ländern gekommen, und plötzlich musste man sich mit ihnen arrangieren. Sie tranken Wein. An den Wänden aufgereiht standen die Diener wie Karyatiden, die Hände vor dem Bauch verschränkt, die Augen geradeaus gerichtet und ausdruckslos. Sie waren Wüstensöhne, Aït Atta oder Glaoui, die man in Errachidia oder Taza angeworben hatte und mit Kost und Logis entlohnte. Sie wurden dafür bezahlt, keine Regungen zu zeigen, sondern in starrer Positur eine gute Figur zu machen.

Im weiteren Verlauf des Essens kündete eine goldene Wanduhr hinter dem Tisch mit europäisch-pingeligen Stundenschlägen vom Fortschreiten der Zeit. Die Flaschen leerten sich. Bald war es ein Uhr. Die Tajines wurden serviert, danach das Gebäck. Day unterhielt sich mit einer verschlossenen Holländerin, die zu seiner Rechten saß, einer Archäologin. Sie war nur wegen ihres Fachwissens eingeladen worden und kannte niemanden. Flüsternd bemerkte sie, die Renovierung des Ksars sei »eine Farce«.

»Sie sind typische Ungläubige«, sagte sie ernst. »Sie haben keinen Geschmack.«

Er wäre gern schlafen gegangen. War denn niemand sonst müde von der langen Anreise? Vom Rosenwasser-Sorbet bekam er einen tauben Mund. Dally brachte ein paar Toasts aus, die Wangen glühend vom Alkohol, und berichtete mit schwerer Zunge von der Arbeit, die man über Jahre hinweg unter großen Mühen in den Ksar gesteckt hatte, um ihn mit ihrer, wie er sich ausdrückte, »Vorstellung vom Paradies« zur Deckung zu bringen. Einem Ort, wo sie die Menschen, die sie liebten, empfangen konnten.

»Richard und ich hätten nie gedacht, dass alles so gut werden würde. Und ohne die Hilfe unserer wunderbaren marokkanischen Freunde hätten wir es auch nicht geschafft.«

Der Ire beugte sich zu Day herüber. »Ohne ihre Freunde im Innenministerium, meint er.«

»… ich war dem Begriff vom ›globalen Dorf‹ gegenüber immer skeptisch. Aber wenn man wirklich ein Dorf kauft …«

Als das Gelächter losbrach, bemerkte Day, wie Richard aufstand und zur Tür ging. Er sah auf sein Handy, dann warf er einen Blick in Richtung Tisch, ohne jemanden Bestimmtes anzusehen. Ein marokkanischer Diener stand hinter der Glastür und spähte sichtlich nervös herein. Richard öffnete leise die Tür und schlüpfte hinaus. Es war gegen eins, und nichts deutete auf ein Ende der Party hin. Nachschub an Wein wurde hereingerollt, und der Nachtisch ging in die zweite Runde. Day blickte zu den leeren Plätzen gegenüber. Er hatte die beiden völlig vergessen.

3

Hamid, der Diener, begleitete Richard auf dem Weg zum Haupttor. Seit nunmehr fast sieben Jahren für Richard und Dally tätig, hatte er sich ihnen mit seinem feinen Gespür für die Gewohnheiten reicher Ausländer im Alltag unentbehrlich gemacht. Er hatte als Koch in einem Madrider Hotel gearbeitet, bevor er in ihre Dienste trat, und sich aus jenen fernen Tagen in Spanien ein Bewusstsein dafür bewahrt, wie man mit Männern umzugehen hatte, denen alles mehr oder weniger in den Schoß gefallen war. Er war eine Enzyklopädie einheimischer Sprichwörter, von denen er sein bescheidenes Leben lenken ließ. Trotz seiner Nervosität berichtete er nun gefasst vom späten Eintreffen *des anglais* und verkniff sich jede Übertreibung. Er benutzte lediglich das Wort »schrecklich«.

»Sie sind vor fünf Minuten angekommen, Monsieur. Sie sind in einem fürchterlichen Zustand. Es ist etwas Schreckliches passiert. Unten auf der Hauptstraße hat es einen Unfall gegeben.«

Ich hab's gewusst, dachte Richard düster.

»Als der Wagen am Tor vorfuhr, sahen wir sofort, dass sie einen Verletzten auf dem Rücksitz hatten. Wir haben ihn uns angesehen, Monsieur. Der Mann ist tot. Es ist schrecklich.«

»Weiter.«

»Ein Marokkaner, Monsieur. Der Engländer hat ihn auf der Straße angefahren. Die Umstände sind höchst unklar.«

Dem gab es nichts hinzuzufügen. Sie überquerten den Platz mit den Lichterketten, die das arabische Wort für »Willkommen« in die Bäume schrieben, und Richard überlegte, was er ihnen sagen sollte. Er fragte Hamid noch rasch, ob er den Toten kenne.

»Er ist nicht von hier, Monsieur. Er könnte weiß Gott wer sein.«

Richard kannte die Hennigers aus London. Er war mit David zur Schule gegangen. Sie waren amüsante Leute. Komisch, wohlhabend, lebhaft, nur leider stritten sie viel. Das war ermüdend. Außerdem hatte der Doktor ein Alkoholproblem. In der Schule (an die er nur spärliche Erinnerungen hatte) war er ein witziger, kleiner Fiesling gewesen, aber attraktiv und loyal. Man merkte ihm an, dass er einen Knacks weg hatte. Nicht von ungefähr hatte er Richard immer an das Platon-Zitat erinnert, das ihnen Dr. Amos eingebläut hatte: »Sei gütig, denn alle Menschen, denen du begegnest, führen einen schweren Kampf.« Aber führte David tatsächlich einen schweren Kampf? Sie hatten all die Jahre über Kontakt gehalten. Sie schätzten einander, und er sah es immer mit Interesse, wenn dieser große, widerborstige, zornige Kerl von einem Mann zur Tür hereinplatzte. Er genoss die von rücksichtsloser Ehrlichkeit zeugenden Beleidigungen, die er Leuten bei Dinnerpartys an den Kopf warf, und die Art, wie er sich betrank – immer mit einem Augenzwinkern für Richard, als würde er nur so tun, als ob. Er war ein Clown, aber schließlich gibt es auch nützliche und unterhaltsame Clowns und sogar Clowns, die einen zum Nachdenken anregen. Der betuchte englische Clown ist eine besondere Spezies. Er ist viel ungehobelter, als er durchblicken lässt – ein Wikinger mit Silberbesteck. Richard schmunzelte. Damit war Dr. Henniger treffend beschrieben.

»Unklar?«, fragte er Hamid leise. »Warum sagst du, die Umstände seien unklar?«

»Sie sagen, er hätte am Straßenrand Fossilien verkauft. Dann sei er plötzlich zur Seite getreten und der Wagen hätte ihn erfasst. Aber es ist Nacht. Die Straße dort ist menschenleer. Nachts hat man an dieser Straße noch nie einen Fossilienverkäufer gesehen. Und tagsüber auch nicht. Deswegen sind die Umstände unklar, Monsieur.«

Er richtete sich zu seiner vollen Größe auf und besann sich im Stillen auf das Sprichwort: »Öffne deine Tür einem guten Tag und wappne dich für einen schlechten.«

Der Camry parkte direkt hinterm Tor, und die Hennigers waren vom Personal in ihr Haus gebracht worden. Der Wagen war leer bis auf die Leiche, die auf dem Rücksitz lag. Die Diener standen mit bestürzten Mienen darum herum und ließen unter Geraune die Strahlen von drei oder vier Taschenlampen über die Blutflecken tanzen. Bei Richards Erscheinen traten sie zur Seite. Er machte ein drohendes Gesicht, ohne sich dessen bewusst zu sein, und dachte angestrengt nach. Er senkte den Blick, sah die Hände des Toten, die inzwischen kreideweiß waren, und bemerkte eine schräge weiße Narbe seitlich an der linken Hand. Es war eine alte Narbe.

»Kennt ihn jemand?«, fragte er die Männer.

Sie schüttelten die Köpfe. Er griff nach einer Taschenlampe, beugte sich über den Rücksitz und leuchtete in das junge, leicht bärtige Gesicht. Der Mann hätte ebenso gut friedlich schlafen können. Er war um die zwanzig, schlank und ziemlich groß. Ein gutaussehender Bursche mit einem Tattoo an der rechten Hand.

»Er ist aus dem Süden«, bemerkte Hamid neben ihm.

»*Un chien sauvage*«, setzte jemand hinzu.

Sie betrachteten seine Füße, an denen noch die Sandalen hingen, obwohl die Knochen gebrochen waren. Die Dschellaba war an mehreren Stellen zerrissen und mit trockenem Blut befleckt. Weißer Staub bedeckte seine Hände. Der gesamte Sitz und auch die Rückseiten der Vordersitze waren blutverschmiert. Auf dem Boden hatte sich eine Lache gebildet. Völlig ratlos, wen sie in dem fremden Land anrufen sollten, hatten die Hennigers das Opfer einfach eingeladen und mitgebracht. Eine naheliegende, aber sehr ungeschickte Entscheidung. Er wies die Männer an, den Toten aus dem Wagen zu holen und wegzubringen. Vielleicht in die Garage, wohin sich kein Gast verlaufen würde.

»Sollen wir den Wagen reinigen, Monsieur?«

»Nein. Wir müssen die Polizei in Taza verständigen.«

Sie sahen ihn betroffen an, und einen Moment herrschte Stille. Die Polizei würde eine Stunde brauchen, um herzukommen, wenn nicht länger. Ihm blieb also genug Zeit, um mit den Hennigers zu sprechen. Er nahm Hamid beiseite, während der Tote aus dem Wagen gezogen und auf eine Decke gelegt wurde. Die Hände fielen weich in den Staub, und Richard und Hamid starrten unwillkürlich zu ihnen hin. Hamid schien peinlich berührt. Er wollte auf keinen Fall in diese unsägliche Katastrophe hineingezogen werden.

»Hamid, glaubst du ihre Geschichte?«

»Aber sie sind Ihre Gäste. Wie könnte ich ihnen nicht glauben?«

»Aber hast du ihnen wirklich geglaubt?«

»Ich glaube, sie sind sehr verängstigt. Sie haben die Wahrheit gesagt.«

Hamid sah weg. Manchmal erwartete Richard von ihm etwas anderes als Diskretion, aber dem stand das Verhältnis von Arbeitgeber zu Hausangestelltem entgegen. Die Engländer waren Gäste der Herrschaften. Er schuldete ihnen Respekt. Daran war nicht zu rütteln.

»Geh ins Haus und sag Monsieur Dally Bescheid. Flüstere ihm unauffällig ins Ohr. Sag ihm, er soll zu mir in die Garage kommen.«

»Jawohl, Monsieur.«

Richard kehrte zum Wagen zurück und nahm ihn genauer in Augenschein. Die riesige Beule am linken Kotflügel war nicht zu übersehen. Der Scheinwerfer war zertrümmert, und die Stoßstange hing halb herunter. Der junge Mann hatte also von links die Straße überquert und war dabei vom Wagen erfasst worden. Die Hennigers mussten ziemlich schnell gefahren sein. Er hob den Blick zum Mond. Es war eine klare Nacht. Er trat durch das Tor hinaus auf die unbefestigte Zufahrt und blickte zu der Landstraße hinab, die sich um den Hügel herumschlängelte. Alles war gut zu erkennen. Sogar die Braunkohleformationen an den Bergen jenseits der Straße, die kilometerweit entfernt waren. Dem Vollmondlicht blieb nichts verborgen. Er war gespannt auf die Version der Hennigers. Er war nicht weiter in Hamid gedrungen, weil er den Sachverhalt aus ihrem Mund hören wollte. Menschen ändern ihre Geschichten schnell. Er klappte das Handy auf, blieb eine Weile im hohen Gras neben der Straße stehen und überlegte, ob er der Polizei eine Erklärung geben sollte, beschloss dann aber, nicht länger darüber nachzudenken. Jede weitere Verzögerung war belastend.

»Hier ist Richard Galloway. Aus dem Ksar Azna.«

Die Stimme, die am anderen Ende in stockendem Französisch antwortete, klang lustlos und leicht feindselig.

»Guten Abend, Monsieur Galloway. Ist bei Ihnen eingebrochen worden?«

Sie lachten beide.

»Nein, Yassine. Ich bin hier in einer unangenehmen Lage. Sie müssen sofort kommen. Ein Mann ist überfahren worden.«

»Ist es einer Ihrer Gäste?«

»Nein, wir kennen ihn nicht. Er könnte aus der Gegend sein.«

»Ist er tot?«

»Er war tot, als er hier ankam.«

»Gehört das Auto einem Ausländer?«

»Ja.«

»Wie unangenehm.«

Seine schleppende Stimme klang verärgert.

»Monsieur Richard, lassen Sie bitte niemanden fort. Bringen Sie die Leiche in einen kühlen Raum.«

»In die Küche?«, hätte er am liebsten gebrüllt.

»Und, Monsieur Richard, rühren Sie sie nicht an.«

Richard ging zurück durchs Tor und wies die Männer an, den Hennigers eine Karaffe mit Eiswasser zu bringen. Kurz darauf kam Hamid angetrabt.

»Mr. Dally war außer sich, Monsieur. Einer der Männer muss es ihm gesagt haben. Er ist zur Garage gegangen.«

»Ich muss vorher noch nach den Hennigers sehen. Ist bei Tisch alles in Ordnung?«

»Sie sind alle betrunken und vergnügt.«

»Vielleicht«, überlegte Richard laut, »sollte ich die Hennigers beruhigen und dann ins Esszimmer bringen. Sie können gerade ohnehin nichts tun.«

»Die anderen werden bald vom Tisch aufstehen, Kaffee trinken und rauchen.«

»Wir müssen unter allen Umständen vermeiden, dass es zu einer Panik kommt, Hamid. Sie dürfen nicht erfahren, dass sich eine Leiche auf dem Grundstück befindet.«

»Selbstverständlich nicht, Monsieur!«

»Kannst du dafür sorgen?«

Hamid straffte seine korpulente Gestalt. »Sie können sich auf mich verlassen.« Doch im Stillen dachte er fatalistisch: »Stück für Stück landet das Kamel im Couscous.«

Richard ging durch den Ksar zu dem kleinen, weißgetünchten Haus, in dem sie die Spätankömmlinge untergebracht hatten. Die meisten

Häuser waren noch baufällig und bildeten pittoreske Straßen wie in einer zerstörten Stadt. Zwanzig waren schon restauriert und in Gästezimmer umfunktioniert worden, jedes mit einer individuellen Note. Chalet 22 – sie nannten sie »Chalets« – lag nahe der Mauer und war von einem kleinen Wüstengarten umgeben. Tür und Fenster standen weit offen, und aus dem Innern drangen Geräusche eines heftigen Streits, der mit mühsam gedämpften, aber zornig zischenden Stimmen ausgetragen wurde. Er wartete ein, zwei Minuten. Nicht weil er hören wollte, was sie sagten, sondern um sie nicht in Verlegenheit zu bringen. Dann brach die Frau in Schluchzen aus.

Der Mann ließ sie eine Weile weinen, dann kam er an die offene Tür, zündete sich eine Zigarette an und rauchte schweigend. Zikaden zirpten in den Rosenstöcken und um die haarigen Stämme der Palmen. Auch der Partylärm war gut zu hören. David, verstört und aufgebracht, atmete schwer. Er war sich sicher, dass ihn keine Schuld traf. Er war so fest davon überzeugt, dass ihm selbst dann keine Zweifel daran kamen, wenn er sich zwang, objektiv zu sein.

»Ich habe gehört, was passiert ist«, sagte Richard, als er aus dem Schatten zur Tür trat.

Jo lag zusammengekauert auf den Brokatkissen, die auf dem Bett verstreut waren. Richard schob David hinein, schloss die Tür hinter sich, ging zu Jo und legte den Arm um sie.

»Alles kommt wieder in Ordnung«, sagte er.

Im Zimmer roch es nach Schweiß und Staub, nach Leid und Streit, und die Taschen waren noch nicht ausgepackt. Der Schauplatz eines Ehestreits, bei dem sich Zweisamkeit von ihrer schlimmsten Seite zeigte.

Er hatte nie recht verstanden, wie Männer und Frauen überhaupt miteinander auskommen konnten. Dass es gelingen könnte, erschien ihm so unwahrscheinlich. »Frauen«, so dachte er mürrisch, »sind geborene Nörglerinnen.« Dennoch hatte er Jo immer sehr gemocht. Sie war schön, lebendig, ein bisschen verrückt, und sie besaß diese verkappt aggressive, fast androgyne Noblesse, die er an Frauen aus der gehobenen britischen Mittelschicht häufig beobachtete und die auf eine große Sanftheit schließen ließ, die sich nie zeigen durfte. Sie blieb ihm ein absolutes Rätsel, und er schätzte jeden, der entschlossen genug war, ein Rätsel zu bleiben. Sie betrachtete seinen Smoking mit einer Art Hundeblick, aus dem unbedingtes Vertrauen sprach. Die Leute trugen Abendgarderobe, also war die Welt noch in Ordnung. Sie trocknete ihre Tränen. Dieser schlanke gefasste schwule Mann in seinem tadellosen Smoking verströmte mehr Autorität als ihr verstörter Mann, der immer noch mit Staub und dem Blut eines Fremden bedeckt war.

»Du solltest dich umziehen, David. Und du auch, Jo. Man hat mir berichtet, dass es ein Unfall war. Ihr könnt jetzt nichts tun. Ich denke, ihr solltet duschen und dann zum Essen kommen. In einer Stunde wird die Polizei hier sein, aber sie wird sich zuerst den Toten ansehen wollen, und das wird dauern. Sie weiß, dass ihr nicht das Weite sucht. Und sie wird schnell erkennen, dass ihr keine Straftat begangen habt. Es wird sich alles klären. Der Polizist hat gesagt, dass ich euch beruhigen soll.«

»Tatsächlich?«, platzte sie heraus.

»Ja. Ich kenne ihn. Es ist eine reine Formalität. Vielleicht sollte Jo zuerst duschen. Ihr müsst aus diesen Kleidern raus.«

»Ich würde gern etwas trinken«, sagte sie bissig.

Sie ging ins Bad, und David zog sich im Zimmer um. Er konnte einfach nicht aufhören zu zittern. Na schön, dachte Richard, lass ihn zittern. Er war felsenfest davon überzeugt, dass dieser verantwortungslose Mistkerl betrunken gefahren war. Sollte er ihm aus der Patsche helfen oder ihn hängen lassen? Falls er ins Röhrchen pusten musste, würde die marokkanische Polizei kein Erbarmen mit ihm haben. Richard schlug einen prüfenden Ton an.

»Ich muss wissen, wie es passiert ist. Du solltest es mir erzählen, bevor du es den *flics* erzählst. Damit wir Ungereimtheiten aus dem Weg räumen können.«

»Wir sind die Straße langgefahren und haben nach einem Wegweiser nach Azna Ausschau gehalten. Plötzlich stand da ein Fossilienverkäufer am Straßenrand, was nichts Ungewöhnliches war. Seit Chefchaouen waren wir Hunderten begegnet. Die Sicht war schlecht, weil der Wind viel Sand über die Straße wehte. Dann sprang der Typ uns plötzlich direkt vors Auto. Er wollte uns anhalten. Wir dachten, er wollte uns überfallen. Wir hatten von Überfällen auf Autos gehört.«

»Von Überfällen auf Autos?«

David warf eine Hand in die Luft. »Es war, als ob er uns bluffen wollte. Oder als ob er Selbstmord begehen wollte. Es hatte den Anschein, als könnte er die Geschwindigkeit eines Autos nicht einschätzen.«

Richard wusste nicht, wie er auf eine solche Bemerkung reagieren sollte. Mit trockener Ironie?

»Das sind einfache Menschen, David. Sie verstehen Dinge wie die Geschwindigkeit eines Autos nicht immer. Manche wissen nicht einmal, was Autos sind. Sie kennen sie nur aus Filmen. Unglaublich, nicht? In der heutigen Zeit.«

»Es überrascht mich, dass sie sich überhaupt Filme ansehen.«

»Was spielt das für eine Rolle?«, rief Jo gereizt aus dem Bad. »Fakt ist, dass wir ihn überfahren haben.«

Milder gestimmt, sah Richard nun einfach zu, wie David seinen Kragen lockerte und erleichtert aufatmete, ohne auf die spitze Bemerkung einzugehen.

»Solche Unfälle passieren. Die Hauptsache ist, dass man die Wahrheit sagt, mit der Polizei kooperiert und den Eindruck erweckt, als würde einem die Sache sehr leidtun. Manchmal verlangen sie diskret ein Schmiergeld. Das können wir ihnen doch geben, oder?«

»Wenn es unbedingt sein muss.«

»Möglicherweise. Wir werden sehen. Der Typ ist gar nicht so schlimm. Er wird euch wahrscheinlich fragen, ob ihr den Jungen gekannt habt. Das fragen sie immer.«

»Woher zum Teufel sollen wir ihn denn kennen?«

»Das ist nur ihre Art, ihr Misstrauen zum Ausdruck zu bringen. Darauf müssen wir uns einstellen.«

Sie waren beide Engländer, also steckten sie gewissermaßen unter einer Decke. Sie gegen die anderen. Die »anderen«, das waren vor allem muslimische Beamte, die keinen Alkohol anrührten. Blieb nur die Frage, ob der Tote in der Garage zu diesen »anderen« gehörte. Sie kannten nicht einmal seinen Namen. Er hatte keinen Ausweis bei sich gehabt, was für einen Marokkaner sehr ungewöhnlich war. Er hatte überhaupt nichts in seinen Taschen, nicht einmal einen einzigen Dirham-Schein. Normalerweise wäre das zum Lachen gewesen.

Richard fragte sich, ob David log. Irgendwas ließ ihn zweifeln. Lügen waren verzeihlich, je nachdem, worin sie bestanden, und als er jetzt forschend in Davids kantiges, maskulines Gesicht blickte, erschien es ihm wie ein mangelhaft geschlossener Kasten. Sein Blick war unergründlich.

David tigerte unruhig umher, suchte nach einem Ausweg aus dem Schlamassel und einer Möglichkeit, die Sache zu seinen Gunsten hinzubiegen. Er hörte nicht auf zu schwitzen und rieb sich hektisch die Finger, als klebe noch etwas daran, obwohl er sie doch offensichtlich gründlich gewaschen hatte. Mit angewiderter Miene setzte er sich aufs Bett und schleuderte seine teuren Oxford-Schuhe von den Füßen. Dann beruhigte er sich allmählich. Richard setzte sich zu ihm, und gemeinsam lauschten sie Jo, die nebenan duschte. Sie kannten sich zwar schon lange, hatten sich aber noch nie außerhalb Londons getroffen. Richard sah zu, wie David Wasser aus einer Karaffe hinunterstürzte.

»Man vergeht hier vor Hitze«, stöhnte David.

»Tja, wir sind in der Sahara, alter Junge.«

»Ich weiß. Trotzdem.«

Seine Zähne klapperten.

»Hast du mir auch alles gesagt, David? Du kannst mir ruhig alles erzählen, damit ich dir helfen kann.«

»Hab ich.«

»Wirklich?«

David versuchte aufzustehen, sank aber aufs Bett zurück. »Es tut mir sehr leid, dass ich solche Umstände mache. Uns beiden tut es leid. Sehr leid.«

»Ihr braucht euch nicht zu entschuldigen. Vorausgesetzt, du hast dich an alles korrekt erinnert.«

»Ich weiß nicht genau, was du meinst.«

»Bist du bereit, dich von diesem Fettwanst von Polizisten in die Mangel nehmen zu lassen? Sprichst du Französisch?«

»Selbstverständlich spreche ich Französisch. Und warum sollte ich nicht dazu bereit sein?«

Richard stand auf, denn er hatte plötzlich das Gefühl zu ersticken. Gedanken irrlichterten durch seinen Kopf. Der DJ aus London, die Leute, die mit dem Hubschrauber kommen wollten – wie Lord Swann –, die Lieferung von Datteln und Zucker aus Errachidia, die Pool-Party, die am nächsten Abend auf dem Programm stand. Er musste einfach an zu viel denken. Und dann die Paparazzi, die sie vom Tor hatten vertreiben müssen. Alles lief schief, und er bekam Kopfschmerzen.

David nahm sich ein frisches Hemd heraus. Er zögerte, dann kämpften seine Finger mit den Knöpfen.

»Kommt zum Essen, alle beide. Niemand wird etwas erfahren. Und falls doch, was habt ihr schon verbrochen? Ihr seid genauso Opfer wie der arme Kerl.«

Richard hatte wieder einen resoluten Ton angeschlagen, um sie aufzumuntern.

David nickte und band sich die Schuhe. Er hatte nichts mehr zu sagen und ließ die Schultern nach vorn sacken. Er war wie ein Pinocchio mit durchgeschnittenen Fäden, und es wäre ein Wunder nötig, ihn wieder in die Gänge zu bringen, ehe das Wochenende vorüber war. Zum ersten Mal empfand Richard Mitleid mit ihm. Er beugte sich zu ihm hinunter und flüsterte: »David, hast du heute Abend was getrunken?«

»Quatsch.«

Bevor Richard noch einmal fragen konnte, tauchte Jo aus dem Badezimmer auf. Sie war jetzt merklich weniger angespannt. Ihr Teint wirkte wieder frisch, und bald waren alle drei aufbruchsbereit. Unter dem Gekrächze der Reiher schlenderten sie zum Haupthaus. Diener standen betreten an der festlich beleuchteten Tür. Die Nervosität stand ihnen in die Gesichter geschrieben, und Fledermäuse flatterten dicht an ihren Köpfen vorbei.

»Keine Angst vor den Fledermäusen«, sagte Richard mit heiserer Stimme. »Die leben nur vierundzwanzig Stunden.«

Jo machte ein erschrockenes Gesicht. Ihr war gerade zu Bewusstsein gekommen, dass dies eine sehr elegante Party war und dass sie niemanden kannte. Sie stolperte über die Schwelle, als ihr aus der aufschwingenden Tür der geballte Lärm ausgelassener Stimmen und blendendes Kerzenlicht entgegenschlugen. Sie drehte sich zu Richard um und fragte: »Kommst du nicht mit rein?«

»Ich muss zur Garage. Dort liegt der Tote.«

»Kannst du nicht bleiben?«

»Jetzt noch nicht. David ist doch bei dir.«

Das schien sie nicht sonderlich zu beruhigen.

»*Entrez*«, sagte ein Diener sanft und hielt ihr die Tür auf. Die klimatisierte Luft war ein Schock, und sie zögerte erneut.

»Na los«, sagte Richard. »Sei tapfer.«

Aber was hatte Tapferkeit damit zu tun?

Der Tote war auf einem Arbeitstisch in der Garage aufgebahrt, einem ehemaligen Stall, den man in einen Abstellplatz für fünf Autos umgebaut hatte. Der übel zugerichtete Leichnam lag in seiner besudelten Dschellaba zwischen zwei Jeeps, umrahmt von drei Öllampen. Verstört von dem Anblick hatten die Diener die Neonlampe an der Decke ausgeschaltet und standen nun um den Toten herum. Sie wussten nicht, was sie denken sollten. Dally war bei ihnen und umkreiste den Tisch, ohne zu ihm hinzusehen. Hamid beobachtete ihn nervös. Dally, so dachte er, war ein Hitzkopf. Er reagierte immer übertrieben, anstatt ruhige Anweisungen zu geben. Seit seinem Eintreffen fluchte er vor sich hin und fragte ihn ständig, wann denn endlich die Polizei komme.

»Sie kommt, wenn sie kommt«, antwortete Hamid kühl.

»Das Ganze ist eine einzige Katastrophe«, knurrte der Amerikaner.

Man hatte dem Toten die Arme seitlich neben den Körper gelegt und die Augen geschlossen. Die Blutung hatte aufgehört. Währenddessen tuschelten die Diener miteinander. Die Identität des Toten stellte ein großes Rätsel dar.

Unterschiedliche Stämme handelten mit unterschiedlichen Fossilien, und nur Schwarzhändler hielten sich nicht an diese Aufteilung. Den Aït Atta beispielsweise waren die Krinoiden zugeteilt. Das war bekannt. Aber gehörte er zu den Aït Atta? Einige Diener mutmaßten, er könnte einem Stamm von den Nordhängen des Atlas angehören, und zwar jenem Stamm, der sich selbst »Atta des Schattens« nannte. Andere meinten, er könnte ein Aït Yazza oder sogar ein Aït Merad sein. Aber keiner wusste etwas Genaues. Sie stellten alle nur Spekulationen an, um ihr Unbehagen zu vertreiben.

Um halb zwei kam endlich Richard. Er war nervös, sein Gesicht von Schweiß überglänzt. Beim Anblick des Toten wurde er kühl und beflissen.

»Ich würde gern wissen, ob wir seine Taschen gründlich geleert haben.«

»Ja«, flüsterte Hamid, »obwohl das ungesetzlich ist.«

»Sie waren leer«, setzte Dally schroff hinzu. »Was eigentlich nicht sein kann. Wo sind die Hennigers?«

»Beim Essen. Ich glaube, ich habe sie beruhigen können.«

»War er betrunken?«

»Gar nicht. Ich weiß nicht, wie es passiert ist.«

»Nicht betrunken? Vielleicht nicht mehr, als er hier ankam«, höhnte Dally. »Er hat ihn regelrecht überrollt. Der Junge ist nicht nur angefahren worden. Habe ich recht, Hamid?«

Sie überlegten eine Weile. Richard schritt langsam um den Tisch herum. Der Tote hatte kurzgeschorenes Haar, dunkel-bronzefarbene Haut mit blauen Tattoos. Eine hohe, makellose, aristokratische Nase und volle Lippen. Es war jammerschade um den schönen Jungen, dachte er leichthin.

Dally nahm ihn am Arm und redete in rasend schnellem Englisch auf ihn ein, damit ihn das Personal nicht verstand. Er war sichtlich ungehalten.

»Was machen wir denn jetzt? Du hast gerade die *flics* angerufen, Richard! Die werden hier einen Riesenrummel veranstalten.«

»Was würdest du denn vorschlagen?«

»Ich finde, wir sollten die Angelegenheit noch heute Nacht regeln. Wir können sie bezahlen.«

»Regeln? Zuerst müssen sie rausfinden, wer er ist. Wenn ihnen das gelingt, könnte sich die Lage ändern.«

»Um Himmels willen, machst du Witze?«

»Ich glaube nicht, dass wir uns Sorgen machen müssen. Es ist ziemlich offensichtlich, was passiert ist.«

»Ach ja? Ist dir auch klar, warum er nichts bei sich hatte? Er könnte ausgeraubt worden sein. Ich finde, gar nichts ist klar. Ich glaube, dass uns dieser Engländer etwas verschweigt. Das ist eine gute Gelegenheit, uns Ärger zu machen, und die werden sie sich nicht entgehen lassen.«

»Wer, sie?« Richard riss die Augen auf.

»Die Marokkaner. Das werden sie sich nicht entgehen lassen, sie werden uns Ärger machen.«

»Er muss Angehörige haben«, erwiderte Richard ruhig und nickte in Richtung des Toten.

»Das meine ich ja. Die Angehörigen werden hier aufkreuzen – und dann werden sie uns Ärger machen. Sie werden sagen, die Ungläubigen hätten ihren Jungen getötet.«

»Das wäre möglich, ja. Und es wäre nicht gelogen. Aber du solltest dich jetzt wirklich mal ein bisschen beruhigen, Dally. Sie werden uns keinen Ärger machen.«

Hamid beobachtete sie genau, denn er verstand mindestens die Hälfte von dem, was sie sprachen, und schien mit den Augen die Worte aus der Luft zu pflücken und zu verschlingen. Er verstand, dass sie über Angst vor Marokkanern diskutierten. Das war nur natürlich. Die Sache würde sich wie ein Lauffeuer verbreiten, und am liebsten hätte er ihnen die Hand auf die Schulter gelegt und gesagt, wie unbeliebt sie bei den *indigènes* waren. Oder vielmehr, wie wenig man ihnen traute. Er war bereit, ihnen zu helfen, weidete sich aber auch an ihrer plötzlichen Hilflosigkeit. Das war, gelinde ausgedrückt, interessant. Vor der Pforte der Geduld herrschte wahrlich kein Andrang.

»Was meinst du, Hamid?«

»Monsieur, ich finde, wir sollten das Personal anweisen, mit niemandem in Tafnet darüber zu sprechen.«

Und er lächelte, denn das war unmöglich.

»Ja«, erwiderte Richard pflichtbewusst. »Kannst du sie darum bitten?«

Plötzlich traten Dally Tränen in die großen braunen Augen, und ein Flunsch ruinierte seine Prächtigkeit.

»Wie denn?«, jammerte er.

Die Diener gerieten in Bewegung und brachten ihm einen Stuhl. Richard befahl ihnen, die Garagentore zu schließen und nicht wieder zu öffnen – die Wagen der Gäste waren alle im Freien innerhalb der Ksar-Mauern geparkt. Das war kindisch, denn natürlich würden sie davon erfahren, und auch dann kämen sie nicht gleich zur Garage gestürmt wie ein Mob. Die Maßnahme diente mehr dem Zweck, Dally zu beruhigen und wieder zur Vernunft zu bringen.

»Würdest du uns etwas zu trinken aus dem Haus holen?«, sagte Richard zu Hamid. »Zwei Scotch. Wir werden sie draußen trinken.«

Seit einigen Stunden war die Hitze erdrückend. Der *Chergui* blies mit glühender Verachtung und trug seinen salzigen Geschmack über die Wüste. Alles Leben flüchtete vor ihm.

Sie gingen zum Tor des Ksars. Das Sternenlicht machte ihnen die Köpfe frei und beruhigte sie. Am Fuß des Hügels raunte der Fluss und versprach Kühlung, und langsam hörte Dally auf zu weinen. »Dieser arme Junge«, wiederholte er immer wieder, als wollte er gleich mit der Faust etwas zertrümmern. Sein braunes Seidenhemd wirkte jetzt unfreiwillig komisch.

Der Mond beschien die welligen Gebirgsausläufer, die man in Marokko den *Dir* nannte, den »Gürtel«, der die Wüste und den Hohen Atlas in der gesamten Länge durchzog. Hamid brachte ihnen die Drinks auf einem Tablett, das er auf die kleine Mauer am Straßenrand stellte. Anscheinend wollten sie hier auf Hauptmann Yassine Benihadd warten, obwohl das seines Erachtens auf die örtliche Polizei keinen guten Eindruck machen würde. Er spürte, dass sie alle beide in Panik gerieten. Drohte ihrem schönen Luxusleben, ihrem Teilexil, das sie so minuziös und sorgsam geplant hatten, nun Gefahr?

Zwei Scheinwerferkegel tauchten weiter unten auf der Straße auf.

»Monsieur«, sagte Hamid ernst, »das ist die Polizei. Ich bringe mal die Gläser weg.«

4

»Wir sprachen gerade davon, dass Sie einen Unfall gehabt haben müssen, aber Mohammed meinte, Sie hätten bestimmt nur einen Platten gehabt – draußen in der Wüste komme das ständig vor –, und wir haben alle mit Ihnen gefühlt. Einen Platten, mitten in der Nacht! Wie unangenehm. Oder?«

»Muss das jetzt sein?«, sagte Day zu der unausstehlichen jungen Französin. »Sehen Sie denn nicht, dass sie essen wollen?«

»Schon in Ordnung«, sagte Jo mit zitternden Lippen. »Wir müssen nur etwas verschnaufen.«

»Hier verschwinden Menschen«, fuhr die Französin lachend fort. »Sie verschwinden einfach. Haben die Araber Sie belästigt?«

»Ich habe Ihren Namen nicht mitbekommen«, erwiderte David mit steinerner Miene.

»Isabelle. Ich fotografiere Dörfer hier in der Gegend.«

»Sie ist eine Nomadin«, sagte Day. »Ihr richtiger Name ist Fatima Baba.«

Je suis photographe.«

»Sie sagt, sie sei Fotografin.«

»Ach«, machte David, der den Scherz nicht verstand.

Man hielt den Hennigers die Lamm-Tajine mit Backpflaumen hin, doch sie reagierten nicht. Dann servierte man ihnen den Mangoldsalat mit aufgebackenem Brot, und im Raum wurde es so laut, dass sie fast in Vergessenheit gerieten. Jo atmete auf. Bei einer Dinnerparty vergessen zu werden war ein Segen. Sie aß zu schnell, und dann kam der Wein, ein kalter, vertrauter Tempier, der an Europa erinnerte, und sie sagte sich: Ich werde mich jetzt auch einfach betrinken, das ist doch ein Ausweg. Nach und nach legte sich ihre Nervosität, und sie bekam wieder einen klaren Kopf. Mit einem Mal, als erwache sie an einem Ort, an dem sie, ohne sich zu erinnern, eingeschlafen war, fielen ihr die Lilien ins Auge, dann das deutsche Kristall, der protzige Glanz, der für viel Geld zu haben ist und den guter Geschmack zur Geltung bringt.

Ein paar andere Gäste riefen den Tisch herunter. »Willkommen!« »Tut mir leid, dass Sie Unannehmlichkeiten hatten.« »Erinnern Sie sich noch an uns aus Rom?« Aber sie erkannte niemanden. Für eine Dinnerparty in der Wüste waren alle bemerkenswert gut gekleidet, mit Ansteckblumen, Leinenanzügen und trägerlosen Kleidern, und der Mann ihr gegenüber, ein Amerikaner, trug sogar eine Mohnblume am Revers. Er sah sie lange unverwandt an, ohne zu blinzeln. Sie erwiderte kurz seinen Blick, und für einen Moment geriet ihr wechselseitiges Misstrauen aneinander und lieferte sich einen Kampf.

»Sind Sie durch Beni-Mellal gekommen?«, fragte die Holländerin, mit der Day vorhin gesprochen hatte.

»Wir sind durch Midelt gekommen«, antwortete David, um einen schwungvollen Ton bemüht. »Das ist eine andere Strecke. Landschaftlich sehr reizvoll.«

»Aber das ist doch eine Hauptstraße. Dann haben Sie sich also verfahren?«

»Wir haben uns nicht verfahren«, entgegnete er energisch. »Die Fahrt war nur lang und anstrengend. Wir mussten durchs Gebirge.«

»Auf der Straße sind wir fast alle gekommen«, sagte Day.

»Mag sein, aber wir kannten sie nicht.«

Die Stimmung wurde etwas gelöster, und ohne dass es jemand bemerkte, schlüpfte der Oud-Spieler mit seinem Instrument aus dem Raum. Jo trank in einem Zug ihr Glas leer. Sie wollte nicht mehr lügen. Die Frauen weiter unten am Tisch sahen sie mit ungläubiger Belustigung an. Ein Ehekrach, dachten sie, ein Streit am Straßenrand, der auf Vorbeifahrende ziemlich komisch gewirkt haben musste. Die Männer betrachteten sie mit anderem Interesse. War ihre Gleichgültigkeit gegenüber ihrem grollenden Mann so offenkundig?

»Ja«, pflichtete David ihr bei und schob sich wie ein kleiner Junge Brotkrumen in den Mund. »Wir sind die Straßen hier nicht gewohnt. Außerdem war es dunkel. Und es gab einen Sandsturm. Wir wussten nicht, welche Abzweigung wir nehmen sollten.«

»Dann hatten Sie also gar keinen Platten?«, fragte Isabelle. »Sie haben sich einfach nur verfahren?«

»Genau.«

»Nicht direkt«, sagte Jo kühl.

Am Tisch wurde es still, und der Amerikaner legte die Gabel beiseite.

»Ach?«, fragte Day.

»Nein, nicht direkt. Wir hatten auf dem Weg hierher einen Unfall. Wir haben auf der Straße einen Marokkaner totgefahren.«

David wandte sich ihr zu, sein rotes Gesicht verfärbte sich noch dunkler. Die Party geriet ins Stocken, und die Gäste blickten entgeistert auf die etwas ungepflegte schlaksige Engländerin, die zum Broterwerb Kinderbücher schrieb und nicht richtig zu ihnen gehörte.

»Sind Sie sicher?«, fragte jemand.

Jo hielt sich die Hand vor den Mund, und im nächsten Moment begriffen die anderen, dass sie lachte, aber es war kein normales Lachen.

»Es war ein Unfall«, sagte David überflüssigerweise. »Er ist uns in den Wagen gelaufen.«

Jo aß weiter, während es im Raum still wurde. Sie aß mit den Fingern. Sie kümmerte sich nicht mehr darum, was die anderen dachten. Ihr Körper verlangte nach Nahrung. Das Couscous war mit Zucker und Streifen aus geschmolzenem Zimt gesüßt. Es wärmte sie und gab ihrem Gesicht wieder Farbe. Sie ließ den Blick durch den Raum schweifen, betrachtete die goldgerahmten Gemälde und das ägyptische Glasgeschirr auf den Beistelltischen, und sie bemerkte den salzigen Geschmack von Blütenstaub auf der Zunge. Es war ein unglaubliches Haus, ein Ali-Baba-Palast. Es erinnerte sie an Rudolph Valentino. Man hätte es sich auch auf den Hügeln von Whitley Heights in Los Angeles vorstellen können.

Die Lilien waren aufgegangen, ihre Blütenblätter welkten bereits. Der Wein war blutrot, und kleine glotzende Gesichter spiegelten sich in den Riedel-Gläsern. Die silberne Suppenterrine in der Mitte des Tisches hatte liegende Titanen als Henkel. Eine groteske Schöpfkelle lehnte darin. Dann bemerkte Jo, dass sie Couscouskörner über das gesamte Tischtuch und ihren Schoß verstreute. Ihre Hand zitterte noch leicht. Etwas klebte an ihrem Kinn, und ihre Finger waren klebrig. Sie aß wie ein Kind.

Die Französin blickte sie schalkhaft an, während die anderen nicht wussten, wie sie sie ansehen sollten. Mehrere äußerten ihr Mitgefühl, und das Stimmengewirr setzte wieder ein. David leckte sich die Lippen und sah weg, den Stiel seines Glases umklammernd. Von irgendwo im Innern des Hauses ertönten das Klirren von Servierwagen und das Tapsen von Hundepfoten, was etwas beruhigend Häusliches hatte. Wie dumm von ihnen, dass sie hierhergekommen waren. Jo fühlte, wie ihr Tränen in die Augen stiegen, sich in den Wimpern verfingen und dort hängenblieben wie giftige Tiere auf der Lauer.

»War es ein Araber?«, fragte Day leise.

Die Tür ging auf, und Hamid trat ein, bleich und aufgeregt. Er kam auf sie zu, und seine Lippen formten das Wort »Madame«. Offensichtlich war die Polizei eingetroffen.

»Ich glaube, Sie werden erwartet«, sagte Isabelle.

Die Hennigers folgten Hamid über die neu gepflasterten Wege zum Tor. Der Diener hielt eine Blechlaterne in der Hand und sah sich immer wieder um, als wolle er sich vergewissern, dass sie nicht von bösen Geistern entführt worden waren. Sein tiefster Aberglaube war wieder zutage getreten, und er hätte die Gesellschaft dieser beiden verwünschten Seelen lieber gemieden, die einem Muslim auf der Straße das Leben genommen hatten. Sie schienen keinerlei Reue zu empfinden. »So sind sie eben«, dachte Hamid mit der ihm eigenen Bitterkeit. »Sie haben ein Herz aus Stein, wenn es um uns geht. Für sie sind wir nicht mehr wert als Fliegen.«

Als sie an einem Feuerbecken vorbeikamen, flogen ihm Funken in die Augen, und er beschleunigte seine Schritte. David sagte zu Jo: »Ich verstehe nicht, warum du das getan hast. Um mich zu demütigen?«

»Man kann nicht ewig etwas vorspiegeln. Wozu sollen wir sie anlügen?«

Man hatte Natriumdampflampen um ihren Wagen herum aufgestellt. Marokkanische Polizisten fotografierten Kotflügel und Räder, knieten dicht neben der Karosserie. Die Scheinwerfer am Tor waren ausgeschaltet worden, und die Sterne leuchteten so hell wie die Blitzlichter der Kameras.

»Es wäre Wahnsinn, ihnen zu sagen, dass es zwei waren. Wir müssen die Sache jetzt sofort aus der Welt schaffen. Es war ja schließlich nicht unsere Schuld, oder?«

»Ich weiß nicht, warum ich eingewilligt habe«, flüsterte sie. »Ich weiß nicht, warum ich das unterstützt habe.«

»Sie hatten es auf den Wagen abgesehen. Glaubst du im Ernst, ich möchte in was hineingezogen werden, nur weil uns ein Straßenräuber eine Kugel in den Kopf jagen wollte?«

»Straßenräuber?«

»Du hast keine Zeitung gelesen. Ich schon.«

Er war schweißgebadet, als sie das offene Tor erreichten, an dem Benihadd und Richard mit einem Krug eisgekühlter Limonade standen. Der Marokkaner musterte ihn, wie er fand, mit skeptischer Reserviertheit von Kopf bis Fuß, bevor er zu seiner Frau ging und ihr mit einem »*Chère madame*« die Hand küsste. Benihadd fragte sie, ob sie ihn ein Stück auf die Straße hinaus begleiten könnten, auf der sie vor ein paar Stunden noch gefahren waren. Er bat sie so höflich darum, als hätte er auch an einer Ablehnung keinen Anstoß genommen. Bald schlenderten sie am Straßenrand entlang, und der Hauptmann stellte unverfängliche Fragen, um sie zu beruhigen. David habe also eine Praxis in Chelsea? Das sei doch ein großartiges *quartier*, nicht wahr?

»Und Sie, Madame, Sie schreiben Kinderbücher?«

»Ja. Keine besonders erfolgreichen.«

»Ich bin vom Gegenteil überzeugt. Könnten Sie mir einen Titel nennen, damit ich für meine Kinder danach suchen kann?«

»Mein letztes hieß *The Little House*.«

»Ach, wie reizend. Finden Sie nicht auch, Monsieur Galloway?«

»Reizend«, erwiderte Richard.

Dann ließ sich Benihadd von David den Hergang des Unfalls schildern.

»Zu dem Zeitpunkt herrschte ein Sandsturm«, betonte der Engländer, leicht verzweifelt angesichts der mittlerweile mondklaren Nacht. Er sah den beiden anderen an, dass sie nicht überzeugt waren. »Er ging plötzlich los, und wir wussten nicht mehr, wo wir waren.«

Nachdem er geendet hatte, senkte der Hauptmann den Blick.

»Es war offensichtlich«, fügte David hinzu, »dass er uns keine Fossilien verkaufen wollte. Wie auch? Mitten in der Nacht?«

»Monsieur Henniger, die Menschen hier wissen manchmal nicht ein noch aus. Das mag Sie überraschen, aber sie tun fast alles, um auch nur ein einziges Fossil zu verkaufen. Zum Beispiel einen Trilobiten. Für vierzig Euro. Das ist für sie viel Geld.«

»Dessen bin ich mir bewusst. Natürlich weiß ich, dass sie arm sind.«

Nervös fuhr sich David mit der Hand durchs Haar. »Das alles tut mir schrecklich leid, Hauptmann. Wir sind am Boden zerstört. Am Boden zerstört.«

Dévastés auf Französisch, aber mit der Betonung auf der falschen Silbe. Der Hauptmann schmunzelte und inspizierte seine Fingernägel.

»Davon bin ich überzeugt. Aber Unfall ist Unfall. Ach, übrigens, sind Sie sich eigentlich sicher, dass es nur ein Mann war?«

»Nur einer.«

»Sind Sie sicher?«

»Ich könnte nicht sicherer sein.«

Benihadd breitete die Arme aus, als wollte er sagen: »Das wäre alles!«

Sie gingen weiter. Das soll es schon gewesen sein?, fragte sich Jo ungläubig. Manchmal war Korruption etwas Wunderbares. Einfach, unkompliziert, unentbehrlich. Gegen ihren Willen fühlte sie sich erleichtert, und als die Last, die sie bedrückt hatte, von ihr abfiel, blähte sie die Nasenflügel und sog die Düfte der Wüstennacht ein. Es roch nach Rauch, und der Wind nahm jedes Mal zu oder ab, wenn er plötzlich umschlug. Sie blieb hinter den anderen zurück, und ihr Blick wanderte zu dem Palmenhain auf dem Grund der felsigen Schlucht. Ein leichter Jasminduft wehte von dort herauf, vermischt mit dem Geruch von Tiermist. Hinter dem Fluss reihten sich zerklüftete, rostfarbene Bergkämme, auf denen ein paar graubraune Zelte standen, die mit langen Schnüren am Boden verankert waren. Bislang waren sie ihr nicht aufgefallen, und nun weckten sie ihre Neugier. Sie fühlte sich sehr allein. Sie hatte keine Ahnung, wo sie hier eigentlich war. In der Wüste, oder an ihrem westlichen Rand? Aber was war überhaupt die Wüste? Und wo entsprang der Fluss, wo floss er hin? Schlossen sich Wüste und ein Fluss nicht aus?

Sie hörte, wie ihr Mann zu den Polizisten sagte: »Wir sind Ihnen sehr dankbar. Wenn wir irgendetwas tun können ...« Ihre Lunge füllte sich mit heißer, sauberer Luft, und ihre Handflächen begannen zu schwitzen. Oben auf den Felsvorsprüngen standen Ziegen und blickten stumm auf den Fluss, als überlegten sie, ob sie sich in die Tiefe stürzen sollten. Richard drehte sich um, wartete auf sie und nahm dann ihren Arm. Er wusste, dass sie ihm etwas verheimlichte, sagte aber nichts. Er nahm es ihr nicht übel. Es war wie ein Rätsel, das sich später lösen würde.

»Sie werden es als tödlichen Unfall zu den Akten nehmen. Ich hoffe, du kannst das restliche Wochenende noch genießen. Nach alldem.«

»Ich würde gern schlafen«, sagte sie.

Er hielt ihr den erhobenen Zeigefinger vors Gesicht, als wollte er ihr diesen Wunsch versagen.

»Aber morgen kommen die Feuerschlucker aus Taza!«

Die Hennigers hatten den Speiseraum kaum verlassen, als sie auch schon zum Gegenstand angeregten Klatsches wurden. Das Dinner endete unter schallendem Gelächter, und man sah sich nach etwas zum Rauchen um. Die Türen, die in den zentralen Saal und die Bibliothek führten, schwangen weit auf, und die Gäste strömten aus dem Speiseraum.

Von der Bibliothek führten weitere Terrassentüren hinaus auf einen geräumigen, unlängst erst angelegten Innenhof mit abstrakten Skulpturen in allen vier Ecken. Dort war eine Bar aufgebaut, an der ein alter Mann in festlicher Tracht im Schein einer hohen, röhrenförmigen Öllampe Schlaftrünke wie Kakao, Ovomaltine und Kamillentee zubereitete. Hier standen auch Orangenbäume in Holzkästen, und es lief arabische Musik aus der Konserve.

Die ineinander verschachtelten, halb verfallenen Häuser des Ksars glänzten im Mondschein wie Graphit. Befestigte Dörfer wie dieses waren zum Schutz vor der Außenwelt gebaut worden. Neben der Bibliothek gab es weitere Räume, die zur Erkundung einluden. Eine »Teestube« mit bemalten Holzpaneelen und achteckiger Decke, die Bilder von Wüstenflamingos schmückten, außerdem ein in Weiß gehaltenes »Lesezimmer« ohne Bücher, nur mit langen arabischen Sofas und indischen Rosshaarsesseln von Raj in einem dunklen Senfton. Im ersten Stock befand sich ein weiterer Salon, geräumig und kühl, mit alten Teleskopen und Globen und Teppichen aus der Gegend um Tinghir. Ein HD-Flachbildfernseher stand an einem Ende, davor eine runde Couch mit diversen Fernbedienungen. Die breiten Fenster blickten mit soldatischer Strenge über das Tal.

Als David und Jo ins Haus zurückkehrten, hing ein intensiver Marihuana-Geruch in der Luft. Der Salon quoll über von Gästen. Viele lagen auf dem Boden und knabberten McVitie's-Cracker, die mit *Majoun* bestrichen waren, einer Mischung aus Haschisch, Dörrfrüchten, Nüssen und bisweilen auch Feigenmarmelade. Satt, high und erschöpft waren manche dort eingeschlafen, wo sie sich hatten hinplumpsen lassen. David und Jo kannten niemanden, und ihre Entschlossenheit, sich nach der Tortur ein wenig zu vergnügen, ließ nach. Sie gingen wieder nach unten und traten hinaus auf den backofenheißen Innenhof, in dem Sand umherwehte. David holte zwei Tassen Kakao, dann setzten sie sich auf die einzige Bank und lauschten den endlos plappernden Stimmen aus dem ersten Stock. Sie wussten nicht, was sie sagen sollten. Doch der Kakao beruhigte sie. Sie hörten Tiere an der Außenmauer entlangstreichen, ein Rudel Hunde, und die Köche spielten in der Nähe Gitarre. Die marokkanische Welt war gleichzeitig nah und fern, konkret und abstrakt. Aufgrund ihrer andersartigen Sprachmelodie waren die Stimmen der Marokkaner weithin zu hören. Ihnen haftete etwas Spöttisches an, ein mürrischer Unterton. Jo konnte spüren, dass sie über die lächerlichen *agouri*, die »Römer«, und ihre unverschämten Frauen lästerten. Über ihre Speisen, ihre bizarren Parfüme, ihre schlechten Manieren. Sie hörte ihre Lachsalven. »Das richtet sich gegen uns«, dachte sie. »In ihren Augen sind wir nichts weiter als Fliegen.« Wieder brachen die Köche in schallendes Gelächter aus, und die Gitarre verstummte für ein paar Minuten.

David sagte nur: »Der Lärm, den diese verdammten Hunde machen, geht mir auf die Nerven. Haben sie denn keinen Boy, der sie verscheuchen kann?«

Er hatte ihre Hand ergriffen und drückte sie sanft. Alles schien wieder in Ordnung zu kommen, nur besser fühlte er sich deswegen nicht.

»Ich glaube, das sind wilde Kamele«, erwiderte sie. »Jemand vom Personal hat so was gesagt.«

»Die sollte man gerade verscheuchen. Kamele beißen. Doch, das stimmt. Sie beißen Menschen gern in den Bauch. Das ist die häufigste Todesursache bei Arabern. Sie sollten sie mit Wasserwerfern vertreiben.«

Sie brach in Lachen aus, oder versuchte es zumindest.

»Wir sollten schlafen gehen, David. Dringend.«

»Wieso? Jetzt, wo ich langsam lockerer werde.«

»In zwei Stunden geht die Sonne auf. Ich möchte schlafen und vergessen. Morgen ist ein neuer Tag.«

Er suchte den Mond am Himmel, fand ihn aber nicht.

»Du weißt, dass die Polizei nicht wiederkommen wird. Es ist vorbei.«

Eine ungewollte Boshaftigkeit hatte sich in seine Stimme geschlichen, unpassend und ungeduldig.

»Ich verstehe nicht, wie Richard das angestellt hat«, knurrte sie. »Hat er sie bestochen? Was zum Teufel hat er getan?«

»Nein, das glaube ich nicht. Und offen gesagt, geht es uns auch gar nichts an. Meiner Meinung nach wäre das für die Polizei einfach nur ein Riesenaufwand. So was ist mit viel Papierkram verbunden. Und ich sage es nicht gern, aber ...«

»Sag's schon.«

»Der Junge ist ein Niemand. Ein armer Schlucker. Er stammt aus einem weit entlegenen Dorf, und niemand kennt ihn. So ist das nun mal.«

»Dann ist es also so, als wäre überhaupt nichts passiert?«

»So habe ich das nicht gemeint. Ich habe nur die Tatsachen festgestellt.«

Er umarmte sie. Der alte Mann, der den Kakao zubereitete, blies die letzte Kerze aus, verbeugte sich und wünschte ihnen eine gute Nacht.

David musste an Benihadds Weigerung denken, den Toten mitzunehmen. »Wir haben auf dem Polizeirevier keine Leichenkammer«, hatte er erklärt. »Wir werden morgen alles Nötige veranlassen.« Und ohne eine Spur von Ironie hatte er hinzugefügt: »Hier sind ja sogar die Garagen klimatisiert.« Aus Taktgefühl warteten sie, bis der alte Mann die Tür hinter sich geschlossen hatte. Dann standen sie auf, und wieder wussten sie einander nichts zu sagen. Der Unfall stand zwischen ihnen und nahm ihnen die Luft. Der tote Junge lag in der Garage, in der die Klimaanlage lief, und ein Mann wachte bei ihm und betete, neben sich eine Kanne mit Minztee. Sie waren Mörder.

Sie fanden ohne Hilfe eines Dieners ins Chalet zurück.

»David, hast du denn gar keine Angst?«

Er sagte nichts und schüttelte nur den Kopf. Im Chalet standen gelbe Lederpantoffeln und eine silberne Kanne mit gesüßtem Tee für sie bereit. Neben frischen Handtüchern lag ein Zettel von Richard. »Versucht zu schlafen. Es besteht kein Grund zur Sorge.«

»Ich habe keine Angst«, sagte David im Bett. »Warum sollte ich denn Angst haben?«

Sie lag wach und litt, während er schnarchte.

Der Wind nahm zu, und bald heulte er durch das ganze Tal. Er spie Sand aus den Tiefen der Wüsten über den Ksar wie unsagbar feinen Hagel. Fensterflügel und Dächer knisterten. Die Palmenhaine rauschten, die Hunde zerstreuten sich. Die Angestellten, die Gitarre spielten, zogen die Kapuzen ihrer Burnusse über die Köpfe. In der Garage flackerten die Kerzen, und der Teetrinker schaute plötzlich auf. Jo lag in dem bombastischen, etwas gruseligen Himmelbett und wartete darauf, dass das Ambien wirkte. Eine Kerze brannte in einer Buntglaslaterne. Sie horchte. Männer liefen durch die Dunkelheit. Die große Holzplatte der Tür begann zu schwitzen.

Als die Nacht endete, versammelten sich die Bediensteten vor der Garage. Statt der Fantasieuniformen trugen sie wieder ihre Werktags-Burnusse und rauchten, während rings um sie Sand niederprasselte. Die Lichterketten waren ausgeschaltet, und graues Licht erhellte nun die halb verfallenen Lehmmauern. Ein inneres Aufbegehren verband sie und ließ sie zusammenrücken, obgleich sie kaum etwas sprachen. Der kräftige Wind genügte, um sie zu bezähmen. Aber vereinzelt wurde getuschelt. Sie drängten grüppchenweise in die Garage, erwiesen dem Toten die letzte Ehre und betrachteten den blassen Leichnam mit einer Mischung aus Furcht, Entschlossenheit und Faszination. Draußen knurrte jemand »totgefahren«. Die Köche duckten sich am Tor vor dem Wind und spähten hinaus in das bräunliche Miasma über der Straße und den Felshängen. Der Anblick in der Garage hatte sie in eine vage aufrührerische Stimmung versetzt, obwohl sie nicht gegen diejenigen aufbegehren würden, denen sie ihre angenehme Stellung verdankten. Sie waren von einer Wut beseelt, die ihnen selbst gar nicht bewusst war. Tief in ihrem Inneren konnten sie sich nicht damit abfinden, dass es ein Unfall gewesen sein sollte. Ein Christ hatte einen Muslim getötet. Damit konnte man sich nicht abfinden, allenfalls auf der Verstandesebene.

»Ich habe gehört«, sagte einer, »dass seine Beine zermalmt wurden. Sie sind über ihn drübergefahren, vielleicht sogar mehr als einmal.«

»Mein Onkel hat recht. Für die sind wir nur Fliegen. Sie können nicht anders. Sie nehmen keine Rücksicht auf uns.«

»Sie müssen ihn rückwärts überfahren haben. Es ist unbegreiflich.«

»Dann war es Fügung.«

»Aber sie haben nicht gezögert. Sie haben ihn rückwärts überfahren.«

Sie blinzelten in den Wind und sannen über das Wort *rückwärts überfahren* nach. Das war typisch. Natürlich waren die Ungläubigen noch einmal zurückgefahren. Sie wollten keinen Zeugen für ihren Fehler, ihr Verbrechen. Sie verwischten ihre Spuren. Das war nicht verwunderlich, und wahrscheinlich dachten sich die Ausländer gar nichts dabei. Das war das Unfassbarste daran. So wie man eine Fliege totschlagen würde.

»Die Polizei hat nichts getan«, bemerkte einer und rieb dabei Zeigefinger und Daumen.

»Was hast du denn erwartet?«

Geld: Das war der Punkt. Die Ausländer hatten immer genug davon.

5

Als die Narbe an der linken Hand des Toten erwähnt wurde, durchforsteten einige ihr Gedächtnis und erinnerten sich an einen großen, etwas fahrigen Jungen, dem ein Zorn ins Gesicht geschrieben stand. Auch sie verspürten diesen Zorn, aber bei ihm war er lebhafter gewesen und durch Ereignisse verstärkt worden, die im Dunkeln lagen. Vielleicht, dachten sie, war er das. Ein nervöser Junge mit federndem Gang, der in den Erfouder Werkstätten Fossilien präparierte und von einem Unfall an der Drehbank eine Narbe an der linken Hand davongetragen hatte. Er könnte es sein.

Sein Name war Driss. Er war vor einiger Zeit nach Frankreich emigriert. Nach seiner Rückkehr hatte er zum selben Lohn wie vor einem Jahr eine Arbeit im Steinbruch von Mirzan angenommen. Er wohnte in Erfoud. Ismael, der Jüngere der beiden, der in jener Nacht am Straßenrand gestanden hatte, als die Hennigers betrunken und nervös angerast kamen, sah ihn manchmal neben dem Fernmeldeturm im Stadtzentrum Fossilien bearbeiten. Den Kopf zum Schutz vor der Sonne mit Sackleinen bedeckt, meißelte er mit seiner akkuraten Technik an Trilobiten herum, die er auf dem Schwarzmarkt beschaffte. Er hatte sein Leben lang präpariert, genau wie Ismael. Er konnte nichts anderes, und aus diesem Grund hasste er es.

Ismael beobachtete ihn. Driss war schlecht gekleidet und machte einen gereizten Eindruck, so als wäre sein französisches Abenteuer ein Reinfall gewesen. Abends kiffte er viel mit den Jungs aus Alnif, die auch in den Präparierwerkstätten arbeiteten. Er wirkte abgemagert und unzufrieden, und er sprach ohne diesen unbeschwerten Charme, der ihn früher bei den Mädchen so beliebt gemacht hatte. Solche Veränderungen, sagte sich Ismael, geschahen, wenn man sich unter den Ungläubigen aufhielt.

Ismael sah ihn in der Grünen Kokosnuss und im Hotel Tafilalet, wo er an der mit Ammoniten geschmückten Theke das Wort führte und damit prahlte, wie viel Geld er bei den Touristen in den Fünf-

Sterne-Hotels am Stadtrand verdiene. Bald darauf freundeten sie sich an. Driss kam sogar an seinen freien Tagen in den Steinbruch, hockte sich schon vor dem Hellwerden mit seiner Teekanne und seiner Mundharmonika an den Eingang und wartete darauf, dass die kleinen Mädchen herunterkamen und ihm ein Stück Brot vom Vorarbeiter brachten. Sie arbeiteten in der unerträglichen Nachmittagshitze und meißelten einen großen, uralten Fisch heraus, den ein Kunde aus Spanien bestellt hatte, um eine private Bar damit auszustatten. Sie blieben bis nach Einbruch der Dunkelheit, entzündeten oben auf dem Felsen ein Lagerfeuer und blickten auf die Felswände hinab, die mit halb freigelegten Ammoniten und Krinoiden übersät und so offenkundig dämonischen Ursprungs waren, dass sie keine Beachtung verdienten. Alptraumartige Formen, die sich kein Mensch und ganz gewiss kein vernünftiger Gott hätte ausdenken können. Sie waren Dämonen, gefallene Engel, die seit Jahrtausenden unter den Menschen weilten, aber nicht der von Gott erschaffenen Welt angehörten. Sie entstammten einer anderen Dimension, dem Reich der bösen Geister. Ihr Aussehen war unbestreitbar nicht von dieser Welt. Sie verursachten den Gläubigen Alpträume und waren der Liebe und dem Frieden feindlich gesinnt. Ihre Saat war Gewalt.

Wenn die Fliegen sich endlich verzogen, lagen sie mit ihren Pfeifen im Mondschein da, und Driss erzählte von seiner Zeit im Ausland. Ismael hatte den Eindruck, dass Driss vorher noch mit niemandem darüber gesprochen hatte. Sie beide kannten sich seit ihrer Kindheit und hatten auch zur gleichen Zeit im Steinbruch angefangen.

»Dein Problem ist«, sagte Driss einmal, nachdem die Steinbrucharbeiter in die Stadt zurückgekehrt waren und sie nun beide oben lagen und den Sonnenuntergang betrachteten, »dass du ein Kind geblieben bist. Du bist nie aus deinem Nest herausgekommen. Das ist jammerschade.«

»Eines Tages werde ich fortgehen.«

»Ja, aber bislang bist du kein einziges Mal weg gewesen. Und es zählt, was du getan hast, nicht, was du tun wirst. Verstehst du das, *mec*?«

Ismael konnte nur deprimiert nicken. Es stimmte, er hatte nichts getan, überhaupt nichts, und er würde auch nie etwas tun.

Driss drehte aus süßem, frischem Gras einen Joint, den sie gemeinsam rauchten, um die Hitze besser zu ertragen.

»Sobald du das Meer überquerst«, fuhr er fort, »ändert sich alles in deinem Kopf. Alles gerät aus den Fugen. Du siehst alles mit anderen Augen. Eine Französin hat mal zu mir gesagt, Reisen erweitert den Horizont.«

»Was?«

»Ach nichts. Französinnen reden ununterbrochen. Und diese Bemerkung ist eben hängengeblieben.«

Er schmunzelte über die Naivität des Jüngeren, denn Ismael blieb nichts anderes übrig, als ihm aufs Wort zu glauben.

»Die Französinnen«, sagte Ismael. »Gehen die mit einem von uns?«

»Die Hässlichen ja.«

Und die anderen?, fragte sich Ismael.

»Die Schönen kannst du vergessen.«

Schade, dachte der Jüngere.

Sie lagen ruhig da und rauchten.

»Wenn du etwas Kohle hast«, sagte Driss, »überlegen sie es sich.«

»Wie viel?«

»Zwei Hände voll.«

»Ah, les salopes.«

»Leurs salopes sont comme les nôtres.«

»Ich hab's gewusst, bei Gott.«

Der Joint glomm auf und erhellte Driss' Gesicht, das Stolz vermischt mit Pessimismus ausdrückte, nicht aber Verachtung, wie seine Worte eigentlich hätten vermuten lassen. Aus ihm wurde man nie ganz schlau. Nicht einmal seine Härte war eindeutig, jedenfalls nicht wie die anderer Jungs. Man hätte nie gedacht, dass er erst einundzwanzig war. Er konnte stundenlang auf hartem Stein liegen, ohne sich zu rühren, ganz mit den Gedanken beschäftigt, die in seinem Innern kamen und gingen wie wilde Tiere, und seinem Gesicht war dabei nichts anzumerken bis auf die Schwingungen, die diese »Tiere« in ihm auslösten. Er hatte gelernt, sich nichts anmerken zu lassen, und auch Ismael verriet er nur seine Erlebnisse, nicht seine Gefühle.

Manchmal schlief Driss, eingewickelt in eine Plane, im Steinbruch, in einem der geometrisch angelegten Gräben. Es schien ihm nichts auszumachen. Er kam und ging, und niemand wusste etwas über ihn. Er trug einen Chech, der fest um seinen Kopf gebunden war, und seine Augen blitzten mit sanfter Wildheit darunter hervor, einer Mischung aus Milde und Strenge, die man selbst entschlüsseln musste. Nach Sonnenuntergang wurde er immer mitteilsam, die Sterne lösten ihm die Zunge.

In den kalten Nächten machten sie ein Feuer, und Driss erzählte von den heftigen Streitereien mit seinem Vater, diesem engstirnigen Hinterwäldler, und wie er nach Midelt getrampt war, dann nach Azrou und schließlich hinunter nach Fez, einer Stadt wie keine andere, einer Stadt, in der er geblieben wäre, wenn es dort eine andere Arbeit gegeben hätte als die in den stinkenden Gerbereien.

Er fragte Ismael, ob er jemals über Midelt hinausgekommen sei, und der Junge schüttelte den Kopf.

»Es ist immer dasselbe mir dir«, spottete Driss. »Du gehst nie irgendwohin.«

»Das liegt am Geld. Wovon soll ich denn leben?«

»Wenn man leben will, findet man einen Weg. Die Welt ist dazu da, dass man darin lebt. Wovor hast du denn Angst?«

»Man weiß nie.«

»Ismael, du hast keinen Instinkt. Darum hast du immer Angst vor dem Unbekannten. Ich habe mir immer gesagt: Die Menschen sind überall gleich. Man kann sie benutzen, sie ausbeuten, sich mit ihnen anfreunden.«

Ismael hockte auf dem Felsen und schaute ins Feuer. Sie brieten Ziegenfleisch vom Markt in Erfoud, das Brot lag unter einem Stein. Unten auf der Straße radelten die Fossiliengräber langsam durch die mondbeschienenen Sandschwaden zum Rand der Stadt. Er konnte sich nicht vorstellen, was in diesen Menschen vorging, geschweige denn in Spaniern oder Franzosen. Die Welt war, wenn er es recht bedachte, kein Ort, wo einem der Instinkt den richtigen Weg wies.

»Trotzdem«, murmelte er zu seiner Verteidigung, »braucht man etwas Geld für unterwegs.«

»Ich bin ohne los. Mein Vater wollte mir keinen müden Dirham geben. Es hat ihn überhaupt nicht interessiert, und er hat gesagt, dass ich dort sterben werde, wenn ich nach Frankreich gehe.«

»*Ah, le salaud.*«

»Sie sind gefügige Sklaven. Das habe ich ihm auch so direkt ins Gesicht gesagt.«

Naja, dachte Ismael, ich bin erst achtzehn. Wenn ich in Driss' Alter bin, werde ich über Midelt hinausgekommen sein. Ich werde etwas getan haben.

Das nahm er sich im Stillen fest vor.

»Er hat nur gelacht«, fuhr Driss verbittert fort. »Er hat gesagt, mit viel Glück würde ich es vielleicht zum Hausmeister bringen.«

»Das sagen Väter, um uns vor Unheil zu bewahren.«

»Er ist nur neidisch auf mich, wie alle Väter, mehr nicht.«

Es machte Ismael nervös, dass sie schlecht über ihre Väter redeten, und so schwieg er. Er kratzte sich am Ohr und wartete darauf, dass das Gespräch weiterging. Er spürte, dass sein Freund etwas loswerden wollte.

»Aber du bist zurückgekommen«, sagte er schließlich.

Driss gab zu, dass ihm keine andere Wahl geblieben sei.

»Mir hat das Essen drüben nicht geschmeckt. Ungläubige sind Ungläubige.«

Ja, das war leider unbestreitbar, und Ismael äußerte sich in diesem Sinne.

»Trotzdem«, fügte er hinzu, »müssen wir hier Geld verdienen.«

»Ich habe einen Plan«, erwiderte Driss. »Mach dir ums Geldverdienen keine Sorgen. Hier gibt es überall Geld. Sieh dich doch einfach mal um.«

Aber es ist nicht für uns, dachte Ismael. Es ist für Norwegen.

Driss legte sich auf den Rücken und betrachtete die Sternbilder, von denen er keines kannte.

»Ich weiß, was du denkst, Ismael. Dir fehlt der Mut.«

»Das glaube ich auch ...«

»Du denkst, dass du den Rest deines Lebens nicht damit zubringen willst, in einem Graben an Fossilien herumzuhämmern. Aber du bleibst vage. Du hast keinen Plan.«

»Nein«, räumte der andere ein.

Als sie leicht zugedröhnt waren, fragte Ismael ihn nach Frankreich. Ob es ihn an die Fotos von Schweden erinnert habe, die für seinen Vater etwas so Kostbares waren, dass er sie in ihrem Haus aufhängte. Ein grünes und feuchtes Land, mit ebenso wunderbarer wie erschreckender Pornografie und Hotels mit offenen Kaminen. Ein von Wolken beschirmtes Land. Ein Land, gesegnet vom Gott der anderen.

»Es ist nicht grün«, korrigierte ihn Driss. »Die Wolken machen es grau.«

Sie lachten.

»Auch wieder wahr«, sagte Ismael.

»Ich würde es nicht gegen meine Wüste tauschen. Der Teer in meinem Land ist besser als der Honig in anderen.« Ihm gefiel dieses Sprichwort.

»Und ob du tauschen würdest.«

»Ich war dort, Blödmann. Es war für mich eine einzige Enttäuschung. Es ist nicht so, wie du es dir vorstellst, wie ihr alle es euch vorstellt. Ihr liegt alle falsch. Dort gibt es nichts für uns.«

»Überhaupt nichts?«

Driss schüttelte den Kopf.

»Nicht das Geringste. Nicht einmal der Sex ist für uns.«

»Wie schade.«

»Vielleicht, vielleicht auch nicht.«

Driss knackte die Dose Red Bull, die sie für den Morgen mitgebracht hatten. Ismaels brennende Neugier ging ihm auf die Nerven, aber wenigstens hatte er einen Zuhörer. Seine Alpträume waren wiedergekommen, und wenn er draußen in Mirzan schlief, hatte er Visionen. Die kleinen Kinder des Vorarbeiters bewarfen ihn immer mit Steinen, bis ihr Vater einschritt. Driss ließ sich von ihnen quälen – wahrscheinlich tat es ihnen gut. Der Vorarbeiter würde sich später dafür erkenntlich zeigen. Heute Nacht würde er von der spanischen Autobahn träumen, wie ein Maghrebiner ihn hinten auf seinem

Gemüselaster von Malaga bis zur französischen Grenze mitnahm. Eine endlose Fahrt, die einen Alptraum wert war.

Ismael zündete seinen zweiten Joint an, und sie stemmten die Beine fest gegen den Boden, um dem Wind zu trotzen, der von der Straße unten heraufwehte, wo jetzt nichts mehr zu erkennen war.

»Aber sag mal«, fragte er, »wie bist du überhaupt nach Spanien gekommen? So ganz ohne Geld und Papiere. Wie hast du das geschafft?«

»Das ist eine lange Geschichte, und in Wahrheit habe ich mir erst unterwegs alles überlegt. Ich hatte keinen richtigen Plan.«

»Die Präparatoren sagen, du hättest mit einem illegalen Boot nach Spanien übergesetzt.«

»Das stimmt. Aber es war anders, als ihr alle glaubt. Es gab keinerlei Probleme. Ich bin in der Nähe eines Jachthafens gelandet und das letzte Stück geschwommen.«

»Gott sei Dank.«

»Es war nicht mal Glück dabei. Die Schleuser haben gewartet, bis die Küstenwache weg war. Ich musste lachen.«

So ist das also gewesen, dachte Ismael. Jeder könnte dasselbe tun.

»Du hast sie dafür bezahlt«, sagte er zu Driss.

Der Ältere geriet ins Erzählen. Es war ihm egal, ob Ismael da war oder nicht, er wollte einfach nur über sich reden.

»Es war Juli«, sagte er, »und die Hitze war gekommen. Ich bin um drei Uhr morgens durch den Jachthafen marschiert, er hieß Sotogrande. Niemand hat mich bemerkt. Ich hatte überhaupt kein Gepäck. Nicht einmal eine Uhr. Nichts hat mich aufgehalten.«

6

Eine Stunde nach Tagesanbruch wurden Gäste dabei gesehen, wie sie im Ksar umherwanderten, nach dem Weg fragten und in einigen Fällen nach einem Frühstück verlangten. Im Speisezimmer der Kasbah waren bereits Tische aufgestellt und mit Fliedersträußen geschmückt. Kaffee wurde gekocht, Croissants und anderes Gebäck rösteten in den Öfen. Das ganze Haus roch nach heißer Butter und Kaffee und süßlich nach Flieder. Wegen des rauen Wetters waren die Fenster geschlossen, die Deckenventilatoren liefen. Ein einzelner Mann saß an einem Tisch, ein deutscher Journalist, dem es gelungen war, eine Zeitung vom Vortag zu ergattern. Das diensthabende Personal sah ihm dabei zu, wie er nach den grauen Fliegen schlug, die um seinen Kopf herumschwirrten. Zu Hunderten schienen sie sich innen an den Fensterscheiben zu drängen. Sie suchten Schutz vor dem glutheißen *Chergui*, der das Thermometer über Nacht auf 46 Grad hatte steigen lassen. Tatsächlich war es ein Anzeichen für eine Wetterverschlechterung, wenn die Fliegen ins Haus flüchteten. Das Personal hatte Anweisung, ihnen mit Insektenspray zu Leibe zu rücken.

Hamid hatte die Aufsicht über die jüngeren Boys. Am Tor wies er ihnen ihre Aufgaben zu. Die Sonne ging auf, verdunkelt von Staub und Sand, und immer mehr Frühaufsteher kamen dazu. Gutgelaunt und gähnend schlenderten sie in Morgenmänteln und Babouches umher und tauschten sich mit anderen Gästen aus. Hamid fragte sich, ob sie noch über den Unfall vom Vorabend sprachen. Aber ihre Gesichter drückten keine Besorgnis aus. Nur Sand und Wind störten sie. Der Sand war überall, im Joghurt, in den Haaren, im Mund. Darauf waren sie nicht vorbereitet. Über Nacht war der Sand zu einem ernstzunehmenden Gegner geworden. Einem Gegner, der so klein, so heimtückisch war, das sie ihn nicht bekämpfen konnten. Nichts erbost mehr als ein ungleicher Kampf. Die Frauen beklagten sich, die Männer bissen auf die Zähne und baten das Personal um Hilfe.

»Gegen den Sand?«, fragten die Diener ungläubig.

»Haben Sie keine Wandschirme? Masken?«

Hamid wurde auf Trab gehalten. Bis auf ein viel zu kurzes Nickerchen hatte er seit vierundzwanzig Stunden nicht geschlafen, doch es gab viel zu tun. Er musste den Champagner im Keller zählen und ausrechnen, wie viele Flaschen sie für das Mittagessen und die Party am Abend benötigten. Die Couscous-Lieferungen aus den Nachbardörfern mussten koordiniert werden, und in Kürze wurde eine Zustellung von Datteln und frischer Minze erwartet. Ihm schwirrte der Kopf. Die Herrschaften schliefen im obersten Zimmer von Turm 1, wie sie ihn nannten, und durften nicht gestört werden. Die Erledigung aller anfallenden Aufgaben oblag ihm. Tatsächlich hat die Welt niemandem etwas versprochen und keiner lebt, wie er es sich gewünscht hat.

Auch der Tote in der Garage schien nur zu schlafen. Seine Haut hatte einen Blaustich bekommen, seine Lippen waren schwarz. Diejenigen, die bei ihm wachten, fragten sich, wie es nun weitergehen sollte. Nach islamischem Gesetz musste ein Leichnam unverzüglich bestattet werden, aber noch hatte niemand Anspruch auf ihn erhoben. Sie konnten nur hoffen, dass die Nachricht durch die unsichtbaren Gerüchtekanäle der Wüste weiter ins Landesinnere sickerte. Und dass sich bald jemand meldete. Die Polizei hatte beschlossen, bis Sonnenuntergang zu warten.

Hamid war darüber nicht glücklich. Er bezweifelte, dass es mit dem Gesetz und den Sitten im Einklang stand. Deshalb hatte er heimlich ein Fahrrad bereitgestellt, um den Leichnam notfalls eigenhändig auf den örtlichen Friedhof zu schaffen. Jetzt ging er erneut zum Tor, spähte die Straße hinunter und blickte auf die Uhr. Sein Herz schlug unregelmäßig, sehr unregelmäßig. Er hatte das Gefühl, dass er beobachtet wurde, ja dass seine Herzschläge gezählt wurden.

7

Jo rannte in ihrem Traum, doch plötzlich öffnete sie die Augen: Ein Schmetterling flatterte gegen die Scheibe, ein Wirbel aus samtigem Schwarz und Zitronengelb vor dem sonnenhellen Fenster. Noch immer regnete es Sand. Im Traum lief sie bergab zu einer von Pappeln umschlossenen Lichtung, auf der Krähen um einen Brunnen herum nach Körnern pickten. Diesen Brunnen hatte sie schon einmal gesehen. Sein Deckel war entfernt, und sie hatte das Gefühl, dass schon vor ihr jemand hierhergelangt war und sich jetzt in der Nähe versteckte. Trotzdem setzte sie ihren Weg zwischen den Bäumen fort, und für Augenblicke verschmolz der Traum auf verwirrende Weise mit der Wirklichkeit, in der das Insekt immer wieder gegen die Scheibe stieß. Die heißen Sonnenstrahlen fielen im Traum schräg durch die Pappeln, als sie am Brunnen ankam und sich über den Rand beugte. Im selben Moment, als der Traum sich aufzulösen begann, begriff sie, dass sie sich die ganze Nacht in ihm aufgehalten hatte. Sie spähte nach unten und sah ein schwarzes Spiegelbild aufblitzen, einen dunklen Fleck, und einen Eimer, der gegen die Wand schlug. Das nasse Seil, an dem er hing, schwang neben ihrem Kopf. Sie ergriff es und zog, und der Eimer stieg schaukelnd und schwappend nach oben. Tief unten in der finsteren Enge glaubte sie eine zusammengekauerte Gestalt zu erkennen, irgendein kleines Tier, ein Ferkel oder ein Zicklein, und während sie weiter das Seil einholte, tauchte plötzlich das flüssige Schwarz seiner Augen auf, die zu ihr heraufstarrten, und gleichzeitig trat hinter ihr ein Mann aus dem Schatten der Pappeln, und sie wusste, dass er mit einer Axt bewaffnet war.

Sie blieb noch eine Weile liegen, sammelte ihre Gedanken, brachte sie mit dem Blau des Himmels in Einklang, das sich im ganzen Zimmer spiegelte, und wurde sich langsam bewusst, dass sie allein im Chalet war. David war rausgegangen. Dann ließ sie noch einmal die Ereignisse der letzten Nacht Revue passieren, eins nach dem anderen, um sich zu vergewissern, dass sie auch wirklich geschehen waren. Eine Eidechse glotzte, den Kopf in einem unmöglichen Winkel verdreht, von der weißen Wand auf sie herab. Ihre Augen hatten orangefarbene Sprenkel, die sich um die Mitte gruppierten, und Jo sah darin einen wissenden Glanz. Also war alles wahr. Sie hatte es nicht geträumt.

Sie streckte die langen, athletischen Beine quer übers Bett, dessen Laken mit Sand übersät war. Es war fast Mittag. Leises, rhythmisches Gelächter perlte vom Haupthaus herüber. Sie drehte sich auf den Rücken und atmete tief ein, bis ihre Lungen zu platzen drohten. Die Verzweiflung von letzter Nacht war nicht mehr so groß, wie sie befürchtet hatte. Zum einen hatte ihr der Schlaf gutgetan, zum anderen konnte sie jetzt allein über alles nachdenken, ohne ständig von David gestört zu werden.

Sie duschte gemütlich. Das Wasser vom Dach war brühheiß. Sie genoss diesen Augenblick des Insichgehens. Wenn sie doch nur die nächsten vierundzwanzig Stunden allein sein könnte. Wie sehr wünschte sie sich, dass David nicht zurückkäme und die Gäste einen Ausflug in die Wüste machten und für immer fortblieben. Es war entwaffnend von Richard und Dally, dass in allen Räumen Toilettenartikel von Fortnum & Mason bereitstanden. Sie wusch sich die Haare, schaltete die Klimaanlage aus und zog ihren Morgenmantel an.

Die Luft draußen war klar, aber brütend heiß. Eine dicke Sandschicht bedeckte die Wege, und die Berge jenseits der Mauern hatten die Farbe kalter Asche. Azna hatte dieselbe Farbe, als wäre es in der Nacht niedergebrannt und nur noch ein Scheiterhaufen. Sie prallte vor der Hitze zurück. Wie gerufen kam ihr ein Boy entgegen. Seine weiße Dschellaba bauschte sich, und seine Babouches klatschten auf die Steinplatten.

»*Café?*«

»Sie kommen gerade richtig! Kann ich etwas heiße Milch dazu haben?«

Sie trank den Kaffee, mit Sonnenbrille ausgestattet, auf der Veranda und aß dazu Toast mit Erdbeermarmelade. Grillen zirpten ringsum, und fröhliches Plätschern hallte vom Swimmingpool herüber, wo die Mädchen lachten, als wären sie allein auf der Welt. Im Schatten des Hauses wurden ein paar Tische gedeckt. Der Wind war vollständig abgeflaut, und die Palmen ragten nun reglos in einen blauen Himmel. Sie klappte die Toastscheiben zusammen und stopfte sie sich in den Mund. Träge dachte sie an ihre Bücher. Seit acht Jahren hatte sie keines mehr geschrieben, obwohl ihr ständig Ideen für Geschichten kamen. Sie streckte ihre Beine in die Sonne und ließ sie ein wenig braten. »Zur Strafe«, dachte sie. Der Boy kam zurück und brachte Orangen, die offensichtlich im Kühlschrank gelegen hatten, und ein kleines silbernes Messer. Den Honig hatte er vergessen.

»Wo ist mein Mann?«, fragte sie.

Er zuckte mit den Schultern. »Ich habe ihn nicht gesehen. Vielleicht ist er mit ausgeritten.«

Der Junge war ein dunkelhäutiger Haratin. Er nickte und sah weg. Plötzlich verspürte sie den Wunsch, ihn in ein Gespräch zu verwickeln und ihm alle möglichen unverschämten Fragen zu stellen. Vielleicht würde er ja die Wahrheit sagen, obwohl das sehr unwahrscheinlich war. Bin ich schön? Ist mein Mann verrückt? Bin ich verrückt? Aber er blieb ausweichend, vor allem auch als sie ihn nach dem toten Jungen fragte. Sie hätte gern gewusst, ob sie wütend waren.

In dem weiten gelben Sommerkleid, das sie in einem Trödelladen in Chelsea gekauft hatte, ging sie zum Haus. Es war notdürftig zusammengeflickt, und sie wusste, dass sie eigentlich viel zu alt dafür war, aber für Marokko und eine Party, auf der niemand sie kannte oder sich für sie interessierte, war es in Ordnung. In einem Haus, in dem es von vor Gesundheit strotzenden jungen Frauen wimmelte, brauchte sie auf ihr Äußeres keinen Wert zu legen. Sie konnte ganz ungezwungen sein. Sie spazierte zum Haus hinauf und bewunderte eine Weile die kunstvoll verzierten Fassaden. Mit seiner verschwenderischen Vielfalt an filigranen Gitterfenstern und spitzenartigen Stuckschnitzereien sah das Gebäude aus wie eine überaus fein gearbeitete Skulptur aus Milchschokolade. Eine ganze Wand war mit allen erdenklichen rautenförmigen Ornamenten und kleinen gedrechselten Säulen bedeckt. Sie hörte die Musik, die aus dem Innern drang, das Geplapper, Dallys Stimme, und statt hinzugehen, wie sie beabsichtigt hatte, schlug sie einen Bogen um das Haus und tauchte in das kleine

Labyrinth aus Gassen und Häuschen ein, das sich den sanft geneigten Hang bis zur Südmauer hinabzog. Mittendrin war eine Freifläche geschaffen und in einen marmorgefliesten Platz umgewandelt worden. Sie spürte die Hitze durch die Sohlen ihrer Ledersandalen, als sie ihn überquerte. War er wirklich ausgeritten? Er war wirklich verrückt. Sie wusste, dass er ihr aus dem Weg gehen und auf andere Gedanken kommen wollte, und er hatte sicher ein völlig unpassendes Mittel dafür gewählt.

Blühendes, von Bienen umschwirrtes Unkraut schimmerte in den Gassen. Die noch leerstehenden Häuser rochen nach Moos und vermodertem Holz. Sie erklomm die bröckligen Stufen, die auf die Mauer hinaufführten, wobei sie in der Hitze schnell außer Atem geriet. Ein starker Geruch von trockenen Kräutern und Rauch wehte den Hang herauf, und auf der Straße trieben Menschen mit großen Strohhüten klapprige Esel mit Stöcken vor sich her und brüllten in Richtung Ksar. Die kurzen Echos ihrer Stimmen schallten klar und deutlich durch die Luft.

Alles wirkte überraschend normal, von Krise oder Angst war nichts zu spüren. Sie strich mit der Hand über die heiße Lehmmauer und streckte ihr Kinn unter dem Schirm ihrer Baseballkappe hervor in die Sonne. Wie Hamids Herz schlug auch ihres nicht gleichmäßig. Ihre helle, sommersprossige Haut wich vor dem Licht zurück, und die Vorstellung, dass David jetzt fröhlich durch die Berge ritt, erfüllte sie mit Zorn. Allzu oft nahm er Dinge in die Hand, verlor dann aber das Interesse und verschwand einfach, ohne dabei zumindest eine angenehme Zeit zu verleben oder etwas Nützliches zu tun. Jetzt hatte er sich davongemacht, weil er sich nicht der schrecklichen Realität stellen konnte, die der Morgen unweigerlich bringen würde. Doch man musste sich ihr stellen, man musste sich ihr immer stellen, und wenn er es nicht tat, musste sie es eben tun. Sie spürte, dass die Angelegenheit noch nicht ausgestanden war. Das Drama würde weitergehen und sie in Ereignisse verstricken, auf die sie keinen Einfluss hatten.

Ein Stück weiter auf der Mauer entdeckte sie den Amerikaner vom Dinner. Er kniete hinter der Brüstung und machte Fotos, wobei er sich für jede Aufnahme viel Zeit nahm. Er war so in sein Tun vertieft, dass er sie erst bemerkte, als sie sich ihm bis auf wenige Schritte genähert hatte. Er schien sich sehr zu freuen. Mit einem kurzen »Hallo!« fuhr er in die Höhe, nahm seinen Strohhut ab, drehte ihn um und sagte: »Den habe ich in Casablanca gekauft. *Made in China*.«

Er setzte ihn wieder auf und rückte seine Aviator-Sonnenbrille zurecht. Sie fand ihn jetzt auf Anhieb sympathisch. Er hatte etwas Zugängliches, Kumpelhaftes an sich und gehörte zu denen, die beobachten, registrieren und nie den Blick von einem wenden. Vielleicht, so ging ihr durch den Sinn, waren sie beide hier die einzigen normalen Menschen.

Zum ersten Mal, seit sie hier war, hatte sie Augen für ihre Umgebung. In der Nacht war sie nicht mehr aufnahmefähig gewesen. Sie hatte keine Notiz davon genommen, wo sie war. Jetzt wanderte ihr Blick über die gelbbraunen, mit Dattelpalmen übersäten Felshänge und das Tal, das in eine Ebene mündete, die so weiß erschien wie eine Fläche aus getrocknetem Salz. Azna selbst wurde von unförmigen Gipfeln aus großen, runden Felsblöcken überragt, die aufeinandergestapelt waren wie Baukastenteile. Das Gestein glänzte in der Sonne wie mit Wachs poliert. Auf den Felsvorsprüngen gab es kaum Bäume, nur Feigenkakteen und Büschel gelber Blumen wie Ackersenf. Der Ksar bestand aus getrocknetem Lehm und erweckte den Anschein, als wäre er von selbst aus der Erde gewachsen oder bei einer unterirdischen Eruption ausgespien worden. Der aberwitzige Mut, einen solchen Ort zum Feriendomizil zu küren, verdiente Bewunderung. Day deutete auf einen benachbarten Ksar weit jenseits der Straße, ein rechteckiges Gemäuer, das sich an einen ebenso unwirtlichen Berghang schmiegte. Er gehöre einem deutschen Ehepaar, erklärte er. Auch sie feierten Wochenendpartys.

»Eine ziemlich wilde Gegend«, murmelte sie.

»Ich würde mich hier nicht niederlassen. Vermutlich wollen sie hier irgendwelche Fantasien ausleben.« Doch im Moment galt sein Interesse weniger den Gastgebern. Er trat auf sie zu, bereit, ihr Trost zu spenden. »Geht es Ihnen gut?«

Es schien sie zu überraschen, dass ihr jemand diese Frage stellte. »Gut? Nein, ich bin völlig durcheinander. Ich komme mir vor wie in einer verkehrten Welt. Außerdem habe ich Richard heute noch nicht gesehen.«

»Ich glaube, dass alles geregelt ist. Sie werden ein paar Formulare ausfüllen müssen, und das dürfte es dann gewesen sein.«

Sie vergrub das Gesicht in den Händen und lehnte sich an die Mauer. Geregelt? Nichts war geregelt.

»Heute Morgen dachte ich kurz, alles wäre nur ein böser Traum gewesen. Einen Moment lang war ich wieder glücklich. Wie konnten wir nur so dumm sein?«

Day legte ihr die Hand auf den Arm.

»Sollen wir nach unten gehen und etwas essen? Es hat wenig Sinn, sich Vorwürfe zu machen.«

Tränen liefen ihr über die Wangen. Aber ihr Körper verharrte reglos an der Mauer. Day wartete. Diese Frau mit ihrer langgliedrigen Gestalt, ihrem Übermaß an Sommersprossen und ihrer geduldigen, akkuraten Stimme stand unter einer hohen inneren Anspannung, von der jedoch nichts nach außen drang. Alles an ihr war beherrscht, verinnerlicht, doch wenn sie einem plötzlich offen ins Gesicht sah, öffnete sich das Blau ihrer Augen, und wenn man darin eintauchte, schloss sich eine Tür, und man konnte nicht mehr hinaus.

»Alle fahren zu schnell«, sagte er bestimmt. »Das ist nicht der Punkt.«

»Doch, genau das ist der Punkt. Der Junge hat sterben müssen, weil wir zu schnell gefahren sind. Und weil wir uns gestritten haben.«

Er wartete geduldig. Auf starke Erregung folgen Ruhe und Erschöpfung, darauf gilt es zu warten. Ihre Haut hatte etwas wunderbar Melancholisches, eine dunkle Reife. Vom Haus drang Live-Musik herüber. Eine Jazzband spielte in dem Zelt, das man soeben aufgestellt hatte, ein blechernes Durcheinander von Posaunen, Becken und Fagotten. Die Musik war schlecht gespielt, aber ausgelassen und flott. Jo musste unwillkürlich lächeln.

»Sie mögen Jazz?«, fragte er fröhlich.

»Überhaupt nicht. Aber er macht mich immer hungrig.«

In Wahrheit dachte sie nicht über Jazz nach, sondern suchte mit den Augen die Hügel und Schluchten ab. In der Ferne stieg eine Staubwolke auf. Sie kniff die Augen zusammen und legte die Stirn in Falten. Das konnten Pferde sein. David. Sie war nie eifersüchtig, aber es verwunderte sie, dass ihr das gerade jetzt wieder einfiel. Wenn sie voneinander getrennt waren, dachte sie nie darüber nach, was er wohl im Moment machte. Sie empfand seine Abwesenheit immer als eine Leere, die nicht sehr lange anhalten konnte. Nein, Eifersucht war ihr fremd, nur ärgerte es sie, wenn er ihr manchmal zu sagen versäumte, wo er war. Sie verabscheute es, im Ungewissen gelassen zu werden.

»Mein Mann ist heute Morgen wohl ausgeritten«, sagte sie zerstreut. »Aber mit wem?«

Day befeuchtete seine spröden Lippen. »Da waren ein paar europäische Jet-Setter, Mädchen in Reitstiefeln und so weiter. Ich glaube, ich habe ihn bei ihnen gesehen. Ich hätte gedacht, dass es für so etwas viel zu heiß ist. Bekommen Pferde keinen Hitzschlag?«

»Das war nicht sehr nett von ihm«, konstatierte sie schmollend. »Warten denn keine Staatsanwälte und Polizisten darauf, uns in die Mangel zu nehmen?«

Er wandte sich ab und trippelte die Lehmziegeltreppe hinunter, flüchtete am Fuß der Mauer in den Schatten und grinste zu ihr herauf. Er war hübsch, jugendlich und nicht zu amerikanisch.

»Das würde mich wundern. Dally und Dick sind hier wahre Feudalherren. Alle fressen ihnen aus der Hand. Sie sollten aus der Sonne raus, bevor Sie vergehen.«

»Unkraut vergeht nicht.«

Sie schlenderten langsam zum Haus zurück. Ihr gelbes Kleid, das aussah wie eine große, schlaffe Blume mit zerknitterten Blütenblättern und einem blutbefleckten Saum, berührte seine Beine. Er hatte das Gefühl, dass sie unterhalten werden wollte. Solche Frauen gibt es, dachte er bei sich: irgendwie vom Leben enttäuscht, warten sie ständig auf eine plötzliche Attacke, eine unverhoffte Charme-Offensive. Er nannte sie reife Früchte. Mit ein paar Anzüglichkeiten konnte man sie immer reizen, wenn man gleichzeitig durchblicken ließ, dass man ein sanfter, galanter Schuft war. Sie zögerten, gaben sich ablehnend, und dann spannte sich das sexuelle Gummiband in ihnen, wurde immer straffer und lockerte sich schließlich. In dem Augenblick konnten sie aufgesammelt werden. Es spielte dabei keinerlei Rolle, ob sie verheiratet waren. Er erzählte ihr, wie er die Nacht in Casablanca verbracht hatte, bevor er hierher gefahren war. Er war in den Tahiti Beach Club im Vorort Aïn Diab gegangen und hatte dort mit einer Prostituierten Tischtennis gespielt.

»Nein!«, rief sie.

»Doch. Verzweifelte Prostituierte finden mich unwiderstehlich. Mich umgibt der Geruch von verfaulendem Geld. Das ist mit das Beste am Geld. Dieser Geruch.«

»Haben Sie mit ihr geschlafen?«

»Ich bitte Sie.«

»Sie haben.«

Er brachte sie zum Lachen, und das wollte etwas heißen. Sie war überrascht. Worüber lachte sie? Er hatte ebenmäßige Zähne. Als hätte sein Zahnarzt alle abgeschliffen, damit sie eine symmetrische Reihe bildeten.

»Das würde ich einer Dame niemals sagen«, seufzte er. »Nicht einmal meiner Mutter.«

»Ihre Mutter wäre fasziniert.«

Es gefiel ihr, wie ihr Kleid gegen seine Beine schlug. Auf diese Weise konnte sie seine Beine spüren, ohne sie zu berühren.

In verändertem Ton fragte er: »Waren Sie schon mal hier?«

Sie schüttelte den Kopf und machte wieder ein finsteres Gesicht. »Wir machen selten Ferien. Mein Mann arbeitet ständig. Seine Patientinnen sind lauter reiche alte Schachteln, die ihn gnadenlos rund um die Uhr belästigen. Wir sind Sklaven seines Piepsers.«

»Dann ist er Arzt?«

»Ach so, entschuldigen Sie, das hatte ich ja noch gar nicht erwähnt.«

»Also mir gefällt es hier. Ich habe das Gefühl, dass ein nutzloser Mann in diesem Land glücklich werden könnte. Vielleicht ziehe ich hierher.«

Ihre Tränen waren mittlerweile getrocknet. Schluss mit Weinen, dachte sie, aber dann kam ihr der Gedanke, dass sie Richard bitten sollte, sie zu dem Toten zu führen. Sie musste ihn sehen und etwas zu ihm sagen. Wenigstens ein Gebet sprechen, selbst wenn es weder in der richtigen Sprache noch aus dem richtigen Buch war.

Beim Gang durch das riesige Berberzelt, in dem die Jazzband spielte, hielt sie nach ihm Ausschau. Eine kleine Gästeschar bediente sich am Buffet und trank an einer eleganten, mit weißem Stoff drapierten Bar. Starke Elektroventilatoren mühten sich nach Kräften um Kühlung. Der Boden war mit braunen und goldenen Atta-Teppichen ausgelegt, deren Rautenmuster an Augen erinnerten. Niedrige Sofas mit pfirsichfarbenen Brokatpolstern luden zum Sitzen ein. Plötzlich nahm Day sie bei der Hand und zog sie durch ein Menschenknäuel, und sie war nicht perplex genug, um sich loszureißen. Er führte sie an die Bar, wo sie etwas tranken. Gäste kamen zu ihr und erkundigten sich nach ihrem Befinden. Sie hatten gerade eben über den Unfall gesprochen, allerdings diskret und leise, und sich bei ihrem Erscheinen verpflichtet gefühlt, ihr ein paar Worte zu sagen. Sie legten ihr die Hände auf die Schultern und sagten »Wie schrecklich!«, worauf sie nichts erwidern konnte.

Sie fühlte sich sogleich verwirrt, verunsichert und genervt. Wo war David? Sie hakte sich bei dem netten Amerikaner unter und bat ihn, sie wieder nach draußen zu bringen. Sie ließen sich vom Personal zwei Sonnenschirme geben und gingen zum Pool, der von Zypressen umsäumt war und Schatten bot. Die ganze Veranstaltung erschien ihr jetzt absurd, die Pariser Haute-Couture-Kleider und das Jazzgedudel, das hier völlig deplatziert war. Beim Gedanken an Champagner wurde ihr übel, und die im Zelt aufgefahrenen Mezze stellten in ihren Augen eine unnötige Provokation des Personals dar, das dem Treiben mit spürbar wachsendem Befremden zusah. Der Amerikaner machte einen netten Eindruck – aber wer war er? Was wollte er? Am Tor hatte sich eine kleine Gruppe Berber versammelt, die auf etwas zu warten schienen, und als sie sich ihnen näherten, wichen sie murrend etwas zur Seite und warfen ihnen böse Blicke zu. Day nahm Jo wieder bei der Hand und flüsterte ihr ins Ohr: »Die sind anscheinend sauer auf Sie. Halten Sie sich an mir fest. Ich sehe aus, als wäre ich gewalttätig.«

Hamid stritt sich gerade mit einigen von ihnen und forderte sie unmissverständlich auf, den Ksar zu verlassen. Widerstrebend gehorchten sie, und sofort wurde das Tor geschlossen und verriegelt. Bei Jos Anblick erging sich Hamid in schmallippigen Entschuldigungen.

»Die Reiter sind zurück, Madame. Ihr Mann nimmt gerade eine Dusche. Ich glaube, der Ausritt war keine gute Idee.«

»Warum? Was ist passiert?«

»Das kann Ihnen Ihr Mann erzählen. Die ganze Sache ist zu dumm.«

»Wo ist Monsieur Richard?«

»Er ist nach Taza gefahren, um mit der Polizei zu sprechen.«

Sie hätte eindringlicher nachgefragt, doch die Sonne brannte so heiß, dass ihr schummrig wurde. Hamid wurde ihnen gegenüber immer unfreundlicher, gereizter, und sie spürte, dass er sie nicht mochte. Sie war sich unschlüssig, was sie tun sollte, und dann platzte sie mit der Frage heraus, ob sie den Toten sehen könne, der, wie sie wusste, in der Garage lag. Im ersten Moment schien Hamid verdutzt. Dann schüttelte er energisch den Kopf und sah sie finster an. Nein, Madame, ausgeschlossen. Monsieur Richard würde ihm nie verzeihen, wenn er das gestatte. Das sei kein Anblick für eine Frau, und außerdem sei sie ja in die Angelegenheit verwickelt.

»Dann werde ich Monsieur Richard darum bitten«, sagte sie frostig.

»Wie Sie wünschen, Madame.«

Bevor sie sich zum Gehen wandte, fragte sie noch: »Was haben diese Männer auf dem Hof gewollt?«

»Das sind Einheimische«, antwortete Hamid. »Sie sind aufgebracht über die Ereignisse der letzten Nacht.«

»Was meinen Sie mit aufgebracht?«

»Sie wollten Radau machen, aber wir haben sie beruhigt.«

»Radau?«

Ihr Ton hatte wohl aggressiv geklungen, denn er erwiderte ihren Blick noch entschiedener. Sie spürte, wie die Hand des Amerikaners sie wegzog.

»Warum wollten sie Radau machen?«

Radau war ein merkwürdiges Wort, das Hamid von Richard gelernt hatte, und er fragte sich, ob er es vielleicht falsch verwendet hatte.

»Sie wurden laut, weil sie empört sind, Madame.«

»Meinetwegen?«, stieß sie hervor.

»Aber, aber«, flüsterte ihr Day ins Ohr. »Quälen Sie ihn nicht.«

Nun, da das Tor verriegelt war, kehrte das Personal zum Zelt zurück. Day begleitete Jo durch das Häuserlabyrinth zu ihrem Chalet. Auf halbem Weg blieb er stehen. Die Sonne hatte ihren Zenit erreicht.

»Sie sollten mit Ihrem Mann ein ernstes Gespräch unter vier Augen führen.«

»Ja. Sehen wir uns später?«

Sie dankte ihm rasch und ging weiter, drehte sich aber noch einmal um und warf ihm ein Lächeln zu. »Gehen Sie heute Nachmittag an den Pool?«, rief sie.

Er nickte. »Das ist besser als reiten.«

Vom Pool hallten bereits Gelächter und das Klirren von Eiswürfeln herüber und machten deutlich, dass die Gäste nicht allzu viel über Jos Probleme oder den Unfall nachdachten. Das erlaubte ihnen, das Wochenende weiter zu genießen. Jo ging wie eine Frau, die auf einen Laden zusteuerte, schritt zu schnell aus, schlenkerte mit den Armen. Sie vergaß weder den Mann, der ihr nachblickte, noch das Interesse in seinen Augen, denn manche Dinge waren so unbestreitbar, dass man nicht weiter darüber nachzudenken brauchte. Sie wusste, dass er ein unseriöser Frauenheld war. Aber in London drehte sich niemand nach ihr um, und sie war überzeugt, dass David von seinen Freunden bedauert wurde, wo er doch, wie sie sagten, »jede hätte kriegen können«. Der Amerikaner war eine nette Entschädigung.

An der letzten Ecke vor dem Chalet hob sie den Blick. Bussarde kreisten über dem Ksar, als wollten sie sich paaren. Die Häuser warfen rasierklingenscharfe Schatten auf das Pflaster. Erst jetzt bemerkte sie die Blumenkästen, die an allen Türen hingen, und die Fatimahände, die aus Aberglauben nach unten gerichtet waren. Die restaurierten Teile des Fantasiedorfs waren so gut gelungen, dass man schon genau hinsehen musste, um die Unstimmigkeiten, die Risse zu bemerken. Die Wände waren perfekt verspachtelt. Die lackierten Türen waren alle neu, aber auf alt getrimmt. Selbst die Fatimahände waren Schwindel. Sie bildeten einen merkwürdigen Gegensatz zu den Ruinen drum herum.

David lag auf dem Bett und drückte sich ein Handtuch ans Gesicht, auf dem ein durchgesickerter Blutfleck prangte. Mit empörtem Erstaunen setzte er sich auf. Als sie zum Bett stürzte, ließ er das Handtuch sinken und entblößte eine kleine Platzwunde an der Schläfe.

»Du bist vom Pferd gefallen«, rief sie, doch er schüttelte ungehalten den Kopf und entriss ihr das Handtuch, als sie damit die Wunde betupfen wollte.

»Wieso sollte ich von einem blöden Pferd fallen? Ich habe reiten gelernt. Und warum bist du mit diesem dämlichen Amerikaner herumspaziert?«

»Aber wenn du nicht gefallen bist ...«

»Ein Arschloch von Marokkaner hat einen Stein nach mir geworfen.«

»Was?«

»Wir sind den Hügel entlanggeritten. Da hat uns die Bande aufgelauert. Turbanträger.«

Sie setzte sich neben ihn und nahm ihm wieder das Handtuch weg. Das leise, schockierte »Oh«, mit dem sie diese Bezeichnung quittierte, blieb unbemerkt. Aber für Augenblicke verfinsterte sich ihre Miene.

»Jetzt bist du der Turbanträger. Das hätte böse ausgehen können.«

»Es *ist* böse ausgegangen. Der kleine Drecksack hat gut gezielt.«

»Wieso bist du überhaupt ausgeritten?«, fragte sie gereizt. »Das war doch der reine Wahnsinn.«

Er blickte überrascht wie ein Kind.

»Wieso? Die anderen wollten ausreiten, da habe ich mich angeschlossen. Du hast fest geschlafen.«

»Trotzdem kommt es mir verrückt vor. Und ich habe recht.«

»Sie haben oben hinter den Felsen auf der Lauer gelegen. Das konnten wir doch nicht ahnen.«

»Es fällt mir schwer, das zu glauben.«

Aber dann fielen ihr die zornigen Männer am Tor ein.

»Ist mir völlig egal, was du glaubst«, entgegnete er giftig. »Ich war mit zwei Französinnen unterwegs. Die haben sie nicht mit Steinen beworfen.«

Die Wunde war nicht groß und bereits von Richards Hausarzt versorgt worden, der das Wochenende im Haus verbrachte. Aber der Schock saß tief. David zitterte vor Nervosität am ganzen Leib. Er hielt das Handtuch krampfhaft umklammert und betupfte damit ständig die Wunde, obwohl sie nicht mehr blutete, aber das Wiederholen dieser Bewegung beruhigte ihn nach und nach.

»Diese kleinen Dreckskerle«, knurrte er sinnloserweise.

Sie seien durch offenes Gelände geritten, erzählte er, die Französinnen ein Stück hinter ihm. Was er seiner Frau verschwieg, war, dass er die beiden anziehend fand und mit ihnen geflirtet hatte. Sie hatten eine Zeitlang in London gelebt und sprachen gut Englisch.

Sie folgten dem Pfad, der an Tafnet vorbeiführte, vier oder fünf Kilometer und schäkerten, was für ihn nach dem schrecklichen Vorfall eine angenehme Abwechslung war. Da sie alle drei nicht besonders gut reiten konnten, brauchten sie eine Weile, um die Kuppe zu erreichen, wo der Bach zwischen hohen goldfarbenen Felsen ins Tal stürzte.

Er hatte lang geschlafen und fühlte sich erholt. Dort, wo der Pfad eine Biegung machte und die nächste Anhöhe hinaufführte, stand eine Holzhütte. Hinter der hatten sich die Übeltäter versteckt. Er sah sie nicht, sondern hörte nur einen Stein auf dem Boden aufschlagen. Das Pferd zuckte vor Schreck zusammen, und als er sich umdrehte, traf ihn ein zweiter Stein voll an der Schläfe.

Er stieg ab und rannte zu der Hütte, aber die Frauen riefen ihn zurück. Fünf oder sechs arabische Jungs liefen davon, verhöhnten ihn aus der Entfernung und lachten über den berittenen *gaouri*. Er kannte das Schimpfwort nicht, das sie ihm zuriefen. Es klang wie *hassi*. Aber er sah den verhöhnenden Hass in ihren Gesichtern. Weitere Steine prasselten auf sie nieder, trafen die Pferde und veranlassten die Frauen zur Umkehr. Die Platzwunde blutete stark.

»Wir sind sofort zurückgeritten. Sie sind uns gefolgt und haben uns weiter mit Steinen beworfen. Ich habe immer gesagt, dass das keine vernünftigen Leute sind. Deshalb machen sie mich jetzt für alles verantwortlich.«

»Vielleicht sollten wir einfach abreisen«, sagte sie leise.

»Das ist so unglaublich primitiv«, schimpfte er weiter, ohne hinzuhören. »Für die gilt nur Auge um Auge. Wie in Sizilien vor hundert Jahren. Wie in *Der Pate*. Die Sache hat sich also herumgesprochen. Bei unserer Rückkehr war am Tor ein Menschenauflauf. Lauter Einheimische. Den Haufen hättest du sehen sollen. Die Hälfte einäugig oder zahnlos. Anscheinend hat es ihnen nicht gepasst, dass ich ausreiten war. Sie dachten, ich hätte mich amüsiert.«

»Hast du das denn nicht?«

»Darum geht es doch nicht. Oder ist es verboten, sich nach einem traumatischen Ereignis ein wenig zu erholen?«

Sie erhob sich kühl und goss ihm aus dem Krug, der auf der Anrichte stand und ständig nachgefüllt wurde, ohne dass sie es mitbekamen, ein Glas Limonade ein.

»Das war einfach unüberlegt. Du hättest dir doch denken können, dass sie darüber nicht begeistert sein würden.«

»Dann muss ich mir jetzt immer überlegen, worüber sie *begeistert* sind und worüber nicht?«

»Du weißt, was ich meine.«

»Hamid meinte, es waren Jungs von der anderen Seite des Tals. Jeder weiß inzwischen von dem Unfall. Allem Anschein nach wird hier den lieben langen Tag nur Klatsch herumerzählt.«

»Hier, trink das.«

»Bla-bla-bla. Das kommt dabei heraus, wenn man nicht lesen und schreiben kann.«

Er redete irre. Sie stieß ihn in die Kissen zurück und machte sich über ihn lustig.

»Du bist ein richtiger kleiner Faschist geworden, seit dich der Stein getroffen hat. So schnell geht das bei dir?«

»Ich hätte blind werden können. Ich könnte jetzt entstellt sein.«

Sie stellte den Ventilator höher, und als er in schwindelerregendem Tempo rotierte, stand sie auf und schloss die Fensterläden mit den rostigen Haken. Es war das Sonnenlicht, das sie beide noch reizbarer und unbeherrschter werden ließ. Sie kühlte ihm die Stirn mit einem nassen Waschlappen und legte sich neben ihn. Sie würden bestimmt nicht schlafen, aber vielleicht mal einen Gang runterschalten. Er grummelte noch eine Weile vor sich hin und gab dann auf.

Sie schlug eine Zeitschrift auf und las, während er in einen langen, mürrischen Halbschlaf fiel. Monatelange unterschwellige Spannungen und Meinungsverschiedenheiten zwischen ihnen beiden traten wieder an die Oberfläche. Seine Praxis lief schlecht. Sie konnte nicht richtig verstehen, warum genau. Gab es in London zu wenig Menschen mit Hautkrebs? Letztes Jahr hatte ihn ein Patient verklagt. Er hatte nicht darüber gesprochen, aber er hatte vor Gericht wohl verloren. In den Zeitungen hatte nichts darüber gestanden, und wenn sie das Thema ansprach, würgte er sie sofort ab. »Das geht nur mich etwas an«, schien er damit sagen zu wollen. »Wenn es schlecht ausgeht, will ich nicht, dass es an die große Glocke gehängt wird.«

Daher gab sie den Versuch auf, darüber zu sprechen. Monate vergingen, in denen sie keine Zeile schrieb und keine Ideen hatte, aber es war ihr egal. Manchmal kommt man in seiner Karriere an einen Punkt, an dem die bewährten Erfolgsrezepte plötzlich nicht mehr funktionieren – eine Erfahrung, die wohl den wenigsten erspart bleibt. Ein solcher Wendepunkt im Leben ist interessant, für den Betroffenen aber nicht einfach. Die knisternde Wut in Davids Stimme, wenn er die Araber verächtlich abtat, hing mit seinen privaten Fehlschlägen zusammen. Auf der anderen Seite hatten sie ihn mit Steinen beworfen. Und auch der Ausdruck in Hamids Augen ließ sich nicht so leicht abschütteln.

Sie klappte die Zeitschrift zu und legte halbherzig die Arme um ihn. Sie musste sich in Erinnerung rufen, dass er mit seinen abschätzigen Urteilen auch schon oft recht gehabt hatte. Mit dem feinen Gespür eines Tieres traf er meistens ins Schwarze. Das hatte sie immer an ihm verlockend gefunden. Doch die Kehrseite dieser beneidenswerten Eigenschaft war eine Überempfindlichkeit, sobald er mit Dingen konfrontiert wurde, die in seiner geschmeidigen Welt nicht existierten. Er reagierte gelassen auf Dinge, die er kannte, und empfindlich auf alles, was er nicht kannte, und an Letzterem drohte er zu zerbrechen. Er geriet schnell in Panik, darunter litten seine Intelligenz und sein Urteilsvermögen. In solchen Momenten musste er vor sich selbst geschützt werden.

Sie beugte sich zu ihm hinunter und strich mit den Lippen über die Spitze seiner sonnenverbrannten Nase.

»Du siehst aus wie ein Pirat. Wie Captain Blackbeard nach einem Säbelgefecht.«

»Sei froh, dass ich keinen Säbel habe.«

»Du Ekel. Keine bösen Witze mehr über Marokkaner.«

»Das hängt davon ab, wie viele Steine sie noch nach mir werfen. Ein Witz pro Stein. Das finde ich nur fair. Hunde, die bellen, und so weiter, du weißt schon. Das bleibt unter uns. Niemand hört mit. Ich muss mich halt etwas abreagieren. Es ist einfach eine Ungerechtigkeit.«

Aber der Junge ist tot, dachte sie.

»Manchmal ist die Welt ungerecht«, sagte sie. »Man wird für Dinge verantwortlich gemacht, die man nicht getan hat.«

»Ich nicht.«

»Besonders du.«

8

Die Eidechsen hockten lethargisch auf den hellroten Lehmmauern verstreut, ehe sie plötzlich in Ritzen huschten und leere heiße Wände hinterließen. Die Kaktusstacheln glänzten wie polierter Stahl, und der aufgewirbelte Staub sank beinahe schwerelos auf die Straße zurück, wie Federn, die aus einem geplatzten Kissen fallen. In der Source des Poissons ließ sich ein Mädchen mit zarten kaffeebraunen Bemalungen an den Händen treiben. Sie blickte hinauf zu den Büscheln unreifer Datteln, die an der Unterseite der sich im Wasser spiegelnden Palmen hingen, dann zog sie die Arme durch das kalte Wasser und dachte an einen bestimmten Jungen, der in diesem Augenblick seine Ziegen in den Schatten eines Baumes trieb. Eine Libelle strich über das Wasser. Die Zikaden verstummten, und das Mädchen schloss die Augen. Wenn die Libellen sich knapp oberhalb des Wassers paarten, sahen sie aus, als würgten sie sich gegenseitig zu Tode. Sie beobachtete, wie sie über die schwarze Wasseroberfläche tanzten, wobei ihre Flügel verzweifelt und lasterhaft anmutende Geräusche erzeugten, die ihr gefielen.

Die Bäume wurden still, und in der Ferne vernahm sie das Brummen der Generatoren im Ksar der Ausländer. Die alten Männer saßen auf der Mauer unter den Tamarisken und steckten sich ihre billigen Zigaretten an. Drei Stunden lang würde niemand etwas tun. Als wäre Nacht. In der Garage surrte die Klimaanlage, und Richard stand allein bei dem Toten und sah besorgt auf die Uhr. Seine Haut prickelte von der Hitze, die sogar in diesen abgeschlossenen Raum drang. Sein Rücken war nass, und er wunderte sich darüber, wie trocken die Haut des toten Jungen war. Wie Briefpapier.

Unterdessen stand am Tor ein Mann und lauschte aufmerksam mit der Hand am Riegel. Die Menge hatte sich, vertrieben von der Hitze, mittlerweile zerstreut, und die Gäste lagen jetzt auf verlausten Matratzen oder Palmenrindenstücken unter Bäumen und warteten darauf, dass die Sonne sank. Das erforderte nur etwas Ausdauer und Geduld. Die Gäste im Ksar taten mehr oder wenige dasselbe.

Manche dösten auf Luftmatratzen im Swimmingpool, andere schliefen miteinander in ihren Zimmern, bemüht, nicht allzu viel Lärm zu machen. Wieder andere lasen ein Buch, neben sich ein Glas eisgekühlten Orangensaft. Einige hatten auf Landkarten und mit GPS-Geräten ihre Position bestimmt, ohne dass sich ein Gefühl der Vertrautheit mit diesem Ort einstellte. Sie ließen die Gedanken schweifen. Sie schmierten ihre Lippen mit Fettstiften ein, verteilten Sonnenöl auf ihren Nasen und fragten sich, was sie als Nächstes tun sollten. Am Abend stand ein Maskenball auf dem Programm – die Kostüme wurden gestellt –, aber wurde von ihnen erwartet, dass sie tanzten? Würden sie sie selbst bleiben können oder wurde erwartet, dass sie in eine Rolle schlüpften? Würde es amüsant werden oder genau das Gegenteil?

Im obersten Zimmer des Hauses, einem Privatsalon mit apfelgrünen, geometrischen Fliesenmustern, in dem Dally und Richard in den Stunden vor Sonnenuntergang gewöhnlich lasen und Laphroaig süffelten, standen die beiden Männer an dem großen Fenster und beobachteten eine Staubwolke, die in der Ferne von der Straße aufwirbelte.

»Sieht nach einem Auto aus«, sagte Dally hoffnungsvoll.

»Das ist nicht die Polizei. Sie haben gesagt, sie würden sich mit einer Leichenhalle in Verbindung setzen, aber noch habe ich nichts von ihnen gehört.«

Richard überlegte, ob er Hamid rufen sollte. Der Nachmittag neigte sich dem Ende zu, und die Bäume breiteten ihre Schatten über die Felsen. Sie hatten zwei Stunden geschlafen, und ihre Alpträume waren noch nicht ganz verschwunden. Aber was könnte Hamid tun? Er beschloss abzuwarten. Wenn der Tote endlich weggebracht war, würde sich die dunkle Wolke, die über ihnen hing, wahrscheinlich mit einem Schlag verziehen. Sie mussten bei der Überführung nur größte Sorgfalt walten lassen, ohne die Sitten zu verletzen.

»Das ist eindeutig ein Auto, Dick.«

»Der Minzlieferant?«

»Der war heute Morgen schon da. Vielleicht jemand von der Leichenhalle.«

»Von welcher Leichenhalle denn?«

Dally zuckte mit den Schultern. Er hatte keine Ahnung, was für Leichenhallen es in der Umgebung von Azna gab. Er wusste nicht einmal, ob es überhaupt eine gab. Warfen die Marokkaner ihre Toten nicht einfach nur in ein Erdloch?

Richard musste Dally manchmal wie ein rohes Ei behandeln. Er neigte dazu, auszurasten, wenn bei seinen sorgfältig getroffenen Vorbereitungen plötzlich etwas schiefging.

»In Errachidia gibt es eine Leichenhalle. Vielleicht kommt der Wagen von dort.«

Es war so weit, Dally rastete aus. »Ich wünschte, du hättest diese Engländer nicht eingeladen. Was für Langweiler. Und dann der ganze Schlamassel, den sie angerichtet haben.«

»Du findest sie langweilig?«

»Furchtbar langweilig. Und hast du die Schuhe von Mr. Limey gesehen?«

Richard nickte. »Er ist ein klassischer Typ, Dally. Ein Mediziner, der nur öffentliche Schulen besucht hat. Was erwartest du da?«

»Ich garantiere dir, dass sie heute Abend als Einzige nicht verkleidet sein werden. Sie werden behaupten, sie hätten eine posttraumatische Belastungsstörung.«

»Die werden sie mit Sicherheit haben.«

»Ich habe gesehen, wie er sich am Frühstücksbuffet einen Drink geholt und in einem Zug runtergekippt hat. Seine Hand hat gezittert. Erbärmlich. Die beiden kommen nicht noch einmal, das schwöre ich dir.«

Das wird wohl das Beste sein, dachte Richard missmutig.

»Wir hätten die Bainbridges einladen sollen. Die sind wenigstens richtig verrückt. Und sie bringen auf dem Weg hierher keine Leute um.«

»Vielleicht beim nächsten Mal.«

Sie lachten, wieder als verschworenes Paar. Die Staubwolke hatte die Felsen erreicht, auf denen die Zelte standen und schlammbraun in der tiefstehenden Sonne schmorten. Dally goss sich einen Scotch ein. Richard zog sich langsam an. Er liebte die Wüste um diese Tageszeit.

Ein wildes Kamel folgte langsam dem schwarzen Band der Straße, und weit entfernt, am Eingang zum Tal, ballte sich bedrohlich ein orangefarbenes Licht. Die Feigenbäume im Garten erzitterten, als würden sie mit Stöcken geschlagen, obwohl sich kaum ein Lüftchen regte. Die Dämmerstunde konnte man riechen, aber nicht sehen.

Die Kuhreiher und die Rotflügelgimpel kehrten in ihre Schlupfwinkel in den Ruinen zurück, und aus dem Toyota-Jeep, der am Haupttor vorgefahren war, schälte sich ein alter Mann in einer zerrissenen, kaffeebraunen Dschellaba und entblößte seine sechs Goldzähne zu einer Grimasse größten Unbehagens. Der Wagen, den Dally und Richard gesehen hatten, hatte ramponierte Nummernschilder und eine mit billigem Epoxidharz geflickte Karosserie. Die Scheibenwischer und die Radioantenne waren verbogen. Die anderen Insassen, die schäbige Chechs trugen, blieben dicht aneinandergedrängt sitzen. Erst als der alte Mann zum Tor ging und seine Stoffmütze abnahm, stiegen sie ebenfalls aus und vertraten sich die Beine. »Kühl hier«, murrten sie mit angespannten Gesichtszügen. Ihre Kleidung war sandverkrustet und bei jeder Bewegung stiegen kleine Staubwolken von ihnen auf. Sie klopften behutsam ihre Ärmel und Chechs aus, gähnten und sahen sich argwöhnisch um. Eine dunkel-orangefarbene Staubschicht bedeckte den Wagen, klebte am Kühlergrill und den Außenspiegeln, und auf dem Rücksitz lag ein großer Sack Reis. Die Männer aus Azna vermuteten, dass sich Waffen im Wagen befanden, obwohl keine zu sehen waren. Aber es roch nach Waffen. Nach Munition und Ziegenfett.

An dem geschlossenen Tor ließ sich der alte Mann langsam in den Staub sinken, indem er vorsichtig die knackenden Knie beugte, und verschränkte die Hände vor der Brust. Seine Augen blickten völlig ausdruckslos. Erst flüsternd, dann immer lauter sagte er: »Ich bin Abdellah Taheri von den Aït Kebbash aus Taallalt. Ich bin gekommen, um meinen Sohn zu holen. Werden Sie mich anhören? Werden Sie mir das Tor öffnen?«

Immer wieder wiederholte er die Sätze, während seine Begleiter ungerührt zusahen. Männer mittleren Alters mit angegrauten, halblangen Bärten und großen, schwieligen Händen, die mit Narben übersät waren. Wüstenbewohner aus dem tiefen Süden in weißen und indigoblauen Gewändern, von hagerer Gestalt, mit Adlernasen, kalten, engstehenden Augen und halb versilberten Zähnen. Sie sprachen Tamazight.

Hamid hörte die Stimme sofort. Er schlich zum Tor und legte das Ohr dagegen. Genau das hatte er die ganze Zeit erwartet. Der alte Mann hob die Stimme und wiederholte sein Begehren, bis auch die Gäste ihn hören konnten. Es war eine ruhige, ernste Stimme ohne eine Spur von Hysterie oder Erregung. Wie anhaltendes Hämmern rief sie schließlich eine Bewegung, eine Reaktion hervor. Stimmen können Türen öffnen. Richard kam eilends zum Tor.

»Der Vater?«, erkundigte er sich mit zischender Stimme.

Der Diener nickte.

»Na, dann mach doch auf. Oder willst du ihn draußen stehen lassen?«

»Sind Sie sicher, Monsieur? Das sind Aït Kebbash.«

Richard grinste. »Na und?«

»Wie Sie wünschen, Monsieur. Aber sie werden versuchen, Geld von Ihnen zu erpressen. Seien Sie gewarnt!«

Richard ignorierte ihn. Er hatte das Wort *Taallalt* gehört. War das ein entlegenes Dorf? Er fragte Hamid, ob er es kenne, doch der schüttelte den Kopf.

»Wo leben die Aït Kebbash?«

Hamid zuckte mit den Schultern. »Weit draußen in der Wüste.« Er machte dazu eine strenge Handbewegung.

»Sie müssen die ganze Nacht gefahren sein«, folgerte Richard.

»Den ganzen Tag und die ganze Nacht.«

»Dann öffne das Tor.«

»Sie werden Sie erpressen, Monsieur. Das sind Erpresser.«

Richard zog den großen Riegel eigenhändig zurück.

»Halte die Gäste von hier fern. Wir wollen nicht, dass sie währenddessen hier herumschnüffeln.«

»Gehen Sie nicht hinaus, Monsieur. Er soll hereinkommen. Lassen Sie uns sehen, wie er gestimmt ist.«

»Ob er wütend ist, meinst du?«

Während das Tor aufging, richtete sich der alte Mann langsam auf, klopfte sich den Staub von den Knien und setzte die Kappe wieder auf. Die anderen verharrten am Wagen und rührten sich nicht, auch als die Diener herausriefen und den alten Mann hineinwinkten. Grüße wurden getauscht, ein paar Worte gewechselt, dann erkundigte sich Hamid höflich, woher sie kämen. Taallalt war ein Hundert-Seelen-Dorf am anderen Ende des Tafilalet, weit draußen, wo der Oasenrand austrocknete und von der Wüste geschluckt zu werden drohte. Es lag noch hinter der abgelegenen Fossilien-Stadt Alnif, an der äußersten Grenze der bewohnten Gebiete, nahe der algerischen Grenze und dem Berg Issoumour, wo hochwertige Trilobiten und Ammoniten abgebaut wurden. Dort, in den Steinbrüchen rund um den Jebel Issoumour, verdienten sie ihren Lebensunterhalt. Unweit davon, so erklärte der alte Mann, liege der Hmor Lagdad, der Rotwangige Berg, der weithin sichtbar sei und den jeder kenne, da man ihn auch von den Steinbrüchen bei Erfoud aus sehen könne. Hamid sprach ihm sein Beileid aus und fragte ihn nach dem Vornamen seines Sohnes.

»Driss. Er war mein einziger Sohn.«

»Allah habe ihn selig.«

»Allah hat es so gewollt.«

Mit einem Mal war Hamid bewegt. Endlich hatte der Tote einen Namen und eine Identität, und er war erleichtert. Mitten in der Nacht auf der Straße zu sterben war ein erbärmlicher Tod.

»Wir haben ihn hierbehalten, wenn Sie mir bitte folgen wollen«, sagte Hamid und führte den alten Mann zum Garagentor. »Wir haben die ganze Zeit bei ihm gewacht.«

Er bedauerte es, die Männer aus Taallalt als Erpresser verleumdet zu haben, auch wenn er davon gehört hatte. Ein Mann konnte von Haus aus Erpresser und dennoch ein trauernder Vater sein. Abdellah war dürr und sehnig und musste seinen Sohn erst in vorgerücktem Alter bekommen haben. Seine Kleidung war ärmlich, und Hamid fragte sich, auf welche Fossilien die Aït Kebbash wohl spezialisiert waren. Sie waren bestimmt ihre einzige Geldquelle. Diese Menschen lebten auf einem Existenzniveau, das selbst für die ärmsten Bauern in weniger trockenen Gegenden unvorstellbar war. Bis auf den Toyota besaßen sie wahrscheinlich kaum etwas von Wert. Sie taten ihm leid. Konnte man sich wirklich vorstellen, wie sie lebten? Man sah ihnen auf den ersten Blick an, dass sie als Fossiliengräber und -präparatoren arbeiteten und sich damit über Wasser hielten, dass sie den Touristenläden in Erfoud und Rissani zweitklassige Trilobiten verkauften. Leute wie sie sah man dort überall, zerlumpte Randexistenzen, die in den Hotels von Tisch zu Tisch gingen und auf Bauchläden ihre Ware anboten, westliche Touristen diskret auf die Seite zogen und ihnen schworen, dass ihre Trilobiten die seltensten der Sahara seien, um dann doch mit leeren Händen in ihre Hütten am Rand der Wüste zurückzukehren. Die Oasen starben, weil die Pilzkrankheit Bayoud die Palmen vernichtete, sodass ihnen, wie es allgemein hieß, nur der mühselige Handel mit versteinerten Fischen geblieben sei. Deshalb war Hamid höflich zu den Aït Kebbash, guten Muslimen aus den von der Sonne versengten Landschaften, die nichts besaßen und nichts zu verschenken hatten.

Die Wüstenmänner traten misstrauisch ein und hielten sich vorsichtig von allem fern, was sie umgab, als seien sie das so gewohnt. Sie schauten sich um, betrachteten die Cherokee-Jeeps, die mit den neuesten CD-Playern ausgestattet waren, und ihre Blicke wurden nachdenklich. Es war das erste Mal, dass sie einen Fuß in das Haus eines Ausländers setzten. Wie konnte man hier nur leben? Die Ungläubigen kannten keine Zufriedenheit, kein Feingefühl. Sie hatten keinen Sinn für Ordnung, Sauberkeit und Anstand.

»Wie in einem Stall«, witzelte einer von ihnen.

»Wahrhaftig«, bekräftigte Abdellah ernst.

Doch solche Gedanken verflogen sofort beim Anblick des Leichnams, der mitten im Raum aufgebahrt war, und während der Vater sich dem toten Sohn näherte, blieben die anderen zurück. Die Angestellten waren herbeigeströmt, um das Schauspiel zu verfolgen, das sie gleichermaßen erschreckte wie faszinierte. Im Grunde war es schreiendes Unrecht. Ein junges Leben war jäh beendet und ein muslimischer Vater in unsägliches Leid gestürzt worden, doch die Schuldigen hatten weder für ihre Tat einstehen noch ihr aufrichtiges Bedauern zum Ausdruck bringen müssen. Die Polizei hatte sie mit einer bloßen Ermahnung davonkommen lassen. Ja, wahrscheinlich hatte sie sich bei den verabscheuenswerten Besuchern sogar noch entschuldigt, denn Geld findet immer einen Weg zum unreinen Herzen, und wer welches besitzt, kann tun, was ihm beliebt, selbst unter denen, die reinen Herzens sind. Und so füllten sich die Augen der Zuschauer mit Tränen, als sie zusahen, wie der alte Mann auf seinen Sohn zuwankte. Von einer ruhigen, ansteckenden Wut ergriffen, ballten sie heimlich die Fäuste. Unterdessen bewies der alte Mann ein hohes Maß an Beherrschung. Obwohl ihm seine Bestürzung anzusehen war, bebten seine Lippen nicht. Er blinzelte nicht einmal. Er gab der Bestürzung nicht nach. Er näherte sich nur dem erschreckenden Objekt und verschlang es mit den Augen. Es rief keine äußerlich erkennbare Regung in ihm hervor, aber es zog ihn in seinen Bann. Der lebendige Sohn hatte eine Metamorphose durchgemacht, die er weder begreifen noch akzeptieren konnte. Fröhlichkeit und Liebe hatten sich in reine Stofflichkeit verwandelt. Es war, als offenbare sich ihm erst jetzt die Schönheit seines Sohnes, über die er so fassungslos war, dass seine motorischen Reflexe versagten. Seine Arme baumelten schlaff herab, er nahm in sich auf, was er sah, nahm alles genau in sich auf, bis er nicht mehr konnte, und als seine Aufnahmefähigkeit erschöpft war, floss er nicht etwa über von Trauer, sondern fühlte sich leer. In diesem Augenblick verließ ihn sein Geist und mit ihm sein Herz, und er verharrte reglos, wie etwas, das an einem dünnen, schmutzigen Draht hängt, ein kleines Tier, das sich in einer primitiven Schlinge verfangen hat und sterben wird.

Dann, nach einer Weile, bewegten sich endlich seine Lippen. Sie brachten keinen Laut hervor, aber sie bewegten sich. Kaltes Grauen ging von ihm aus, sodass die Zuschauer abermals Unruhe erfasste. Unbehagen und Argwohn stiegen in ihnen hoch. Abdellah vergaß ihre Gegenwart völlig, als ihn die Trauer wieder überkam. Seine Gedanken wirbelten durcheinander, und alles verschwamm. Wo war er? Er spürte die Worte des Propheten tief in seinem Innern gären, und die Worte seines eigenen Vaters, die dahinter rumorten. Dann hob er den Blick zur Decke. Die Spinnweben-Stalaktiten, die dort hingen, glichen staubigen Dolchen, die auf sein Herz gerichtet waren. Die Mörder. Wo waren die Mörder?

Dieselbe Frage beschäftigte auch die in steife Uniformen gezwängten Diener, als sie für das abendliche Dinner, das unter dem Motto »Banditen und Seeräuber« stand, den Tisch deckten. Eingezwängt in Fliegen und Manschettenknöpfe verteilten sie die schweren Silbergabeln und fragten sich mit stillem Groll, wo wohl *les Anglais* abgeblieben waren, die den ganzen Nachmittag über niemand gesehen hatte.

Wenn sie miteinander sprachen, dann nur, um Fragen zum Gedeck zu stellen. Eine weitere Generation von Fliegen, die, mittels Insektenspray vernichtet, unter den Fenstern lag, musste zusammengefegt werden. Sie kamen dieser Aufgabe mit feierlichen Mienen und weit ausholenden, eleganten Bewegungen nach. Später würden sie sich als Banditen oder Seeräuber verkleiden müssen, manche von ihnen würden sogar einen Säbel tragen. Sorgenvoll lauschten sie dem schnurrenden Gesang Ella Fitzgeralds, der aus der Bibliothek drang, und dem Klirren von Gläsern, das perfekt zu den Glissandi lachender Frauenstimmen passte. Diese Klangtextur verkörperte Dinge, die sie gleichermaßen begehrten wie verabscheuten. Die Frauen und die Whiskeygläser ließen sich der wünschenswerten oder nicht wünschenswerten Seite zurechnen, je nach Charakter, aber das Klackern der Billardkugeln war für alle eindeutig etwas Positives. Hätte sich dieses Geräusch dämpfen lassen, wären sie nachts ins Haus geschlichen und hätten am Tisch gespielt. Sie konnten hören, wie die Männer aus London und New York mit selbstsicheren Stimmen über ihre Frauen sprachen. Die Servierwagen mit Sandwichs rollten von Zimmer zu Zimmer, verwöhnte irische Windhunde tapsten herum, und die Dorfjungen träumten von Schlössern, Luxusvillen und Orgien, zu denen man in einem Jaguar fuhr. Diese sonderbaren Ungläubigen, so dachten sie, waren in vielerlei Hinsicht tadelnswert, aber in rein materieller Hinsicht hatten sie es weit gebracht. Gegen ihren Willen beneideten die Jungen sie darum, doch sie respektierten sie nicht. Aber wer vermag schon zu sagen, ob sich beides nicht manchmal auch vermischte?

Während sie die toten Fliegen zusammenfegten und die großen Talavera-Teller herbeiholten, auf denen später am Abend Gerichte aus dem Rif-Gebirge und Meeresfrüchte serviert werden sollten, schielten sie nach den Türen, hinter denen sich möglicherweise pikante Szenen abspielten, und spitzten die Ohren, um skandalöse Einzelheiten aufzuschnappen. Wie viele Marokkaner beherrschten sie neben dem Arabischen und Berberdialekten auch Französisch, Englisch und Spanisch, und der eine oder andere, der aus dem tiefen Süden stammte, sogar Hassania. Ihre Ohren waren auch das rasche Wechseln zwischen verschiedenen Sprachen gewohnt. Sie waren geborene Beobachter und Kritiker, denn die Geschichte hatte sie dazu gemacht.

Hamid kam in den Speiseraum gerauscht und schien zufrieden. Er klatschte ungeduldig in die Hände und scheuchte sie hinaus auf den Gang.

»Die Schalen mit Nüssen in der Bibliothek sind fast leer. Die Hunde sind noch nicht gefüttert worden. Der Wein ist noch nicht kaltgestellt. Die Ventilatoren laufen zu schnell. Muss ich mich um alles selbst kümmern?« Und leise setzte er hinzu: »Diese Kerle.«

Dann ging er in den ersten Stock hinauf, wo Monsieur Richard gerade mit verdrießlichem Gesicht telefonierte. »Ich kann es nicht ändern«, sagte er leise. »Solche Dinge kann man nicht voraussehen.« Hamid verharrte an der Tür und setzte die sorgenvolle Miene auf, von der er wusste, dass sie Monsieur ärgerte, aber auch zum Handeln bewegte. Richard schaute rasch auf und legte eine Hand auf das Handy.

»Was gibt's, Hamid?«

Hamid trat langsam ins Zimmer. Richard trug einen Hausrock, der so alt war, dass er seinem Großvater gehört haben musste. Mit der Wüste im Hintergrund, die langsam in Dunkelheit versank, sah er darin ein wenig schäbig aus. Im Zimmer roch es nach Whiskey und Sex zwischen Männern. Die Hand, die das Handy zuhielt, war feucht von den Oliven in der Schale neben dem Sofa.

»Der Vater verlangt«, begann Hamid, »dass der Engländer ihn bezahlt.«

9

Als sie an diesem Tag im Steinbruch saßen, setzte Driss seine Geschichte fort. Ismael hörte mit beklommener Aufmerksamkeit zu und schaute ihm tief in die Augen, ohne zu blinzeln. Er wollte wissen, ob Driss die Wahrheit sagte, ob die Geschichte seiner Auswanderung nicht ein wenig übertrieben war, was auf solche Geschichten fast immer zutraf. Jeder, der aus Frankreich zurückkam, war ein kleiner Marco Polo. Er konnte sich ausdenken, was er wollte, tausend Geschichten erfinden, ohne dass ihm jemand widersprechen konnte, denn auch die, die vor ihm dort gewesen waren, hatten mit Übertreibungen nicht gespart.

»Wie ich schon sagte«, erzählte Driss in etwas unglaubhaftem Ton, »bin ich vom Boot gesprungen und einen Kilometer südlich des Jachthafens Sotogrande an Land geschwommen.«

An einem schmutzigen kleinen Strand neben einer Konservenfabrik, wo der Sand steil abfiel, watete er ans Ufer. Es war eine sternenlose Nacht, und kein Mensch war zu sehen, nur eine Küstenstraße, gesäumt von Unkraut und Holzpfählen vor verwilderten Weinbergen. Auf ihr gelangte er unbemerkt nach Sotogrande. Als er dort durch die Arkaden des Jachthafens schlich, der ein paar Kilometer nördlich von Algeciras lag, fühlte er sich leicht in seinen nassen Sandalen und ganz in seinem Element, als sei seine Entscheidung nun bestätigt worden.

Das Land roch wie Marokko. Nach Zypressen, Harz, Zitronen und trockenem Staub. Der Wind trug einen Hauch von Wald herbei, von sonnenverdorrten Hängen und Algen, die auf Steinen vertrockneten. Er hatte fast die ganze Nacht auf dem Boot zugebracht und zitterte an allen Gliedern, als er sich an den Fischrestaurants und Tapas-Bars vorbeistahl, in denen die Jachtbesitzer mit ihren Frauen feierten. Er hörte nichts, als er an den geschlossenen Geschäften entlanghuschte und auf eine kleine Straße gelangte, die am Eingang zum Jachthafen vorbeiführte. Zikaden zirpten an dieser Straße, die sich durch die Dunkelheit zu einem Dorf namens San Martín schlängelte. Seine

Füße hinterließen feuchte Abdrücke auf dem staubigen Asphalt, die Spur eines triefnassen Diebs.

Wie hatte es nur so einfach sein können? Wie im Traum, sagte er zu Ismael, wie in einem Traum, in dem man alles bekommt, was man sich wünscht.

Nach einstündigem Marsch durch die laue Nacht hatte er die Tankstelle in San Martín erreicht. Hohe Bäume schützten das letzte Stück Straße, Pappeln mit kegelförmigen Wipfeln, und weiter oben auf den Eukalyptusbäumen sangen noch Vögel. Er staunte, wie friedlich es hier war. Das also war Spanien. Ermutigt setzte er sich an den Straßenrand, um zu verschnaufen. Hier gab es weder Polizisten noch Autos, und die Hügel ringsum waren so dunkel wie das Rif, vielleicht sogar noch dunkler. Zum ersten Mal in seinem Leben wollte er nun etwas wirklich Ungesetzliches tun.

Die Tankstelle hatte Zapfsäulen mit Selbstbedienung und war die ganze Nacht hell erleuchtet. Zu Hunderten schwirrten Nachtfalter um das Dach. Darunter stand, im gleißenden Licht deutlich zu sehen, eine alte Frau und betankte ihren Wagen. Eine Weiße, möglicherweise nicht einmal Spanierin, mit einer Hose, offenen Sandalen und einem Kopftuch, das kokett wirken sollte, aber sie war weiß Gott keine Schönheit. Er beobachtete sie eine Weile beim Tanken, bis er sicher sein konnte, dass sie ganz allein war. Er fragte sich, warum sie um vier Uhr morgens ihr Auto betankte. Vielleicht litt sie unter Schlaflosigkeit oder bevorzugte die kühleren Stunden. Das spielte keine Rolle. Dann klopfte er sich den Staub von den Kleidern und ging langsam zur Tankstelle. Durch das Klatschen seiner Sandalen auf dem Asphalt aufmerksam geworden, fuhr die Frau herum, mit der Zapfpistole noch in der Hand. Er ging nicht zu ihr, sondern blieb vor dem geschlossenen Tankstellen-Shop zögernd stehen, schützte Überraschung vor (als hätte er etwas kaufen wollen), setzte sich auf den Bordstein und murmelte »*Buenos Días*«, das Einzige, was er auf Spanisch konnte.

Sie erwiderte nichts, und er beobachtete Kleinigkeiten: wie ihre Finger den Drücker der Zapfpistole losließen, wie sie verstohlen in die Dunkelheit spähte, um sich zu vergewissern, dass der Muslim allein war und nicht zu einer Gang gehörte. Er wusste sofort, dass sie auch eine Ausländerin war. Das merkt man immer. Sie waren also zwei Ausländer um vier Uhr morgens an einer Tankstelle, die sich nichts zu sagen hatten. Alles, was die Frau dachte, war: »Dieser Mann weiß, dass ich eine Kreditkarte habe.«

»Ich schwöre dir«, sagte Driss zu Ismael, »ich habe die ganze Tankstelle vollgetropft. Ich habe ausgesehen, als wäre ich gerade wie ein Monster dem Meer entstiegen. Und die alte Frau hat mich nur angestarrt und darauf gewartet, dass ich etwas sage. Ich war wie vor den Kopf geschlagen, und mir fiel nichts Besseres ein, als mit erhobenen Händen auf sie zuzugehen.«
»Ah«, rief Ismael, »das war bestimmt lustig. Sie muss Angst um ihr Leben gehabt haben.«
Allerdings, bestätigte Driss. Davon war er überzeugt.

Er ging zu ihr, und sie ließ die Zapfpistole los. Aber dann zückte sie zu seinem Erstaunen seelenruhig ihre Kreditkarte, ging zum Automaten und schob sie hinein. Sie wartete auf die Quittung, faltete sie zusammen und steckte sie ein. Dann schaute sie auf und sagte etwas auf Spanisch zu ihm.
»*Vous ne comprenez pas?*«, fragte sie, als er den Kopf schüttelte, und da wusste er, dass sie Engländerin war.
Sie sprachen auf Französisch weiter.
»Sie sind ja klatschnass«, sagte sie freundlich und fragte ihn, ob er in den letzten vierundzwanzig Stunden etwas gegessen habe, was nicht der Fall war.
»Wie schrecklich«, sagte sie in ihrem lustigen Akzent.
»Ich habe vor zwei Tagen das letzte Mal etwas gegessen.«
»Drüben?«
Er nickte.
»Ich verstehe. Und wie sind Sie herübergekommen?«
Seine Erklärung erschien ihr glaubhaft.
»Wie unglaublich tapfer von Ihnen«, sagte sie ernst.
»Was sein muss, muss sein.«

»Ich heiße Angela. Mein Mann, Roger, und ich haben eine Pension, da hinten auf dem Hügel, außerhalb der Stadt.«

Sie spähten beide in die Dunkelheit, zu der Anhöhe, deren Silhouette langsam zu erahnen war. Es wird Tag, dachte er.

»Wo werden Sie wohnen?«, fragte sie. »Sie können nicht an einer Tankstelle herumsitzen.«

Er hatte keine Ahnung. *Wohnen?*

»Ich wollte per Anhalter weiter.«

»Ach, deshalb sind Sie zu einer Tankstelle gegangen. Und wohin wollen Sie?«

»Nach Paris.«

»Sie sind noch sehr jung. Das ist ziemlich unvernünftig. In diesen Klamotten kommen Sie nie hin.«

Sie ging um den billigen Kleinwagen herum, wie ihn auch Marokkaner fahren, sichtlich verärgert über seinen unpraktikablen Plan. Ein alter »Atomkraft? Nein danke!«-Aufkleber zierte die hintere Stoßstange.

»Und was haben Sie in Paris vor?«

»Mir einen Job als Hausmeister suchen.«

Sie lachte, und ihr Gesicht verriet, was sie dachte: »Ihr seid vielleicht komische Vögel.«

»Steigen Sie ein«, sagte sie zu ihm. »Kommen Sie mit und essen Sie einen Teller Suppe, bevor Sie noch verhungern. Falls Sie keine Papiere haben, wird man Sie auf der Straße aufgreifen.«

Falls?, dachte er mit bitterem Humor.

»Sie sind sehr freundlich«, murmelte er, als er auf den Beifahrersitz rutschte, und dann saß er ganz still da und wartete. Er hätte sie an Ort und Stelle ausrauben und mit ihrem Wagen bis nach Paris brettern können, ohne dass jemand etwas gemerkt hätte. Er wusste, wie weit es war. Eine Tagesfahrt ohne Pausen, die gesamte Strecke auf teuren Straßen. Er hätte es locker schaffen können.

Er sah zu, wie sie mit den Schlüsseln hantierte, wie ihre Füße die Pedale drückten, kleine Füße in Espadrilles, wie ein alter Hippie. Sie hätte seine Großmutter sein können, und doch kleidete sie sich wie eine junge unabhängige Frau, trug Armreifen und ein geblümtes Kleid, das für seinen Geschmack an der Grenze zur Anstößigkeit war.

Große, mit Plastikplanen abgedeckte Gewächshäuser säumten die Straße auf dem Hügel zu beiden Seiten. Die Bloodworths hatten oben auf der Kuppe ein umfriedetes Gehöft gekauft, dessen hohe Fenster auf das mit weiteren Treibhäusern übersäte Tal blickten. Sonnenblumen drängten zu Tausenden an die Außenmauer, und dahinter sah man Walnussbäume, blassblättrige Zitronenbäume und Hänge, auf denen sich Rebstöcke mit weißen Trauben reihten.

Sie führte ihn durch ein schönes Haus mit weiß getünchten Wänden, das mit spanischen *baúls*, Kommoden und polierten Tischen eingerichtet war. Hinter der Küche lag ein Swimmingpool, der von drei Mauern und Beeten mit Löwenmäulchen umschlossen war. Er wurde von unten beleuchtet. Ihr Mann schlafe noch, sagte sie, aber am Morgen werde sie ihm alles erklären. »Jetzt iss erst mal einen Teller Gazpacho.«

Sie löschte das Licht und ließ die Petroleumlampe auf dem Tisch stehen. Er aß gierig. Sie gab ihm trockene Kleider, Flip-Flops, Kissen und Bettzeug und zeigte ihm ein kleines Mansardenzimmer im Gästeflügel, das momentan leerstand. Warum tat sie das? Weil er jung war? Weil seine Lage verzweifelt war? Oder aus anderen Gründen?

Er aß allein an dem Tisch im Erdgeschoss, wo kleine Libellen um ihn herumschwirrten, und salzte das Brot mit einem silbernen Salzstreuer, der wie ein Läufer im Schach aussah. Angela schloss alle Türen ab, gab ihm einen Schlüssel für sein Zimmer und legte ihm ans Herz, nicht allein auf die Straße zu gehen, bevor sie sich mit ihrem Mann beraten habe. Roger habe immer gute Ideen.

Spontan küsste er ihr die Hand, doch sie zog sie sofort weg.

»Nicht doch. Wir tun das gern. Also lass den Unsinn.«

Er schlief tief und fest in der Mansarde. Seine Alpträume waren eine Neuigkeit. Beim Aufwachen lag er auf dem Fußboden zwischen Kissen, die aus dem Bett gefallen waren, und von draußen drangen die Kuckucksrufe herein, als gehöre ihnen dieses Land und nur ihnen. Das ist eine Falle, dachte er. Jetzt ist Driss den Ungläubigen ausgeliefert. Allein und nackt in ihrer Mansarde.

Als er gegen Mittag nach unten ging, erwarteten ihn die Bloodworths am Swimmingpool, wo sie in Korbstühlen saßen und bei Kaffee und einer Karaffe eisgekühltem Orangensaft britische Zeitungen lasen, so blass wie Gespenster in der spanischen Hitze und den reifen Farben ihres subtropischen Gartens. Der Mann war Chemieingenieur im Ruhestand, um die siebzig und noch sehr rüstig, und als Driss in seinen Kleidern erschien, stand er fröhlich auf, drückte ihm die Hand und forderte ihn auf, von den Brioches zu essen, die Driss – kein Witz – für vergiftet hielt. Wie sich herausstellte, waren sie es Gott sei Dank nicht, und die Ungläubigen hatten kein böses Herz. Sie waren eher Einfaltspinsel. Allah hatte es so bestimmt.

»Angela sagt, dass du dich vor der spanischen Polizei verstecken musst«, sagte Roger auf Englisch. »Nur weil du Migrant bist. Also, wir finden das unerhört, nicht wahr, Angela? Wie wär's, wenn du eine Weile für uns als Gärtner arbeitest? Kost und Logis frei und dreihundert Euro im Monat?«

Driss rang mühsam um Fassung, als ihm Angela den Vorschlag übersetzte, und willigte dann ein, obwohl ihm eine innere Stimme davon abriet.

»Alles ganz einfach«, fuhr der Engländer fort. »Wir geben dir Zeit, dich einzugewöhnen und etwas Spanisch zu lernen, und wenn du willst, kannst du jederzeit weiterziehen. Was hältst du davon?«

So hatte alles begonnen, wie Driss jetzt Ismael erzählte. Er hatte keine andere Wahl gehabt, als mitzuspielen, und wenig später arbeitete er jeden Tag unter Anleitung des Mannes im Garten, denn der Ungläubige war ein erfahrener Gärtner und kannte die Namen und Besonderheiten jeder Blume und Pflanze, die in diesem Land wuchsen. Er wusste alles über Sonnenblumen und wie man Steinbrech auf Felsen zum Gedeihen brachte oder zwischen Petunienbeeten Salbei und Thymian zog. Driss hatte nie zuvor ein solches Tal gesehen, eine Landschaft, die so blendend grün und so bunt von Blumen war, dass er das Gefühl hatte, bislang von einer unsagbar lieblichen Welt ausgeschlossen gewesen zu sein, in der Bäche murmelten, Jagdgewehre rauchten, in der Ferne Hunde bellten und Zypressen, die so dunkel waren wie grüne Tinte, Schatten warfen, wie er sie nie zuvor unter Bäumen gesehen hatte. Dazu Zitronen- und Mandelbäume an den nahen Hängen und der moschusartige Geruch von Tomaten, die in den Treibhäusern reiften. »Ja«, sagte Driss, als bestätige er sich in seinem Gedanken und beleuchte eine bedauerliche Erinnerung von allen Seiten. »Für mich war es damals ein Abbild des Paradieses.«

10

Richard zündete sich eine Zigarette an und ließ sich schwer auf das Sofa fallen. Er war völlig erschöpft und hatte nur noch den einen Wunsch, dass diese Farce bald ein Ende hatte. Das Wochenende war ein totaler Reinfall. Die Party ging weiter, aber Unbehagen und Verunsicherung trübten die Stimmung. Der alte Mann in der Garage, die Leute, die am Tor warteten, und das abergläubische Personal, das hinter seinem Rücken murrte und plötzlich gegen ihn aufbegehrte. Das alles hatten sie David zu verdanken. Richards Mitgefühl mit ihm schwand mit jeder Minute. Bezahlen? Er würde jetzt ein unerquickliches Gespräch mit David darüber führen müssen. Der Doktor würde toben, und er selbst würde die Rolle des Advocatus Diaboli spielen müssen. »Gib ihm Geld«, würde er sagen, »damit er verschwindet.« Als David eine halbe Stunde später kam, sagte er genau das zu ihm.

»Niemals«, brauste David auf und schüttelte den Kopf wie ein beleidigter Schuljunge. »Wegen eines Unfalls gibt man niemandem Geld.«

Richard vergewisserte sich, dass die Türen geschlossen waren und Hamid niemanden in die Nähe ließ. David schwitzte wieder, und er lehnte es entschieden ab, sich zu verkleiden.

»Ich werde kein Kostüm anziehen, solange die Sache nicht geklärt ist.«

»In Ordnung. Dann lass sie uns klären.«

»Ich werde ihm kein Geld geben.«

»Warst du bei ihm?«

David schüttelte den Kopf.

»Du solltest zu ihm gehen. Er ist ein Vater, der um seinen Sohn trauert, verdammt noch mal. Ich habe Benihadd angerufen. Er sagt, das sei hier so üblich. Niemand kann dich dazu zwingen, aber wenn du es nicht tust, könnte das die Situation erheblich verkomplizieren.«

David warf ihm einen kühlen Blick zu. Das Ganze war eine Falle, dachte er wütend. Er kam sich vor wie zwischen beweglichen Wänden, die immer näher kamen und ihn langsam zerquetschten. Die

Araber wollten einfach nur Geld von dir. Das war reine Erpressung. Ihre Trauer und Empörung waren immer übertrieben.

»Ich weiß ja nicht einmal, wie viel er will«, gestand Richard, der in Hausschuhen im Zimmer umherging. »Vielleicht nur tausend Euro.«

»Oder Scheiße viel mehr.«

»Wir könnten ihn einfach fragen.«

»Das ist Erpressung«, erwiderte David. »Schlicht und einfach Erpressung.«

Richard fasste ihn sanft an, denn eigentlich teilte er seine Ansicht. Aber was änderte das? Was änderte es, wenn es Erpressung war? Wie lautete das Wort für *Erpressung* in ihrer Sprache – hatten sie überhaupt eins?

»Dich scheint das alles ziemlich kalt zu lassen«, bemerkte David, der plötzlich Zuckungen im Gesicht bekam. »Und selbst wenn er tausend Euro verlangen sollte. Das ist nicht nichts. Außerdem geht's mir vor allem ums Prinzip.«

»Tausend Euro wären keine große Sache.«

»Was wollen sie denn tun, wenn ich mich weigere?«, höhnte David. »Mich lynchen? Eine halbe Armee hätten sie ja hier.«

»Dass sie dich lynchen könnten, glaub ich nicht. Meine Sorge ist, dass sie nicht verschwinden.«

»Ach so, dein kostbares Wochenende! Das dürfen wir natürlich nicht aus den Augen verlieren. Alle machen sich eine schöne Zeit auf dem Land, während man aus mir tausend Euro herauspresst?«

»Immer noch besser als die Alternative, findest du nicht?«

Der Ton war hitzig geworden, und Richard spürte, dass sein Gesicht glühte. David saß wie eine fette, mürrische Kröte in seinem Ledersessel, die Beine weit gespreizt, das Thomas-Pink-Hemd vollgeschwitzt. Verzweifelt und alarmiert starrte er im Zimmer umher. Er wurde erpresst, und niemand war da, der ihm zur Seite stand. Er war auf sich allein gestellt. Er verabscheute es, wie sich Weiße in solchen Gegenden Erpressungsversuchen beugten. Die Muslime waren am Drücker und nutzten das gnadenlos aus, aber die feigen Weißen, durch jahrzehntelange Schuldgefühle und politische Korrektheit mürbe gemacht, konnten nicht zugeben, wie rücksichtslos sie behandelt wurden. Bildeten sie sich etwa ein, dass im Dreck lebende Bewohner der Sahara so dachten wie sie? Es war nicht zu fassen.

Tief in Davids Brust schlug das Herz eines Offiziers, eines Offiziers der Kolonialarmee, der seine beiden Großväter angehört hatten. Es gab viel mehr Menschen wie ihn, als man dachte, nur hielten sie normalerweise auch in Konfliktsituationen mit ihren Ansichten hinterm Berg. Doch wenn David sich bedroht fühlte, gab er seine Zurückhaltung auf und ließ die Maske fallen. Er wurde arrogant und provokant und machte sich einen Spaß daraus, Tabus zu brechen, von denen er ohnehin nie überzeugt gewesen war. In seinen Augen war politische Korrektheit eine Erfindung rückgratloser Amerikaner, die sich in ihrer multirassischen Soße wälzten. Und die Briten hatten sie mit noch idiotischerem Eifer übernommen. Es ging um Schuld um der Schuld willen, und das führte zu nichts. Und jetzt fing auch noch Richard damit an.

Er lehnte sich zurück, überschäumend vor Sarkasmus.

»Und was sind die Alternativen? Gibt es hier draußen Kastration? Oder kommt die Polizei und erpresst ihrerseits Geld? Habt ihr mal daran gedacht, euch mit dem Konsulat in Casablanca in Verbindung zu setzen? Was ist mit deinen Kontakten im Innenministerium?«

»Meinen Kontakten? Ich habe keine Ahnung, wovon du sprichst. Das Konsulat wird dir nicht helfen. Für die sind wir hier weit ab vom Schuss. Wir wollen uns auf keinen Fall mit der Bürokratie herumschlagen. Auf dem Weg könntest du alles noch viel schlimmer machen.«

David inspizierte seine Fingernägel wie jemand, der seine Angriffslust zu zügeln versucht. »Das Risiko würde ich in Kauf nehmen. Du fühlst dich schuldig und bedroht, weil du hier lebst. Ich empfinde nichts dergleichen. Ich schulde den Marokkanern überhaupt nichts. Ich bin kein Franzose.«

»David, entschuldige, wenn ich das sage, aber du vergisst, was in deinem eigenen Interesse wäre. Und in Jos. Wenn wir das Konsulat einschalten, wird es eine gründliche Untersuchung geben, und mit gründlich meine ich gründlich. Man wird alles genau unter die Lupe nehmen. Und ich kann mir nicht vorstellen, dass du das willst.«

»Ich …«

»Nein, David, das kannst du nicht wollen.«

Richard ging wütend zum Getränkeschrank und riss ihn auf. Gib der Kröte einen starken Drink und zwinge sie, Vernunft anzunehmen. Auch er hatte ein paar Vorfahren, die im Dienst der Britischen Ostindien-Kompanie gestanden hatten. Die meisten von ihnen hatten sich für Aquarellmalerei, Archäologie und östliche Religionen begeistert. Das machte einen nicht zwangsläufig zu einem sturen Hund.

Er fragte David gar nicht erst, was er wollte, sondern mixte ihm einfach einen sehr starken Gin Tonic, ohne Eis. Er schüttelte ihn ausgiebig, um einem unmittelbar bevorstehenden Wutausbruch vorzubeugen. Plötzlich fiel ihm ein Vorfall in der Schule vor fünfunddreißig Jahren ein. Damals hatte er ihn lustig gefunden, heute weniger. Am Elterntag im Ardingly College hatte ein Schüler vom Dach Mäuse auf die unten versammelten Eltern und Lehrer hinabgeworfen. Jede Maus trug einen Fallschirm mit aufgemaltem Hakenkreuz. Natürlich funktionierten die Fallschirme nicht, und die Mäuse stürzten in den Tod. Gerüchten zufolge war David Henniger der Übeltäter. War er dafür nicht mit dem Stock gezüchtigt worden? Richard kramte in seinem Gedächtnis. Aber warum hatte David das getan? Um eine Vorliebe für Hakenkreuze zu bekunden oder, was viel wahrscheinlicher war, Lehrer und Eltern als Nazis zu verleumden? Richard drehte sich um und reichte der Kröte ihren Drink.

Die gierigen Augen der Kröte wurden sofort milder.

»Danke, Chef«, knurrte sie, ergriff dankbar das Glas und nahm sofort einen kräftigen Schluck.

Richard trat ans Fenster. Sie standen vor einem kniffligen Problem, das nur mit diplomatischem Geschick und Taktgefühl zu lösen war. Er hatte klargestellt, dass eine gründliche Untersuchung nicht in Davids Interesse sein konnte, und David hatte das eingesehen. Also hatte er tatsächlich etwas zu verbergen. Aber der Vater von Driss konnte das nicht wissen. Oder doch? »Die Männer der Wüste wissen alles«, hatte Hamid einmal gesagt, als wäre es ein Zitat aus *Lawrence von Arabien*. Aber natürlich war das Unsinn. Sie waren nur eingefleischte Pessimisten und deshalb scharfsinnige Interpreten der menschlichen

Natur. Sie gingen immer vom Schlimmsten aus und behielten damit in neun von zehn Fällen recht. Doch Davids Pessimismus war anders geartet. Er gehörte zu den Menschen, die glaubten, dass die Vergangenheit der Gegenwart überlegen war. Aber natürlich galt das nicht für die gesamte Vergangenheit. Er meinte damit in erster Linie die britische Geschichte vom neunzehnten bis Mitte des zwanzigsten Jahrhunderts. Die Marokkaner wiederum glaubten dasselbe wie Hamid, wenn er das berühmte Sprichwort zitierte: »Was vergangen ist, ist vergangen, die Zukunft ist fern, und dein ist nur die Stunde, in der du lebst.« Richard setzte sich neben David und stieß mit ihm an.

»*Sláinte*«, murmelte er, als gälischen Trinkspruch.

»Prost.«

Sie tranken in gedrückter Stimmung. Überall im Ksar wurden Kerzen entzündet. David sah auf die Uhr. Er dachte an seine Frau.

»Ich denke«, sagte Richard, indem er einen verschwörerischen Ton anschlug, »wir sollten runtergehen und mit dem Alten reden. Vielleicht können wir was herausfinden. Ich lebe nämlich schon eine Weile hier und weiß, dass man auf diese Weise hierzulande Probleme löst. Ohne Wutausbrüche. Ohne selbstgerecht erhobenen Zeigefinger. Das zieht hier nicht. Es ist immer am besten, man hört sich an, was sie wollen. Normalerweise sagen sie offen, was sie wollen. Und wenn man es ihnen gibt, ist der Fall erledigt.«

David nahm mürrisch noch ein paar Schlucke.

»Sobald sie merken, wie schwach wir sind, setzen sie alles auf eine Karte«, prophezeite er. »Sie haben ja nichts zu verlieren.«

»Dazu muss es nicht kommen«, erwiderte Richard knapp. »Aber es freut mich, dass du einverstanden bist. Vielleicht werden wir beide angenehm überrascht.«

»Angenehm überrascht?«, wiederholte David und trank sein Glas leer.

Richard hatte gute Lust, ihn zu beschimpfen, damit er endlich damit herausrückte, was ihm auf der Seele lag. Wäre er von Anfang an ehrlich gewesen, hätten sie einfach das Konsulat anrufen und es dabei belassen können. Aber das arrogante Arschloch hatte gelogen und verheimlichte etwas, und genau deshalb saß Abdellah, der trauernde

Vater, jetzt am längeren Hebel. Man erntet, was man sät, hätte er am liebsten gebrüllt. Aber David hätte sowieso nicht zugehört.

»Ich meine«, korrigierte sich Richard, »dass es vielleicht gar nicht so schlimm kommt, wie wir befürchten.«

Ich merke, wenn ich ausgeraubt werde, dachte David.

Niemand raubt dich aus, hätte Richard entgegnet. Man erspart dir Scherereien.

David stierte in sein Glas. Er wusste, dass alles seine Schuld war, und schwieg. Wenn er sich doch nur mit Hilfe einer Teufelsmaschine der Zukunft per Knopfdruck nach Putney zurückkatapultieren könnte.

Sie kehrten zusammen zur Party zurück. In der Bibliothek wurde mit beängstigender Hingabe getanzt. Richard hatte diesbezüglich strenge Anweisungen gegeben, doch die französische Abordnung war betrunken und fand nichts dabei. Man hatte »Bip-Bip« von Joe Dassin aufgelegt und twistete dazu. Die Hälfte der Gäste hatte sich mit Schärpen und Hüten verkleidet, und draußen an der Bar war der Gin-Fizz ausgegangen. Champagner und Orangensaft wurden aufgefahren, dazu Mangoldsalat und die kleinen, dreieckigen Kanapees mit Minze, über denen er und Dally einen ganzen Tag lang gebrütet hatten. Die Feuerschlucker aus Taza waren eingetroffen, saßen verdrießlich mit ihren Gerätschaften etwas abseits und warteten auf Anweisungen. Richard ging zu ihnen, gab ihnen die Hand und brabbelte die wenigen Berberwörter, die er kannte. Sie verbeugten sich mit der Hand auf dem Herzen. Die Freiluftsofas waren mit Ziegenfellen drapiert, mit Paillettenkissen überhäuft und durch große, schwarz-weiße Stammesteppiche miteinander verbunden. David trat gezielt auf ihre geometrischen Augen, als wolle er sie unter seinen Sohlen zerquetschen. Er hoffte, damit ein Tabu zu verletzten und die Dschinns in Rage zu bringen. Er verabscheute dieses ganze heuchlerische Getue um andere Kulturen. Man konnte Menschen anständig behandeln, ohne sie nachzuäffen und überall ihre Teppiche auszurollen. Im St. Ann's Hospital behandelte er Patienten jeder Herkunft, der Hippokratische Eid hatte dem Multikulturalismus überhaupt erst zum Leben verholfen. Aber für eine Kapitulation auf ästhetischem Feld bestand kein Grund.

Wenn man in ihren Häusern westlichen Nippes sah, lachte man doch auch darüber, oder etwa nicht? Man mokierte sich über den fürchterlichen Kitsch. Es war genau dasselbe.

Doch Richard störte sich anscheinend nicht daran. Er hatte ja auch etwas von einem orientalistischen Snob, wenngleich man zugeben musste, dass den Großteil der Einrichtung sein unerträglicher Freund ausgesucht hatte, der sich, wie gemunkelt wurde, nebenbei mit den Dienern vergnügte. Doch andererseits zog es Schwule schon immer nach Nordafrika. Mindestens seit Anfang des zwanzigsten Jahrhunderts war es Tradition. Selbst Davids Großvater hatte es getan und einen Riesenskandal entfacht. Ob sie alle Oscar Wilde nach Algier gefolgt waren? »Weil sie die Möglichkeit dazu hatten«, vermutete er. »Weil sie die Mittel dazu hatten.« Die Flammen der Feuerschalen züngelten in die Dunkelheit, die gar nicht so dunkel war. Ein Boy taumelte vorbei, mit einer Kiste gefüllt mit Eis, auf dem sich Aprikosen türmten, an denen steife Blätter hingen. Immer wieder gingen die Blicke zum Himmel, um den Mond zu suchen.

Im Gehen fragte sich David, ob Richard ihn verachtete, denn es hatte ganz den Anschein. Er war daran gewöhnt. Die meisten Menschen schätzten ihn falsch ein, hielten ihn für einen griesgrämigen, von Zorn zerfressenen Mann. Was insofern nicht verwunderte, als England, wie er fand, mittlerweile von kindischer Propaganda und Wohlfühlkampagnen beherrscht wurde, die eine Harmonie befördern sollten, die sich nie einstellte. Da blieb wenig Raum für Menschen, die sich ihre eigenen Gedanken machten und sie auch aussprachen, selbst wenn sie sich nicht in Schlagworten oder Büchern zusammenfassen ließen. Unter seinen Kollegen waren viele Muslime. Der Umgang war humorvoll, anregend und weitgehend von Toleranz geprägt. Animositäten ihnen gegenüber empfand er nur, wenn einer ihrer Glaubensbrüder eine Gewalttat beging und er das Gefühl hatte, dass sie für ihre Umma Partei ergriffen, denn ein Bombenanschlag auf einen Zug brachte ihn ihnen nicht gerade näher. Doch er sah keinen Grund, sich dafür zu entschuldigen, und sie machten ihm das nicht zum Vorwurf. Man wahrte einen gewissen Anstand, was sich für beide Seiten als angenehm erwies, wenn er etwa Dr. Mutaba zu einer rundum gelungenen Nasenoperation beglückwünschte, die dieser an einer seiner alten Patientinnen vorgenommen hatte. Und was seinen Ruf als wohlbeleibter Tory mit Säufernase anging, so war das ein Abziehbild, in dem er sich nicht wiedererkannte, und wenn doch, so hätte er sich in guter Gesellschaft befunden. So übel war es nicht, mit dem späten Evelyn Waugh in eine Schublade gesteckt zu werden. Aber das war nur ein Klischee, das als Vorwand diente, um nicht genauer hinsehen zu müssen. Kein Mensch ist so einfach gestrickt oder so abstoßend, wie er zu sein scheint. Ein Mann macht sich selbst zur Karikatur, aber er hat dafür immer einen Grund, der sich mit der Zeit offenbart. Während er jetzt durch die Hitze ging, spürte er, wie er gegenüber dem Schicksal, das ihm bevorstand, gleichgültig wurde. Wenigstens würde er nun die Freiheit haben, sich zu Tode zu saufen. Seine Erfahrung als jähzorniger Polterer könnte sich sogar als nützlich erweisen, wenn die Araber ungemütlich wurden, und im Übrigen war es genau das, was die Linken gern über andere dachten. Diese alten Dogmatiker. Im Grunde begriffen die Linken absolut gar nichts, weil sie keine Ahnung von Grausamkeit und Macht hatten und einfach nur dagegen waren. Ihre Körpersprache entlarvte sie. Es war leicht, solche Dinge abzulehnen, solange man selbst keinen Gebrauch davon machen musste. Aber wenn doch … dann wendete sich das Blatt blitzschnell und Ablehnung, Empörung und Entrüstung waren vergessen. Jeder Dummkopf verstand das.

Diese Leute waren einfach zu beschränkt, dachte er selbstgefällig, als er schwitzend mit Richard zwischen den restaurierten Häusern entlangging und der glühend heiße Sand unter ihren Sandalen knirschte. Sie dachten, die ganze Welt sei wie sie, alles werde von Ideen regiert. Wie dumm konnte man eigentlich sein? Macht im ethnischen Sinn bestand in nichts anderem als in der Größe der Bevölkerung. Das lag doch auf der Hand, oder? Jeder auf der Welt schien das zu begreifen, nur nicht diese progressiven Weißen. Mit simpler oder plumper Ablehnung anderer hatte das nichts zu tun. Denn er hasste andere ja nicht. Sie waren ihm einfach nur gleichgültig, oder er sah in ihnen Rivalen. Zwischen diesen beiden Haltungen bestand ein großer Unterschied. Und sie *waren* Rivalen. Menschen rivalisieren immer miteinander. Er erinnerte sich an eine Äußerung des mexikanischen Schriftstellers Carlos Fuentes zur illegalen Einwanderung von Latinos in die Vereinigten Staaten. Dabei handele es sich, hatte der große Mann mit beifälliger Zurückhaltung bemerkt, um einen »Imperialismus der Chromosomen«. Da hatte man es schwarz auf weiß.

Er tupfte sich den kalten Schweiß vom Gesicht. Er verabscheute die Hitze. Er verabscheute die sandgeschwängerte Luft, den Geruch nach Erde und Kochfett. Er verabscheute die dämlichen Turbane, die sie nachts trugen.

Richard wandte sich ihm zu.

»Das wird nicht lange dauern. Später sehen wir uns die Feuerschlucker aus Taza an. Die sind wirklich zum Fürchten.«

»Na großartig.«

Sie überquerten einen Platz, auf dem Leute tanzten. David betrachtete sie mit den Augen eines Tauben, der die Musik nicht hören konnte, sodass sie einen grausigen Anblick boten. Menschen, die zappelten wie Epileptiker. Das Einzige, was ihm gefiel, war der Duft der teuren Parfüms, den die schwitzenden Frauenkörper absonderten. Warum waren sie nicht nach Rom gereist? Jetzt, in diesem Augenblick, könnten sie im Ristorante Al 59 in der Via Angelo Brunetti sitzen und eine schöne kühle Flasche Greco di Tufo bestellen. Wie dumm von ihm, hierherzukommen. Aber er hatte es für Jo getan, weil er dachte, es würde ihr wieder »auf die Beine helfen«, wie er sich gerne einredete. Niemand ist gegen Dummheit gefeit.

Sie brauchte eine Pause, eine richtige Pause. Seit Jahren hatte sie nichts mehr geschrieben. Sie war kreuzunglücklich, möglicherweise vor allem seinetwegen, aber da sah man es wieder: Man sollte niemals von dem abweichen, was man wirklich gerne tut. Sich in der ernsten Absicht, einen Fehler wiedergutzumachen, auf ein Reiseabenteuer einzulassen, war nachgerade lächerlich. So was endete stets mit einem Fiasko, wenn nicht sogar mit akutem Leid. Was für ein Idiot war er gewesen! Für ihn hatte das Reisen keinen anderen Sinn als den, irgendwo hinzufahren, wo es schöner war, und das war für ihn eine italienische oder französische Stadt mit höherer Lebensqualität als London oder New York. Mit besserem Essen, weniger

Hektik, schönerer Architektur. Dort konnte man den Akku wieder aufladen. Man aß und trank nach Lust und Laune, ohne einen Gedanken daran zu verschwenden, wie man mit dem neuen Hüftspeck aussehen würde, und das war gut so. Man genoss das Leben eine Weile in vollen Zügen und bekam etwas für sein Geld. Die meisten anderen Reiseziele waren ihm dagegen ein Gräuel. Möglicherweise hatte er einfach keinen Sinn dafür.

All das gebe ich ja zu, dachte er und blickte auf seine staubbedeckten Schuhe. Aber deswegen bin ich noch lange kein Chauvinist. Ich bin Perfektionist. Ich finde eben, dass einige Muslime ihre Leute wie Esel behandeln. Mit Verlaub, aber das stimmt. Sie behandeln ihre Leute wie Esel. Das ist nicht unsere Schuld und ist es nie gewesen. Es ist ihr Recht, wenn sie es so wollen.

Der Toyota parkte mit offener Heckklappe im Halbdunkel hinter dem Tor. Ein paar Dorfbewohner standen dort herum, als hofften sie auf einen dramatischen Abschluss dieses Tages, der ebenso langweilig gewesen war wie jeder andere. Sie lauschten der Siebzigerjahre-Disco-Musik, die aus dem Ksar drang, mit der gewohnten Gleichgültigkeit, ohne sich länger die dekadenten Szenen auszumalen, die sich dort abspielen mochten. Sie interessierten sich mehr für den Polizisten, der etwas abseits an der Mauer lehnte und ein Sandwich aß, und warteten darauf, dass der eingewickelte Leichnam von Driss durchs Tor getragen wurde. Die Sonne war hinter dem fernen Horizont versunken, und die Luft über den unterirdischen Quellen hatte ein feuchtes Grau angenommen. Die Libellen waren zur Ruhe gekommen. Die schlaffen Blüten der Wildblumen, die in kärglichen Büscheln zwischen den Ruinen an der Straße nach Tafnet wuchsen, leuchteten golden in der Dunkelheit. Die Männer hielten ihre langen Tonpfeifen in der Linken und rauchten, hatten aber nichts mehr zu sagen. Der Klatsch hatte sich erschöpft.

Als Richard und David zur Garage kamen, hockten die Männer aus Taallalt an der Mauer und tranken Minztee. Mit ruhiger, verhaltener Neugier schauten sie zu ihnen auf. Richard hingegen war nervös, wie immer in der Gegenwart von Marokkanern, wenn Hamid nicht sogleich zur Hand war. Und in diesem Moment war er nicht zur Hand, sondern anderweitig beschäftigt, was in Anbetracht seiner zahlreichen Pflichten nicht verwunderte. Aus diesem Grund zögerte Richard an der Tür zur Garage. Er erkannte sofort, dass die Männer aus Taallalt mit den Menschen, denen er bisher in diesem Land begegnet war, wenig gemeinsam hatten. Klapperdürr und physisch gewissermaßen auf das Wesentliche reduziert, erinnerten sie ihn an Treibholzstücke, die man zurechtgeschnitzt hatte. Sie bewegten sich sehr langsam, aber mit einer Zielstrebigkeit, die auch einfachen Menschen eine eindrucksvolle aristokratische Strenge verlieh. Ihre Armut verstärkte nur diese geschmeidige, gefährlich anmutende Würde. Der tiefdunkle Teint ihrer Haut glich einem unter Anstrengungen erworbenen Kennzeichen. Sie sprachen in gedämpftem, höflichem Ton, als gebe es nichts, wofür zu schreien sich lohne, oder als sei damit ohnehin nichts zu erreichen. Man konnte nicht erraten, was sie dachten oder planten, denn es war gut möglich, dass sie weder das eine noch das andere taten. Sie wirkten unscheinbar und grau, arthritisch und abgestumpft, aber wenn sie sprachen, erwachten ihre Augen zum Leben und ihre Hände ruderten durch die Luft, sodass man nicht wusste, was man von ihnen halten sollte.

»Wo ist der Vater?«, fragte Richard sie in seinem plumpen, eingerosteten Arabisch, und sie antworteten mit einer Geste, die zu verstehen gab: »Was glauben Sie denn? Drinnen.«

Er wartete auf Hamid, der wenig später erschien, schnaufend, aber durchaus stattlich in seiner festlichen Dschellaba. Die Gäste hatten sich über die Gurken-Kanapees beschwert, sodass er in letzter Minute eine neue Platte hatte zubereiten lassen müssen. Konnten Gurken, so fragte er sich seit einer Stunde, wirklich verderben?

»Monsieur«, keuchte er und hielt sich die Seite, »ich bin den ganzen Abend herumgerannt. Es tut mir leid.«

»Ist schon in Ordnung, Hamid. Komm erst mal wieder zu Atem.«

Richard guckte zu David, der blass war und seinen Blick eisig erwiderte.

»Bist du bereit?«

David nickte verächtlich und steuerte auf das Garagentor zu, das offen stand, aber von Schaulustigen belagert war. Richard befahl ihnen, Platz zu machen, und ging mit Hamid und David hinein.

Alle Lampen brannten. Der Vater stand neben dem Leichnam, geschüttelt von Tränen, die über sein ausdrucksloses Gesicht liefen, und Richard erkannte sofort, dass er nichts Berechnendes an sich hatte. Das war unpraktisch, und ihm wurde etwas mulmig zumute. Der alte Mann sah sie einfach nur an, die Hände zu Fäusten geballt. David starrte unverwandt auf den Leichnam, den er in der Nacht gar nicht richtig angesehen hatte. Er fand in sich nicht das angemessene Gefühl, schaffte es aber immerhin, ehrlich ergriffen und betroffen auszusehen. Er wurde nicht aufgefordert, dem alten Mann die Hand zu drücken, und er spürte intuitiv, dass eine solche Geste verfrüht war. Er wartete, ließ seinen Herzrhythmus kurz beschleunigen und dann wieder verlangsamen. Sein Schweiß kühlte sich ab. Seine Angst verflog, und er begann, den vermutlichen finanziellen Schaden zu überschlagen.

Hamid übernahm das Reden, und er tat es in gebrochenem Tamazight.

»Dies«, sagte er feierlich und deutete auf David, »ist der Mann, der letzte Nacht gefahren ist. Er beteuert vor Gott seine Unschuld.«

Doch sein Ton gab dem Aït Kebbash zu verstehen, dass auch Hamid seine Zweifel hatte und dass es Zweifel waren, die sich nicht so ohne Weiteres ausräumen ließen.

Abdellah betrachtete David offen mit großen, fragenden Augen, die es sich gleichwohl versagten, irgendeine Frage zu stellen. David konnte keinerlei Bitterkeit darin entdecken. Wie war das möglich? Der alte Mann schien ihn einfach nur in Augenschein zu nehmen, als wäre er ein Stein oder eine Heuschrecke, die an einem Baum saß. Gleichzeitig schien er ohne erkennbare Regung durch ihn hindurchzublicken, als könnten seine inneren Organe gesehen und beurteilt werden.

Die Klimaanlage brummte laut in dem beengten Raum, und der alte Mann, der die Kapuze seines Burnusses über den Kopf gezogen hatte, zitterte leicht.

Es war Hamid, der fragte: »Nehmen Sie den Leichnam jetzt mit nach Hause?«

»Ja, so Gott will.«

Richard versuchte vergeblich, diese Worte auf Tamazight zu verstehen. Er warf David einen besorgten Blick zu.

»Wollen Sie mit dem Engländer sprechen?«, fuhr Hamid fort, indem er sich beflissen zu dem alten Mann vorbeugte.

Abdellah wandte sich nun David zu.

»Sie können mit ihm sprechen«, sagte Hamid sanft, »und ich werde übersetzen.«

»Nein, ich werde mit dir sprechen«, erwiderte der Vater.

Hamid trat für einen Augenblick zu Richard. »Er sagt, dass er mit mir sprechen möchte. Vielleicht, weil Sie beide keine Gläubigen sind.«

David zuckte mit den Schultern. »Nur zu.«

»Das macht nichts«, beruhigte ihn Richard. »Fangt an.«

Abdellah heftete beim Sprechen die Augen auf Hamids rundes, freundliches Gesicht mit seinem wächsernen Teint. Seine Stimme klang mal sanft schmeichelnd, mal hart, verlor aber nie das rechte Maß. Er sprach, als hätte er seine Rede stundenlang vorbereitet und jedes Wort genau abgewogen, um eine unwiderlegbare Argumentation aufzubauen. Hamid nickte beim Zuhören einfach nur und dachte bei sich: »Das ist das denkbar Vernünftigste.« Ab und zu unterstrich der alte Mann einen Punkt, indem er den Zeigefinger hob. Er sprach jetzt eindringlicher, und Hamid beugte sich noch weiter zu ihm hin. Die beiden Europäer wurden nicht einbezogen. Richard stützte das Kinn in die Hand, legte den Kopf auf die Seite und versuchte, seine Verwirrung zu verbergen. Er kannte die Einheimischen gut genug, um zu wissen, dass der alte Mann einen ziemlich komplizierten Vorschlag machte und damit Hamids Zustimmung fand. Schließlich endete das Gespräch, der alte Mann drehte sich weg, und Hamid trat zu den Europäern, wobei sich kaum merklich seine Haltung änderte. Leicht verlegen, aber auch listig und auf seinen Schutz bedacht, erging er sich zunächst in devoten Entschuldigungen, ehe er berichtete, dass der Vater einen ziemlich ungewöhnlichen Vorschlag unterbreitet habe, wobei »Vorschlag« für Richards Empfinden nicht ganz das richtige Wort war. *Forderung* wäre zutreffender gewesen. Abdellah, so Hamid, wünsche, dass David mit ihnen nach Taallalt komme, um Driss zu begraben. Der Alte sehe es als selbstverständlich an, dass der Mann, der den Jungen zu Tode gebracht habe, dem Begräbnis beiwohne, und zweifle nicht daran, dass David als Mann von Ehre, der er offenkundig sei, sich dazu bereit erkläre. Wie könnte er sich auch weigern? Es sei die Bitte eines Vaters an den Mann, der seinen Sohn getötet habe, und sie sei mit Respekt, Zurückhaltung und Taktgefühl vorgebracht worden. Hier in der Gegend sei dies Sitte, fuhr Hamid zögernd fort, und seine Stimme verriet eine gewisse Unsicherheit. Richard blinzelte. Er begriff, dass die Angelegenheit durch Abdellahs Forderung eine ganz neue Dimension bekam, die sich nicht klar umreißen ließ und sich den üblichen Einwänden entzog.

»Stimmt das denn?«, flüsterte er ungläubig.

»Nun ja, Monsieur, das weiß ich nicht genau. Diese Leute kommen aus der tiefsten Wüste. Ich weiß nichts über sie, um ehrlich zu sein. Aber wenn sie behaupten, dass das bei ihnen Sitte ist, muss ich ihnen glauben.«

Richard überlegte. Der Alte erschien ihm in keiner Weise verdächtig. Er war der Betroffene, der Leidtragende, sozusagen. Aber Richard konnte nicht glauben, dass es nur darum ging, dass David der trauernden Familie seinen Respekt zollte. Es musste mehr dahinterstecken, und er sprach Hamid darauf an.

»Vielleicht«, wand sich Hamid, »würde die Familie ein Zeichen der Reue von Monsieur David zu schätzen wissen.«

»Hat er das gesagt?«

»Nein, ganz und gar nicht. Aber es wird stillschweigend vorausgesetzt. Solche Dinge spricht man nicht aus.«

»Aber David muss wissen, was gespielt wird. Er muss wissen, um welche Summe es geht.«

Hamid zuckte ausweichend mit den Schultern.

»Ich kann ihn nicht fragen, Monsieur. Das wäre unhöflich. Monsieur David muss eben eine gewisse Summe mitnehmen.«

»Aber Monsieur David«, schaltete sich David ein, »hat diesem absurden Plan noch gar nicht zugestimmt. Ich soll diese Leute in ihr unbekanntes Dorf begleiten? Sind Sie von Sinnen?«

»Monsieur David«, entgegnete Hamid mit eisiger Höflichkeit, »ich sage es nicht gern, aber möglicherweise bleibt Ihnen keine andere Wahl. Es handelt sich keineswegs um eine Bitte. Sie sind nur höflich. Ich fürchte, sie werden darauf bestehen.«

Im ersten Moment war David wie vor den Kopf geschlagen, doch im Grunde hatte er die ganze Zeit mit so etwas gerechnet. Natürlich würden sie sich nicht mit Almosen begnügen. Sie würden so viel wie möglich aus ihm herausquetschen. Sie würden ihn in ihrem Dorf festhalten, bis er klein beigab. Angesichts ihrer Banditenmentalität und ihres Grundsatzes, Ungläubige zu schröpfen, wo immer es ging, war das sonnenklar. Er wusste, dass jeder weitere Protest dagegen sinnlos wäre. Richard würde darauf bestehen, dass er der Forderung nachkam, und behaupten, dass es unterm Strich mit Abstand die einfachste Lösung wäre, für eine Nacht in dieses Dorf zu gehen und den Leuten Achtung zu erweisen, zumal eine kleine Entschädigungszahlung für einen Mann mit seinem Einkommen doch eine Kleinigkeit sei. Und das war ja auch alles richtig. Die ganze Sache hatte ihn mitgenommen, geradezu zermürbt, und er ahnte, dass er nachgeben würde. Bei dem Gedanken verspürte er sogar eine gewisse Erleichterung. Da ihn sowieso jeder insgeheim für schuldig hielt, würde ihm Vergebung wohl tatsächlich Erleichterung verschaffen. Und vergeben konnte ihm nur dieser alte Mann in dem zerlumpten dunkelbraunen Burnus. Wenn dieser unversöhnliche Vater ihm nicht vergab, dann konnte es niemand. Vergebung und Entlastung durch die Behörden, das waren zwei grundverschiedene Dinge, und weil die Menschen diesen Unterschied wahrnahmen, war er gezwungen, der Forderung Abdellahs nachzukommen. Es war ein Ausweg, und zwar der einzige.

Wenn ihm nicht vergeben werden würde, dachte er, würde er immer ein gezeichneter Mann bleiben.

Richard deutete seine Miene richtig und war erleichtert, dass David begriff, was er zu tun hatte.

»Ich habe Schlimmeres erwartet«, raunte er David ins Ohr. »So kannst du aus der Sache rauskommen. In zwei Tagen bist du zurück.«

David zuckte zusammen, ohne die Haltung zu verlieren, aber Hamid bemerkte sein kurzes, angewidertes Nicken.

»Dann sind Sie also einverstanden?«, bedrängte er ihn.

»Sieht ganz so aus.«

»Eine kluge Entscheidung, wenn ich das sagen darf.«

»Das wird sich zeigen. Wie viel Geld soll ich denn mitnehmen?« Hamid blickte verstohlen zum Vater. »Nehmen Sie alles mit, was Sie dabeihaben. Dann geben Sie es ihnen und sagen, dass Sie nicht mehr haben. Das werden sie akzeptieren. Diese Leute sind arm, ärmer, als Sie sich vorstellen können.«

Armut macht gierig, hätte David am liebsten hinzugefügt.

»Das ist nicht optimal«, erklärte Richard sichtlich zufrieden, »aber es hätte wirklich schlimmer kommen können. Es könnte sogar interessant werden.«

»Richard, ist dir eigentlich schon mal in den Sinn gekommen, dass sie vielleicht etwas viel Schlimmeres vorhaben, als du ahnst? Nur so ein Gedanke. Was soll sie denn aufhalten, sobald sie mich ausgeplündert haben? Sie könnten mir gegenüber ziemlich unfreundliche Gefühle hegen, weil ich doch ihren Jungen um die Ecke gebracht habe und so. Haben wir daran gedacht?«

Er funkelte Hamid wütend an.

»Nun, Hamid? Haben Sie etwas dazu zu sagen?«

»Monsieur, Sie übertreiben.«

»Ach ja? Finden Sie?«

»Ja«, schaltete sich Richard ein, »du übertreibst. Sie werden sich niemals an dir vergreifen. Musst du immer gleich paranoid werden?«

»Jo wird das nicht gefallen.«

»Sie wird es verstehen. Ich kann mit ihr reden, wenn du willst.«

David hob abwehrend die Hand, aber seine Geste war wenig überzeugend. »Nein, bitte keine weiteren Einmischungen. Das mache ich schon selbst. Was für ein vergnügliches Wochenende.« Er warf dem Alten ein hässliches Lächeln zu. »Hören Sie, Mann des Sandes, wann fahren wir?«

Empört nannte ihm Hamid den richtigen Namen, aber David konnte ihn nicht aussprechen.

»Dann sag halt einfach Monsieur Taheri«, fuhr ihn Richard schließlich an, seinem angestauten Ärger Luft machend. »Oder nur Monsieur.«

»*Monsieur*«, sagte David zu dem Alten, der ihn keines Blickes würdigte, »*quand voulez-vous partir?*«

»*Tout de suite*«, antwortete er ohne Zögern.

David spürte, wie ihm das Blut in den Adern gefror und eine klebrige Kälte tausend Schweißtropfen auf seiner Haut erstarren ließ. Er bezwang den Schwindel, der ihn plötzlich überkam, indem er die Fäuste ballte. Die wild hin- und herschwingende Deckenlampe kam wieder zur Ruhe. Er blinzelte. Richard wollte sich aus der Sache ausklinken und es dabei bewenden lassen. Man ließ ihn im Stich, er war jetzt auf sich allein gestellt. Es ging um Schadensbegrenzung. Das ist dein Ding, alter Freund, dachte Richard, sieh zu, wie du klarkommst.

»Ich muss vorher mit meiner Frau sprechen«, sagte David zu Abdellah, und Hamid übersetzte. »Sie wird darüber nicht sehr glücklich sein.«

»Gut möglich«, räumte Richard in traurigem Ton ein.

»Eine Gazelle ist eine Gazelle«, bemerkte der Alte, als bedürfe dies keiner weiteren Erklärung.

Hamid lächelte, und wäre es nicht unhöflich gewesen, hätte er laut gelacht. »*Ghanchoufou achno mkhebilina ghedda*«, murmelte er – wir werden sehen, was der morgige Tag bringt.

Jo wartete auf ihn auf der Veranda ihres Chalets. Bei Einbruch der Dämmerung kamen Diener und zündeten große Anti-Mücken-Kerzen an, obwohl sie das Gefühl hatte, dass in dieser sengenden Hitze nicht einmal Mücken überlebten. Sie brachten Melone mit italienischem Schinken auf bemalten Tellern und bauchige, mit Champagner gefüllte Stielgläser, in denen ein mit einer Gabel angepiekster Pfirsich schwamm – ein Cocktail namens Kullerpfirsich. Der Pfirsich beginnt zu rotieren, wenn die Gasbläschen in seine Löcher eindringen. Die marokkanischen Diener erschraken über diesen Effekt, den sie offenbar für Hexenwerk hielten, und stellten die Gläser ab, als könnten sie sie gar nicht schnell genug loswerden. Sie mussten heute Abend alle einen Fes tragen, sie taten Jo leid.

»Warum drehen sich die Pfirsiche?«, fragten sie mit großen Augen.

»Weil Monsieur Richard es ihnen befohlen hat«, antwortete sie.

Wie aus dem Nichts schoss eine Feuerwerksrakete in den Himmel und verfehlte nur knapp den Mond. Silberne Funken regneten herab, in deren Schein sie die Ränder der Freiluft-Disco und eine wogende Masse von Köpfen und Armen erkennen konnte. Darum herum hatte man künstliche, mit rosa Lichterketten geschmückte Silberpalmen aufgestellt, und dazwischen erhoben sich schmale Seidenzelte mit Spitzdächern, in denen es wahrscheinlich Erfrischungen oder Drogen gab. Richard und Dally legten Wert darauf, ihre Gäste mit illegalen Substanzen zu versorgen, und zwar in einer Fülle, die offensichtlich zur Erheiterung beitrug. In der Bibliothek lagen rund um die Uhr Majoun-Cracker auf Tellern bereit, und auf Tischen in den Gängen standen Zedernholzkästen, in denen sich fachgerecht gedrehte Joints stapelten. Manchmal sah man, wie ein älterer Beau auf dem Weg zum Essen dort haltmachte, das Angebot beschnupperte und dann mit affektierter Eleganz seine Wahl traf. Ziel des Ganzen war, alle permanent unter Drogen zu setzen, und das war gelungen, denn sie war sich sicher, dass mittlerweile alle bekifft waren, alle bis auf David und sie. Alle waren in derselben Stimmung. Ein sehr junges Pärchen torkelte vorbei und hinterließ eine Spur aus heruntergefallenen Oliven und Cocktailspießen. Das Mädchen war unglaublich glamourös, der Junge klatschnass. Sie blickten zu ihr herüber, und das Mädchen fragte: »Kommst Du mit?« Sie hatten die Gesichter junger Wölfe. Das Mädchen sah aus wie Isadora Duncan kurz vor ihrem Tod durch Strangulierung. Jo schüttelte den Kopf und hob ihren Kullerpfirsich in die Höhe. Seht her, ich habe alles, was ich brauche.

»Genau das habe ich über die Amerikaner im Irak gesagt ...«, setzte das Pärchen ihr Gespräch fort, bis die Stimme des Mädchens langsam verklang.

Sie verlor kurz das Gleichgewicht, taumelte zur Seite, hielt sich aber auf den Beinen. Eine weitere Rakete zischte in den Himmel und zerstob in einem Hagel pyrotechnischer Effekte. Jo sah auf die Uhr. Wo war David? Ein großer Wasserball erschien über den Köpfen der Tänzer, wurde durch unablässige Stöße und Püffe in der Luft gehalten und kullerte herum wie ihr Pfirsich. Gelächter erschallte. Doch ihre innere Unruhe wollte nicht weichen. Diese zermürbenden Schuldgefühle, aus denen es keinen Ausweg, für die es keine Lösung gab. Wen konnte sie bitten, ihr zu vergeben? Es war niemand da, den sie bitten konnte. Außerdem hatte sie in ihrem ganzen Leben noch nie jemanden um etwas gebeten. Wie stellte man das an?

Sie hatte das Gefühl zu zerfließen. Ihr Körper blieb reglos, doch ihre Gedanken wirbelten um eine Achse, die immer instabiler wurde. Der Körper kann sich in Sand verwandeln, sich an den Extremitäten auflösen, mit der Umgebung verschmelzen, nach und nach verschwinden und in anderen Dingen aufgehen. Gott sei Dank stieg der Mond. Und dann erschien die vertraute Gestalt auf den neu gepflasterten Wegen, die sich kreuz und quer durch Dallys und Richards Fantasiewelt wanden wie schwarze Schlangen. Sie verkrampfte. David war mürrisch, wie immer.

Manchmal fragte sie sich, ob sie ihn wirklich hasste. Weißt du, sagte sie sich dann, dieser fiebrige Hass ist die perfekte Fälschung einer verbrauchten, erlöschenden Liebe. Du kannst einen Mann einfach nur deshalb hassen, weil du dich ihm geöffnet hast und er dann nicht getan hat, was er sollte. In gewisser Weise war es verletzte weibliche Eitelkeit, doch davon abgesehen, so dachte sie streng, lag die Schuld ganz bei ihm. Er polterte und tyrannisierte seine Umgebung. Sein Hochmut war grenzenlos. Die Männer sind die Sünder, nicht wir. Sie selbst war auch nicht frei von Fehlern, aber Sünden, so glaubte sie, hatte sie keine begangen.

Sie leerte ihr Glas mit einem Zug und biss dann in den alkoholgetränkten Pfirsich.

»Die tanzen wie kleine Kinder«, bemerkte David kühl und holte sich sofort ein Handtuch, um sich die Hände abzuwischen. »Ich bin so froh, dass ich nicht tanzen kann.«

Er ließ sich neben sie plumpsen. Sein Gesicht war feucht und sah krank aus. Die Resignation in seiner Stimme war alarmierend, und Jo wartete darauf, den Grund dafür zu erfahren. Bei ihm wusste man nie. Katastrophen ereilten ihn wie Sandstürme, die sich im Nu auch wieder verziehen konnten, und zurück blieb seine zerklüftete, starrsinnige Gestalt, die sie an einen großen Felsblock erinnerte.

Er lehnte sich zurück und machte aus seiner Verbitterung keinen Hehl.

»Dicky und der arabische Diener haben sich etwas Wunderbares für mich ausgedacht. Ich soll den Alten in sein Dorf am Ende der Welt begleiten und den Büßer spielen. Ich habe keine Ahnung, was sie mit mir vorhaben. Ich soll unser gesamtes Bargeld mitnehmen. Dicky wird dir notfalls etwas leihen, was aber kaum nötig sein dürfte. Ich habe eingewilligt, mitzugehen. Alle scheinen das für die einzige Möglichkeit zu halten. Weil die Nomaden sonst wohl ungemütlich werden.«

»Sie sind keine Nomaden, Schatz.«

»Ist doch egal. Ich werde in ein Kaff geschleppt, dessen Namen ich nicht mal aussprechen kann. Na, wenigstens wird dort nicht getanzt.«

»Das glaubst auch nur du.«

Er seufzte, und sie bewältigten diesen Anflug von schwarzem Humor.

»Wann fährst du?«

»Bald. Er will in einer Stunde losfahren. Die Leiche ...«

»Ich komme mit«, erklärte sie nach kurzem Schweigen.

»Ausgeschlossen. *Keine Gazellen*, hat der Alte gesagt. Keine Frauen, also auch nicht du. Du bleibst hier. Du würdest alles nur noch komplizierter machen.«

Sie erhob halbherzig Protest, aber das war wie ein Versuch, gegen den Strom zu schwimmen, und gleich darauf versiegte die Diskussion. Im Grunde wollte sie gar nicht mit, und selbst viele Worte konnten nicht darüber hinwegtäuschen. Ein sadistisches Triumphgefühl überkam sie. Es war richtig, dass er ging, und trotz gewisser Bedenken glaubte sie nicht, dass ihm auf dieser Fahrt wirklich Gefahr drohte. In den folgenden Minuten packte sie ihm einen Kulturbeutel, wobei sie besondere Sorgfalt walten ließ. Sie verstaute darin Toilettenartikel und Zahnbürste, Rasierzeug und Aftershave, seine Vitaminpillen und Wattebäusche. Sie legte ein paar Kleidungsstücke in seine Sporttasche und schloss den Reißverschluss. Sie hatte das Gefühl, einem Kind die Sachen für die Schule zu packen. Ihre Gedanken rasten. Doch zu keinem Zeitpunkt kam ihr in den Sinn, dass man ihm etwas antun könnte.

Nur einmal presste sie die Hand an den Mund und spürte, dass ihr Tränen kamen. Aber sie galten nicht ihm. Sie galten ihrer Vergangenheit, die auf einmal verschwunden war. Als sie wieder nach draußen ging, betrank er sich gerade, den Blick starr auf die goldenen Umrisse des Hauses und seine filigranen Fenster gerichtet.

»Das solltest du lieber lassen«, sagte sie nur.

»Ist mir gleich, ob sie daran Anstoß nehmen. Ich bin ein Ungläubiger. Ich darf trinken.«

»Trotzdem solltest du es lassen – dir selbst zuliebe.«

Sie legte ihm die Hand in den Nacken, beugte sich hinab und küsste ihn auf die nasse Stirn.

»Genau aus dem Grund trinke ich«, knurrte er.

Sie wusste nicht, was sie zu ihm sagen sollte. Komm gesund wieder? Nimm keine Hypothek auf das Haus auf?

»Hast du auf der Karte nachgesehen, wo das Dorf liegt?«, war das, was sie sagte.

Er schüttelte den Kopf. Es sei ihm egal, wo das sei.

»Richard würde dich bestimmt nicht gehen lassen, wenn es riskant wäre. So groß ist das Land nun auch wieder nicht.«

Er hielt eine Weile ihre Hand, und auf eine seltsam verdrehte Weise war er auch froh, zu fahren. Man musste sich seiner Verantwortung stellen, wenn man gewisse Dinge vom Hals haben wollte. Mit düsterer Miene starrte er auf die beiden Eiswürfel in seinem Glas, die in verdünntem Johnnie Walker schwammen, und wurde noch trübsinniger. Das alles ist meine Schuld, hätte er am liebsten gesagt, deshalb ist es so am besten. Bleib hier und lass es dir gutgehen.

»Ich befehle dir, dich zu amüsieren.« Er lächelte. »Es wird schon gutgehen. *Tutto bene.* Nimm es als eine Spritztour in die Wüste. Tee in der Sahara. Die ganze Sache ist ein Witz, und wahrscheinlich wird sie mir am Ende sogar Spaß machen. Ich glaube, sie wollen die Sache einfach nur zu Ende bringen. Eine Geste des Mitgefühls. Sie wollen von mir hören, dass es mir leidtut. Das wollen die Menschen immer. Wie in einer Talkshow.«

»Und wirst du sagen, dass es dir leidtut?«

»Ja, das werde ich. Es tut mir ja auch leid.«

»Darüber bin ich froh. Eine Zeitlang dachte ich, es täte dir nicht leid.«

Er verdrehte die Augen, und ihre Finger fuhren durch sein lockiges, graumeliertes Haar, das in der Hitze krisselig geworden war. Er war beleidigt und fühlte sich als Opfer. Mit zitternder Hand umklammerte er das Glas Whiskey, das ihn langsam vergiftete. In der Disco lief Lucio Dalla, Italo-Pop aus den Achtzigern. Das würde er bestimmt nicht vermissen. Er sah sie an, streichelte die Hand, die sie ihm auf die Schulter gelegt hatte, und eine unbeschreibliche Vertrautheit stellte sich zwischen ihnen ein, der Nachklang einer gemeinsamen Geschichte. Sie hatten zusammen über die Welt gelacht. Denselben Wein genossen. Erinnerst du dich an das kleine Hotel in Rom? Aber drinnen im Zimmer stand die gepackte Tasche, und oben am Tor warteten die Männer vom Aït Kebbash. Sie waren nicht mürrisch, sie wollten nur ihren Toten ordnungsgemäß begraben. Als David und Jo oben ankamen, lief der Motor schon. Die Leiche lag, sorgfältig eingewickelt wie eine Mumie, hinten drin, in der Mitte leicht geknickt, weil sie etwas zu lang war. Abdellah wartete voller Ungeduld, als der Mörder seines Sohnes mit seinem Reisegepäck erschien. Seine Gemütsverfassung war nicht zu beschreiben, nicht einmal von ihm selbst. Doch andererseits hätte er auch nie versucht, sie zu beschreiben.

Ein Schatten lag auf seinem Geist und seiner Seele. Er befeuchtete sich die Lippen und warf einen harten, verächtlichen Blick auf die armselige Source des Poissons. Doch tief in seinem Inneren weckte ihr Anblick auch bitteren Neid und Begehren.

11

Es war August geworden, erzählte Driss. Roger kochte ihm jeden Morgen im Nebengebäude Kaffee, wenn die Pensionszimmer belegt waren, und er sah menschliche Gestalten in Hausschuhen und Bademänteln mit einer Schale Erdbeeren und einer genusslos gerauchten Zigarette an den Swimmingpool kommen wie empfindliche Tiere an ein Wasserloch. Die europäischen Gäste. Französische Paare und Familien aus London und Dublin. Einige hatten ihre Jacht den Sommer über in Sotogrande liegen. Roger hielt ihn von diesen Leuten fern, hielt die Tür des Nebengebäudes geschlossen, solange er seinen Kaffee trank, und achtete darauf, dass ihn niemand zu sehen bekam, bevor er den Strohhut aufgesetzt, die Gärtnerjacke angezogen und sich in eine anonyme Vogelscheuche verwandelt hatte, nach der sich niemand erkundigen würde. Erst in dieser Verkleidung durfte er, mit Eimer und Gartenschere bewaffnet, hinaus in die Sonne.

Roger hatte ihm den Garten gezeigt, den er und Angela seit ihrer Übersiedelung nach Spanien vor elf Jahren angelegt hatten. Es war ein englischer Garten, dem das günstigere Klima neues Leben eingehaucht hatte. Driss musste sich den Namen jedes Strauchs und jeder Blume einprägen. Er musste lernen, mit einer Pflanzkelle umzugehen, zu säen und mit derselben Sorgfalt zu stutzen, mit der man sich die Fingernägel schnitt.

»Es wäre schön«, sagte Roger immer wieder, wenn sie morgens durch den Garten schlenderten, »wenn du mir etwas Arabisch beibringen könntest. So könnte ich auch von dir etwas lernen.«

Die Ungläubigen machten ständig Scherze. Aber waren ihre Scherze wirklich Scherze? Die beiden waren immer fröhlich und freundlich, aber waren ihre Fröhlichkeit und Freundlichkeit echt? Zweifel nagten an seinem Herzen, denn er wusste, dass Ungläubige unaufrichtig und letztlich nur darauf aus waren, Gläubige ins Verderben zu stürzen. Das lag in ihrer Natur, sie konnten nicht anders.

Doch trotz aller Zweifel empfand er Zuneigung zu den Bloodworths. Im Haupthaus, dessen Fensterläden man schließen konnte, um sich vor neugierigen Blicken der Gäste zu schützen, spielte er mit Roger Schach, während aus der Stereoanlage seltsam beruhigende Musik rieselte und Angela auf bemaltem Geschirr, das marokkanischem nicht unähnlich war, das Abendessen anrichtete. Es gelang ihm nie, den alten Mann matt zu setzen, was ihn irgendwie ärgerte, doch mitten auf dem Tisch standen Schalen mit Aprikosen und Feigen, die sie mit einem Messer aßen, während vor den Fenstern die Zikaden zirpten. Diese Ungläubigen strahlten eine solche Ruhe und Zufriedenheit aus, dass er sich fragte, woher sie die nahmen. Er war nie zuvor alten Leuten wie ihnen begegnet, doch andererseits hatte er ja auch noch nie mit alten Leuten zusammengelebt, von seinem Vater einmal abgesehen. Waren sie Christen oder Gottlose? Diese Frage quälte ihn, wenn er nachts wach lag.

Beim Essen stellten sie ihm höfliche Fragen. Woher er komme? Womit er seinen Lebensunterhalt verdient habe?

»Ich bin Fossilienpräparator«, antwortete er. »Das ist mein Beruf.«

»Dann hast du also etwas gelernt?«, fragte Angela.

»Ja, das habe ich gelernt. Aber in Frankreich möchte ich Hausmeister werden.«

»Du könntest doch auch bei uns bleiben«, sagte Roger eines Abends zu ihm. »Wäre Gärtner nicht besser als Hausmeister?«

Aber als Hausmeister, dachte Driss, hat man die Schlüssel zu allen Wohnungen.

Sie hatten genaue Regeln für seinen Aufenthalt in San Martín aufgestellt. Es war ihm verboten, sich am Tor aufzuhalten, an der Straße entlangzuspazieren oder ins Dorf zu gehen. Er könnte gesehen werden, sagten sie, und die örtliche Polizei halte immer nach Illegalen Ausschau, die auf Bauernhöfen oder in Gewächshäusern arbeiteten. Er solle auf dem Grundstück bleiben, sich unauffällig verhalten und im Garten arbeiten. Sie stellten ihm frei, mit seiner Familie zu telefonieren, wenn er das wünsche, doch bei dem Gedanken, auf dem Berg Issoumour anzurufen, musste er grinsen. Allein die Vorstellung, dass sein Vater einen Telefonhörer abhob und »Hallo?« sagte! Und so hielt er sich wochenlang an die Regeln, trug bei der Arbeit einen Strohhut, der sein Gesicht verbarg, schnitt Obstbäume, stutzte Hecken und aß vom Tisch der Bloodworths. Die Ungläubigen boten ihm Wein an, doch er lehnte höflich ab.

Nicht dass er sie gehasst hätte, sagte er zu Ismael. Im Gegenteil, er hatte sie sehr gern. Was er hasste, war ihr Mitleid. Sie waren sich offenbar nicht darüber im Klaren, dass er sie jederzeit töten konnte. Dass er sie töten und den kleinen Safe in ihrem Büro ausräumen konnte, in dem Roger sämtliche Einnahmen aus der Pension verwahrte. Sie ahnten nicht einmal, dass er Erbarmen mit ihnen hatte. Sie ignorierten, dass er ein Mann war, wollten es nicht sehen und taten stattdessen so, als wäre er noch ein Kind, das jeden Tag eine Schüssel Milch brauchte.

Er lügt, dachte Ismael plötzlich. Er ist überhaupt nicht in Frankreich gewesen. Er war in Spanien. Er ist in dem Haus der Alten geblieben.

Driss zog an seinem Joint und erriet, was sein Freund dachte, aber seine Gedanken waren woanders: in der Vergangenheit, über die er normalerweise nie nachsann, dieser weiten Landschaft, die gezeichnet war von verseuchten Flüssen, Fabrikruinen und Schlachtfeldern.

»Ich habe nur den richtigen Zeitpunkt finden wollen und überlegt, was ich tun soll. Nach Paris gehen oder abwarten, was die Engländer noch für mich tun würden. Ich habe mehr Geld verdient, als ich im Leben je besessen hatte. Dreihundert Euro im Monat.«

Bis Oktober hatte er tausend Euro gespart. Aber er wusste, dass der Bürosafe viel mehr enthielt, vielleicht Zehntausende. Die Alten bewahrten möglichst viel in bar auf, damit sie es nicht versteuern mussten. Auch sie versuchten zu betrügen, wie alle Welt. Jeden Abend bündelte Roger vor seinen Augen Geldscheine mit Gummibändern und stapelte sie dann fein säuberlich im Safe auf. Doch so oft er ihn auch dabei beobachtete, wie er die Safe-Kombination eingab, er konnte sich die Zahlen einfach nicht merken. Trotzdem beherrschten sie mehr und mehr sein Denken. Eines Tages würde er sie sich merken können, und wenn es so weit war, würde er sich genau überlegen müssen, was er tun sollte. Man hätte es Diebstahl nennen können, aber er hätte es anders bezeichnet. Er hätte von einer Notwendigkeit gesprochen, einem Gesetz des Lebens.

Er kannte seine Pflichten und die Vorsichtsmaßregeln, die er einhalten sollte, genau. So ging er erst spät, wenn alle Türen geschlossen waren, zum Schlafen nach oben in seine Mansarde, damit er nicht zufällig einem Gast begegnete. Und wenn er dann mit einer Öllampe den langen Korridor im obersten Geschoss durchquerte, lauschte er den Geräuschen, die gedämpft aus den Zimmern drangen. Ein Mann der Wüste, frohlockte er dabei innerlich, ein Mann aus Taallalt, der, allein im Haus von Ungläubigen, mit einer Öllampe und einem Kaugummi zu Bett ging und unter dem Hemd ein Küchenmesser verbarg. Seine Duckmäuserei und sein Gehorsam belustigten ihn. Natürlich spielte er nur Theater, während er auskundschaftete, wie es in der Welt der *gaouri* zuging, und dabei erlegte er sich eine übertriebene Bescheidenheit auf, die sich noch als nützlich erweisen konnte, wenn er nur die nötige Geduld aufbrachte. Er verhielt sich unauffällig.

Nachts in seinem Zimmer blätterte er in Illustrierten, die Roger ihm gab – *Paris Match* und *Der Stern* – und tauchte mit Hilfe der Fotos ein in die weite Welt, die er nie gesehen hatte. Wenn er das Licht löschte, dachte er an seine Jahre am Issoumour – wahrhaft stumpfsinnige, vergeudete Jahre.

In solchen Augenblicken dachte er auch an seinen Vater, der ihn jeden Morgen um fünf geweckt hatte, damit er mit Hammer und Meißel in die Felswand stieg, der ihn geschlagen hatte, wenn er murrte und sich sträubte, ihn als faulen Nichtsnutz beschimpft hatte, der es nie zu etwas bringen würde und seinen Eltern nur zur Last falle, als ungehorsamen Drückeberger, der sie alle zugrunde richten werde, wenn er seine Arbeit nicht ernst nehme. Als Zehnjähriger arbeitete er bereits täglich zehn Stunden in der Felswand, vom Morgengrauen bis zum Einbruch der Dämmerung, zuweilen sogar länger. Allein an einem Sicherungsseil hängend, das um seine Taille geknotet war, hüpfte er von Loch zu Loch und meißelte an den Schalen von Trilobiten, bis sie sich aus dem Gestein lösten. Manchmal legte er sich vor Erschöpfung in eine Höhle und blickte hinaus auf die Wüste, auf die zu dichten Gruppen zusammengepferchten Betonhäuser, den Friedhof, die Linie des ausgetrockneten Wadis und die kranken Oasen mit ihren im Sand versinkenden Gärten. Schon damals von Hass erfüllt auf diesen Ort, sein Zuhause, suchte er mit den Augen den Horizont ab und fragte sich, was wohl dahinter sein mochte.

Man erzählte sich, dass die Wüste einst ein großes Meer gewesen sei – wenn sie es doch nur heute noch wäre. Es gab zwar eine Straße, die nach Alnif führte, doch eigentlich war es keine richtige Straße, sondern nur eine Narbe, die sich quer durchs Land zog. Man sah darauf die Jeeps fahren, die die Trilobiten fortschafften, und Männer ihre Herden treiben, als hätten sie sich verirrt. Auf dem Gipfel des Issoumour, den sie manchmal erklommen, um der anstrengenden Arbeit zu entfliehen, waren die Gräben voll von Ammoniten.

Im November war in Spanien der Regen gekommen, und der Strom der Touristen versiegte. Ein Teil des Hauses wurde verrammelt, die Bloodworths bewohnten und beheizten, wie stets im Winter, nur noch das Erdgeschoss. Mit wachsender Ungeduld durchstreifte Driss den taufeuchten, nebelverhangenen Garten. Er begann, von Paris zu träumen. Die Nachmittage wurden kürzer, die Schüsse der Jagdgewehre kamen immer näher, wurden lauter. »Bei Gott«, gestand er Ismael, »ich hatte nicht den Mut, an etwas anderes als an Paris zu denken.«

Er fragte Roger nach den Straßen, die nach Frankreich führten. Es waren breite Straßen, die das Gebirge durchquerten, und ihre Benutzung kostete ein Vermögen. Doch er wusste, dass Marokkaner von Algeciras aus die gesamte Strecke darauf zurücklegten, und vielleicht konnte er ja per Anhalter mit einem mitfahren. Die Engländer reagierten bestürzt, als er ihnen von seinem abenteuerlichen Vorhaben erzählte, und versuchten es ihm auszureden. Er wunderte sich, wie sehr sie sich nun, da der Sommer vorüber war, allein in ihrem großen, kalten Haus auf dem Hügel offenbar langweilten. Sie wollten, dass er blieb, und nicht, weil sie Hilfe im Garten brauchten oder den Swimmingpool nicht alleine reinigen konnten. Eines Abends hörte er sie streiten, wobei der Mann spitze Schreie ausstieß wie ein Mädchen. Etwas zerbrach, ein Teller oder eine Tasse, und eine Tür wurde zugeschlagen. Ein Sturm im Wasserglas. Worüber konnte sich ein altes Ehepaar nur so heftig streiten? An manchen Abenden erzählten sie ihm von früher, von ihrer Hippiezeit, als sie mit dem Rucksack durch Asien gereist waren und das berühmte Konzert von Tangerine Dream und Nico in der Kathedrale von Reims besucht hatten. Irgendwie habe es sie schon immer aus England weggezogen, und nichts habe sie aufhalten können. Ja, scherzten sie, sie hätten vollstes Verständnis für den unwiderstehlichen Drang der Migranten! Der Mensch sei dazu geboren, die Welt auf seinen zwei Füßen zu durchwandern, sagte Angela, eine Welt ohne Grenzen und Mauern. Die Verfolgung von Migranten sei ein Verbrechen an der menschlichen Natur. Driss hatte keine Ahnung, wovon sie sprachen. Er wollte einfach nur nach Paris, ohne von der Polizei geschnappt zu werden, mehr nicht. Menschliche Natur?

Manchmal hatte er nicht übel Lust, über die Mauer zu klettern und nach San Martín zu laufen, nur um sich die Mädchen in den Cafés anzusehen, aber das ging nicht. Die Engländer hatten ihm klargemacht, dass er damit nicht nur sich selbst, sondern auch sie in Gefahr bringen würde. Nachts konnte er im Tal die Lichter des Dorfes sehen, in das die Bloodworths jeden Abend fuhren, um sich bei einem Glas *Fino* zu unterhalten. Langsam kam er sich wie ein Gefangener vor und verspürte das Bedürfnis, die Türen zu öffnen. Doch er hatte nicht genug Geld, jedenfalls nicht genug, um in Paris über den Winter zu kommen. Es gab eine einfache Lösung.

»Aber sie waren doch deine Freunde geworden«, wandte Ismael ein.

Driss löschte seinen Joint, drehte sich auf die Seite und sah auf die Straße hinab, als erwarte er von dort ein kleines Wunder. Auf dieser Straße kamen seine Drogen, und auch das Geld für die Fossilien, die er auf dem Schwarzmarkt verkaufte.

»Auf dem Weg nach oben hat man keine Freunde. Eigentlich war ich doch nur ihr Haussklave. Was sollte das Ganze?«

»Sie waren einsam.«

»Ja, aber ist das meine Schuld? Bin ich ein Hund? Sollen sie sich doch einen kaufen, wenn sie einen brauchen.«

»Auch wieder wahr.«

»Sie waren Ungläubige, und sie haben mich nur aus eigenem Interesse aufgenommen. Habe ich ihnen Gehorsam geschuldet?«

»Nein.«

»Eben. Also habe ich versucht, mir über meine Situation klarzuwerden.«

»Das kann ich verstehen«, pflichtete ihm Ismael bei.

»War ich ihnen etwas schuldig? Ich hatte keine Abmachung mit ihnen. Gott allein weiß, was in ihren Herzen vorging. Die Bilder, die in ihren Zimmern hingen, waren dämonisch – ich kann dir sagen. So etwas hatte ich nie zuvor gesehen. Bilder ihres Propheten, dem Blut aus dem Mund läuft. Und Bilder von nackten Frauen, von Italienern gemalt. Ich war ihnen nur das Essen schuldig, das ich von ihnen bekommen habe, und, na ja, sie hatten mich bei sich aufgenommen.«

Vielleicht, so sagte er sich, hatten sie ihn wie einen Sohn betrachtet. Aber Söhne sind keine Schoßhunde. Sie sind unberechenbar und stark und gehen ihren eigenen Weg.

Er dachte sehnsüchtig an das Bett, das sie ihm gegeben hatten, an die dicke Matratze, das weiche Kopfkissen und den Nachttisch mit der aus Eschenholz geschnitzten Lampe, den alten Cinzano-Aschenbecher und die Bücher in deutscher Sprache. Die Hausschuhe, die sie ihm überließen, die Flasche Wasser und die Vase mit getrocknetem Lavendel auf dem Fensterbrett, die Fensterläden, die mit Haken verriegelt wurden, und das Salbeisäckchen, das am Deckenbalken hing. Das Kruzifix an der weißen Wand über dem Bett. Die peinliche Sauberkeit mit dem Duft von Lavendel und Waschpulver. Das Zimmer hatte die feinfühlige, bezaubernde Angela eingerichtet, die wie altes Papier war, aus dem man eine menschliche Gestalt geformt hatte. Alles atmete ihre Sorgfalt und ihre Sanftmut, und wenn er daran zurückdachte, überkam ihn Rührung vermischt mit Trauer und Bedauern, denn er hatte seitdem nie wieder so ein Zimmer gefunden und würde wahrscheinlich auch nie wieder eines finden. Es war diese Behaglichkeit, Sauberkeit und Frische, die er nie wieder finden würde. Nicht von ungefähr bezahlten ihre Gäste hundertdreißig Euro für eine Nacht in einem solchen Zimmer.

Und dennoch, so überlegte er, passten solche Dinge nicht zu dem Mann, der er sein wollte. Er wollte brutal sein, er wollte hart, unnachgiebig, energisch und rücksichtslos sein, ohne Makel und ohne übertriebene Verpflichtungen. Ein Wüstenmann ist ein Wüstenmann: Er lässt sich nicht verführen, schon gar nicht von einem weichen Kopfkissen. Er lässt sich von gar nichts verführen, was Männer oder Frauen erfinden können. Er ist unnahbar und mitleidslos, ohne aber kleinlich oder boshaft zu sein. Er nimmt, was er kriegen kann, denn Gott hat ihm erlaubt, von denen zu nehmen, die Ihn verleugnen. War das nicht ganz einfach? Wer wollte eine solche Logik bestreiten?

Nur eines verstand er an den Blooodworths nicht: Warum hatten sie jemandem geholfen, der keiner der ihren war? Das bereitete ihm am meisten Kopfzerbrechen, gab ihm Rätsel auf und empörte ihn, denn er selbst hätte einem Ungläubigen niemals eher geholfen als einem Gläubigen, oder zumindest hätte er, bevor er eine solche Entscheidung traf, lange mit sich zu Rate gehen und vor sich selbst dafür rechtfertigen müssen. Sie aber hatten es spontan getan, einfach aus Herzensgüte. Das nahm ihm allen Wind aus den Segeln, und er wollte nicht von zwei alten englischen Pensionsbesitzern ausgebremst werden.

Er fing an, nachts ohne Öllampe ums Haus zu schleichen und im Schutz der Dunkelheit in die erleuchteten Fenster zu spähen. Das zumindest verlieh ihm plötzlich Macht über seine Wohltäter.

Er sah Roger in seinem kleinen Arbeitszimmer zwischen Fuchsschädeln, Landkarten und Bücherschränken sitzen, im Schein einer Lampe mit rechteckigem grünem Schirm über ein dickes Buch gebeugt. Er sah, wie sich sein Kugelschreiber bewegte, sah die dampfende Kaffeetasse, hörte die leise Musik, die durch die Scheiben drang. Um eins ging das Licht aus, und der alte Mann tapste ins eheliche Schlafzimmer, und Driss stand, irgendwie alleingelassen, zwischen den hohen Zypressen und wartete, bis er nichts mehr von den Engländern hörte, ehe er zur Küchentür schlich und versuchte, sie gewaltsam zu öffnen. Sie war immer verschlossen.

Eine Stimme in seinem Innern flüsterte: »Du Schwächling, du Feigling, dir fehlt der Mumm, die Entschlossenheit. Willst du nach Erfoud zurück, auf einem Dach schlafen und dich auslachen lassen, weil dir dein Vater ein blaues Auge verpasst hat? Willst du wirklich als Versager enden?«

Aber er konnte sich die Kombination noch immer nicht merken, und so musste er auf Geduld und List setzen. Wenn die Welt für die Armen Krieg ist, dann ist List ihre bevorzugte Waffe. Man musste sich so lange gedulden, bis die List Erfolg haben würde.

Er beobachtete alles im Haus noch aufmerksamer, bis ein Wochenende kam, an dem Roger aus geschäftlichen Gründen nach England reisen musste. Er teilte es ihm fröhlich beim Frühstück mit, beugte sich zu ihm herüber und sagte in sehr ernstem Ton, dass er sich in seiner Abwesenheit um Angela »kümmern« müsse und dass sie nach seiner Rückkehr über seine Paris-Pläne reden würden. Möglicherweise könnten sie ihm helfen.

»Danke«, sagte Driss mit Tränen in den Augen, denn er fand, dass er in diesem Punkt große Geduld bewiesen hatte und dass diese Geduld nun endlich honoriert wurde. Seit vier Monaten hatte er täglich mit Hingabe den Garten gepflegt.

»Obwohl ich gestehen muss«, fuhr Roger fort, »dass ich nicht weiß, wie wir einen Ersatz für dich finden sollen. Du warst unsere Rettung.«

Seine Bemerkung zu Paris war so gemeint, dass er versuchen wollte, Driss gültige Papiere zu beschaffen. Doch Driss hatte es ganz anders verstanden. Er dachte: Er will mir eine Zugfahrkarte nach Paris kaufen. Doch selbst dann hätte das nur ein Viertel seiner Probleme gelöst.

»Und?«, fragte Ismael. »Hat er die Fahrkarte gekauft?«

»Das hätte nichts geändert. Ich habe mehr Geld gebraucht. So ist das im Leben eben.«

12

Die beiden Boys mit Fes, die Richard flankierten, hielten Gläser mit eisgekühlter Minzlimonade in der Hand bereit, was insofern unpassend erschien, als sie wie ägyptische Statuen von den grellen Scheinwerfern am Tor angestrahlt wurden, die man sämtlich eingeschaltet hatte, wie um alle etwaigen Ausflüchte offenzulegen. Er war die merkwürdige Abschiedsgeste eines verlegenen Gastgebers, der seine Pflichten ernst nahm. Eine verunglückte Geste des Bedauerns. Ein dritter Boy trug Davids Taschen. Der Wind frischte auf und überzog die Anwesenden mit Staub. Der Engländer sah nun wieder wie ein Schuljunge aus, den man in ein fernes, unfreundliches Internat schickte, aus dem er möglicherweise nicht ganz unbeschadet zurückkehren würde. Dagegen wirkte Jo in Richards Augen überraschend lebhaft.

»Wir geben dir auch einen Schlafsack mit«, sagte er im Plauderton, während David und Jo ihre Limonade tranken. »Wegen der Steinböden und so.«

»Einen Schlafsack?«

Davids bestürzte Miene wirkte mehr als komisch.

»Möglicherweise gibt es da draußen kein Bett. Die schlafen nicht unbedingt in Betten.«

»Was?«

Richard lachte und gab ihm einen Klaps auf den Arm.

»Jetzt schau nicht so entgeistert. Das ist wie Campen. Deinem Rücken wird es guttun.«

»Meinem Rücken geht es blendend.«

Eine düstere Maske legte sich auf das Gesicht Davids, der so demonstrativ auf die Zähne biss, dass es jeder mitbekam. Jo nahm seine Hand, drückte sich an ihn und gab ihm einen langen Kuss. Wie peinlich berührt von dieser Liebesbezeugung, drehten sich die Aït Kebbash weg und ihrem verbeulten Wagen zu und gaben dadurch zu verstehen, dass alles Plaudern und Säumen nun ein Ende hatte und dass es Zeit wurde, sich ernsteren Dingen zuzuwenden. Ein Toter musste schnellstens bestattet werden, jeder Aufschub stellte einen

Verstoß gegen die heiligen Schriften dar. Ein Kuss war nichts, eine Zärtlichkeit zwischen Eheleuten nur ein Windhauch.

Wie David jetzt bemerkte, war der Geländewagen auf einer Seite mit einem plumpen Trilobiten in gelber Farbe bemalt. Und der Innenboden war mit Präparierwerkzeugen und zusammengerollten alten Zeitungen übersät. Ein hochgewachsener Mann, der trotz der drückenden Hitze einen lindgrünen Pullover trug, machte flink einen Satz um ihn herum und stürzte zur Beifahrertür, um sie für ihn zu öffnen. David beobachtete, wie seine Hand am Griff riss – sie war fast schwarz, die Fingernägel mit Öl verschmiert. Die Aït Kebbash sprachen ein paar kurze Abschiedsworte, dann zwängten sie sich in den Wagen wie Rugbyspieler ins Gedränge, indem sie sich in jeden verfügbaren Winkel quetschten und unheilverkündende Kraftausdrücke ausstießen. Jo und Richard kamen ans kaputte Fenster, das halb heruntergelassen war. Die Diener entfernten sich bereits, und die Discomusik war lauter geworden und dröhnte gegen die Stille der Wüste an. Die geistigen Bande, die David mit der fassbaren Welt verbanden, rissen eines nach dem anderen, und er begann, sich stirnrunzelnd an der Scheibe festhaltend, innerlich davonzudriften.

»Pass auf sie auf, Dicky.«

»Ich nehme an, dass dich einer von ihnen anschließend zurückfahren wird«, sagte Richard in freundlichem Ton, legte den Arm um Jo und zog sie etwas an sich. »Falls nicht, ruf uns mit deinem Handy an, dann überlegen wir uns was.«

»Funktioniert das da draußen?«

»Klar. Wir benutzen unsere ständig.«

Es war der Vater, der sich ans Steuer setzte. Und er nahm keine Rücksicht darauf, dass die *gaouri* noch miteinander sprachen.

»Ruf so oft an, wie du kannst«, bat Jo inständig.

Ein Hauch von Orange färbte noch den östlichen Himmel, als der Wagen zu der langen Straße hinunterrollte, die Tafnet mit der Hauptstraße nach Errachidia verband. Der Besitzer von Azna und ein paar andere sahen zu, wie er auf die erste Kurve zusteuerte, wie ein paarmal die Rücklichter flackerten und erst dann die Scheinwerfer aufleuchteten und in ihrem Lichtkegel die Feigenkakteen auf der Böschung erschienen. Der arme Kerl, dachte Richard, und dann sprach er es auch aus:

»Der arme Kerl. Das werden für ihn ein paar schwere Tage. Irgendwie habe ich das Gefühl, dass David noch nie auf einem Steinboden geschlafen hat.«

»Nie«, bestätigte Jo.

»Das wird eine lehrreiche Erfahrung. Gehen wir rein und trinken ein Glas? In zwei Stunden rufen wir ihn an und vergewissern uns, dass sie ihn nicht vergewaltigt haben. Nicht doch, Schätzchen, das war nur ein Scherz. Aber er hat richtig süß ausgesehen mit seinen Taschen. Wie ein Pfadfinder auf dem Weg nach Auschwitz.«

»David ist alles andere als ein Pfadfinder.«

Sie musste unwillkürlich über die Bemerkung grinsen, und das Grinsen blieb in ihrem Gesicht, bis sie die erste von mehreren Bartheken erreichten, die man rund um die Tanzfläche aufgebaut hatte. Der blendende Glanz der Silberpalmen und das Dröhnen der lauten Musik vertrieben ihren Kummer, aber auch ihre angeborene Zurückhaltung. Richards gute Laune beruhigte sie, weil er sie nie an den Tag gelegt hätte, wenn die Situation tatsächlich ernst gewesen wäre und einem nahestehenden Menschen Unheil drohte. Richard kannte die Wüste viel besser als sie oder David. Sie entspannte sich schneller, als sie für möglich gehalten hätte, und als sie sich durch die Menge schlängelten und Richard ihr galant einen doppelten Gin Tonic mit Gurkenscheibe überreichte, überließ sie sich schließlich der Stimmung dieser langen, turbulenten Party. Er drückte ihr das kühle Glas in die Hand, nahm sie kurz in die Arme und gab ihr einen unschuldigen Kuss auf die Wange.

»Komm schon, Süße. Entspann dich. Ich werde nicht zulassen, dass du in deinem Zimmer Trübsal bläst und Pillen schluckst. Wie wär's, wenn du dich mit ein paar Leuten bekanntmachst? Wir laden nämlich nur die Crème de la crème ein. Einige sind sehr amüsant.«

»Ich muss furchtbar aussehen.«

»Es ist neun, und wir haben immer noch vierzig Grad. Da sieht jeder furchtbar aus, Schätzchen. Außerdem siehst du überhaupt nicht furchtbar aus. *Tout au contraire.* Du siehst entzückend aus.«

»Normalerweise trinke ich nicht solche starken Drinks, Richard.«

Sie blickte auf den mächtigen Gin Tonic mit dem Gurkenkringel, doch er schob ihre Arme nach oben, bis der Rand des Glases ihre Unterlippe berührte.

»Ärztliche Anordnung. Ganz leer trinken. Das ist eh fast nur Eis. Es wird dich erfrischen.«

Seine Augen blitzten spitzbübisch, und sie musste lachen und gehorchte. Die Eiswürfel stießen gegen ihre Zähne, als der unglaublich starke Cocktail durch ihre Kehle rann. »Trojanisches Pferd«, schoss ihr aus unerfindlichen Gründen durch den Kopf, und dann lehnte sie sich auf den Hacken zurück und betrachtete, während Schweiß ihren Nacken hinunterrann, das Gewoge der tanzenden Körper.

Der ganze Bereich war in Dunkelheit getaucht und wurde nur von den kleinen, hagebuttenförmigen Lampions der Lichterketten erhellt, die um die Metallbäume geschlungen waren. Die Angestellten, die an der mit dicken weißen Tüchern drapierten Bar bedienten, waren als Seeräuber mit Spielzeugsäbeln verkleidet, und an Gästen registrierte sie ballonartige Turbane, nackte Brustkörbe, Augenklappen, Perücken und kniehohe Stiefel. Inzwischen lief Musik von Sly and the Family Stone, und mitten im Gewimmel entdeckte sie den Amerikaner Day, der mit einer sehr hübschen jungen Frau tanzte.

Richard blieb an ihrer Seite, um sich zu vergewissern, dass sie auch wirklich trank.

»Du darfst auch tanzen«, sagte er ruhig. »Niemand wird dir einen Vorwurf machen. David geht es gut. Wahrscheinlich raucht er in dieser Sekunde mit den Aït Kebbash einen Joint. Das machen sie ständig. Unverbesserlich. Er wird die ganze Zeit bekifft sein.«

Sie antwortete nicht und behielt für sich, was sie dachte: Ich warte lieber, bis ich mich beruhigt habe. Vielleicht, wenn ich noch ein, zwei Gläser getrunken habe.

»Sieh mal, da ist Lord Swann. Er ist gestern Abend mit dem Hubschrauber in Rich gelandet. Das ist eine Stadt hier in der Gegend, ob du's glaubst oder nicht. Sie heißt seit Jahrhunderten schon Rich. Vielleicht bedeutet das in der hiesigen Sprache *arm*.«

Der Lord sah aus wie ein siebzigjähriger Klempner und schwang zu einem Funk-Rhythmus die Hüften. Richard klatschte begeistert in die Hände.

»Er kommt immer, um die jungen Frauen anzubaggern. Er besitzt eine eindrucksvolle Sammlung von Sahara-Fossilien. Wahrscheinlich wird er dir davon erzählen, wenn du dich später mit ihm unterhältst.«

»Ich weiß nie, was ich mit Aristokraten reden soll. Die sind so lebensfern, finde ich.«

»Also ich lasse nichts auf sie kommen. Ich finde sie sehr tolerant. Sie sind eingefleischte Kiffer wie die Aït Kebbash. Ich habe übrigens schon länger vor, die beiden zusammenzubringen. Ich könnte mir vorstellen, dass sie gut miteinander klarkommen.«

Eine gefühlte Stunde später wanderte sie durch das hell erleuchtete Haus, in dem sich der Patschuli-Duft der geschnitzten Holzwandschirme mit dem warmen, erdigen Kiefernadelgeruch vermischte, den die Fußböden verströmten. Im Grunde genommen war dieses Haus wie eine eigenständige Persönlichkeit, ein Wesen mit einer Geschichte und Gefühlen, und das Treppenhaus war wie eine atmende Lunge, deren Luftströme geräuschlos kamen und gingen. Sie fand eine ruhige Ecke, in der ein paar alte Lanzen an der Wand hingen, und klappte ihr Handy auf. Die Stahlspitzen glänzten über ihr, und die Ausdünstungen exotischen häuslichen Lebens stiegen ihr in die Nase. Rauchtee, Holzpolitur und Teppichstaub. Sie drückte Davids Nummer und hörte es klingeln: ein kleines Wunder. Das Telefon zu fest ans Ohr gedrückt, wartete sie ungeduldig, doch er ging nicht ran. Natürlich war es möglich, dass er nur im Moment keinen Empfang hatte. Richard hatte sie gewarnt, dass der Empfang in der Wüste sehr lückenhaft sei. Trotzdem deprimierte es sie, dass sie ihn nicht erreichte. Vielleicht rauchte er tatsächlich gerade einen Joint im Wagen. Schließlich gab sie es auf und steckte das Handy wieder ein. Beschwipst torkelte sie durch die Galerien und Gänge, die Arme ausgestreckt, um sich abstützen zu können. Sie steuerte durch ein Wirrwarr glitzernder Objekte, deren Funktion ihr verborgen blieb, da sie ihnen keine Beachtung schenkte und auch gar nicht wissen wollte, wo sie eigentlich war. Neben einem Klavier hing ein Käfig mit einem großen, bunten Vogel darin, dessen Füße eine Messingschaukel umkrallten, und über ihr baumelten an Ketten Messinglaternen mit grünen Glasscheiben, alte Rüstungen und Leuchten mit Lampenschirmen aus hundert Jahre alten Buntglaseinsätzen. Sie durchquerte die Räume, als wäre sie blind, und ließ sich vom Alkohol tragen. Wenn sie Stimmen vernahm, machte sie kehrt und suchte sich ruhigere Ecken.

Sie saß allein auf einem Rosshaarsofa in der Bibliothek, als Hamid hereinkam, um nach ihr zu sehen. Es war eine Stunde vor Mitternacht, und aus unerfindlichen Gründen hatten die gut zehn Vögel, die im ganzen Haus verteilt in Käfigen gehalten wurden, in fünf völlig unterschiedlichen Tonarten zu singen angefangen. Eine kirschrote Schärpe um den Bauch, blickte Hamid auf sie herab, in der Hand eine Tasse Kaffee, auf deren Unterteller neben einem verpackten Stück Schokolade ein Löffel balancierte wie in einem Restaurant.

»Monsieur Richard«, sagte er, »hat gedacht, er könnte Ihnen damit etwas Gutes tun.« Die Feuerschlucker aus Taza würden bald auftreten, und Monsieur Richard fände es schade, wenn sie sich das entgehen ließe. Der Kaffee würde sie wieder munter machen.

»Woher hat er gewusst, dass ich hier bin?«, fragte sie skeptisch.

»Monsieur Richard weiß alles, Madame.«

Sie nahm die Tasse und stellte sie auf die Sofalehne.

»Ich warte und begleite Sie dann nach draußen, Madame.«

Sie hätte es lieber gesehen, er wäre wieder gegangen, aber er hatte seine Befehle, und es wäre nutzlos gewesen, ihn abzuweisen. Sie stürzte den Kaffee hinunter und aß die Schokolade. Der Diener erfasste die Lage mit einem Blick aus seinen wässrig schwarzen Augen. Sie zitterte ganz leicht. David rief nicht an. Das Unbekannte hatte ihn verschluckt, und nun drohte es auch sie zu verschlucken. Nur dass das Unbekannte in ihrem Fall lediglich die Party eines reichen Mannes war.

Hamid schien sie unter Beobachtung zu stellen. Sobald die Tasse leer war, stand sie auf und bat ihn, vorauszugehen. Er verbeugte sich jedes Mal, wenn er um etwas gebeten wurde, aber seine Verbeugungen waren auf eine Art unnachgiebig. Sie erinnerten daran, dass er allein wusste, wie der Hase läuft.

Sie durchquerten das Speisezimmer, in dem für eine neuerliche gastronomische Orgie zu später Stunde eine festliche Tafel gedeckt war. Mitten auf dem Tisch thronte eine Galeone aus rosafarbenem Zucker.

Im Garten hatte man die Musik abgedreht und reihenweise Sofas aufgestellt, über die Wolldecken und Felle geworfen wurden. Diener brachten Wasserpfeifen, gingen von Sofa zu Sofa und verteilten mit Zangen kleine Holzkohlestückchen mit Fruchtaroma.

Hamid führte sie zu einem Sessel an einem Tisch, auf dem eine Karaffe mit Zitronenwasser stand. Auf dem Sofa daneben saßen Richard und Dally aneinandergeschmiegt. Auf einer Sandbühne, die von Gästen umringt war, warteten die ausgefallen kostümierten Männer aus Taza mit ihren Perkussionisten und hielten ihre Requisiten in den Händen, die von Benzin trieften. Der Lärm der Trommeln schwoll an und übertönte jetzt alles andere. Sogleich veränderten sich die Gesichter ringsum, blickten strahlend, subtilere Gefühle abschaltend, konzentriert, aber zu keinem Gedanken fähig. Die Trommelschläge ließen einem keine andere Wahl, als sich in diese allgemeine Stimmung zu fügen und jede Distanz aufzugeben. Doch Richard spürte, dass diese Art von Zerstreuung nicht nach Jos Geschmack war. Er warf ihr einen tröstenden Blick zu, und Dally streckte ihr die Hand hin.

»Es ist wirklich schrecklich«, rief er unpassenderweise ziemlich laut. Jo nickte und lehnte sich zurück, zu nichts anderem fähig. Sie hasste solche Spektakel, aber diesmal kam sie nicht drum herum.

Die Feuerschlucker begannen mit ihrer Nummer. Mit nacktem Oberkörper, die Brust eingeölt, tauchten sie ihre Fackeln in die Benzineimer und rissen sie dann in die Luft, wobei ihre Füße im Rhythmus der Trommeln Trippelschritte vollführten. Dann legten sie den Kopf zurück, packten die brennenden Fackeln mit beiden Händen und versenkten die Flammen in ihrem Mund, wo sie wie durch ein Wunder erloschen. Ein lautes Seufzen ging durchs Publikum, ähnlich dem erwartbaren Schreckensschrei von Kindern auf einem Jahrmarkt. Jo konnte der Vorführung nichts abgewinnen, wunderte sich aber über ihren Widerwillen dagegen. Nach einem kurzen Schwindelanfall beugte sie sich vor und griff nach der Wasserkaraffe, da schoss ein großer Flammenbogen – aus brennender Spucke – über die Bühne. Für eine Sekunde färbten sich die Gesichter orange und schienen dann zu verschwinden.

»Ich weiß nicht, woran es liegt«, sagte Lord Swann, »aber das Hasch hier ist stärker als in Tunesien. Maribel sagt, dass sie davon Halluzinationen bekommt. Dicky, ich wette, du hast einen Typ in den Bergen, der es extra für dich anbaut.«

»Dazu sage ich nichts.«

Der Lord machte ein verzücktes Gesicht, und die jungen Frauen um ihn herum, die ein Drittel so alt waren wie er, kicherten und griffen nach ihren Feuerzeugen.

»Seht Ihr, Mädels? Ein rechter Schlingel, unser Dicky. Vor Jahren haben wir im Athenaeum Club zusammen Tischtennis gespielt. Er hat mich jedes Mal von der Platte gefegt.«

Sie saßen hinter dem Haus auf quadratischen Kissen im Kreis und löffelten mit Mandelsplittern bestreute Mandarinensorbets aus Silberschalen. Die Feuerschlucker waren verschwunden, um mit dem Personal zu essen, und die Party hatte nun den locker-zwanglosen Charakter bekommen, den Richard besonders mochte. Er behielt ihren Fortgang zwar im Auge, griff aber nur noch selten ein. Stattdessen lehnte er sich zurück und betrachtete die Sterne, die intensiv funkelten. Sie schienen sich der Erde eher zu nähern als sich von ihr zu entfernen. Er dachte an Jo und ihre seelische Verfassung. Ob sie klarkam? Er konnte sie nirgends finden. Und was David anging, der war jetzt unterwegs und fuhr durch die Wüste. Richard hatte ihn nach Strich und Faden angeschwindelt, aber das war nötig gewesen. Ohne Schönfärberei wäre der Idiot doch niemals mitgefahren.

»Wie ich höre«, rief Swann in gebieterischem Ton, »hat sich gestern Abend einen Unfall ereignet. Es hat einen Verletzten gegeben, wenn ich mich nicht irre.«

Richard berichtete ihm.

»Ah«, machte der Lord und zog, auf dem Rücken liegend, an seinem Joint. Seine Chelsea-Stiefel ragten wie kleine schwarze Grabsteine gen Himmel. »In einer Mondscheinnacht begegnet man nur tollwütigen Hunden oder Engländern.«

»Das ist noch nie vorgekommen«, betonte Richard.

Über seine Partys wurde auf Blogs in ganz Europa, in der Sensationspresse und manchmal sogar in der *New York Times* geschrieben, und er wollte nicht, dass sie in Verruf gerieten.

»Wo ist er jetzt, der Tölpel?«

»Wir haben ihn zum Sterben in die Wüste geschickt.«

Der Lord gluckste. »Gut so. Geschieht ihm recht.«

»Ich kann mir vorstellen, wie es passiert ist«, sagte Richard in neutralem Ton und stach seinen Löffel in das Sorbet. »Er hat wahrscheinlich Gas- und Bremspedal verwechselt.«

»Ich hatte mal einen Chauffeur von der Sorte. Den habe ich auch in die Wüste geschickt.«

Eine mollige junge Frau mit überdimensionalen Stammesohrringen drehte sich träge auf die Seite und strich sich eine Masse blonder, fast weißer Haare aus den Augen.

»Ich sehe überall riesige Reptilien«, schnurrte sie.

»Maribel, hör sofort auf zu rauchen!«

»Du bist auch ein riesiges Reptil, Daddy.«

Der Lord lachte.

»Ist sie nicht köstlich? Sie bekommt ständig Halluzinationen. Sogar von Cola mit Rum.«

»Und ich sehe Pinguine«, warf Dally ein. »Sie marschieren auf die Kornspeicher zu.«

»Was mich angeht«, bemerkte Richard mit schleppender Stimme, »ich werde von dem Zeug nur untreu. Sehen tue ich gar nichts. Vermutlich bin ich viel zu durchschnittlich.«

Der Lord seufzte und schlug seine Grabsteine übereinander.

»Und du, Maribel, wirst du untreu?«

»Nicht wenn ich so viele Reptilien um mich herum habe.«

Er zwinkerte Richard zu.

»Hörst du das? Wozu bringt man sie dann überhaupt hierher?«

Richard rauchte langsamer als die anderen, mit jener maßvollen Selbstbeherrschung, die er von seinen marokkanischen Liebhabern gelernt hatte. Er war mit weniger Männern zusammen als Dally, wählte aber dezidiert diejenigen aus, die ihm etwas beibringen konnten. Sie hatten ihn gelehrt, wie man richtig schlief, wie man auf der Seite lag, wie man mit einer Hand aß, wie man sich entspannte und wie man rauchte, ohne in Erregung zu geraten. Sie hatten ihn *Langsamkeit* gelehrt.

Er dröhnte sich nie völlig zu. Er ließ sich von der Droge nur auf das Tempo herunterfahren, mit dem Sirup von einem Löffel tropft. Die Frauen kugelten sich vor Lachen, und der Lord wurde von ohnmächtigen Begierden befeuert, die sich nach kurzem Auflodern in Rauch auflösten. Das war typisch für Leute, die neu in diesem Land waren. Sie hatten Mühe, sich anzupassen. Richard dagegen verstand es, den Wind zu riechen, der aus dem Tal heraufwehte, und den Geschmack der hiesigen Zitronen zu genießen. Er ließ sich mittlerweile nur noch selten aus der Ruhe oder aus dem Gleichgewicht bringen, denn schließlich führte er hier das Leben, das er sich wünschte, und er kostete es in kleinen Schlucken aus wie einen Likör. Häufig hatte er das Gefühl, dass er der einzige Weiße in seinem Bekanntenkreis war, der das konnte. Nicht einmal Dally beherrschte es. Sein umtriebiges amerikanisches Naturell stand ihm im Weg und untergrub seine Spontaneität mit allen möglichen hartnäckigen Vorurteilen, die ihn zögernd und oberflächlich machten. Er bekam es einfach nicht richtig hin.

Richard sah ihn jetzt an, betrachtete seinen vollen Mick-Jagger-Lippen und die spitzen Babouches, die an seinen langen weißen Füßen baumelten. Er war wie ein mechanischer Spielzeughund, der Schmetterlinge an seiner Nase vorbeifliegen sieht. »Das ist das Leben«, denkt der Spielzeughund verblüfft, hebt eine kleine Blechpfote und versucht, einen zu fangen. »Aber wie ist es?«

Irgendwann nach Mitternacht fand Jo den Swimmingpool leer vor. Beschwipst, wie sie war, zog sie sich aus, ging zu einer der Einstiegsleitern und blieb dort nackt im Mondlicht stehen. Der Mond tanzte als tellergroßes Spiegelbild auf der Wasseroberfläche, ohne sich zu kräuseln, und ließ die Dunkelheit der Schatten ringsum noch intensiver erscheinen. Sie hoffte, dass jemand hersah, drehte sich mal in die eine, mal in die andere Richtung, lachte, offen für alles. Was sein soll, wird sein. Die Hitze war jetzt nicht mehr so drückend und der Himmel so klar, dass der ganze Hügel in krasser Deutlichkeit hervortrat. Die Kakteen jenseits der Mauern glänzten wie Weißblech, die Felsformationen offenbarten tausend Details aus den Tiefen der Zeit. Die Luft war warm, besänftigend, und die Palmen seufzten, wenn der Wind über sie hinwegstrich, und verstummten dann bis zum nächsten Seufzen. Am Rand des Pools stand ein Martini-Glas, noch mit einer Olive darin, und auf Porzellantellern, die neben Liegestühlen abgestellt waren, lagen Gabeln, an deren Zinken Krümel von Karottenkuchen und geschmolzene Glasur klebten. Handtücher knäuelten sich zwischen halb verdunsteten Pfützen. Aus den Gräben jenseits der Mauer ertönte das Quaken von Fröschen, die möglicherweise von den Gastgebern dieser Wirkung wegen dort ausgesetzt worden waren. Wer konnte schon wissen, was hier künstlich und was echt war? Sie ließ sich ins Wasser hinab, das fast schon unangenehm warm war.

Die Fliesen waren kornblumenblau, und den Grund schmückte das Bild eines Wals im altrömischen Stil. Wenn man über ihm schwamm, sah man, dass er einen Jungen berührte. Jo glitt über das kitschige Mosaik hinweg und drehte sich auf den Rücken, sodass ihre Brüste aus dem Wasser ragten. Sie schloss die Augen, lauschte der Stille unter Wasser, dann den Geräuschen der Nacht. Eine Zikade zirpte aus einem Loch in der Mauer, Echos stiegen die Felshänge herauf – der Nachhall von Hufgeklapper und Steinschlägen. Gespenster, die umgingen, die Party und ihr Brummen. Sie zählte eine Weile ihre Herzschläge. In der Mitte des Pools drehte sie sich langsam im Kreis. Ein Sternbild – der Adler? – funkelte auf sie herab, und sie dachte an ihre brachliegende Arbeit, an die Bücher, die sie vor so langer Zeit geschrieben hatte und die bei den Kindern dieser Welt allmählich in Vergessenheit gerieten. Jede Karriere erfuhr eine kurze Phase der Sichtbarkeit, auf die ein langes, schmerzliches Abgleiten in die totale Anonymität folgte. Merkwürdig war nur, dass sie weniger darunter litt, als sie erwartet hatte. Sie hatte nicht mehr viel zu sagen, deshalb stellte das Schreiben für sie keine Notwendigkeit mehr dar. Es wurde Zeit zu schweigen. In gewisser Weise war sie darüber erleichtert. Schreiben hatte ihr ohnehin keine Freude mehr bereitet, und Schweigen hatte durchaus seine vergnügliche Seite. Wenn es sich um ein Scheitern handelte, dann war es wie das leise Plumpsen eines Steins in einen großen Ozean. Vielleicht würde in ein paar tausend Jahren ein unglückliches Kind der Zukunft in einer verstaubten digitalen Bücherei auf *Balthasars Nächte* stoßen und das Buch der Vergessenheit entreißen. Aber was war das nur wieder für ein blödsinniger, unrealistischer Gedanke? Kein Mensch würde in fünfzig Jahren noch lesen, geschweige denn in tausend. Das war jedem klar. Die Kinder der Zukunft würden hohlköpfige Clowns sein. In der Zukunft würde niemand sie mehr brauchen, ebenso wenig wie jetzt in der Gegenwart. Aber nicht gebraucht zu werden war ebenso angenehm wie gebraucht zu werden.

Ihre Karriere? Das war ein großes Wort. Sie betrachtete die weiße Rundung ihrer Brüste, die unter einem Wasserfilm zitterten – aber wozu? Sie hätte sich gewünscht, jemand würde sie jetzt beobachten und sie vor der Vergeudung bewahren. Aber so war das nun mal. Das Alter löscht uns in den Augen der anderen, sperrt uns in eine unfreiwillige Privatheit. Schuldbewusst dachte sie dann an David, der auf ihre fünf Anrufe noch immer nicht geantwortet hatte, aber nur kurz. Stattdessen wanderten ihre Gedanken zu der Party zurück, zu den schönen jungen Frauen. War sie wirklich weniger schön als sie, weniger animiert von der Situation?

Ich kann nicht ununterbrochen die Büchertante spielen, dachte sie verschmitzt. Nicht rund um die Uhr.

Sie stieg aus dem Pool, setzte sich zum Trocknen neben das Martini-Glas und lauschte Dallys Tauben, die in den Bäumen gurrten. Langsam fand sie Gefallen an ihrer neuen Einsamkeit. Nach einer Weile zog sie sich wieder an und ging zum Haupthaus zurück. Auf einem Rasen, den das Personal Tag und Nacht sprengen musste, wirbelte ein pyrotechnisches Feuerrad und versprühte grüne Funken. Sie ging zu einer der Bars und bestellte einen Cuba Libre. Mittlerweile lief wieder Musik, und die Gäste schlenderten in Richtung Speisezimmer, in dem man Kandelaber entzündet hatte, deren dunkelgrüne Kerzen tropfende Wachsbündel bildeten. Das Dinner war sehr spät angesetzt, aber das schien niemanden zu stören. Als Piraten verkleidete Diener liefen umher, fragten die Gäste, ob sie am Essen teilnehmen wollten, und geleiteten sie zu Tisch, wenn sie bejahten.

Dort traf sie Day wieder. Sein Kopf war mit Beerenranken und kleinen gelben Blumen umkränzt, und sie fand, dass er wie ein griechischer Halbgott aussah, was wohl auch beabsichtigt war. Sie tauschten ein Lächeln, und sie dachte: Er ist etwas weniger attraktiv als beim letzten Mal.

»Wie ein Pirat sehen Sie aber nicht aus«, sagte sie sogleich.

»Das tun Piraten nie«, erwiderte er. »Ich geh als Dionysos zum Abendessen. Keiner von diesen Analphabeten weiß, wer ich bin.«

»Ich bin keine Analphabetin.«

»Dann sind Sie mein einziger Zuschauer. Das Piratenkostüm hat mir sowieso nicht gestanden. Ich habe damit wie Johnny Depp ausgesehen.«

»Wäre das nicht besser als Dionysos?«

»Mit Augenklappe wirke ich komisch. Irgendwie verwirrt.«

Sie ließ sich von ihm umgarnen.

»Sie sind nicht der Gott des Weines. Sie sehen aus wie einer Toga-Party entsprungen.«

»Das hier ist doch eine Toga-Party, oder etwa nicht?«

Sie verharrten an der Glastür zum Speiseraum, aus dem cremiges Licht auf ihre Wangen fiel. Ihre Haare waren noch nass, und sie kam sich vor wie ein kleines Mädchen auf dem Weg zu einer Geburtstagsfeier. Day trug eine lange, mit feinem Brokat besetzte Dschellaba und hatte ein sehr offenes, sehr rosiges Gesicht, als würde das Blut dort doppelt so schnell zirkulieren. Auch seine mineralgrünen Augen waren weit geöffnet und lachten so geräuschvoll, wie sein Mund geräuschlos lachte – irgendein Trick. Sie fragte sich, wie alt er wohl sein mochte. Ungefähr so alt wie David oder etwas jünger, vielleicht sogar deutlich jünger? Wenn man in den Vierzigern ist, machen fünf Jahre viel aus.

»Ich sterbe vor Hunger«, sagte er. »Nach Ihnen. Ich habe vorhin mit Ziegen getanzt. Zumindest glaube ich, dass es Ziegen waren. Vielleicht waren es auch keine. Aber ich glaube, sie hatten vier Beine.«

Sie traten in die süßliche Luft des Speisezimmers. Die Schale war jetzt mit einem Berg Mandeln gefüllt. Richard erhob sich und klopfte an sein Weinglas.

»Meine Herrschaften«, begann er, »was für ein Haufen wilder Piraten! Die Säbel blankgezogen. Unser Küchenchef, Monsieur Ben, hat eine neue Sardinenpastete kreiert. Sensationell! Die dürfen Sie nach Herzenslust plündern. Jawohl, ich ermuntere Sie dazu. *Zum Plündern sind Sie hier.* Nur stehlen Sie mir nicht meine Gemälde, liebe Freunde. Nicht die Gemälde, wenn ich bitten darf. Halten Sie sich an die Zigarren. Die sind umsonst.«

ISSOUMOUR

13

Als der Toyota den Hang hinab in Richtung Straße rollte, lehnte sich der hochgewachsene Kebbash namens Anouar, der David die Tür geöffnet hatte, nach vorn und fragte ihn in tadellosem, fast akzentfreiem Französisch und mit ausgesuchter Höflichkeit, ob er eine Zigarette wünsche. Der Alte, so erklärte er aufgeräumt, bestehe immer darauf, selbst zu fahren, und lasse sich bedauerlicherweise durch nichts von dieser mühseligen Pflicht abbringen, obwohl es für alle Beteiligten eine Tortur sei. Widerstrebend nahm David die Zigarette, obwohl er das Rauchen selbstverständlich missbilligte. Aber jetzt konnte es ihm helfen, die Zeit herumzubringen. Daher nahm er wortlos die zerknautschte Gitane und ließ sich von Anouar Feuer geben. Ihre Blicke trafen sich, lieferten sich aber kein Duell. Anouar machte einen recht zuvorkommenden und intelligenten Eindruck. Seine Stimme und sein Benehmen hatten etwas Jungenhaftes, etwas fröhlich Beschwingtes, gepaart mit einem beißenden Humor. Beim Sprechen legte er den Kopf auf die Seite wie ein großer neugieriger Papagei: »Ihre Frau«, sagte er ganz offen, »ist sehr schön. Ich werde eines Tages auch so eine *gazelle* haben, so Gott will.« Aber würde Gott wollen?

Alle sechs Männer rauchten, als der Wagen auf die Straße rumpelte, die verlassen und in eine poröse Dunkelheit getaucht war. Sie brausten mit 130 Stundenkilometern auf ihr dahin. Die Räder wimmerten, die Scheiben vibrierten, Schrauben zitterten. David kam die Straße plötzlich sehr vertraut vor. Die kastenförmigen weißen Wachhäuschen neben den Gräben und die wuchernden Dornensträucher waren in sein Gedächtnis eingebrannt. Nur die steinigen Hänge kamen ihm höher und schroffer vor als auf der Hinfahrt, und in den klammartigen Schluchten schien sich die Dunkelheit wie eine schwarze Flüssigkeit zu sammeln. Bedrohlich wirkte die Landschaft jetzt, wie gesättigt von der eigenen inneren Schwere. Knochen und Mark, aber keine Haut, kein äußeres Gewebe.

Abdellah fuhr mit durchgedrücktem Gaspedal und blickte stur auf die Straße, ohne David auch nur einmal anzusehen. Die anderen Mitfahrer sprachen kein Wort, außer wenn sie sich eine Zigarette anzündeten. Nur Anouar lehnte sich manchmal nach vorn und sagte ihm etwas ins Ohr.

»Wir fahren immer geradeaus. In Erfoud machen wir Halt, besuchen ein paar Leute und trinken etwas. Und schlafen kurz.«

Wenig später gelangten sie in die Außenbezirke von Errachidia. Die rechtwinklig angelegte Stadt, auf deren breiten Straßen sich Tausende von männlichen Schülern drängten, erstrahlte in einem weichen Licht, das alles in dunkles Gold verwandelte. Sie rasten über eine Brücke, die einen Fluss überspannte, der hier nicht unbedingt zu erwarten war und dessen Ufer Laternen säumten, und rollten dann über die asphaltierten Boulevards der einstigen französischen Garnisonsstadt. Die Häuser waren ebenso einheitlich weiß wie die Dschellabas und Kopfbedeckungen der vielen Schüler. Von den Kasernen der Fremdenlegion standen noch Überreste, und in den breiten Lücken zwischen den Wohnblöcken ließ sich die nahe Wüste riechen und als weiße Linie erkennen – oder zumindest erahnen. Man sah weder Müll noch Tiere – möglicherweise von der Sommerhitze vertrieben –, und die jungen Männer, die in kleinen Gruppen beisammenstanden, erweckten den Eindruck makelloser Sauberkeit, ohne eine Spur Sinnlichkeit. Das war eine optische Täuschung. Das Äußere verrät nie alles.

Sie hielten an einer Straßenecke, um Cola und Sandwichs zu kaufen. David stieg aus und vertrat sich die Beine. Es war so heiß, dass er das Gesicht verzog, obwohl er sich fest vorgenommen hatte, vor seinen »Entführern« keine Schwäche zu zeigen. Es war ein Kampf. Sand juckte ihn in der Nase. Anouar fragte ihn, ob er pinkeln wolle, doch er schüttelte den Kopf. Er konnte unmöglich sagen, wie spät es war, und aus irgendeinem abergläubischen Grund wollte er auch nicht auf seine Uhr sehen. Stattdessen beobachtete er Abdellah, der neben dem Toyota niederkniete und die Reifen inspizierte. Im orangefarbenen Licht der Straßenlaternen wirkte er jünger und auf elegante Art auch bedrohlicher. Er knurrte vor sich hin, sprach aber zu niemandem ein Wort, und erst jetzt bemerkte David, dass an seinen schmutzigen Schuhen billige Goldkettchen hingen. Im Übrigen fühlten sich die anderen in seiner Gegenwart sichtlich unbehaglich, als könnte nicht einmal der gewohnte kameradschaftliche Umgang die durch seinen schmerzlichen Verlust hervorgerufene Befangenheit mildern. Sie taten, was er verlangte, und sie taten es ohne Zögern.

Hinter Errachidia verengte sich die Straße, und Sand wehte über die Fahrbahn, die mancherorts Lehmmauern säumten, hinter denen die kühle, dunkle Masse von Palmen emporragte, die sich im Wind wiegten. Männer mit leeren, gequälten Gesichtern führten Ziegen am Straßenrand, und ihre Augen leuchteten wie Katzenaugen, wenn sie ins Scheinwerferlicht blickten, ohne zu blinzeln.

David beobachtete die Gesichter der Kebbash im Rückspiegel. Sie aßen Datteln, die sie auf einem Stück klebrigem Papier herumreichten, ohne ihm welche anzubieten. Vielleicht nahmen sie an, das könnte seinen Geschmack beleidigen. Der Vater drosselte das Tempo, als die Straße schmaler und noch rissiger wurde, und nach einer Weile schaltete er das Autoradio ein. Die anderen seufzten, als religiöse Musik aus den Lautsprechern tönte. Erschöpft von den Ereignissen des Abends, kämpfte David gegen den Schlaf an und hielt sich an der kaputten Fensterkurbel fest. Er sann darüber nach, warum man ihm keinen der anderen Männer vorgestellt hatte, und vermutete, dass Namen keine Rolle spielten, weil er ja kein normaler Gast war. Eng zusammengepfercht ertrugen sie die Fahrt mit stoischem Gleichmut, bis sich einer von ihnen bückte und einen schweren Gegenstand aus Metall aufhob. Aus dem Augenwinkel erkannte David, dass es ein altes Gewehr war. Doch sie richteten es nicht auf ihn, sondern nach draußen, in die Umgebung, die sie offenbar nervös machte, als die Palmenhaine dichter wurden und die Sandebenen zu beiden Seiten der immer engeren und beklemmenderen Straße spürbar näher rückten. Anouar erklärte ihm, dass sie sich Erfoud im Herzen des Tafilalet näherten, der größten Oase Nordafrikas. Die marokkanische Königsfamilie stammte von dort.

Schließlich blickte David doch auf die Uhr. Es war fast Mitternacht. Sein Inneres schrie lautlos auf, und seine schweißige Hand ließ die Fensterkurbel los. Abdellah brummte etwas.

»Er sagt, dass wir in ein Hotel fahren«, übersetzte Anouar vom Rücksitz. »Bei Dunkelheit kann niemand nach Alnif fahren.«

Und auf Französisch setzte er »*On regrette*« hinzu. Nur was bedauerten sie?

»In was für ein Hotel gehen wir?«, fragte David in kläglichem Ton.

»In das Hotel, in dem die Fossilienhändler absteigen. Das Hotel Tafilalet.«

Die Straßen, durch die sie fuhren, waren gesäumt von rotbraunen Häusern mit gelben und türkisfarbenen Fensterläden, blauen Fenstergittern und weißen Zinnen an den Dächern. Das tiefgelegene Erfoud kauerte trotzig in Wind und Staub, und selbst zu dieser späten Stunde schlief die Stadt noch nicht. Denn im heißen Sommer war die Nacht eine kostbare Zeit, in der man sein Leben lebte und seine Geschäfte tätigte. Von Pferden gezogene und mit Alfalfa und Minze beladene Karren ratterten umher, Glühbirnen flammten aus der Dunkelheit auf, unter den Arkaden eines Marktes hervor, wo der Ansturm der Fliegen erlahmt war. Die Gehwege waren nur lange Schotterhaufen, hinter denen Menschen auf Matten saßen und den Verkehr beobachteten wie in Erwartung eines vulkanischen Ascheregens, der sie jahrhundertelang begraben würde. Hier fanden sich die gleichen Fossilienläden, die David in Midelt gesehen hatte, die gleichen ausgemergelten Männer, die in Bauchläden Haifischzähne und Gesteinsbrocken mit Krinoiden anboten, die gleichen Jungen, die neben den Autos herliefen und »*Dents de baleines!*« riefen.

Das Hotel Tafilalet lag an einer der beiden Hauptverkehrsadern von Erfoud. Es war im Stil von Tausendundeiner Nacht in den Farben Grün und Blau gehalten und mit kitschigen Nischen und Säulen ausgestattet, die seine Empfangshalle beengter und vornehmer erscheinen ließen, als sie tatsächlich war. Mit den Wasserpfeifen, die neben den Tischen standen, und den gekrümmten Gestalten auf den Polsterbänken sah sie aus wie das Raucherzimmer eines Privatklubs.

Rund um den Swimmingpool standen Gartentische mit Windlichtern, an denen kleine Gruppen von rauchenden Männern mit Bier saßen und dem rasenden Wind trotzten. Die Kebbash stellten den Toyota auf dem Hotelparkplatz ab und ließen zwei Männer zu seiner Bewachung zurück. Abdellah durchmaß die Halle mit großen Schritten, als ob sie sein Wohnzimmer sei und sein schäbiges Äußeres hier keine Rolle spiele. Von Anouar gedrängt, folgte ihm David. Neben dem Pool kamen sie an einer Bar vorbei, deren Steinoberfläche mit Ammoniten verziert war. Dort saßen ein paar apathische Europäer, die nichts mit sich anzufangen wussten, da es selbst für einen Sprung in den Pool zu heiß war. Ihre blauen Augen folgten den Kebbash, die sich an einem Tisch im Garten niederließen und kühle Limonade bestellten, ehe sie David wie in einer komischen Pantomime an einen separaten Tisch verwiesen.

»Man wird Ihnen auch eine Limonade bringen«, erklärte Anouar. »Wir haben oben ein Zimmer für Sie reserviert. Wir stehen um fünf auf. Ich werde Sie abholen.«

»Aber warum muss ich hier allein sitzen?«

»Weil es passender ist, nur deshalb. Das verstehen Sie doch?«

Er verstand es, und es war ihm auch lieber so. Er ließ sich auf einen Stuhl sinken, so erschöpft, dass ihm fast die Augen zufielen. Er trank das 7Up mit Eis in einem Zug, dann versuchte er, seine Nerven zu beruhigen. Der Pool war von Mauern umringt, hinter denen Palmen emporragten, deren buschige Wipfel von Böen geschüttelt wurden. Wegen der Sandschwaden nahm das Licht eine braune Farbe an wie die schmutzige Scheibe eines alten Aquariums. Die Einheimischen schien der Sand nicht zu stören. Offensichtlich kamen sie hierher, um Kontakte zu pflegen und Handel zu treiben. Hauptsächlich Fossilienhändler, wie er vermutete. Sie wanderten von Tisch zu Tisch, tauschten rituelle Freundschaftsgesten aus und boten in kleinen Bauchläden geschliffene Ammoniten feil. Ob auch sie glaubten, dass es sich bei diesen Wesen um kleine Dämonen handelte, die vor Urzeiten vom Himmel gefallen waren? Wenn sie sich an einem Tisch verbeugten, legten sie die Hand aufs Herz und schlugen einen flehenden Ton an. David gegenüber zeigten sie sich besonders unterwürfig.

»*Monsieur, monsieur, des très beaux ammonites de Hmor Lagdad! Des purs, des rares! Regardez, et pour vous, Monsieur, un prix étonnant, ridicule!*«

Die Kebbash verfolgten das Theater mit großem Vergnügen. Der Direktor des Hotels war kurz herausgekommen, um sie zu begrüßen, und auch die Erfouder Händler schauten vorbei, um ihnen die Hand zu schütteln. Die Männer aus Taallalt waren unverzichtbare Lieferanten.

David verscheuchte die Verkäufer gereizt. Er versuchte, Jo anzurufen, doch sein Handy hatte keinen Empfang. Er fluchte vor sich hin und erwog, den Direktor zu fragen, ob er vom Hotel aus eine E-Mail verschicken könnte. Doch als der Mann zu ihm kam, wusste David nicht, was er sagen sollte. Höflich und polyglott wie viele Marokkaner, warnte ihn der Direktor in tadellosem, melodischem Englisch:

»Glauben Sie diesen Händlern kein Wort«, lachte er und deutete vage in die Runde, sodass praktisch jeder gemeint sein konnte. »Sie lügen alle. Aber wenn Sie ihre Familien unterstützen wollen, tun Sie ein gutes Werk. Ein Fossil ernährt ein Kind einen Monat lang.«

»Ich wüsste gar nicht, was ich kaufen sollte«, erwiderte David offen.

»Ich würde Ihnen einen Trilobiten namens Phacops empfehlen. Alle Touristen scheinen dafür zu schwärmen. Besonders die Belgier. Ich sehe sehr wohl, dass Sie kein Belgier sind, und dennoch ...«

David schüttelte traurig den Kopf.

»Von einem Phacops wird man nie enttäuscht«, fuhr der Direktor fort wie eine nimmermüde Spielzeuglokomotive. »Bill Gates liebt sie. Ihre Frau wird sie lieben. Ich liebe sie. Und vielleicht werden auch Sie sie lieben.«

»Ich bin eigentlich nicht in der Stimmung dafür.«

»*Awili achnou hadchi*. Macht nichts, ganz wie Sie wünschen. Ich lasse Ihnen etwas zu essen bringen, auf Geheiß Ihrer Gastgeber. Eine Tajine, eine Spezialität des Tafilalet. Ihr Zimmer ist gerichtet, falls Sie zu Bett gehen wollen.«

Er aß mit Entschlossenheit. Eine ältere Französin stieg in den Pool, ohne sich um die spöttischen Blicke der Männer zu scheren, und zog mit Schwimmbrille mechanisch ihre Bahnen. Es war erstaunlich, dass Menschen hierherkamen und in den neuen Fünf-Sterne-Hotels an den Ausfallstraßen der Stadt abstiegen. Die Wüste war bei Pauschaltouristen beliebt, aber meistens blieben sie in der sicheren Umgebung von Erfoud. Wer war diese eigenwillige alte Schrulle, die nach Mitternacht schwimmen ging? Wahrscheinlich war es in den Zimmern so heiß, dass man nicht schlafen konnte. Als guter Engländer versuchte er, vor seinen Entführern – und nichts anderes waren sie für ihn – den Schein unerschütterlicher Stärke zu wahren. Er reckte das Kinn und starrte ins Leere, obwohl er tiefe Niedergeschlagenheit empfand und es nicht erwarten konnte, sich in sein Zimmer zurückzuziehen. Du darfst vor diesen Leuten keine Angst zeigen, ja nicht einmal Unbehagen. Du musst dich als darüber erhaben präsentieren. Verachtung ausstrahlen. Doch was ihn letztlich am meisten irritierte, war, dass die Kebbash überhaupt nicht zu ihm hersahen. Sie ignorierten ihn völlig. Die alte Französin warf ihm einen verwirrten, spöttischen Blick zu, und er überlegte, ob er sie um Hilfe bitten sollte. Das wäre vielleicht eine Lachnummer.

Schließlich kam Anouar herübergeschlendert und erbot sich, ihn nach oben zu bringen. Sie stiegen eine schmale, schmutzige Treppe in den ersten Stock hinauf und traten in ein Zimmer mit einem kleinen Balkon und Blick auf den Pool. Zu Davids Erstaunen lief die Klimaanlage bereits, und im Zimmer war es halbwegs kühl – jedenfalls so kühl, wie es bestenfalls werden konnte.

»Schlafen Sie«, sagte Anouar freundlich. »Ich wecke Sie dann um fünf.«

David ließ sich aufs Bett fallen, drehte sich auf die Seite und starrte auf die gewellte weiße Wand gegenüber. Dann wälzte er sich herum und schaltete das alte Fernsehgerät ein. Das Bild eines Elches erwachte zum Leben, der sich durch einen mit abgestorbenen Bäumen übersäten Sumpf kämpfte. »Klimawandel in Sibirien«, kommentierte eine ferne Stimme auf Englisch. Er versuchte noch einmal, Jo anzurufen, bekam aber kein Netz. Der Elch war stehen geblieben und verharrte verstört, vom Klimawandel anscheinend wie paralysiert. David schloss die Augen. Später hatte er ähnlich paralysierende Träume. Er träumte, dass er in einem Hotelzimmer in Erfoud war, dass Sand durch die zerbrochenen Fenster strömte und ihn unter sich begrub, während er arglos im Bett lag und einem Elch zuschaute.

Um fünf vor fünf klopfte Anouar leise an die Tür. David hatte seine Position nicht verändert, und der Fernseher lief noch. Im Nu wach, rief er: »Ich komme«, und stand auf wie ein Roboter. Er ging ins Badezimmer, das wie ganz aus Plastik aussah, und spritzte sich lauwarmes Wasser ins Gesicht.

Im Neonlicht des Spiegels erschien sein graues Gesicht. Die Augen glänzten fiebrig, wirkten verletzt. Manchmal war es dem Selbstwertgefühl förderlicher, wenn man nicht in den Spiegel sah. Er trank von der kleinen Flasche Evian, die das Hotel spendierte, dann trat er auf den Balkon hinaus. Die Temperatur war um ein paar Grad gesunken und gerade so erträglich. Der Wind hatte sich gelegt, und es wurde bald hell. Eine Putzfrau fegte leise die Terrasse um den Swimmingpool, in dem ein abgebrochener Palmwedel trieb. Auf einem Tisch am Pool stand eine Tasse Kaffee, die offensichtlich für ihn bestimmt war.

Anouar wünschte ihm einen guten Morgen und begleitete ihn nach unten. David schätzte ihn auf Mitte dreißig und vermutete in ihm einen maßvollen Menschen, der ein wenig Bildung genossen hatte. Nur wo hatte er diese Bildung genossen?

»Sie haben zehn Minuten, um Ihren Kaffee zu trinken, Monsieur David. Dann fahren wir. Ist Ihr Magen in Ordnung?«

»Dem geht es bestens.«

David setzte sich benommen an den Tisch, während in den Bäumen laut Vögel zwitscherten. Nie zuvor hatte er sich so allein gefühlt, so abgeschnitten von der Welt. Die anderen hatten sich in der dunklen Halle versammelt, in der nur eine Öllampe brannte, und tranken Minztee. Er brauchte eine Weile, bis er wieder im Vollbesitz seiner geistigen Kräfte war, und fragte sich, ob er überhaupt geschlafen hatte. Schlückchenweise trank er den Kaffee und sagte sich, dass er diese Prüfung geduldig ertragen musste – dann würde schon alles gut gehen. Er musste nur diesen unversöhnlichen Vater beschwichtigen, den eine grimmige Kälte umgab. Am klaren Himmel über dem Pool zeigten sich die ersten Farben der Morgendämmerung. Irgendwo in der Nähe turtelten Hunderte von Tauben, als wären sie sehr aufgebracht. Er ging hinaus auf die Straße, um Luft zu schnappen. Schwarz gekleidete Frauen bewegten sich lautlos hinter Fenstern mit türkisfarbenen Läden, und auf der Kuppe eines Hügels nahm eine riesige Funkantenne im Halbdunkel Gestalt an. Von irgendwo dort, aus einer Freiluftwerkstatt am Wadi Ziz, ertönte das Geräusch Hunderter kleiner Hämmer. Auch in dem Fossilienladen auf der anderen Straßenseite regte sich etwas.

An der einzigen Kreuzung der Stadt patrouillierte ein Polizist mit weißen Handschuhen, als lauerte er auf ein Verbrechen, das ebenso gut aber auch ausbleiben konnte, und an der Avenue Moulay Ismail schliefen Dutzende von Männern und Jungen auf Matten, die vor den geschlossenen Türen ausgebreitet waren. David wartete auf die Kebbash an der Ziz-Tankstelle. Er fieberte dem Tag entgegen, brannte darauf, weiterzufahren, und als seine Reisegefährten endlich erschienen, ärgerte er sich darüber, dass sie so trödelten. Abdellah trat mit großen Schritten auf die Straße und blickte, eine halb geschälte Orange in der Hand, prüfend in das ausgewaschene Blau des Wüstenhimmels, an dem unter vielstimmigem Jubilieren Sperlingsschwärme vorbeizogen. Die Trauer war noch in sein Gesicht eingeschrieben. Er stand steif da, als hätte sich in ihm eine immense Energie angestaut, die noch nicht freigesetzt werden konnte. Dann biss er in die Orange, spuckte die Kerne aus, riss die Frucht in zwei Hälften und verschlang sie. Sie war sein Frühstück.

Sie fuhren über die Kreuzung, an der ein großer Fossilienladen namens Usine Marmar lag. Als sie an dem Polizisten vorbeikamen, kurbelte Abdellah sein Fenster herunter, streckte die Hand hinaus und berührte den Handschuh des Mannes, aber soweit David erkennen konnte, wurde nichts übergeben.

Auf der Straße nach Merzouga überholten sie reihenweise Berber auf klapprigen Fahrrädern, die mit Werkzeugkästen beladen waren. Es handelte sich, wie Anouar erklärte, um Aït Atta, die in die Wüste fuhren, um nach Krinoiden zu graben. Sie selbst, die Männer aus Taallalt, suchten nicht nach solchen Fossilien, die für den verhassten Stamm der Atta reserviert seien. Die Männer aus Taallalt handelten ausschließlich mit Trilobiten. Der Issoumour sei die reichste Lagerstätte in ganz Afrika, fuhr Anouar in beiläufigem, aber durchaus ernstem Ton fort. Warum sollten sie sich mit versteinerten Meerespflanzen abgeben? Solchen Plunder überließen sie gerne den Atta, wo doch Händler aus Deutschland, Frankreich und den Vereinigten Staaten hübsche Sümmchen für die hervorragend erhaltenen Exemplare von *Walliserops trifurcatus* zahlten, die sie an dem heiligen Berg ausgruben. Manche erzielten Preise von mehreren hundert Euro.

Noch vor Sonnenaufgang erreichten sie Hmor Lagdad. Dort gab es einen Steinbruch namens Mirzan, der aus einem Netz breiter Gräben bestand, die in roten Fels gehauen waren. Sie hielten an einer Ansammlung ärmlicher Hütten, vor der mehrere zerlumpte kleine Mädchen im Morgenlicht standen mit Hämmern und Meißeln in den Händen. Ihr Vater leitete den Steinbruch. Unweit von ihnen stand ein vierzig Jahre alter Kompressor in einem tiefen Graben, dessen Wände die zarten Formen prähistorischer Panzerfische und schwebender Wasserpflanzen schmückten. Von dort lief der Vater nun herbei, begleitet von einem weiteren Mädchen, das wild aussah und verfilzte Haare hatte. Es steuerte auf den weißen Ausländer zu, hielt ihm einen Stein entgegen, hüpfte um ihn herum und rief »*Ortho-ceras!*«. Die Männer hockten sich schweigend im Kreis um eine Teekanne. David nahm den Stein in Augenschein, der aussah wie eine polierte Muschel, und kaufte ihn dem Mädchen aus einer Laune heraus für ein paar Dirham ab. Sie tippte sich an die Brust und sagte »*Tuda!*«. Anouar zog David sanft von den Teetrinkern weg. Wie es schien, duldete Abdellah ihn nicht in seiner Nähe.

»Er sagt, dass Sie nicht aus derselben Tasse trinken und nicht vom selben Teller essen dürfen wie er. Er sagt, dass sich eure Schatten nicht kreuzen dürfen.«

Anouar sprach leise, damit ihn die anderen nicht hörten.

»Er sagt, dass Sie nichts berühren dürfen, was er berührt hat, und dass er nichts berühren darf, was Sie berührt haben.«

Er ist verrückt, dachte David automatisch. Oder das liegt an der Trauer.

»Ist das bei euch so üblich?«, fragte er Anouar.

»Nein. Aber im Moment will er es so. Das wird vorübergehen.«

»Ich finde das sehr befremdlich.«

Anouar antwortete darauf nicht. Sie sahen zu, wie die Männer um einen grob präparierten, in Zeitungspapier eingewickelten *Orthoceras* und ein paar Trilobiten-Fragmente feilschten. Unterdessen verharrten die Mädchen, von denen eines ein in Wolle gewickeltes Baby im Arm hielt, im aufkommenden Wind. Sie waren die Kinder der Steinhauer, dazu bestimmt, ihr Leben lang Fossilien zu meißeln. Ziegen standen um sie herum und meckerten mit schief gelegten Köpfen, aber Frauen waren nirgends zu sehen. David setzte seine Sonnenbrille auf, um seine Augen zu schützen, und wühlte in schmutzigen Kisten mit diversen Spinosaurus-Zähnen und Krinoidenstielen. Langsam bekam er ein Gefühl für ihren düsteren Charakter und ihre zeitliche Entferntheit im Sinne der Evolution – sie wirkten tatsächlich wie Wesen aus einer anderen Welt. Anouar begleitete ihn, als brauche er Unterhaltung oder zumindest Orientierungshilfe. David fragte sich, ob Anouar Mitleid mit ihm hatte. Ausgeschlossen war es nicht. Sie kamen an seltsamen »Sandrosen« von einem Ort namens Kem Kem vorbei, dann an versteinerten Schildkröten, die in eine massive Felsplatte eingearbeitet waren, die unter Zuhilfenahme eines einzigen Wagenhebers hochgehoben wurde. Sie sollte als Couchtisch nach Norwegen verschickt werden. Sie sah aus wie ein materialisierter Traum, der eine schlechte Wendung genommen hatte und zum Alptraum geworden war.

Anouar gähnte, behielt aber die anderen im Blick. Der Vorarbeiter heiße Amar Taglaoui, sagte er mit einem Anflug von Ärger. Er sei ein *ouvrier* und ein armer Teufel, aber man dürfe ihn nicht aus den Augen lassen. David schüttelte den Kopf. Rings um seine Füße bemerkte er Hunderte von schneckenartigen Formen im Gestein, Jahrmillionen alten Sedimenten aus jener Zeit, als noch ein Meer die Sahara bedeckte, eine wahnsinnige Landschaft, die in seiner Vorstellung dem entsprach, was in Abdellahs Kopf vorging. Voller Leben, aber tot, formenreich, aber eintönig. Tiefe Niedergeschlagenheit ergriff ihn. Trauer war nur eine gigantische Verwirrung, bei der Millionen Bruchstücke eines Lebens durcheinandergerieten wie Scherben, die nichts mehr zusammenfügen konnte. Anouar blieb nicht verborgen, dass David in Trübsinn versank, und versuchte, ihn aufzuheitern, indem er die Hände in die Luft warf, als führe er einen Zaubertrick vor.

»Sie schütten Cola über diese Gipsformationen, damit sie alt aussehen. Das sind Gauner, David, Schwindler.«

Er stupste ihn an, um ihn zum Lachen zu bringen. Betrügerische Araber, was für eine Vorstellung!

Die anderen erhoben sich und gingen zum Wagen. Unter ihren Füßen knirschten die Scherben versteinerter Algen und die schneckenartigen Kreaturen, und ihre Chechs flatterten, denn der Wind hatte weiter zugenommen und wurde mit jeder Minute stärker. Plötzlich sandte die aufgehende Sonne ihre Strahlen über den orangenfarbenen Sandstein. David eilte den Männern nach und bemerkte, dass einer von ihnen die Arme voller Fossilien hatte. Die kleinen Mädchen winkten mit Ammoniten in den Händen.

»Wohin fahren wir?«, erkundigte sich David schroff bei Anouar, da er wusste, dass ihm sonst keiner antworten würde.

Anouar legte ihm die Hand auf die Schulter. »Ganz ruhig, David. Wir fahren nach Alnif.«

Abdellah hielt einen Moment inne, bevor er den Motor anließ. Sein Blick strich über die leere Straße, auf der die Krinoiden-Händler am Abend nach Erfoud zurückkehren würden. Er schien überhaupt nicht an seinen Sohn oder David zu denken und hatte hier nur Halt gemacht, um den Steinhauern ein paar Exemplare abzukaufen. Offensichtlich hatte er sich gestattet, sich mit anderen Dingen zu befassen und nebensächliche Kalkulationen anzustellen – obwohl inmitten eines erbarmungslosen Überlebenskampfs solche Kalkulationen vielleicht auch gar nicht so nebensächlich waren. Abdellah verharrte eine Weile, dann schien sich seine Aufmerksamkeit wieder David zuzuwenden. Er fuhr sich mit der Zunge über die Zähne, drückte sich kurz die rechte Faust an den Mund und zitterte. Als er sprach, richtete er sich an Anouar, der auf der Rückbank saß und für ihn übersetzen sollte.

»Was für ein armseliger Ort«, war alles, was er sagte, wobei er plötzlich grinste, ohne David dabei anzusehen. »Er stirbt, wie Sie sehen können. Die Wüste ist das Meer, in dem wir fischen, und die Fossilien sind unsere Fische. Tote Fische! Es ist ein Witz. Gott hat sich einen Scherz mit uns erlaubt. Finden Sie das nicht zum Lachen?«

»Überhaupt nicht«, antwortete David grimmig.

»Sie finden es zum Lachen«, beharrte der alte Mann. »Ich finde es zum Lachen.«

»Nein«, wiederholte David.

»Bald wird es hier nichts mehr geben. Keine Menschen, keine Bäume. Wir sind die Letzten.« Die anderen seufzten. *Basmala.*

»Glauben Sie mir, wir sind die Letzten«, wiederholte Abdellah und trommelte mit den Fingern aufs Lenkrad. »Wir haben Fossilien und unsere Kinder. Sonst nichts.«

David ließ den Kopf sinken, und der Motor sprang an.

»Sie werden sehen«, sagte der Vater leise, als würde David es tatsächlich sehen, wenn sie ihr Ziel erreicht hatten.

Eine Stunde später passierten sie die Stadttorruine von Alnif, die mit farblosem Unkraut bedeckt war, in dem Vögel nisteten. Am anderen Ende des Platzes, der hinter diesem *bab* lag, standen Dorfbewohner und Fossilienhändler im ersten prallen Sonnenschein. Sie zeigten sich vom Auftauchen der Aït Kebbash nicht überrascht. Während sie Kaffee trinken gingen, lehnte sich David an den Wagen und sah nach, ob sein Handy mittlerweile Empfang hatte. Fehlanzeige. Dicky hatte ihn schamlos angelogen. Bedrückt ging er zum *bab* zurück und spähte zum weiten Horizont der Wüste. Hier erstreckte sich die Wildnis, so weit das Auge reichte. Fahle Borstgrasbüschel säumten die Straße mit trostlosem Grün, und da und dort reckte sich ein Dornbusch, von mysteriösem Tau glitzernd, ins grelle Morgenlicht. Jetzt war es so weit, dachte er mit all der Seelenstärke, die er in dieser schwierigen Situation aufbringen konnte. Er saß definitiv in der Falle. Warum hatte er sich nicht einfach geweigert mitzufahren? Ein merkwürdiger Augenblick der Schwäche war das gewesen – oder, anders ausgedrückt, ein Anfall von Schuldgefühlen. Im Nachhinein für ihn unbegreiflich. Aber nichts geschah ohne Grund.

Er dachte an seine Frau, die in Azna geblieben war. Sie schlief bestimmt noch. Lag in tiefen Träumen und wälzte sich im Bett. Er dachte an ihre Haut, die morgens nach Bibliotheksstaub roch, an ihr feuchtes, strohgelbes Haar, das er, wenn es über das Kopfkissen gebreitet war, so gerne küsste. Er beschloss, ihr nichts von dieser Fahrt zu erzählen. Tatsächlich hatte er sich bereits geschworen, das, was in Taallalt geschehen würde, mit ins Grab zu nehmen, selbst wenn es trauriger sein würde als alles, was er sich vorstellen konnte.

14

Die Straße wurde immer unkenntlicher und glich einer Furche, die mit einem kosmischen Stab in die Wüste gekratzt war. Links und rechts dieser sich endlos hinziehenden Piste mehrten sich die Akazien, deren dolchartige Dornen den Boden übersäten. In weiter Ferne war der Berg Atchana, arabisch für »der Durstige«, zu sehen. Er bildete eine Ecke des großen rechteckigen Plateaus des Jebel Issoumour, der, unweit der algerischen Grenze liegend, jetzt zu ihrer Linken als Schatten über dem Horizont auftauchte.

Als sie ihm näher kamen, nahm die narbige und zerfurchte Landschaft eine fast schwarze Färbung an. Schroffe Felsen bestimmten das Bild und nicht Sand, wie er erwartet hatte. Bald darauf rollten sie, befreit von den kümmerlichen Begrenzungen einer Straße, mitten durch eine steinige Weite. Die Kebbash wurden kräftig durchgerüttelt und bissen auf die Zähne. Zu ihrer Linken tauchten von Menschenhand ausgehobene Gräben auf – die Gräben der Fossiliensucher. In der heißen Jahreszeit flüchteten die Arbeiter in den Atlas, um unter erträglicheren Bedingungen ihr Brot zu verdienen, und ließen ihr Werkzeug und ihre Campingausrüstung neben den Gräben zurück, wo alles bis zum Winter liegenblieb, ohne dass sich jemand darum kümmerte. Wenn die Temperaturen sanken, kamen sie wieder und fanden alles genau so vor, wie sie es zurückgelassen hatten. Es erinnerte an die Ausrüstung einer römischen Armee, die vor zweitausend Jahren abgerückt war, oder an das Lager, dessen Überreste heute noch bei Masada in Israel zu sehen sind. Die versengte Ebene zu ihrer Rechten hatte die Farbe von Vanillesoße und gebratenen Pfirsichen, und eine einsame Gestalt ging dort in der völligen Anonymität der Morgensonne ihres Weges. Der Wagen stoppte, die Männer sprangen hinaus und winkten. Es war ein Junge, ungefähr vierzehn Jahre alt, von Kopf bis Fuß in indigoblauen Stoff gehüllt. Er folgte einer Kamelherde, die bereits hinter dem Horizont verschwunden war. Anouar half David aus dem Wagen, dann tankten sie ein paar Minuten lang Sonne, während zwei Männer die Gräben in Augenschein nahmen. Der Hirte rief ihnen ein paar freundliche Worte zu.

Sie haben ein ganz anderes Raumgefühl, dachte David bei sich, als der Junge mit seinem Stock davonging. Am fernen westlichen Horizont waren nur flimmernde Dornensträucher zu sehen. Sie leben nicht einmal auf demselben Planeten. Ihr Planet hatte mit seinem nur entfernte Ähnlichkeit.

Anouar bot ihm Wasser an, und sie tranken abseits der anderen, die den Zwischenstopp zum Urinieren nutzten. Sie gingen zum Graben. Anouar wickelte sich seinen Chech fester ums Gesicht, und David spürte durch seine Schuhsohlen die Hitze des Bodens.

»Wir fahren um den Jebel herum«, erklärte Anouar, »und über Boudib nach Taallalt. Das ist ein Umweg.«

»Warum machen wir einen Umweg?«

Der Marokkaner zuckte die Schultern. Es war zu kompliziert zu erklären.

»Der Vater will es so.«

David spürte angestaute Wut in sich aufsteigen.

»Dann dauert die Fahrt mehrere Stunden länger?«

»Nein, so viel länger nicht. Wir sind bald da.«

Abdellah beobachtete sie mit kaltem Argwohn vom Wagen aus. Er hatte die Heckklappe geöffnet, um nach dem Leichnam zu sehen, eine Weile verharrt und sie dann wieder geschlossen. Seitdem stand er im böigen Wind, den Rücken durchgedrückt, den Chech über die Nase gezogen. Etwas in seinem Blick stimmte Anouar unbehaglich und veranlasste ihn, einen Schritt von David wegzurücken. Er und David tauschten einen verlegenen Blick. Keiner konnte sich den Grimm in Abdellahs Zügen erklären, denn darin lag mehr als der Zorn über den Tod des Sohnes. Dieser Grimm richtete sich gegen namenlose Dinge, die dem menschlichen Blick verborgen blieben. David beobachtete, wie der alte Mann sich langsam abwandte und einen Stein unter den Wagen kickte. Mit nachdenklicher Miene entfernte er sich von den anderen, den Kopf gesenkt, die langen Arme vor der Brust verschränkt.

»Er war sein einziger Sohn«, sagte Anouar. »Sein einziges Kind.«

Plötzlich vernahm David in seinem Inneren ein dumpfes, blechernes

Geräusch, wie von einem Gegenstand, der auf den Boden aufschlägt. »Ich verstehe«, sagte er, und seine Angst nahm konkretere Form an. Der Verdacht, dass an ihm Rache verübt werden könnte, stieg aus den Tiefen seines Bewusstseins herauf, wo er sich bislang verborgen hatte. Es wäre möglich. Seine alten Vorurteile lebten wieder auf, und er griff zu dem nutzlosen Handy. Er wusste, was diese Stämme trieben, wenn man ihnen den Rücken zukehrte. Er machte sich auf ein Katz-und-Maus-Spiel gefasst.

Es hieß sogar, dass Al-Qaida-Zellen in diesem Teil der Wüste operierten. Er war sich sicher, dass demnächst das Thema Lösegeld auf den Tisch kommen würde. Erst in der Vorwoche hatten Jo und er im *Telegraph* gelesen, dass neben einer Förderanlage in Mauretanien die Leichen westlicher Ölarbeiter aufgefunden worden waren. Die Mörder kamen ständig über die algerische Grenze. Dicky hatte es selbst zugegeben, und David fand es ungeheuerlich, dass man ihn trotzdem fröhlich in die hinterste Wüste geschickt hatte. Für die anderen war es ein Heidenspaß. Das Pochen seines Herzens und das Heulen des Windes waren das Einzige, was er hörte. Er musste an seinen Vater denken, wie er mit einem Strohhut auf dem River Ouse in einem Stechkahn fuhr. »Traue nie einem Amerikaner oder Nigerianer, mein Junge. Das sind Betrüger.« Er blickte auf die Uhr, als könnte sie ihm eine provokante Antwort einflüstern, aber wieder hörte er seinen Vater, der mit affektierter, gespielt naiver Stimme Orte beschrieb, die er in Ecuador gesehen hatte, als er das Land in den vierziger Jahren als Bergbauingenieur bereist hatte. Die Welt sei im Großen und Ganzen ein fürchterlicher Ort, erklärte er, deshalb sei es das Beste, sich über sie lustig zu machen. Das war zumindest eine typisch englische Haltung.

Als er von seiner Uhr wieder aufschaute, beschirmte Anouar seine Augen und stieg wieder in den Wagen. Aus dem schattigen Inneren, in dem Abdellahs Gestalt zu erahnen war, drang ein Geräusch wie Zähneknirschen. Falls der alte Mann geweint haben sollte, hatte er sein Schluchzen unhörbar in seiner Brust erstickt.

Der Toyota schleppte sich mühsam lange, gewundene Schluchten hinauf. Er ächzte wie ein Lasttier und blieb entkräftet stehen, wenn ein anderer Gang eingelegt oder kurz das Bremspedal getreten wurde. Der alte Mann verwünschte ihn und redete ihm gut zu. Er knirschte noch immer mit den Zähnen. Das schale Wasser in den Flaschen war mittlerweile so warm wie Badewasser. Aber es ging immer noch weiter bergauf, langsam dem grellen Blau entgegen, das über ihnen schwebte und beinahe greifbar schien.

Das Dach des Issoumour war so hoch, dass sie, wenn sie sich umdrehten, die weite Fläche der Wüste sehen konnten, die salzig-weiß, blassgelb und rosig glitzerte. Wind und Hitze nahmen zu, doch selbst hier, im lebensfeindlichsten Teil der Wüste, sah man lange, fachmännisch ausgehobene Gräben, neben denen Werkzeugtaschen in der Sonne lagen, als ob die Fossiliensammler bei der Arbeit gelegentlich ein Picknick machten. Diesmal hielt Abdellah nicht an. Sie durchquerten diese Einöde mit verblüffender Eile, als ob sie Tiere jagten oder vor Menschen flüchteten.

Abdellah fuhr mit grimmiger Entschlossenheit, wechselte ruppig die Gänge und trieb das Fahrzeug immer weiter. Ab Mittag ging es sanft bergab, der Nordflanke des Berges entgegen, an deren Fuß fünf Dörfer lagen: Boudib, Ambon, La'gaaft, Tabrikt und Taallalt. In La'gaaft lebten die verhassten Haratin.

Die Männer auf dem Rücksitz schliefen. Ihr Gewehr drückte versehentlich gegen Davids Rückenlehne. Die Hitze sickerte durch das Dach des Geländewagens, betäubte die Sinne, und die schnaufende Klimaanlage verschaffte so gut wie keine Linderung. Davids Kopf sank nach vorn auf den Sicherheitsgurt, und er hatte das Gefühl, dass sich sein eines Auge lockerte wie eine alte Glühbirne. Abdellah hatte bemerkt, dass Anouar, sein Dolmetscher, schlief, und so sagte er dem Schwachkopf mit dem roten Gesicht neben sich ein paar Dinge auf Tamazight – denn selbst wenn David ein paar Brocken Arabisch konnte, so verstand er mit Sicherheit kein Wort Tamazight. Grob übersetzt sagte Abdellah folgendes:

»In La'gaaft leben die Schwarzen. Wenn man dich in Taallalt fragt, ob du durch das Dorf der Schwarzen gekommen bist, gib es zu, aber sag nicht, dass du ihr Wasser getrunken hast. Oder sag gar nichts – das ist besser so.«

Und er brach in ein höhnisches Lachen aus, als David verwirrt nickte und bejahte.

Am Ende der langen Abfahrt lag Boudib. Auf die Metalltüren der kuppelförmigen Häuser waren gelbe Trilobiten gemalt. Verkrüppelte, absterbende Bäume säumten die Gärten, und beißender Staub wälzte sich über die Schotterstraßen.

Die Mittagshitze hatte die Bewohner in die Häuser getrieben, auch die Hunde verkrochen sich so gut es ging. Riesige weiße Steine wie Dinosauriereier türmten sich an den ausgetrockneten Wadis, wo die kranken Bäume dahinsiechten. Die Männer im Wagen schliefen noch, als sie aus Boudib hinaus in Richtung Ambon brausten, und auch in Ambon wachten sie nicht auf. Sie hatten Ambon schon tausendmal gesehen, und bis auf den Brunnen gab es dort auch gar nichts zu sehen.

Hinter der Ortschaft und noch vor La'gaaft hielt der Vater kurz an, um die Reifen zu inspizieren, und David betrachtete die malvenfarbene schroffe Felswand an der Nordflanke des Issoumour, die wie eine erstarrte Flutwelle die Dörfer überragte. Menschen hatten hier Höhlen hineingeschlagen, aus denen Seile und Leitern heraushingen. Der Schatten dieser mächtigen Wand war so lang, das er das ganze Dorf verschlang. Am Brunnen standen zwei Gestalten, deren Gesichter hinter Stofffetzen hervorschauten. Die Männer im Wagen erwachten. Schweigend umklammerten sie das alte Gewehr. Hoch oben in der Felswand des Issoumour sah David einen Jungen am Eingang zu einer Höhle sitzen und mit einem weißen Tuch winken, als wolle er sich ergeben. Der Gipfel über ihm hatte die grelle Farbe von Blutorangen.

Jedes Dorf an der Straße nach Taallalt bestand aus den gleichen kuppelförmigen Betonhäusern, deren Metalltüren mit den gleichen Trilobiten bemalt waren. Menschen traten heraus, um zu rufen und sie zu begrüßen. Am Ortseingang von Tabrikt stand ein Mann, der einen mit Seilen umwickelten Korb auf dem Kopf trug. Er hob die Hand und rief Abdellah beim Namen und einen der Mitfahrer, der Moulay hieß.

David spürte wieder seine ganze Abscheu in sich aufsteigen, als sie nach Taallalt kamen, das letzte Dorf vor der offenen Wüste. Hier also hatte Driss gelebt. Es bestand aus zwei Dutzend runden Hütten, dahinter waren Gemüsegärten zu sehen, umfriedet von niedrigen Steinmauern und Dattelpalmen. Wie in den anderen Dörfern reichte der Schatten des Issoumour bis an die Gärten heran.

Abdellah parkte den Wagen, ging zu einer Tür, hämmerte mit den Fäusten dagegen und brüllte etwas. Derweil stieg auch David, von den anderen gedrängt, aus dem Wagen, in den Händen die lächerlich saubere Reisetasche, die Jo ihm so gewissenhaft gepackt hatte. Die Sonne stand im Zenit, und die blutorangene Färbung der Felsen erinnerte ihn abermals an einen in der Zeit eingefrorenen Tsunami, der sich plötzlich aus seiner Erstarrung lösen und über sie hereinbrechen könnte. Er spähte an der Wand hinauf und bemerkte auch hier Leitern und Höhlenöffnungen. Was konnte man dazu sagen? Nichts, befand er. Ein Zustand vorsintflutlicher Barbarei war das. Eine trostlose Farce, die auf Kinderarbeit beruhte. Man musste das Denken einstellen, es einfach nur hinnehmen. Man musste sich fügen.

Die Metalltür schwang auf, und heraus spähten, geschützt vor dem grellen Sonnenlicht, drei mit schwarzen Gewändern bekleidete Frauen, deren Gesichter und Hände mit feinen gepunkteten Linien tätowiert waren. Sie stürzten ins Freie, schlüpften an den Männern vorbei und rannten zum Wagen. Dann ertönte Wehklagen. Davor hatten sich die Männer die ganze Zeit gefürchtet. Sie schoben die Kinnlade vor und schlugen, beinahe verärgert, die Augen nieder, während David den Blick zur Sonne hob, die ein Streifen blauen Himmels vom oberen Rand des Felsens trennte. Wie spät war es?

Abdellah winkte ihm spöttisch.

»Bitte treten Sie ein«, sagte er auf Arabisch, als wäre das die Sprache, in der sie sich verständigen konnten. »Willkommen in meiner bescheidenen Hütte. Stolpern Sie nicht.«

Es war das Haus, in dem Driss aufgewachsen war, und in gewisser Weise atmete es noch die Energie seines Geistes. Selbst in Paris, so hatte er Ismael erzählt, habe er die Erinnerung daran tief in seinem Herzen bewahrt.

15

Nach Rogers Abreise hatte Driss, wie er Ismael erzählte, zusammen mit Angela ein neues Sonnenblumenbeet angelegt. Forsch und gleichzeitig liebevoll, benahm sie sich ihm gegenüber irgendwie etwas ungezwungener als sonst, als hätte die Gegenwart ihres Mannes sie immer gehemmt, und nach der Arbeit im Garten gingen sie ins Haus, wo sie eine Kanne Earl Grey aufbrühte und Scones mit Rosinen backte – bei Gott, sagte er zu Ismael, ein merkwürdiges Essen, wie es die Welt noch nicht gesehen hat.

Anschließend unterhielten sie sich. Angela vertraute ihm an, dass die Pension nicht so gut laufe, wie sie gehofft hatten, und dass Roger nach England gereist sei, um bei Verwandten Geld zu beschaffen. In diesen schwierigen Zeiten kämen weniger Touristen nach Sotogrande.

»Dann wird Roger mit viel Geld zurückkommen?«, fragte er.

»So einfach geht das nicht. Es wird Monate dauern, bis das Geld da ist.«

»Verstehe.« Driss nickte und dachte: jetzt oder nie. Und es kann nicht nie sein.

»Ich frage mich schon seit einiger Zeit«, sagte er zu Angela, »wie man den Safe öffnet. Das Ding ist anscheinend ziemlich raffiniert.«

»Der Safe?«

»Ja, ich habe Roger dabei beobachtet, bin aber nie dahintergekommen, wie es geht.«

»Wozu willst du denn dahinterkommen?«

Sie stand auf, und mit einem Mal bemerkte er, dass Stunden vergangen waren. Der Nachmittag neigte sich dem Ende zu, Regen hüllte die Olivenbäume draußen in Grau.

»Weil ich das Geld darin brauche«, antwortete er mit ruhiger Stimme.

Es war dieselbe Szene, die sich an der Tankstelle zwischen ihnen abgespielt hatte, nur mit dem Unterschied diesmal, dass sie seit Monaten dieselben Gedankengänge verfolgten und sich alles zu seinen

Gunsten verändert hatte. Das Gesicht der Frau, die er jetzt ansah und die er liebgewonnen hatte, verschwand hinter dem Gesicht der alten Ungläubigen, die ihm niemals geben würde, was er wollte.

»Lass den Unsinn, Driss«, war alles, was sie sagte. »Da sind nur zweitausend Euro drin. Ist es das wert?«

Bei Gott ja, dachte er.

Er ging um den Tisch herum, und wie eine Peitschenschnur schnellte seine Hand nach vorn.

»Nein, das kannst du nicht tun«, sagte sie leise und wollte sich losreißen, doch er verstärkte seinen Griff. Dann begann eine Art Tanz.

Er zog sie wortlos zu dem Safe, der zwischen Kochbüchern und Gläsern mit getrockneten Kräutern in einem großen Küchenschrank stand. Mit der freien Hand tastete er nach einer Waffe, um sie einzuschüchtern und zu zwingen, die gewünschten Informationen herauszurücken. Er öffnete eine Schublade, in der Küchenmesser lagen. »Das war nicht so geplant«, sagte er später zu Ismael, »aber wie hätte ich das Problem sonst lösen sollen?« Er fand ein Brotmesser und drückte es ihr an den Hals. Sie sank zu Boden und versuchte, sich ihm zu entwinden. Wie sie dalag mitten in der Küche, in einer Pose ohnmächtigen Flehens, und ihre Hippie-Sandalen verloren hatte, bereitete ihm Genugtuung. Endlich wurden die Machtverhältnisse zurechtgerückt, und wenn dazu die Erniedrigung dieser schwachen, alten Frau erforderlich war, so war das zwar unangenehm, aber nicht widernatürlich. Das Gegenteil war widernatürlich.

»Lass mich los«, heulte sie, aber warum sollte sie anders reagieren, und warum sollte er sie loslassen? Als die Spitze des Brotmessers ihren Hals ritzte, verriet sie ihm die Zahlenkombination.

Als er das Geld an sich genommen hatte, wusste er nicht, wie er die komplizierte Situation auflösen sollte. Er wurde sich darüber im Klaren, dass er keinen Plan hatte. Die Nacht war hereingebrochen, und er konnte jetzt nicht einfach aus dem Haus marschieren und eine zornige Ungläubige zurücklassen. Sie würde sofort die Polizei verständigen. Was würde dann geschehen? Ungläubige mit Wut im Bauch würden ihn über die Felder jagen. Es wäre idiotisch zu glauben, er könnte ungestraft davonkommen. Er brauchte etwas Zeit, um zur Straße zu gelangen und eine Mitfahrgelegenheit aufzutun.

Während er diese Überlegungen anstellte, hielt er das Messer weiter an ihre Kehle. Ein leichter Druck, dachte er, und alle deine Probleme sind gelöst. Ignoriere ihren fassungslosen Blick. Sie ist sowieso schon alt. Ihre Zeit ist reif.

»Das kannst du nicht tun«, hörte er sie in seinem Kopf sagen.

»Oh doch, ich kann«, erwiderte er ruhig.

So viel Blut wegen einer Nichtigkeit. Er ließ sie los, als es getan war, und ein ruhiges, überraschendes Hochgefühl überkam ihn, als er das Messer in der Spüle abwusch und in die Schublade zurücklegte. Das Haus war plötzlich so still, wie ein Haus es nur sein kann. Außer dem Zwitschern der Vögel im Olivenhain war nichts zu hören. Es gab nur noch ihn, seine Lunge und sein schlagendes Herz.

16

Mit einer Tasche voller Bargeld und Kleidern ging er zu der Straße hinunter, die an San Martín vorbeiführte, und bald war er an der Tankstelle, an der alles begonnen hatte. Mehrere Lastwagen standen dort, dazu ein paar verbeulte Autos von Migranten, die offensichtlich gerade mit der Fähre angekommen waren. Die marokkanischen Familien saßen am Straßenrand, aßen Orangen und Gebäck. An sie konnte er sich gefahrlos mit seinem Anliegen wenden. Sie waren alle ohne Ausnahme auf dem Weg nach Paris, insofern erschien es ihm vernünftig, dass er ebenfalls dorthin wollte. Er sprach in einem ruhigen und überzeugenden Ton mit ihnen, fragte sie, wer sie waren, woher sie kamen und wohin sie wollten, und als er vorschlug, die Benzinkosten für die Fahrt in die französische Hauptstadt zu übernehmen, boten ihm mehrere einen Platz in ihrem Wagen an. Am Ende stieg er bei einem jungen Elternpaar ein, das an einem Platz namens Marx Dormoy ein Lebensmittelgeschäft betrieb. Auf seine Frage, ob dieser Platz in Paris liege, antworteten sie: »Aber sicher«. Na bestens, dachte er, denn er hatte mit erheblich größeren Schwierigkeiten gerechnet.

An diesem Punkt seiner Erzählung stand Driss auf und ging hinunter zum Graben, um sich zu erleichtern. Er war sehr zufrieden mit der Reaktion Ismaels auf sein Märchen, denn Ismael war leicht zu beeindrucken und glaubte ihm offensichtlich jedes Wort. Er kicherte in sich hinein. Von den Fossilien um ihn herum bekam er eine Gänsehaut, denn er wusste, dass sie nicht von dieser Welt waren und Unheil brachten. Aber jetzt war er so gut gelaunt, dass er die grässlichen Dinger vergaß. Er erzählte einfach für sein Leben gern Geschichten.

»Du bist eiskalt, Bruder«, sagte der Junge, als Driss zurückkam und sich wieder an das Feuer setzte, das sie auf dem Fels entzündet hatten. In einer Wachspapiertüte hatte er vom Markt in Erfoud Feigen mitgebracht, die sie nun mit dem Taschenmesser zerteilten. Driss nickte.

»Das war eine Notwendigkeit, Bruder.«

»Die Welt ist grausam. Mein Vater sagt das ständig.«

»Er hat recht. Grausam, genau das ist sie.«

Driss spürte, dass Ismael ihn jetzt mehr bewunderte als noch vor zehn Minuten, und genau das hatte er bezweckt. Der Junge sah ihn aus großen Augen an, in denen sich Staunen mit leichter Furcht mischte. Das war perfekt. Das Gleichgewicht zwischen ihnen hatte sich zu seinen Gunsten verschoben, und er fühlte sich bestärkt, als er mit einem Stock das Feuer schürte und von den Feigen aß. Mehr als bestärkt. Er war hochzufrieden mit sich. Für die Sache, die er vorhatte, musste ihm Ismael aus der Hand fressen – und das tat er jetzt. Von nun an würde er ein willigerer Partner sein, bewundernd zu ihm aufschauen und tun, was er ihm sagte. Driss zerschnitt eine Feige und reichte ihm eine Hälfte, hörte aber nicht auf zu erzählen, denn Ismael brannte darauf, etwas über Paris zu erfahren. Nach Paris wollten sie alle. Nach Paris, wo die Mädchen richtige Schlampen waren.

»So«, sagte er zu Driss, »du bist also nach Paris gefahren.«

»Klar. Hab ich das nicht gesagt?«

Sie waren die ganze Nacht und den folgenden Tag durchgefahren, wobei sie mehrmals an Autobahntankstellen hielten und er sich mit dem Vater beim Fahren abwechselte. Der Vater war ein ungehobelter Fettwanst von der Küste, der eine Zeitlang im Souk von Essaouira selbstgemachte Schachbretter an Touristen verkauft hatte. Durchtrieben, aalglatt und viel zu neugierig. Er erklärte Driss die Sitten und Gebräuche der Franzosen, die sich von den vertrauteren der Spanier unterschieden. Driss hörte zu, ohne ein einziges Wort zu behalten. Am frühen Morgen sah er in der Nähe von Perpignan Rinder im dichten Nebel grasen und dachte: Das war gar nicht so schwer. Die Nazarener sind längst nicht so schlau, wie wir glauben. Er ging mit der Familie in eine Raststätte, wo die Ungläubigen aßen und der Alkohol in Strömen floss. Die französischen Mädchen trugen Jeans-Shorts und knappe T-Shirts und streiften ihn mit verächtlichen Blicken. Das Brot war alt. Die Läden verkauften in Aluminiumfolie verpackten Schinken und Spielzeugfeuerwehrautos, und es gab Sessel, in denen sich Lkw-Fahrer elektronisch massieren lassen konnten. Alle standen um Kaffeeautomaten herum, ohne ein Wort zu sagen. Seltsam, wie die Ungläubigen so lebten.

Doch dann beschloss er, Ismael nicht allzu viel von Paris zu erzählen. Besser, es blieb ein Mysterium. Die Wochen in der Rue du Faubourg Saint-Denis hinter dem Gare du Nord, in dem indischen Viertel mit seinen Tandoori-Restaurants und Sari-Geschäften, in denen es Goldschmuck in Hülle und Fülle gab (grinsend dachte er an die mit vulgären Halsketten drapierten Frauenbüsten aus Glas in den Schaufenstern); das Hamam in der Rue d'Aboukir, die langen Abende im Brady, einem Kino am Boulevard de Sébastopol, in dem er sich Softpornos ansah. Wozu davon erzählen? Oder vom erfolglosen Abgrasen der Stellenanzeigen in den Zeitungen, den nutzlosen Entbehrungen, der endlosen Langeweile und Einsamkeit? In Paris scheiterte er auf der ganzen Linie. Er hatte keine Stelle als Hausmeister gefunden, nicht einmal als Regalauffüller in einem Supermarkt, was angeblich, wie alle behauptet hatten, immer klappte. »Und die zweitausend Euro?«, fragte Ismael.

»Ein einfaches Sandwich«, antwortete Driss ernst, »kostet dich dort so viel wie hier eine ganze Woche lang Tajine. Die Ungläubigen ziehen dir jeden Cent aus der Tasche. Das Geld rinnt dir wie Sand durch die Finger.«

»Das habe ich mir gedacht.«

Abend für Abend streifte Driss durch die Straßen im Château d'Eau, wo er Grüppchen chinesischer Prostituierter folgte, die zur Bushaltestelle wanderten, wenn die Metro nicht mehr fuhr. Lange, einsame Abende in der Passage du Désir, was ein treffender Name war, und in den afrikanischen Cafés in der Rue du Château d'Eau, dem einzigen Ort, wo er es sich leisten konnte, so zu tun, als hätte er ein Nachtleben. Paris.

»Die Stadt des Lichts«, sagte Ismael in hoffnungsvollem Ton.

»Eine Lasterhöhle der Ungläubigen«, erwiderte Driss, »eine Kloake.«

Eines Abends jedoch hatte er beschlossen, die sechzig Euro, die ihm geblieben waren, auf den Kopf zu hauen, und da er ohnehin schon in einem Meer des Unglaubens versank, folgte er einer traurig aussehenden jungen Chinesin in ihr *chambre de bonne*, das in derselben Straße lag, in der er wohnte. In einem Hinterhof voller Zementsäcke, der genauso war wie seiner, stiegen sie eine Wendeltreppe hinauf in ein

Zimmer, das genauso war wie seines, zwei mal zwei Meter, mit einer Katze darin, die nach Teppichreiniger roch. Und dieses Mädchen, das kein Wort Französisch sprach, zog sich aus, stopfte die sechzig Euro in eine Schachtel unter dem Bett und fragte ihn, so vermutete er jedenfalls, ob er *une pipe* wolle.

Natürlich habe er *une pipe* gewollt, sagte Driss zu Ismael. Wenn er schon zu einem Straßenmädchen gehe, dann verstehe sich das doch von selbst. Wenn er schon sechzig Euro ausgebe, dann wolle er auch etwas für sein Geld. Sie lachten, und Ismael sagte: »Bei Gott.«

»Und diese Chinesinnen gehen nachts auf den Strich?«

»Sie sind die Einzigen, die das noch tun außer den Albanerinnen, aber die sind alle Diebinnen und Halsabschneiderinnen. So ist das dort.«

»Und sie sind alle schwarz angezogen?«

»Wie die Leichenbestatter der Ungläubigen. Und ich muss sagen, dass sie zum Fürchten aussehen.«

»Und trotzdem hast du dir einen blasen lassen?«

»Ich musste wissen, wie das ist. Also habe ich es getan.«

»Gut gemacht. Wie war's?«

»Nicht berauschend.«

Sie lachten wieder, aber unbehaglicher.

Driss erzählte, wie er immer über die Brücke gegangen war, die über die Eisenbahngleise hinter dem Gare du Nord führte, um vom Viertel der Hindus in das der Nordafrikaner zu gelangen. Wie er, auf der anderen Seite angekommen, unter der Hochbahn der Metro, wo Trinker ihren Rausch ausschliefen und Schwarze Drogen verkauften, den Boulevard de la Chapelle entlangschlenderte, dann am Krankenhaus Lariboisière vorbei in den Stadtteil Barbès, wo er bei Tati seine billigen Hemden kaufte, und von dort weiter in die Rue de la Goutte-d'Or, die ihn wohltuend an eine marokkanische Stadt erinnerte, und schließlich in die Rue de la Charbonnière, in der es Restaurants gab, die *grillades* und Halal-Speisen servierten. Dort trafen sich die Muslime zum Essen und Schwatzen.

Es sei wie ein Traum gewesen, sagte er zu Ismael, aber nicht unbedingt ein angenehmer. Er streifte stundenlang umher, durch die Rue

Myrha, dann durch die Rue de Sofia, den Boulevard Barbès hinunter und sogar durch die kleine, ordentliche Rue Cail mit ihren grellbunten indischen Restaurants und den blühenden Bäumen am Ende. Doch je länger er umherstreifte, desto klarer wurde ihm, dass das Leben woanders stattfand und nicht in Paris, dass es ihm nicht bestimmt war, in dieser Stadt zu leben und sein Glück dort zu machen. In gewissem Sinne verschwendete er dort nur seine Zeit und die der anderen, und bald kehrten seine Gedanken gegen seinen Willen in die Wüste zurück, besonders wenn er allein im Brady saß oder durch die Rue de l'Aqueduc irrte und sich, einen Pfirsich essend oder eine Tüte Nüsse knabbernd, in der Menge der Migranten treiben ließ, die aus Ländern stammten, von denen er noch nie gehört hatte, und teilweise noch dunkelhäutiger waren als er. Dann hatte er immer das Gefühl, eine lange Böschung hinabzurutschen, die an einem Abgrund endete. Besonders, wenn er durch die Rue de l'Aqueduc ging.

»Wieso?«, fragte Ismael.

»Das ist schwer zu erklären. Ich hatte große Angst und war unglücklich. Das tut dir die Welt der Ungläubigen an.«

Ismael nickte.

»Ja, ich verstehe.«

»Aber ich meine das ernst. Dort gibt es kein Glück.«

»So steht es im Koran geschrieben.«

»Das heilige Buch hat völlig recht. Daran besteht kein Zweifel.«

Driss drehte noch einen Joint, und eine Zeitlang lauschten sie dankbar dem Heulen des Windes, der über die Ebene, die Fossiliengräben des Steinbruchs und Hmor Lagdad fegte, wie er es schon seit Jahrmillionen tat, vielleicht sogar schon zu der Zeit, als hier noch ein Meer war. Aber da war noch ein anderes Geräusch, eine Art weißes Rauschen, das ihren Ohren nicht entging, da sie diesen Wind schon ein Leben lang hörten und in all seinen Facetten kannten. Den sanften und starken Wind, den langsamen und schnellen, guten und bösen. Der Kompressor schimmerte in einem ganz eigenen metallischen Glanz, reflektierte irgendein Licht, das von so weit her kam, dass sie es sonst gar nicht bemerkt hätten. Ob es der Mond war, hoch oben in der Atmosphäre hinter den Sandstürmen? Aber warum konnten sie dann die Sterne sehen?

»Wie auch immer«, fuhr Driss fort, als das Feuer heruntergebrannt war. »Jedenfalls habe ich lange darüber nachgedacht, wie wir zu Geld kommen, damit wir uns aufmachen können in die Stadt. Das willst du doch, oder?«

»Aber klar.«

»Das wusste ich. Du bist von der ehrgeizigen Sorte, genau wie ich.«

Sie verständigten sich stillschweigend darauf, und Driss zündete noch einen Joint an. Keiner von beiden konnte sagen, wie bekifft sie schon waren. Fest stand nur, dass alles um sie herum verschwamm. Ismael fragte Driss, was er vorhabe, doch der lächelte nur geheimnisvoll und antwortete: »Eine Sache, die Mut erfordert, mein lieber Ismael, und bei der du dich von deinen Sentimentalitäten verabschieden musst.«

»Ich bin nicht sentimental.«

»Doch, bis jetzt warst du sentimental. Jetzt musst du ein Krieger werden und darfst dir nicht mehr zu viele Gedanken machen. Traust du dir das zu?«

Ismael bejahte, obwohl er sich nicht sicher war, und in seiner Stimme schwang Unwille mit. Driss beschwichtigte ihn.

»Sehr gut. Ich werde dir alles erklären, wenn wir fertig geraucht haben.«

»Das hoffe ich«, brummte der andere und legte sich auf die Seite, die Hand unter den Kopf geschoben, damit er ebenfalls die Straße sehen konnte. Doch sie war leer und würde es bleiben. Alles, was er sah, waren die weißen Begrenzungspfosten.

»Vielleicht sollten wir vorher schlafen«, sagte Driss. »Du bist müde, und ich auch.«

Keine schlechte Idee, dachte Ismael. Er schloss die Augen und wechselte mit Driss kein Wort mehr, bis sie in einen leichten, oberflächlichen Schlaf sanken. Driss, der flach auf dem Rücken lag, hatte noch den Geschmack des Joints im Mund, vermischt mit dem des gesüßten Minztees, den er etwas früher getrunken hatte. Das Haschisch war gut und stark, aus aromatischen, im Hochgebirge angebauten

Pflanzen, und ließ ihn sanft in Träume abgleiten – er ging mitten im Sommer durch einen Pinienwald, über Lichtungen, die erfüllt waren von Bienengesumm und dem Plätschern eines Baches. Allah, so dachte er, weiß, wo ich bin, auch wenn ich es selbst nicht weiß.

Er stieg einen mit Pinienzapfen übersäten Hang hinab, an dessen Fuß, kaum zu erkennen zwischen den Bäumen, eine Frau neben einem Brunnen stand. Sie war eine Weiße wie Angela, aber jung, und die Haare wallten ihr über die Schultern. Sie spähte, ihm den Rücken zukehrend, in den Brunnen, und um ihre nackten Füße herum tanzten geräuschlos Fliegen, als würden sie von etwas angezogen, was er nicht sehen konnte. Außerstande, in der Hitze einen Gedanken zu fassen, stieg er weiter hinab, näherte sich mit einer Axt in den Händen langsam der Frau, die noch immer nicht in seine Richtung sah. Wenn ein Zweig unter seinem Fuß knackt, wird die Gazelle fliehen. Sie drehte sich langsam um, und er trat in den Sonnenschein auf der Lichtung und dachte: »Bin ich böse? Bin ich, was ich bin?« Es war Mittag, und tief aus dem Wald drangen Kuckucksrufe und das Brummen fetter Fliegen.

17

Zwei Stunden bevor David in Abdellahs Haus trat, warf die Sonne, die ihm so zusetzte, die Schatten des Ksar Azna auf die sanft abfallenden Felshänge, und die Köche der Frühschicht, die auf der Hintertreppe der Küche Kartoffeln schälten, schauten auf und blinzelten in Richtung der Feigenkakteen mit ihren leuchtend gelben Blüten. Sie hielten einen Augenblick inne und beschatteten sich die Augen. Das Licht, das hinter den Türmen des Gebäudes hervorbrach, ergoss sich über den Boden, auf dem ihre Kartoffelschalen lagen, und strahlte die Metalleimer mit Schmutzwasser an. Aus dem Speisezimmer drang eine sonderbare Geigenmusik, typisch europäische Katzenmusik. Richtige Musik war das nicht. Sie ließ sie zusammenzucken, hauptsächlich weil sie sich für diejenigen schämten, die behaupteten, dass sie ihnen gefalle, oder gezwungen waren, so zu tun. Naufal, der zweite Koch, hatte gesehen, dass vier Chinesen in weißen Anzügen auf den Geigen kratzten. Die Ungläubigen hielten diesen Krach anscheinend für entspannend und unterhaltsam und lauschten ihm aufmerksam, während sie halbe Grapefruits verschlangen und aus Schüsseln knuspriges Hasenfutter löffelten, das ein weiteres dunkles und rätselhaftes Kapitel für sie darstellte. Während unten im Tal die Jungen aus den Dörfern in die Sonne starrten und insgeheim hofften, eine Wolke würde kommen und sie verdunkeln, kehrte Naufal mit einem Korb halb aufgegessener Croissants aus dem Speisezimmer zurück und traf an der Tür zur Küche auf den traurigen, allgegenwärtigen Hamid.

»Wie ich höre, haben sie den Ungläubigen ins Tafilalet mitgenommen«, sagte er in höhnischem Ton, ließ den Korb auf den Boden plumpsen, ging zur Hintertür und zündete sich eine Zigarette an, obwohl das Monsieur Richard ausdrücklich verboten hatte. »Stimmt das?«

Die Jungen spitzten neugierig die Ohren.

»Ja«, seufzte Hamid.

»Sie werden ihm einen Finger nach dem anderen abschneiden«, sagte einer, und alle lachten, inklusive Hamid.

»Sie werden ihm die Füße abhacken, sie kochen und an die Ziegen verfüttern.«

»Möglich«, räumte Hamid ein.

»Zumindest werden sie ihm die Zunge herausschneiden«, meinte Naufal, zog an seiner Zigarette und blies einen Ring.

»So Gott will«, seufzten mehrere, und Hamids missbilligender Blick blieb ohne Wirkung.

Sie grinsten einander an und machten sich wieder ans Schälen. Hamid bedachte sie mit einem seiner unvermeidlichen Sprichwörter: »Die Zunge hat keine Knochen und kann doch welche zerbrechen.«

Er persönlich wünschte dem erbärmlichen Engländer nichts Böses. Und doch bedeutete Gerechtigkeit nicht immer Milde, darüber musste man sich im Klaren sein. Er öffnete die große Aluminiumtür des Kühlschranks und nahm einen Karton Eier und eine Plastikbutterdose heraus. Man mochte darüber bestürzt sein, aber das änderte nichts. Der Engländer hatte es verdient, dass die Peitsche des Schicksals zurückschlug. Was ihm größere Sorgen bereitete, war die aufrührerische Stimmung unter dem Personal. Er hatte den Eindruck, dass sich die Leute erst wieder beruhigen würden, wenn dem Engländer etwas Unangenehmes zustieß. Wenn sie das Gefühl hatten, dass der Gerechtigkeit Genüge getan war.

Er ging allein nach draußen und stopfte ein Croissant in sich hinein. Manchmal sehnte man sich nach Regen, nach Wolken. Diese verdammte Sonne machte alles krank. Er war gerade oben gewesen und hatte einen Blick ins Schlafzimmer seiner Arbeitgeber geworfen. Sie hatten Arm in Arm geschlafen, geschützt von dem schweren Samtvorhang, den sie aus Paris hatten kommen lassen. Sie so zu sehen war ihm immer etwas zuwider, aber er ließ es sich nie anmerken. Gewisse Gräben ließen sich nicht überwinden. Manchmal war es klüger, ein Auge zuzudrücken.

Zur gleichen Zeit drang die Sonne auch durch die Fensterläden von Jos Schlafzimmer und tauchte das Himmelbett in goldenes Licht. Jo war bereits wach. Sie frühstückte im Bett und blätterte in einer zwei Tage alten *Herald Tribune*, als die Strahlen ihre Zehen erwärmten. Sie schaute auf. Dies war das erste Mal seit elf Jahren, dass sie allein, ruhig und ungestört aufgewacht war. Sie fühlte sich überhaupt nicht einsam. Sie war betrunken zu Bett gegangen, und auf dem Nachttisch stand ein Cocktailglas, an das sie sich nicht erinnerte. Noch ganz benommen, las sie zerstreut und fragte sich die halbe Zeit, was David jetzt wohl gerade tat (mit den Fingern ein Zicklein essen? In einer Blechhütte pinkeln?), bis ein Klopfen an der Tür sie aus den Gedanken riss.

»Wer ist da?«

Die Tür ging auf. Der junge Haratin steckte den Kopf durch den Spalt.

»Madame«, sagte er ernst, »Monsieur Day schickt Ihnen eine Karte.«

»Monsieur Day?«

»Ja, Madame. Hier ist sie.«

Die Karte lag auf einem Tablett, das er so hielt, als sei es mit Getränken beladen. Sie musste schmunzeln.

»Du kannst sie auf den Sessel legen«, sagte sie nachsichtig.

Der Junge zögerte.

»Was ist?«, fragte sie lächelnd.

»Monsieur Day sagt, dass ich auf eine Antwort warten soll.«

»Ist das dein Ernst?«

»Ja, Madame.«

»Du kannst draußen warten.«

Sie schlüpfte in ihren Kimono und las die Karte.

Liebe Jo,

haben Sie auch so einen fürchterlichen Kater wie ich? Ich empfehle dagegen ein rohes Ei und Worcestershire Sauce. Das hilft immer. Es war lustig, mit Ihnen in der Rolle der Mary Poppins zu tanzen. Es tut mir leid, dass ich Ihren Teller zerbrochen habe. Kommen Sie rüber auf einen Kaffee mit Croissants. Das rohe Ei steht bereit und wartet auf Sie.
Pirat Tom

Stirnrunzelnd betrachtete sie die lockere, ungezwungene Handschrift. War er wirklich Pirat Tom gewesen, und hatten sie wirklich miteinander getanzt? Sie erinnerte sich an nichts. Sein Ton war merkwürdig, wirkte aber gleichzeitig ganz unbefangen. Sie versuchte, sich an die Party letzte Nacht zu erinnern. Viele Leute, viel Lärm. Viel Alkohol, und das rosa Zuckerschiff. Noch mehr Gnawa-Musik, und natürlich die Feuerschlucker aus Taza, die sie lächerlich gefunden hatte. Auch Day war dabei gewesen. Er hatte sie beobachtet – daran erinnerte sie sich. Und jetzt fiel ihr auch wieder ein, wie sie mit ihm getanzt hatte. Pseudowalzer zu Gary Glitter. Sie waren zum Tor gegangen und wieder zurück. Sie hatte ihn Tom genannt. Sie war sich sicher, dass sie ihn Tom genannt hatte.

Sie sagte zu dem Jungen, dass sie eine Dusche nehmen und darüber nachdenken werde.

»Ich werde warten«, erwiderte er ernst.

Unter dem lauwarmen Wasserstrahl bekam sie langsam wieder einen klareren Kopf, ohne sich aber genauer an letzte Nacht zu erinnern. Sie wusste nicht, wie sie in ihr Chalet zurückgekommen und in ihr quietschendes Bett gefallen war. Sie lachte in sich hinein. Was war sie nur für eine Schnapsdrossel – sich wie eine Jugendliche volllaufen zu lassen und durch die Gegend zu torkeln. Wahrscheinlich hatte sie auch zu laut geredet und sich insgesamt aufgeführt wie ein vierzigjähriges Flittchen. Andererseits war an vierzigjährigen Flittchen nichts auszusetzen. Das waren die besten Flittchen. Auch Day war eine Art vierzigjähriges Flittchen. Sie war über ihr Benehmen etwas schockiert, aber nicht so sehr, wie sie erwartet hätte. Day war schamlos. Und Schamlosigkeit war genau das, was sie jetzt brauchte. Eine Befreiung von den letzten vierzehn Jahren. Dieser Gedanke rief ihr wieder eine kostbare Wahrheit ins Bewusstsein. Er erinnerte sie daran, dass der Tod noch weit entfernt war.

Sie genoss das Gefühl an ihren Hüften, als sie sich in das große weiße Badetuch wickelte, sog den Geruch der teuren Baumwolle und die Moschusdüfte von Crabtree & Evelyn ein. Ihr Gesicht im Spiegel war frisch und von der Sonne gerötet, ihre Nase pellte sich leicht. Was zählte, war immer nur die Gegenwart, oder? Die herumwirbelnde Leuchtkraft der Gegenwart.

Als sie auf die Veranda hinaustrat, fuhr der Junge in die Höhe, als hätte er nicht sitzen dürfen. War das hier vorgeschrieben?

»Ich begleite dich«, sagte sie bestimmt.

»Zu Monsieur Days Chalet?«

»Wohin denn sonst? Das möchte er doch, oder?«

Aber dann dämmerte ihr, dass er das ja gar nicht wissen konnte, es sei denn, er hätte heimlich die Karte gelesen.

»Ja, Madame.«

»Dann bring mich hin. Ist es weit?«

Er lachte. »Überhaupt nicht, Madame.«

Natürlich hat er sie gelesen, dachte sie belustigt, als sie in die Sonne traten. Dann fügte sie hinzu: »Du kannst Mademoiselle zu mir sagen, wenn du magst.«

»Wie Sie wünschen, Madame.«

Sie gingen Seite an Seite durch das Gewirr von Häuschen, ehe sie in eine kurze, von Tamarisken gesäumte Gasse einbogen. Der Junge setzte sie vor Days Chalet ab. Auf der Veranda war für ein Frühstück gedeckt, und der Amerikaner las, noch im Pyjama, gerade dieselbe Ausgabe der *Herald Tribune*, in der sie eben geblättert hatte.

»Sehen Sie mal«, sagte er und nahm eine Frucht vom Tisch. »Unsere Freunde haben Papayas aufgetrieben und uns zum Frühstück bringen lassen. Wie machen sie das nur?«

»Sie haben Beziehungen nach ganz oben«, sagte sie und setzte sich auf einen schmiedeeisernen Stuhl.

Das Häuschen glich exakt dem ihren, was sie nicht überraschte. Die gleiche Einrichtung, der gleiche Schnickschnack.

»Sie veranstalten heute ein Picknick«, fuhr Day fort. »Ich sollte ... wir sollten mitgehen. Anscheinend gibt es hier in der Gegend einen Wasserfall.«

»Mir ist nicht nach einem Picknick zumute.«

»Doch, doch. Sie können nicht Trübsal blasen und sich den ganzen Tag um Ihren Mann sorgen. Gestern Abend haben Sie auch nicht Trübsal geblasen.«

Er warf ihr einen verschmitzten Blick zu, der sie zwang, es ihm nachzutun.

»Ich habe mich gestern Abend wie eine Schlampe aufgeführt. Jetzt habe ich Schuldgefühle.«

»Probieren Sie die Papaya. Die ist frei von Schuld.«

»Wasserfall«, murmelte sie zerstreut. »Kann man da schwimmen?«

»Könnte ich mir gut vorstellen. Die Voyeure unter uns würden Sie gern im Badeanzug sehen.«

»Sie sind ziemlich direkt, Mr. Day.«

»Ich komme aus einer Stadt, in der alles andere unter Strafe steht.«

»Eine Strafe kann ich Ihnen nicht aufbrummen. Ich kann Sie nur in Ihre Schranken weisen.«

Sie trank von seinem starken Kaffee, der mit Kardamom gewürzt war. Day war sehr ordentlich: Seine Kleider waren zusammengelegt, seine Bücher gestapelt. Sie versuchte sich zu erinnern, was er von Beruf war. Finanzanalyst? Sie hatte keine Ahnung, was Finanzanalysten taten, sofern sie überhaupt etwas taten. Seine Augen waren grau, obwohl sie gestern noch grün gewesen waren. Die Farbe seiner Augen veränderte sich also.

Das Wochenende wurde immer merkwürdiger. Sie hatte David telefonisch noch immer nicht erreicht. Wo steckte er bloß?

»Also gut«, sagte sie, wieder lebhafter. »Ich komme mit zum Wasserfall. Obwohl ich mir gar nicht vorstellen kann, dass es in einer solchen Gegend einen Wasserfall gibt. Sind Sie sicher, dass Dally und Richard ihn nicht selbst angelegt haben?«

»Keineswegs. Männer, die Papayas und Samtvorhänge auftreiben können, sind zu allem fähig. Ändert das was?«

Sie schüttelte den Kopf.

»Solange er kühl ist.«

»Wasser ist Wasser.«

»Ja«, stimmte sie zu, »so ist es.«

In gewisser Weise schien er sie in der Hand zu halten, sie einfach nur in der Hand zu halten und zu betrachten. Er gehörte zu der Sorte von Männern, deren tadelloses Aussehen einen aus der Fassung bringen kann. Er streckte die langen Beine aus und sah sie süffisant an. Dieser Pyjama – er musste ihn aus New York mitgebracht haben. Sie fragte sich, ob er so etwas jede Nacht trug, wenn er sich in seiner

Sechs-Millionen-Dollar-Wohnung in SoHo mit seinen Püppchen vergnügte. Sie spähte durch die halb offene Tür ins Zimmer, wo alles geradezu beängstigend ordentlich war. Merkwürdigerweise lag ein Baseball auf dem Boden, als hätte er trainiert und ihn dort fallen gelassen. Als sie aufschaute, wurde sie von den grauen Augen fixiert, als wäre auch sie ein Ball, der durch die Luft wirbelte und gefangen werden musste. Ihre Gedanken standen still. Die Papaya kühlte ihre trockene Zunge. Die Bäume in der Nähe raschelten wie Papierdrachen. Sie wischte sich den Mund ab und nahm einen kräftigen Schluck vom Kaffee. Plötzlich gab es nichts mehr zu sagen, und der Mann, der ihr gegenübersaß, bohrte sich unmerklich in sie hinein, ohne einen Finger zu rühren, mit der Geschicklichkeit eines Diebes, der auch im Dunkeln seinen Weg findet, auch wenn niemand weiß, wie.

Am späten Vormittag hatte Dally vier Geländewagen am Haupttor vorfahren lassen, und während er auf die Picknick-Teilnehmer wartete, posierte er in einer Dschellaba für eine Fotografin von der Style-Beilage der *New York Times*. »Internationales Partyvolk«, sollte die Bildunterschrift später lauten, »wird von Mr. Dally Rogers Margolis und seinem Freund Richard Galloway in dem entlegenen Ksar Azna bewirtet. Bild unten: Sofia Prinzapolka trinkt beim Baden in der Source des Poissons Tee aus einer Berber-Tasse aus dem sechzehnten Jahrhundert. Nach Auskunft der Gäste ist es die beste Party östlich von Marrakesch. Zum Frühstück werden Hasch-Brownies und Importbananen gereicht. Rechts: Dorfbewohner beobachten perplex den Auto-Konvoi auf dem Weg zum alljährlichen Picknick am Hadda-Wasserfall.« Dally reckte den Hals. Die junge Frau bat ihn, sich an die Mauer zu stellen und in die Wüste hinauszublicken.

»Echt cool«, sagte sie ständig.

»Ich bin's gewohnt«, erwiderte er ungerührt.

»Bitte etwas mehr nach rechts.«

Dally war stolz auf seine Picknicks. Er widmete ihnen viel Arbeit, und manchmal raubten ihm die Vorbereitungen den Schlaf, aber normalerweise ging auch alles glatt. Wären Erdbeeren zu gewöhnlich, wenn man sie mit Zuckerguss überzogen in Tassen mit Traubenmotiven servierte, oder würden sie in sich zusammenfallen, bis man sie nach der Ankunft am Ziel mit Schlagsahne offerierte? Würden die Sonnenschirme albern aussehen, wenn sie von Boys mit weißen Handschuhen gehalten werden? Würde Staub in die Schlagsahne oder auf die Mürbeteigtörtchen wehen? Niemand konnte diese Fragen beantworten, nicht einmal Dally. Richard war mit größeren Aktionen beschäftigt und keine große Hilfe. Gleichwohl fotografierten die Presseleute am liebsten Dally, wie er mit einem großen Strohhut auf einer Mauer saß oder sich beim sonntäglichen Mittagsevent am Wasserfall, den er nun schon das vierte Jahr in Folge organisierte, in Pose warf. Er war einfach fotogener als Richard und wirkte weniger streng.

Nach und nach fanden sich die Gäste am Tor ein, bekleidet mit Bademode, Sonnenhüten und Clogs. Sie sahen aus wie Flüchtlinge aus einem Club Med. Dally rief, als er Hamid erspähte, sofort: »Hamid, sorg dafür, dass sie auf der Stelle in die Autos steigen. Es ist schrecklich heiß.«

Auch Richard war da, gewissermaßen im Sonntagsstaat. Er sah einfach furchtbar gut aus, wenn er sich in Schale geworfen hatte, dachte Dally. Trotz der Hitze trug er Wildlederstiefel von Loake und Manschettenknöpfe. Diese Bereitschaft, Unbequemlichkeiten in Kauf zu nehmen, nötigte Bewunderung ab.

»Dicky«, rief er, »ist genug Platz in den Autos?«

Richard kam zu ihm, eine Duftkreation von Annick Goutal verströmend.

»Ich denke schon. Wo steckt denn Jo, die kleine Henniger?«

»Ich hab sie nicht gesehen. Wieso?«

»Dally, wir müssen sie möglichst weit von den neugierigen Schreiberlingen und Fotografen fernhalten. Sie darf auf keinem Foto auftauchen. Wenn dich einer von ihnen fragt, wer sie ist, lüg einfach oder sag, dass du sie nicht kennst. Lass keinen in ihre Nähe.«

»Ist mir schon klar, mein Junge. So einfältig bin ich nun auch wieder nicht.«

»Ich weiß, Süßer. Aber Hamid und die Boys stellen sich so ungeschickt an. Mach es ihnen klar, ja? Und halt beim Picknick bitte die Augen offen. Ich habe das Gefühl, dass die Tante von der *Times* herumschnüffelt. Alle wissen von David. Sie tratschen wie Schulkinder.«

»Wahrscheinlich ist es die aufregendste Sache, die ihnen dieses Jahr geboten wurde.«

»Wir wollen nicht, dass ihnen etwas Aufregendes geboten wird. Wir wollen, dass sie den Mund halten und auf andere Gedanken kommen.«

»Also die Erdbeeren wären dafür ein guter Anfang. Ich habe sie einfrieren lassen. Die sehen jetzt total merkwürdig aus, wie innere Organe. Irre. Wir haben sie auf ein Bett aus Brunnenkresse gelegt.«

Richard suchte in der Menge nach Jos Gesicht. Er hatte beschlossen, ihr auf dem Ausflug zum Wasserfall nicht von der Seite zu weichen.

Die Mitarbeiter hielten einen wahren Wald rosaroter Sonnenschirme über die Köpfe der Gäste, die klagten, weil sie der trockene Mittagsstaub zum Husten reizte. Die Teilnehmer wurden auf die Wagen verteilt, wobei man auf aktuelle homo- oder heterosexuelle Flirts diskret Rücksicht nahm. Kühlboxen, Tafelsilber und Champagnergläser wurden in einem separaten Wagen befördert, und zwar unter den strengen und nervösen Augen Hamids, der bei solchen Unternehmungen immer um seinen Ruf bangte. Neben den rechteckigen Schüsseln mit den gefrorenen Erdbeeren fand eine Kiste mit Garnelen auf zerstoßenem Eis Platz.

»Fahr langsam!«, befahl er dem Fahrer.

Endlich entdeckte Richard Jo, die zusammen mit Day in der blendenden Sonne zum Tor geschlendert kam.

»Hierher!«, rief er und winkte etwas zu energisch. Dann fing er ihren Blick auf. Er glaubte, Misstrauen in ihren Augen zu lesen, und er täuschte sich in solchen Fällen selten.

Der Konvoi bog in einen abschüssigen Weg oberhalb von Tafnet ein. Er wurde von schlanken, zartgrünen Bäumen und hohen Sandsteinmauern beschattet, die von der Dorfjugend mit dezenten Liebesbotschaften verziert worden waren. Eingeklemmt zwischen Richard und Day, roch Jo durch die offenen Fenster die Feuchtigkeit des Flusses, der in seinem tiefen Graben dahinströmte, und den schwach säuerlichen

Duft der Okragärten, die er bewässerte. Dies war eine neue Art, der Intimität dieser Landschaft gewahr zu werden, ihrer dicht verwobenen Architektur aus Wasser, Schatten und Fels, die über einen langen Zeitraum hinweg erschaffen wurde, um realer Notwendigkeiten willen und nicht aus dem Wunsch heraus, Eindruck zu schinden oder zu protzen. Ihr gefielen die Vögel, die dort Schutz fanden, und das plötzliche Glitzern eines kleinen Kanals, der ein Schaufelrad antrieb. Sie mochte auch den taufeuchten Dunst, der nach Mist roch. Bei der Party gestern Abend hatte jemand zu ihr gesagt, die berberischen Monatsnamen seien korrumpierte Formen des Lateinischen. Sie wusste nicht, ob das stimmte, aber es war ein reizvoller Gedanke, dass die Welt des Apuleius unterschwellig fortlebte und die Frauen, die im Schatten von Palmen kauerten, teilweise noch heidnisch waren, was auch sie zu einer Heidin machte.

Die steile Straße führte unter massiven, zerklüfteten Felsen hindurch und wand sich an Feigenbäumen und Hängen vorbei, deren rostrote Erde so dunkel wie frische Leber war und auf denen kleine schwarze Ziegen regungslos standen, aber mit den Ohren wackelten. Richard nannte ihr die Namen aller Orte, die sie passierten, denn er und Dally kamen fast jeden Tag mit Badezeug hier herunter und lasen Gedichte, wenn ihnen danach war.

»Jeder dieser Spaziergänge ruft mir in Erinnerung, warum ich nicht in London lebe. Dann singe ich eine Ode an Pan und einige andere Götter.«

»Auch an Mammon?«, fragte Day in unschuldigem Ton. »Der war schließlich auch ein Gott.«

»So weit nach Westen sind die Phönizier nicht gekommen, Tom. Wir sind hier ein Haufen von unverbesserlichen Hedonisten und Heuchlern. Ich werde mich nach einem Haus für Sie umsehen.« Mit funkelnden Augen wandte er sich an Jo. »Einen habe ich schon entamerikanisiert, und *er* ist der Nächste.«

»Wen haben Sie denn entamerikanisiert?«, lachte Day. »Dally etwa?«
»Bei ihm arbeite ich noch daran.«

Sie vernahmen das Tosen des Wasserfalls, das von den Felsen widerhallte, die ihn wie ein Amphitheater umschlossen. Ein frisches, fröhliches Geräusch wie der Lärm spielender Kinder, und völlig unerwartet. Die Autos hielten am Rand des großen Beckens, wo der Fluss sich verbreiterte. Die obere Hälfte des Wasserfalls lag in der Sonne, die untere im Schatten. Das Wasser schäumte und kräuselte sich.

Unter Hamids Anleitung wurden die Vorbereitungen für das Picknick getroffen, Teppiche ausgerollt, Kühlboxen und Esskörbe aufgestellt. Die Gäste zerstreuten sich. Einige legten ihre Kleidung ab und stürzten sich in das erfrischende Wasser.

Jo setzte sich neben Day und zog die Schuhe aus. Sie war in einer eigentümlichen Stimmung, wollte jetzt hier sein und doch auch wieder nicht. Beim Blick übers Wasser bemerkte sie sofort, dass es eine ganze Reihe miteinander verbundener Becken gab, die bis zum Rand der Oase reichten. Day nippte schweigend an einem Glas Prosecco und beobachtete argwöhnisch die jungen Frauen, die unter dem Wasserfall planschten. Etwas an ihnen störte ihn. Ihre Lautstärke, ihre fehlende Selbstwahrnehmung. Im Moment galt sein Interesse ausschließlich Jo. Ihre Gefühlskälte zog ihn an, denn er konnte, da sie zu ihrem Temperament im Widerspruch stand, darin nur einen Ausdruck von Verletztheit sehen. Gleichwohl benahm er sich im Gegensatz zu ihr wie ein Raubtier. Allgemein bezweifelte er, dass ein Frauenheld wie er jemals so gefühlskalt sein könnte, wie er es nach den gängigen Moralvorstellungen war. Die Verletzten waren die wahren Gefühlskalten. Sie waren die Unverbesserlichen.

Relativ ungebildet, verstand Day die halbe Zeit nicht, wovon sie sprach – die Anspielungen, die sie ständig machte, fielen bei ihm auf unfruchtbaren Boden –, doch er war im Umgang mit Menschen versiert genug, um dieses kleine Problem zu meistern. Man nickte, sagte »Ja« und kümmerte sich nicht weiter darum, nahm es vielmehr als Zeichen ihrer Naivität, ihrer Weltfremdheit.

»Eine Olive?«

Sie verzog das Gesicht, als er ihr eine in den Mund stecken wollte.

»Füttern Sie mich nicht«, protestierte sie.

Zu spät bemerkten sie die marokkanischen Musiker, die Richard mitgebracht hatte und die nun zu spielen anfingen.

»Alle ins Wasser«, rief Dally plötzlich.

Und die Gästeschar setzte sich gehorsam in Bewegung wie eine vom Durst getriebene Herde Wiederkäuer. Zwei Dutzend Köpfe verteilten sich über das Wasser und gruppierten sich fächerförmig um den tosenden Wasserfall, an dem sich ein kümmerlicher Regenbogen gebildet hatte. Die Berber verfolgten das Treiben verdutzt. Day nahm ihre Hand ohne Vorwarnung.

»Oh!«, stieß Jo hervor und wurde dann von Day zum Wasser gescheucht.

»Sie sind eine Meisterin im Protestieren«, knurrte er.

»Das Wasser ist bestimmt sehr kalt.«

Sie zitterte, aber dann war ihr, als werde sie von einem gespannten Gummiband nach vorn gezogen. Sie schnellte an ihm vorbei und stürzte sich ins grüne Wasser. Schockartig entfuhr ihr ein lautes Lachen. Ein paar Leute drehten sich um, um festzustellen, wer so charmant kreischen konnte. Day war begeistert. Auf dieses Zeichen von Impulsivität hatte er gewartet, denn Impulsivität war die beste Verbündete des Verführers.

Obwohl ich mich im Moment gar nicht verhalte wie ein Verführer, dachte er und erstickte den Gedanken sofort wieder.

»Ich komme mir vor wie in einem norwegischen Fjord«, keuchte sie.

Abseits der anderen stiegen sie in das nächste Becken stromabwärts, einen länglich-ovalen Teich, umgeben von struppigen, tief geneigten Palmen, deren unreife grüne Datteln so dicht über dem Wasser hingen, dass ihr Spiegelbild auch dann unbewegt blieb, wenn Ruderwanzen darüber hinwegshuschten. Jo wusste weder, warum sie mit diesem sonderbaren Mann mitgegangen war, der ihr keineswegs uneingeschränkt sympathisch war, noch, warum sie es gerade so genoss, sich auf dem Rücken treiben zu lassen und zu den Dattelbüscheln hinaufzuschauen. Sie wurde eins mit diesem herrlich klaren Wasser, und nach und nach nahm der Gedanke an Sex, der bereits vor vierundzwanzig Stunden zu keimen begonnen hatte, zwischen ihnen Gestalt an. Das Trommeln und Flöten vom benachbarten Wadi brachten sie zum Kichern und ließen sie übermütig werden wie Kinder. Day tauchte unter und holte einen abgestorbenen Palmwedel an die Oberfläche, um sie damit zu piksen.

Es war nur eine Frage der Zeit, dachte sie bereits. Merkwürdig, dass es immer so ablief: ein unausweichliches, vorherbestimmtes Verlangen. Sie erinnerte sich an dieses Gefühl aus der Jugendzeit. Es war einer Kugel vergleichbar, die einen Abhang hinabrollte.

Er legte die Hand auf ihre Schulter, und sie protestierte nicht. Seine unrasierte Wange streifte ihre. Männer nutzten wirklich jede Gelegenheit. Und wenn sie es nicht täten, würde nie etwas passieren. Der sexuelle Planet würde sich nicht drehen. Natürlich wurde sie schwach.

»Ich sollte nicht«, murmelte sie, wie vorherzusehen war.

Er antwortete mit einem grausamen Lachen, was beinahe ein Fehler war.

Aber du willst es doch offensichtlich, sagte dieses Lachen.

Vielleicht, hätte sie gern gesagt, aber ich möchte so tun, als ob ich nicht will. Verstehst du das nicht?

Sie stiegen aus dem Wasser und schlenderten in der paradoxerweise feuchten Luft zwischen trockenen, borstigen Palmen dahin. Sie hörten die Wasserräder und die Tauben, die Stimmen von Frauen, die mit langen Stöcken die Reihen der Dattelpalmen abschritten. Letztere begrüßten sie mit einem lauten »La bess!«. Die verwelkten Wedel pikten durch Jos Sandalen, und es gelang ihr nicht, sich dem Griff seiner kalten, nassen Hand zu entziehen. Er übte weder Zwang aus, noch maßte er sich etwas an. Er deutete nur die leichten Zweifel richtig, die sie plagten.

»Glauben Sie, dass sie uns hassen?« Er nickte in Richtung der Frauen, die im Palmenhain umhergingen.

»Nein. Die Frauen auf keinen Fall.«

Sie sahen die Gäste unter dem Wasserfall herumtollen wie in einem Stummfilm. Es war ein absurder Anblick.

»Ich bin mir da nicht so sicher«, erwiderte er, zog sie an sich und küsste sie umstandslos auf den Mund.

Der Kuss dauerte lang. Die jungen Frauen planschten im hallenden Wadi, und Jo war sich sicher, dass die Berberinnen verstummten. Hierher kommen sie, um fruchtbar zu werden, dachte sie aufgeregt.

Sie atmete schnell, als sie sich von ihm löste, und drehte sich weg. Der Griff seiner Hände erschlaffte.

»Ich gehe nicht zu Fuß zurück, ich schwimme«, sagte er mit schleppender Stimme. »Meine Füße sind voller Stacheln.«

»Meine auch.«

»Dann waten Sie zurück.« Er lachte.

Sie blickte auf seinen nackten Rücken, als er zum hellgrünen Wasser ging.

»Gibt es hier Krokodile?«, fragte er sich laut. »Ich dachte, ich hätte da hinten ein Flusspferd gesehen. Aber das muss wohl ein Gast gewesen sein.«

Ihr Herz klopfte heftig, und so atmete sie langsamer, um es zu beruhigen. Die Trommler auf der anderen Seite unterbrachen ihr Spiel, und sie vernahm die hysterische Stimme Dallys, der irgendeine belanglose Ankündigung machte.

Day drehte sich um und zwinkerte ihr zu. Lass das, dachte sie und beschloss, zu Fuß zu gehen, ohne die welken Palmwedel zu beachten, die ihr in die Sohlen stachen. Es war jetzt ein Uhr und so heiß, dass ihr Kopf schon völlig benebelt war. Die gefrorenen Erdbeeren lagen im Schatten neben einer Reihe von Silberlöffeln und Schalen mit Vanilleeis, das bereits geschmolzen war. Sie boten einen kläglichen Anblick. Hamid zog die Stirn kraus, stöhnte und warf verzweifelt die Hände in die Luft.

18

Um Viertel nach eins trat David, verschwitzt und ganz benommen von der Sonne, mit eingezogenem Kopf in das Haus und nahm die Sonnenbrille ab. Ihm schoss ein Geruch von verbrannten Gewürznelken und Schweiß in die Nase. Es war der Geruch von Herdentieren, die in einer Art ständiger Angst vor der Zukunft leben, und als die Metalltür hinter ihm zufiel, fand er sich in fast völliger Dunkelheit wieder, zusammen mit Abdellah, Anouar und einem weiteren Mann. Sie tasteten sich durch einen kahlen Betonkorridor, der nachlässig mit schmutzigen Teppichen minderer Qualität ausgelegt war. Das ganze Haus bestand aus demselben Beton, der wahrscheinlich in aller Eile gegossen und hochgezogen worden war. Vom Korridor gingen links und rechts mehrere Zimmer ab, alle mit dem gleichen Flickwerk aus rauen Teppichen. Jedes verfügte über eine quadratische Fensteröffnung, deren Drahtgitter mit Zeitungspapier isoliert waren.

Sie traten in einen großen, schmucklosen Raum mit einem Gaskocher, auf dem ein Teekessel blubberte. Außerdem standen dort Teegläser, ein Zinnteller mit frischer Minze und daneben ein großer Zuckerblock. Das Klagegeschrei draußen am Wagen schien lauter und vielstimmiger zu werden, ging zeitweise aber im Rauschen und Heulen des Windes unter. Sand prasselte wie Regen gegen das Fenster. Abdellah entzündete eine Öllampe.

Sie lümmelten sich irgendwo hin und warteten auf den Tee. »Sie können jetzt nicht mittrinken«, erklärte ihm Anouar freundlich. »Ich bringe Ihnen später etwas.«

Der alte Mann ließ sich auf einem Stück Karton, seinem Thron, nieder und nahm einen kleinen Meißel zu Hand, mit dem er auf den braunen Zuckerblock einhackte. Er brach ein paar grobe Stücke heraus und warf sie in den Kessel, in dem der Tee zog. Dann legte er seine Beine übereinander und lehnte sich zurück gegen die Mauer. Anouar schnitt die Stiele der Minze klein und gab sie ebenfalls in den Kessel. Die beiden Männer flüsterten miteinander. Der Vater nahm seinen Chech ab, als bereite er ihm Schmerzen, wickelte ihn vollständig auseinander und legte ihn neben sich. Sein kurzgeschnittenes weißes Haar glänzte leicht, während er den Blick auf seine Hände senkte und für einen Moment sein Gesicht darin begrub.

David hörte, wie Driss' Leichnam aus dem Geländewagen geholt und durch eine andere Tür ins Haus getragen wurde. Gleich darauf ertönte erneut und diesmal lauter das Wehklagen, vom Korridor her. Es zerrte an seinen Nerven, und er blickte zu Abdellah, um festzustellen, welche Wirkung es auf ihn hatte. Doch der alte Mann zeigte keine Regung. Mit dem fertigen Tee setzte er sich neben Anouar und trank schlürfend aus seinem kleinen Glas. Auf diese Weise tranken sie vier oder fünf Gläser, während das Jammern vom Korridor immer schlimmer wurde. Anouar bereitete es sichtlich Unbehagen. Er rutschte unruhig hin und her, bis er schließlich den alten Mann fragte, was er mit dem Ausländer tun solle.

»Bring ihn in Driss' Zimmer«, antwortete Abdellah leicht gedankenverloren.

Anouar erhob sich, doch dann gab ihm der Vater durch einen Wink zu verstehen, dass er noch eine andere Aufgabe für ihn habe.

»Dieser Freund von Driss ... Ismael, richtig? Wo ist er?«

»Er versteckt sich bei seinem Vater in Tabrikt.«

»Wovor hat er denn Angst? Hierher wird die Polizei nicht kommen. Geh nach Tabrikt und sag ihm, dass ich heute Nachmittag gern mit ihm sprechen würde. Sag ihm, dass Driss' Vater es wünscht und dass er mir Respekt schuldet. Ich weiß, dass er nicht zur Beerdigung kommen wird.«

»Er hat Angst.«

»Sag ihm, dass ich verstehe, warum er nicht kommen will. Trotzdem möchte ich mit ihm sprechen. Ich möchte hören, was er zu erzählen hat.«

»Gut.«

»Sag ihm, er soll unauffällig nach der Beerdigung kommen, damit ihn niemand sieht.«

Anouar gab David ein Zeichen aufzustehen, dann kehrten sie mit seiner Reisetasche auf den Korridor zurück, wo die Frauen sie entgeistert anstarrten. Anouar schob David rasch zum anderen Ende des

Korridors. David ließ es ohne Murren geschehen, froh, von den Furien wegzukommen. Sie schlüpften in einen weiteren stickigen Betonraum, dessen Fenster mit Zeitungspapier zugeklebt war, und Anouar schlug die Tür hinter ihnen zu. Auch der Boden war mit Zeitungspapier ausgelegt. An den Wänden stapelten sich Dutzende von Trilobiten, wobei jedes Exemplar nummeriert und mit lateinischen Buchstaben beschriftet war, als warte es auf einen westlichen Käufer. Neben einer Matratze in der Ecke standen Wasserflaschen aus Plastik und ein kleines Transistorradio.

David begriff sofort, dass das Driss' Sachen sein mussten. Dass er hier schlafen sollte, im Bett des Toten, neben dessen Transistorradio, war ganz gewiss kein Zufall. Er bekam ein flaues Gefühl im Magen und setzte zu einer bitteren Bemerkung an, doch Anouar kam ihm zuvor.

»Das ist Driss' Zimmer, wie Sie schon erraten haben. Es gibt kein anderes, in dem Sie schlafen können. Außerdem möchte der Vater, dass Sie hier seinen Geist spüren. Er findet das angemessen.«

»Angemessen?«

David zitterte, und Anouar hatte den Eindruck, dass seine Augen ihre eindrucksvolle Farbe verloren. Er sah ihm an, dass er weiche Knie bekam.

»Legen Sie sich hin, David. Sie müssen müde sein.«

»Ich hätte nicht herkommen müssen, verstehen Sie? Es war meine Entscheidung.«

»Legen Sie sich hin. Es ist das einzige Bett, das wir für Sie haben.«

David hatte das Gefühl, in sich zusammenzusacken, hilflos auf diese schäbige Matratze zu fallen, auf der der Junge vermutlich jahrelang, vielleicht schon von klein auf geschlafen hatte.

»Ich kann noch nicht schlafen.«

Er ging zum Fenster. Es war, als schaute er durch das Periskop eines U-Boots, denn die schmale Öffnung befand sich auf Bodenhöhe. Die persönlichen Sachen des Jungen hatte man wahrscheinlich bereits weggeräumt, nur ein Stapel Zeitschriften und ein Plastikbecher mit einem Rasierer waren noch da. Er betrachtete sie entsetzt. Und dann breitete der freundliche, etwas unbeholfene Anouar seine großen

Hände mit den ockerfarbenen Innenflächen aus wie Jesus, wenn er auf einem alten Gemälde seine Geste der Barmherzigkeit vollführt. Nur dass Anouars Geste nicht Barmherzigkeit ausdrückte, sondern eine Art Nachdrücklichkeit. Er erklärte David, dass er nun zur Beerdigung gehen werde und dass David während seiner Abwesenheit die Tür verriegeln solle.

»Zu Ihrer eigenen Sicherheit«, betonte er.

»Zu meiner Sicherheit?«

»Die Frauen sind außer sich vor Trauer.«

Was geht hier vor?, hätte David am liebsten gebrüllt.

»Gut«, schloss Anouar, ließ die Hände wieder sinken und schenkte dem verzweifelten Engländer ein so herzliches Lächeln, wie es die Umstände zuließen. »Gegen Abend bin ich wieder bei Ihnen. Schlafen Sie etwas.«

Er eilte plötzlich hinaus, wie von Verlegenheit getrieben, und David verriegelte die Tür hinter ihm, wie ihm befohlen worden war, und zwar leise, ohne sich aufzuregen. Vielleicht war es besser so. Bald umfing ihn Stille, und er trat wieder ans Fenster und beobachtete, wie der Wind abgebrochene Akazienzweige vor sich hertrieb. Der Schatten der riesigen Felswand rückte dem Haus immer näher und würde es bald verschlucken, aber wann? Er biss sich auf die Lippe und zählte bis hundert. Das Handy hatte noch immer kein Netz. Von Erschöpfung übermannt, sank er auf die Matratze. »Das ist unerhört«, sagte er laut, aber natürlich konnte er nicht erklären, was so unerhört war, und so beruhigte er sich allmählich. Ihm blieb ohnehin keine andere Wahl. Er schluckte eine Multivitaminpille aus seiner Tasche, lag dann still da und versuchte, seine nervösen Hände ruhig zu halten. Bald sollte auf dem halb verfallenen Friedhof hinter den Häusern, auf dem ein paar weiße Steine die Gräber längst vergessener Vorfahren markierten, Driss begraben werden.

Die Trilobiten standen aufgereiht in einem sich verändernden Licht, das langsam verblasste. Die Etiketten flatterten in der heißen Zugluft, die durch das scheibenlose Fenster drang, und die griechischen und lateinischen Wörter, die darauf gekritzelt waren, hätten ebenso gut wohlklingende Zauberformeln sein können. *Psychopyge, Asaphus, Dicranurus.* Bei Letzterem handelte es sich um ein spinnenartiges Geschöpf aus dem Devon mit gespreizten Beinen und zwei an Widderhörner erinnernde Stacheln. Um sich die Zeit zu vertreiben, öffnete David einige der in Zeitungspapier eingeschlagenen Pakete und besah sich die mit Stacheln und Panzern ausgestatteten, krabbenartigen Kreaturen, die Driss aus der Felswand des Issoumour gemeißelt hatte. Sie waren so scheußlich wie die Spukgestalten, die seine Alpträume bevölkerten – ebenso böse, abstoßend und gruselig. Die ferne Vergangenheit war also ein Alptraum gewesen und die Sahara ein großes Alptraum-Meer, das von Lebewesen wimmelte, die abscheulicher waren als alles, was die Erde davor oder seitdem gesehen hatte. Dämonen tatsächlich. Dieser Aberglaube erschien ihm jetzt weniger abwegig. Er ergriff ein besonders erlesenes kleines Exemplar namens *Comura* und fuhr mit dem Finger über die Reihe perfekt aneinandergefügter Stacheln. Auf dem Etikett stand: »Käufer, USA.« Der breite, glatt gepanzerte Kopf eines anderen Tiers war nicht minder primitiv und erinnerte in seiner verstörend einfachen Bauweise an einen Pfeilschwanzkrebs. Es war unfassbar, dass wohlhabende Männer solche Dinge sammelten, sie zu exorbitanten Preisen bei Versteigerungen in San Francisco erstanden und dann ihre Badezimmer in Palo Alto, Manhattan oder Venice Beach damit schmückten. Eine einzige Badezimmer-Renovierung eines Managers aus dem Silicon Valley konnte ein Sahara-Dorf wie Taallalt bestimmt ein ganzes Jahr lang ernähren. Diese Exemplare waren sorgfältig präpariert und auf Hochglanz poliert worden. Sie sahen aus wie schöne Werkzeuge aus der Jungsteinzeit, elegant auf ihre Art, und je detaillierter ihre geriffelten Augen waren, so hatte ihm Anouar erklärt, desto wertvoller waren sie und desto mehr zahlten Händler dafür. Was im Übrigen auch für die überdimensionalen, teilweise gebogenen Stacheln galt. Damit hatte Driss also seine Zeit zugebracht. Zwanzig Jahre lang hatten diese Geschöpfe sein Denken beschäftigt. Trilobiten wie Comura und Psychopyge.

Er legte sich wieder hin und kämpfte gegen die Tränen an. Wie konnte man ein ganzes Leben damit zubringen, diese alptraumhaften

Lebensformen aus einem anderen geologischen Zeitalter auszugraben, zu präparieren und zu verkaufen? Da musste ein Mensch ja verrückt werden.

London war jetzt fern. Er dachte an den zermürbenden Prozess, den er verloren hatte. Wegen einer Fehldiagnose hatte ihm eine alte Frau aus Chiswick Park eine jener juristischen Schlappen beigebracht, die so selten sind wie ein Blitzeinschlag, aber von ähnlich verheerender Wirkung. Er hatte den Tumor nicht als das erkannt, was er war. Möglicherweise hatte er unter einer Konzentrationsschwäche gelitten oder seine Antennen waren an dem Tag nicht so sensibel gewesen wie sonst. Auch könnte ihn sein Unterbewusstsein in die Irre geführt und vorübergehend sein Urteilsvermögen getrübt haben, was sich als verhängnisvoll erweisen sollte. Er hatte keine Erklärung für das, was geschehen war. Es handelte sich um menschliches Versagen – sein Versagen –, und der ganze Zorn der geschädigten Patientin hatte sich an ihm entladen. Ihr Tumor war nicht mehr zu stoppen. Die Frau lag im Sterben, verursachte aber dabei einen Riesenwirbel. Sein Fehler brachte sie ins Grab, und so war es nur gerecht, dass er dafür bezahlen sollte. Und jetzt diese Geschichte hier – das konnte kein Zufall sein. Wieder musste sein Unterbewusstsein am Werk gewesen sein. Ein Unterbewusstsein, das sich zum Henkersgehilfen machte.

Schon seit geraumer Zeit hatte er dieses unbestimmte Gefühl bevorstehenden Unheils herumgetragen. Er fragte sich, ob auch Jo es bemerkt hatte. Aber ihre intimen Augenblicke waren so rar geworden, dass sie ihm dafür wahrscheinlich nie nahe genug gekommen war. Sie bekam nur seine ständige Gereiztheit, seine mürrische Verschlossenheit mit. Noch so ein Fehler, der ihm vergeben werden musste. Und doch hatte er schlussendlich nichts Böses getan. Es war nur eine Verkettung von Zufällen. Ein Zufall nach dem anderen. Oder produzieren wir selbst unsere Zufälle? Sind sie die Summe unserer kleinen Nachlässigkeiten?

Er schlief ein. Seine üblichen Alpträume kamen und gingen wieder. Als er erwachte, erglühte die Felswand im Dämmerschein der heraufziehenden Wüstennacht, der die Seile und kleinen Höhlen in ein Licht tauchte, das wie oxidiert aussah. Eine Zeitlang rührte er sich nicht. Er wollte nur das Grauen in sich aufnehmen, das diese Wand aus kalt leuchtendem Rot verströmte. Er war sich sicher, dass die Beisetzung schon vorüber war.

Tatsächlich hatte sie nicht lange gedauert. Der Wind blies heftig, und auf dem kleinen, in die Wüste gesetzten Gräberfeld war die Hitze auch bei Sonnenuntergang noch unerträglich. Driss' Mutter war schon vor Jahren gestorben, und so weinten und fluchten die Tanten und Cousinen. Die Männer hatten ihre Trauer bereits nach innen verlagert und standen schweigend und reglos im Wind, der Geröll herumwirbelte und sie ihre Trostlosigkeit spüren ließ.

So hingen sie ihren Gedanken nach, als der in Tücher gewickelte Leichnam in die Grube gelegt wurde und die Gebete gesprochen wurden. Abdellah dachte an das jugendliche Gesicht seines damals zehnjährigen Sohnes, als er ihn das erste Mal mit auf den Berg genommen hatte, um ihm das Fossiliengraben beizubringen. Ein Gesicht wie ein Apfel, mit glänzenden Sommersprossen, wie sie für kleine Jungen typisch sind. Er erinnerte sich daran, als wäre es gestern gewesen, und auch an den Dicranurus, den sie bei den Gräben gefunden hatten. Driss hatte ihn bis heute noch in seinem Zimmer aufbewahrt. Abdellah biss sich auf die Lippe. Seine Tränen waren versiegt.

Als die Nacht hereinbrach und die klaren Konturen des mächtigen Issoumour vor dem indigoblauen Himmel verschwammen, ging er zum Rand des Dorfes und wartete am ausgetrockneten Wadi, das dort mit majestätischen Felsblöcken übersät war, auf die Rückkehr Anouars, der zu Fuß nach Tabrikt gegangen war. Nun kühlte es merklich ab, und er schlang sich den Chech um den Kopf. Er war innerlich leer, wie betäubt vor Entsetzen. Kein böses Wort kam ihm in den Sinn, obwohl sein Zorn beständig anstieg, abklang und abermals anschwoll. Denn letztlich waren Worte weder das Leben noch die Realität und änderten nichts. Auf der gesamten Fahrt von Azna hierher hatte er darüber nachgedacht, was er mit dem Engländer tun sollte, doch er wusste es noch immer nicht. Er war unschlüssig. Für ihn zählte nur eines: Was würde der Engländer tun, wenn er sich vor die schmerzliche Notwendigkeit gestellt sah, die Wahrheit zu sagen? Würde er ihm dann die Wahrheit darüber sagen, wie Driss gestorben war? Dieser eine Gedanke beherrschte ihn. Von der Aufrichtigkeit des Engländers hing alles Weitere ab. Falls er log, war das eine Sache. Eine ganz andere war es, wenn er den Mut aufbrachte, ihm zu sagen, was in jener Nacht wirklich geschehen war. Das war der entscheidende Punkt und das Mindeste, was ein Vater von einem Mann, der seinen Sohn getötet hatte, verlangen konnte. Die Frage der Rache für sich genommen war vulgär und ohne Gewicht. Deshalb verzögerte er seine Entscheidung. Er hatte warten müssen, bis Driss begraben war, und musste nun warten, bis er mit Ismael gesprochen hatte. In jedem Fall wäre eine Lüge des Engländers unverzeihlich, so viel stand fest. Eine Lüge wäre schlimmer als der eigentliche Unfall. Viel schlimmer, fand er. Denn während für einen Unfall niemand etwas kann, ist eine Lüge die konkrete Schuld eines Einzelnen, denn sie erfolgt vorsätzlich. Sie ist ein willentlicher Akt und darum schwerer zu verzeihen als alles andere.

Nach einer halben Stunde tauchte Anouar aus der Dunkelheit auf. Er schritt vorsichtig am Wadi entlang, gefolgt von dem in schwarze Lumpen gehüllten Jungen, der seine Identität zu verbergen suchte. Sofort kam Leben in Abdellah. Er winkte dem Jungen ungeduldig, sich zu beeilen, und Anouar nahm kurz seinen Chech ab, um Atem zu schöpfen. Der Junge war groß und schlank und erinnerte Abdellah sehr an Driss. Er hatte unzählige Male sein Haus betreten, denn Driss und er waren zeitweise unzertrennlich gewesen. Sie gingen am Wadi entlang, um eine windgeschützte Stelle zu suchen. Ismael war sehr nervös. Seine Schultern zuckten, als würde er sie am liebsten verschwinden lassen, und seine Augen hatten den verstörten, unsteten Blick eines Kleinkriminellen, der von der Polizei abgeführt wird.

»Beruhige dich«, sagte Abdellah streng. »Du hast dir ja nichts vorzuwerfen.« Und seine Stimme verschaffte sich Respekt, sodass Ismael niederkauerte, als könnte er sich dadurch im großen Weltgefüge noch unsichtbarer machen. Sein längliches Gesicht wirkte vogelartig, seine Wimpern waren wie die eines Mädchens.

»Erzähle«, forderte ihn Anouar in freundlichem Ton auf. »Er möchte wissen, was passiert ist, mehr nicht.«

»Es ist schrecklich, dich darum zu bitten, Ismael. Aber ich muss alles wissen.«

Anouar setzte sich, und dann warteten alle drei, bis der Mond über der Felswand des Issoumour heraufstieg. Anouar verteilte Zigaretten und zündete eine nach der anderen an, sodass die Stimmung gelöster, ruhiger wurde und einladender für ein Gespräch. Ismael seufzte theatralisch und fragte, wie die Beisetzung gewesen sei. Es tue ihm unendlich leid, dass er nicht daran habe teilnehmen können. Dann sagte er:

»Ich war die ganze Zeit mit Driss zusammen. Wir sind zusammen hier weggegangen, mit den Psychopygen, die wir in Zeitungspapier eingewickelt hatten. Erinnert ihr euch?«

»Ja. Wo seid ihr hingegangen?«

»Nach Midelt. Wir wollten sie dort verkaufen. Dort gibt es einen deutschen Händler, wie ihr ja wisst.«

»Ach ja, Meissner«, pflichtete Abdellah bei. »Er ist ein Betrüger.«

»Aber ihr beide wart ganz allein auf der Straße?«, erkundigte sich Anouar. »So spät in der Nacht?«

Der Junge rutschte unruhig hin und her, und sein Gesicht bekam einen etwas gereizten Ausdruck.

»Wir sind per Anhalter gefahren. Und manchmal konnten wir gleich an der Straße etwas verkaufen. Wir hörten, dass im Haus der Schwuchteln eine große Party stattfand. Da konnten wir uns ausrechnen, dass jede Menge reiche Ausländer vorbeifahren würden.«

»Dann habt ihr also auf Autos gewartet?«

Ismael antwortete nicht und schlug die Augen nieder. Abdellah entzündete die Öllampe, die er mitgebracht hatte, und unterzog das ausweichende, nervös zuckende Gesicht des Jungen einer unerbittlichen Prüfung. Der Bursche war in seinen Augen ein notorischer Lügner. Außerdem hatte er ihn schon des Öfteren im Verdacht gehabt, ein kleiner Dieb zu sein. Einer von denen, die nachts durch die Gräben streiften und nach Stellen von anderen suchten, wo sie graben konnten. Man konnte ihm nicht trauen. Noch hatte er nicht genug Angst, um die Wahrheit zu sagen, aber Abdellah wollte ihn trotzdem zu

Ende erzählen lassen. Schließlich hatte er keinen anderen, den er fragen konnte. Außer dem Engländer war sonst niemand dabei gewesen.

»Die Ausländer kamen in ihrem Auto angefahren«, sagte er zu Ismael. »Und dann?«

»Wir sind zu ihnen hingelaufen. Sie sind langsamer gefahren.«

»Das kann nicht sein«, wandte Anouar ein.

»Sie sind *ein bisschen* langsamer gefahren. Der Fahrer war ein Europäer. Er muss uns gesehen haben und auch, dass wir eine Kiste mit Fossilien zum Verkauf dabeihatten. Als er gebremst hat, haben wir gedacht, er hätte Interesse. Wir haben uns so gefreut, dass wir gleich losgerannt sind. Sie zahlen jeden Preis, wenn sie im Auto sitzen.«

»Das stimmt«, pflichtete Abdellah abermals bei und nickte. »Sie sind sehr dumm, wenn sie am Steuer sitzen.«

»Das haben wir uns auch gesagt. Wir haben gedacht, dass er das Fenster herunterlässt und den zehnfachen Preis bezahlt.«

»Habt ihr die Psychopygen hochgehalten?«

»Ja. Aber wir haben uns getäuscht. Der Mann hat nicht angehalten.«

»Sie wussten, dass es ein Dämon war.«

»Vielleicht. Jedenfalls haben sie nicht angehalten.«

»Das wissen wir bereits«, warf Anouar ein.

»Aber er hat euch beide gesehen?«, hakte Abdellah nach.

»Bei Gott, ja.«

»Was ist dann passiert?«

Dem Jungen stiegen Tränen in die Augen.

»Ich bin davongelaufen, ich gebe es zu. Ich hatte zu große Angst.«

»Wo bist du hingelaufen?«

»Auf den Hügel. Immer weiter hinauf, bis ich nicht mehr konnte.«

»Du erbärmlicher Wicht. Du jämmerlicher Schwachkopf.«

Dem war nichts hinzuzufügen. Der Junge ließ den Kopf hängen.

»Du bist weggerannt, obwohl Driss auf der Straße lag?«

»Er war schon tot«, stammelte Ismael. »Ich habe gesehen, wie der Mann ihn umgedreht hat.«

»Was hat der Mann dann getan?«

»Er … er … hat seine Taschen durchsucht und seinen Ausweis herausgezogen.«

Natürlich, dachte Abdellah. Das war zu erwarten. So verhalten sich Menschen immer. Sie denken, Gott sei blind. Sie bilden sich ein, sie könnten ungestraft davonkommen.

»Als du davongelaufen bist, bist da du noch einmal umgekehrt, um sie zu beobachten?«

»Ich habe gesehen, wie sie miteinander gestritten haben, der Mann und die Frau. Die Frau hat den Mann angeschrien. Der Mann wollte mich suchen gehen.«

Anouar und Abdellah lachten, doch es war kein richtiges Lachen – eher ein gequältes Höhnen. Die Vorstellung, wie der Engländer hinter Ismael herrannte, brachte sie zum Lachen. Es war einfach komisch.

»So, so.«

Abdellah stand auf und ging im Kreis um den kauernden Jungen herum. Am liebsten hätte er ihn getötet, obwohl Ismael nur aus Selbstschutz so gehandelt hatte. Er war ein kleiner Dieb und hatte sich entsprechend verhalten. Nach allem, was er wusste, war auch Driss ein kleiner Dieb gewesen, und er bezweifelte, dass die beiden nur an der Straße gestanden hatten, um Fossilien zu verkaufen. Ismael war ein hinterhältiger Junge. Sein Wort war nichts wert. Er würde keine Lüge scheuen, um sich zu entlasten.

Plötzlich ging Abdellah auf Ismael los, schlug ihm auf den Kopf und drosch dann so lange mit den flachen Händen auf ihn ein, bis er nicht mehr konnte. Aber sein Gewaltausbruch hatte etwas Halbherziges, den Schlägen fehlte die Konsequenz, und seine Wut war halb gespielt, was der Junge bemerkte. Er reagierte deshalb auch nicht übermäßig, ließ sich nur nach hinten fallen und drehte das Gesicht weg.

»Du elender Wicht!«, brüllte der Vater, aber erneut ein wenig gepresst. »Du nichtsnutziger Abschaum! Was wirst du für mich tun, wenn ich dich frage? Was wirst du tun, wenn die Zeit reif ist?«

»Alles«, heulte der Junge.

»Du bist ein Lügner und ein Dieb. Ich sollte dich auf der Stelle töten. Anouar, wo ist meine Pistole?«

Anouar sagte nichts, doch Ismael zuckte zurück, und Abdellahs Arme sanken erlahmt herab.

»Alles, sagst du, du erbärmlicher Wicht. Du würdest alles tun, was ich von dir verlange?«

Der Junge nickte.

»Noch verlange ich nichts von dir. Aber du bist mir etwas schuldig.«

Eine ganze Weile sprach keiner ein Wort. Der Mond zog gemächlich seine Bahn, und die unzähligen, von Menschenhand gegrabenen Höhlen in der senkrechten Wand des Berges wurden sichtbar. Abdellah setzte sich wieder und versank in Gedanken. Anouar zündete sich noch eine Zigarette an. Ismael warf einen verstohlenen Blick in Richtung Wadi. Vielleicht konnte er einfach nach Tabrikt zurücklaufen, und die Sache wäre erledigt. Er spielte ohnehin mit dem Gedanken, sich nach Casablanca abzusetzen. Er und Driss hatten oft darüber gesprochen. Alles war besser als dieses Drecksnest. Er ballte die Fäuste, aber rührte sich nicht vom Fleck. Nach einer Weile wandte Abdellah seinen forschenden Blick von ihm ab und spähte zu den Leitern hinauf, die in der Felswand hingen, und rieb sich das Kinn. Er konnte nicht richtig nachdenken. Der Mond störte ihn. Er schien zu hell, zu aufdringlich.

Er ließ Ismael wieder sein Gesicht bedecken und spürte, wie dessen Angst sich auflöste und verflog. Warum nicht alles dem Schicksal überlassen? Darauf lief es so oder so hinaus.

Ismael dachte unterdessen unablässig an jenen Tag im Steinbruch, an dem Driss ihm alles über seine Zeit in Paris erzählt hatte.

Abdellah entließ Ismael schließlich und kehrte mit Anouar nach Taallalt zurück. Er hämmerte gegen die Metalltür. Die Frauen hatten eine Ziegen-Tajine zubereitet, und die Männer, die ihn nach Azna begleitet hatten, saßen im Hauptraum, rauchten und tranken Tee. Sie schauten auf, als er eintrat, und seine düstere Miene veranlasste sie, die Gläser wegzustellen und sich den Mund abzuwischen. Diese Reaktion missfiel ihm, und er versuchte sogleich, sie zu beruhigen.

»Entspannt euch, Freunde. Heute ist ein trauriger Tag, aber so ist es nun mal.«

Den einzig wahren Gott, den Allbarmherzigen, anrufend, murmelten sie wieder in ihre Gläser und spendeten dem Vater Worte des Trostes. Abdellah setzte sich neben Anouar und trank mit ihnen. Heute sah man von den sonst üblichen Scherzen und Zoten ab und überließ die Zusammenkunft der Stille. Als die Tajine hereingebracht wurde, beugte sich Anouar zu Abdellah hinüber und flüsterte: »Soll ich den Ausländer holen?« Doch der alte Mann schüttelte den Kopf.

»Bring ihm was. Ich bin zu müde, um jetzt über ihn nachzudenken. Zusammen mit uns zu essen kommt jedenfalls nicht in Frage.«

»Ist gut.«

Abdellah streckte seine schmerzenden, knirschenden Glieder auf dem mit Fettflecken übersäten Teppich und nahm etwas vom Brot. Wenn man bedachte, dass der Wind bereits Driss' Grab abtrug, das keine hundert Meter von hier entfernt lag ... Er tunkte sein Brot in den Minztee und stellte fest, dass seine Hand so stark zitterte, dass es jeder bemerken musste. Er konnte das Zittern nicht abstellen, und nach einer Weile hörte er auf, sich dafür zu schämen. Er ließ die Hand zittern. Warum sollte sie nicht zittern? Alles an ihm zitterte, äußerlich und innerlich. So ist es, dachte er bei sich, wenn du verrückt wirst. Du beginnst zu zittern. Du zitterst am ganzen Leib. Du zitterst, bis die ersten Teile von dir abfallen. Du wirst ein Wolf, ein Bär. Du hörst die Welt nicht mehr. Du rollst dich zu einer Kugel zusammen, und Satan beginnt, zu dir zu sprechen. Deine Hand zittert weiter, und du isst dein Brot wie ein Schwachsinniger. Du denkst: Ich bin arm und sonst nichts. Und dann erkennst du, dass niemand darauf hört, was du sagst oder denkst. Du bist mit den Tatsachen ganz allein.

19

Als Anouar klopfte, zog David rasch den Riegel zurück und riss die schwere Tür auf. Sein Gesicht war aschfahl, und seine Augen blickten groß und glasig wie die einer Puppe – jedenfalls kam es Anouar so vor. Vielleicht hatte er gerade zu seinem schrecklichen, lächerlichen Gott gebetet, dem die Ungläubigen eine so übertriebene und sinnlose Achtung erwiesen.

»Sie sind es«, stieß der Engländer hervor.

Er trat beiseite, um Anouar hereinzulassen, der einen großen Metallteller mit Ziegen-Tajine brachte. Im Vorbeigehen fing Anouar den Duft eines merkwürdigen Rasierwassers auf, das nach Aprikosenkernen roch. Dabei hatte sich der Engländer gar nicht rasiert und sah eher etwas ungepflegt aus.

»Ist alles in Ordnung?«, fragte er.

»Ich sterbe nur vor Hunger«, erwiderte David. »Wo waren Sie?«

Anouar antwortete nicht. Im Zimmer war es dunkel, weil David es nicht verstanden hatte, mit den Streichhölzern die Öllampe anzuzünden. Anouar tat es für ihn. Er stellte den Teller auf den Fußboden und hantierte mit der Lampe, während sich David mit einem kummervollen Stöhnen neben dem Teller niederließ wie ein müdes, zerzaustes Nagetier.

Anouar war von David fasziniert. Von seinem offenkundigen Wohlstand, seiner Kultiviertheit, die echt war und nicht gespielt, und von seinem Überlegenheitsgefühl. Letzteres fesselte ihn besonders. Es war nicht nur ein Überlegenheitsgefühl gegenüber den Männern von Taallalt, sondern, wie Anouar vermutete, gegenüber der gesamten Menschheit. Er war davon überzeugt, dass er sogar zugeben würde, sich dem marokkanischen König überlegen zu fühlen. Das war ein erstaunlicher Gedanke, der David zu einem erstaunlichen Mann machte. Anouar konnte das daran ablesen, wie David seine Taschentücher zusammenfaltete oder wie er sein Glas hielt, mit zwei Fingern, niemals mit drei. Er war ein Gentleman. Nur ein Gentleman benutzte bloß zwei Finger. Nur ein Gentleman konnte Anwandlungen von Verachtung nicht verbergen, so sehr er sich auch bemühte. Der Gentleman war auf eine Art wie ein Roboter ohne Bewusstsein. Alles, was er tat, tat er automatisch, instinktiv, blind. Dass er Fehler machen könnte, kam in seinem Denken nicht vor. Faszinierend!

Anouar versuchte, sich die Welt vorzustellen, die einen solchen Mann hervorgebracht hatte, doch das war unmöglich. England war ein Land der grünen Rasen und der herrlich dicken Frauen. Dort gab es Pfirsiche, riesige Karotten und Strände aus Stein – das alles hatte er im Café des Ksours in Rissani im Fernsehen gesehen. Die Menschen dort lebten in ständiger Verdrossenheit und Unzufriedenheit, was ohne Zweifel auf ihre Ungläubigkeit und ihre unauslöschliche Neigung zur Sodomie zurückzuführen war.

Doch David war ein Musterbeispiel für hochmütigen Stolz und tadellose Manieren, und wie Anouar auffiel, war alles an ihm Ausdruck von Stolz, Seriosität und Akkuratesse. Sein Ehering etwa saß tadellos am richtigen Finger, und der Glanz seiner Schuhe war das Resultat nie erlahmender Wachsamkeit. Wie er nämlich bemerkt hatte, besaß David einen speziellen Lappen zum Wienern seiner Schuhe, den er ständig bei sich trug. Sobald die Schuhe etwas stumpf wurden, bückte er sich und behob den Mangel mit dem Lappen. Er behauchte auch seine Armbanduhr, um sie zu putzen. Und selbst in Taallalt trug er Manschettenknöpfe. So etwas hatte man hier noch nie gesehen.

David aß mit einer Metallgabel, die Anouar ihm gebracht hatte, doch er benutzte sie mit merklicher Zurückhaltung. Anouar saß bei ihm und stellte ihm Fragen zu seinem Heimatland, aber David schien nicht willens, ihm allzu viel zu erzählen. Er war gedanklich mehr damit beschäftigt, was Abdellah nun vorhatte.

»Nichts«, versicherte ihm Anouar. »Ich glaube, er will nur mit Ihnen sprechen, mehr nicht.«

»Das halte ich für unwahrscheinlich. Ich komme mir wie ein Gefangener vor.«

Die Bemerkung beschämte Anouar ein wenig.

»Aber Sie schließen sich doch selbst ein«, entgegnete er. »Das ist nicht dasselbe.«

»Sie wissen, was ich meine«, beharrte David.

Er aß methodisch, immer mit einem Auge bei der Flamme der Öllampe. Seine Gedanken über seine Gastgeber waren längst nicht so schwärmerisch-romantisch wie Anouars über ihn.

»Alles ist sehr verwirrend«, sagte Anouar aufrichtig. »Möchten Sie etwas Kif rauchen?«

»Sie meinen Marihuana? Nein, danke. Ich bin Arzt. Ich halte nichts von Marihuana.«

Was für ein Dummkopf, dachte Anouar und zündete sich einen Joint an.

»Ich frage mich, ob Passivrauchen von Marihuana auch zudröhnen kann.«

Aber Anouar verstand die Ironie nicht.

»Egal«, seufzte David. »Ich bin davon überzeugt.«

»Wie Sie meinen, Monsieur David.«

»Die Tajine ist sehr gut.«

»Sie haben das Zicklein vor einer Stunde geschlachtet.«

»Oh«, machte David, leicht angewidert. Das war etwas anderes, als im Supermarkt eine Haxe zu kaufen. Er hielt kurz inne.

Der Joint entspannte Anouar. Es handelte sich um starken, frischen Cannabis, und er stieg direkt in den Kopf. Anouar spürte, dass David neugierig geworden war, doch offensichtlich hinderte ihn seine Erziehung daran, selbst auch einen Zug zu nehmen.

»Ich höre Leute am Haus vorbeigehen«, sagte David.

»Das sind die Fossiliensucher, die vom Berg zurückkehren. Sie kommen am Abend zurück, wenn es zum Arbeiten zu dunkel wird.«

David trat ans Fenster. Schattenhafte Gestalten marschierten, mit Hämmern und Steinen klirrend, in einer Reihe an den Häusern vorbei, und das scharf gewürzte Fett in seinem Mund lief nach hinten in seine Kehle. Er schluckte kräftig, angewidert und dankbar zugleich. Dann arbeiten sie von Sonnenaufgang bis Sonnenuntergang, dachte er.

Es war ein schöner Satz, bis man darüber nachdachte, was er bedeutete. Zumal die Plackerei wenig gewinnbringend und letztlich vergebliche Mühe war. Die Sammler bekamen einen Hungerlohn, während den Reibach die Zwischenhändler und Händler machten. Eines Tages würde ein Europäer wie er in dieses Zimmer platzen, auf einen Dicranurus deuten und ihn einpacken lassen. Das Geld würde die Familie mehrere Wochen lang ernähren. Mehl, Öl, Butter, Tee, Brot, Zeitungen, Tabak. Und der Dicranurus würde dann am anderen Ende der Welt eine glänzende Karriere machen.

Na und wenn schon? So ging es überall auf der Welt zu. Wen kümmerten schon die Arbeiter, die in indonesischen Ausbeuterbetrieben DVD-Player für hundert Dollar zusammenbauten? Mit Ungerechtigkeit hatte das nicht unbedingt etwas zu tun. Sie verdienten so viel wie jeder andere in Indonesien. In Jakarta bezahlte man keine Pariser Mieten, und für einen Dollar pro Tag konnte man ganz anständig essen. Während Jo und er jeden Monat Tausende fürs Essen ausgaben und dabei ziemlich schlecht aßen. Sie waren kein bisschen glücklicher, weil sie ein seelenloses kleines Haus mit weißen Türen in einer seelenlosen Londoner Straße besaßen. Die Indonesier beneideten sie nicht. Niemand beneidete sie. Der Ton, den man ihnen gegenüber anschlug, verriet gewöhnlich eine Art mitleidiges Befremden.

Ein Junge ging vorbei, einen großen Lederbeutel auf den Schultern. Dann kehrte in der Gasse wieder Stille ein. Anouar erklärte, dass er ihn nun verlasse und dass in Kürze Abdellah zu ihm kommen werde, um mit ihm zu sprechen.

»Unter vier Augen. Um die Angelegenheit zu klären.«

»Wird er ein Messer dabeihaben?«

»Ich weiß nicht«, antwortete Anouar nur. »Man muss immer auf alles gefasst sein. Meinen Sie nicht auch, David?«

»Dazu habe ich keine Meinung.«

Er ist total high, dachte David, als sich die Tür hinter Anouar schloss. Vielleicht waren sie jetzt alle high. Ein Haus voller bekiffter Berber. Das war kein besonders beruhigender Gedanke – obwohl, wenn er es recht bedachte ... Während er am Fenster stand und den Mond betrachtete, vernahm er vom anderen Ende des Hauses einen seltsamen Gesang. Es war der leise Klagegesang mehrerer Stimmen, die sich in schwermütigen Sequenzen hoben und senkten. Die Männer sangen im Kreis um die geschlachtete Ziege. Und David meinte, eine

Oud spielen zu hören. Der Gesang war so traurig, dass er sich nicht vom Fenster rühren konnte. Erst als er verstummte, eilte er zur Tür und spähte auf den Flur hinaus. Am anderen Ende brannte noch eine einzelne Glühbirne und beschien Werkzeuge, die an der hinteren Wand zu einem Haufen gestapelt waren. Eine Frau schluchzte ganz leise in einem der Zimmer. Er schloss die Tür wieder und hielt den Atem an.

Ein paar Sekunden später erlosch das Licht. Die Männer, die sich im Hauptraum versammelt hatten, waren anscheinend eingeschlafen, und David kehrte ans Fenster zurück, drückte das Gesicht an das Drahtgitter und sog die frische Luft ein. Luft, die nach Eisen roch, Hitze, die hereinwaberte. Er geriet in Panik. Sein Herz schlug schneller und so kräftig, dass er das Pochen in der Hand spüren konnte, und ihn befiel ein solcher Schrecken, dass er sich am Fenster festhalten musste, um nicht hinweggefegt zu werden. Er wusste, dass Abdellah den Korridor herunterlief und auf ihn zukam. Der Alte hatte nur gewartet, bis seine Gefährten eingeschlafen waren. Ins Leere stierend, dachte David an die Hakenkreuz-Fallschirme, die er in der Schule gebastelt hatte, ein Vergehen, dessen er nie überführt worden war und das bewirkt hatte, dass mindestens eine Mutter in Ohnmacht gefallen war. Er lachte. Der Issoumour war eine Mauer aus Silber, die an Seilen in der Wand hängenden Eimer sahen aus wie Jahrmarktsattraktionen, und Skorpione krabbelten im weißen Mondlicht über die Schotterstraße, die durch Taallalt führte. Er war sich noch immer nicht sicher, ob es ihm leidtat. Oder vielmehr, ob er sich selbst nicht mehr leidtat als das, was er getan hatte.

»Der Junge wollte mich ausrauben«, sagte er leise, als die Tür sich bewegte und langsam aufschwang. »Er wollte uns am Straßenrand umbringen und das Auto stehlen, verdammt.«

Abdellah trug eine Kerze, die mit Wachs an einer Untertasse befestigt war. Er hatte sich den Kopf geschoren und sprach, wie sich nun herausstellte, fließend Französisch.

»Das ist für mich sehr schwierig«, begann David.

»Setzen Sie sich«, sagte der Vater, zog zwei Äpfel und ein großes Messer hervor und legte alles neben sich, während er Platz nahm.

David ließ sich im Schneidersitz nieder und beobachtete mit verhaltenem Schrecken, wie Abdellah einen der Äpfel griff und die Klinge des Dolches ansetzte, um ihn zu schälen.

Der alte Mann widmete sich der Aufgabe mit bemerkenswerter Konzentration. Er entfernte die Schale in einem Stück und legte sie neben sich. Dann zerschnitt er den Apfel in vier Teile und reichte eines David. An der Klinge hing ein Tropfen Saft, den er an seinem Knie abwischte. Die beiden Männer trennte ein geistiger Graben – Jahrhunderte der Feindseligkeit und gegenseitigen Ignoranz. Doch ein solcher Graben, glaubte David, hätte sich relativ leicht überbrücken lassen. Doch das allein war es nicht. Zwischen ihnen stand ein tieferes Unverständnis, dessen Wurzeln so weit zurückreichten, dass die Anfänge begrifflich nicht mehr zu fassen waren. Tausende von Jahren ohne Bäume, ohne Wiesen, ohne Bequemlichkeit. Nur mit diesem Wind. Ihr Denken und Fühlen war perfekt daran angepasst, nicht an Wälder, Flüsse und Obst, sondern an Steine, Staub und Wind. Fels hatte diese Menschen geformt. Elemente hatten sie geprägt, mit denen andere Menschen nur teilweise und von Zeit zu Zeit in Berührung kommen.

»Ist er gut?«, fragte Abdellah.

»Der Apfel? Sehr gut.«

Der alte Mann lächelte trocken.

»Diese ganze Angelegenheit ist sehr bedauerlich«, fuhr er fort.

David ärgerte sich etwas darüber, dass dieser schlaue Fuchs so hervorragend Französisch sprach und ihn im gegenteiligen Glauben gelassen hatte. Natürlich beherrschte er eine europäische Sprache. Die Marokkaner waren sprachbegabt, und Abdellahs Kunden waren alle Europäer. Die Preise für die Fossilien in diesem Raum waren alle in Euro ausgezeichnet. Er hätte es wissen müssen.

»Es war ein Unfall«, sagte er mürrisch. »Ein tragischer Vorfall, wie er bei Dunkelheit geschehen kann, *dans les ténèbres, vous savez?*«

»Ich weiß, was ein Unfall ist. Das Leben ist voller Unfälle.«

»Verzeihen Sie mir, wenn ich das sage, aber dann verstehe ich nicht, warum ich hier bin. Ich bin hierhergekommen, um Ihnen einen

Gefallen zu tun und weil meine Freunde es für eine gute Idee gehalten haben. Aber ich persönlich weiß nicht genau, warum ich eingewilligt habe.«

»Weil Sie sich verantwortlich gefühlt haben.«

»Ja. Nur weiß ich nicht genau, wofür.«

»Für irgendetwas haben Sie sich jedenfalls verantwortlich gefühlt.«

Abdellah griff wieder zum Messer und nahm sich den zweiten Apfel vor, den er genau auf die gleiche Weise schälte. Es war, als hätte er dies schon tausende Male mit verbundenen Augen getan.

»Aber das will ich Ihrer Fantasie überlassen«, sagte er. »Ich würde Ihnen gerne etwas zeigen. Und zwar das Fossil, das Driss bei sich trug, als er von Ihrem Wagen erfasst wurde. Die Polizei hat es gefunden.«

David errötete, aber die Stimme des Vaters fuhr unbekümmert fort, als wäre Erröten eine rein körperliche Erscheinung, der man keine besondere Beachtung schenken müsse.

»Davon weiß ich nichts«, erwiderte David.

»Man hat es mir zurückgegeben, weil es so wertvoll ist. Es liegt hinter Ihnen. Es ist ein so genannter Elvis.«

Bevor David sich umdrehen konnte, war der alte Mann schon aufgestanden und hatte das Fossil ergriffen. Er nahm wieder Platz und riss das Zeitungspapier ab, unter dem ein Geschöpf mit einer Reihe bizarrer Stacheln, weit auseinanderstehenden Augen und drei auffallenden Buckeln zum Vorschein kam. Auf dem Etikett stand einfach *Devon*. Abdellah erklärte, dass er den wissenschaftlichen Namen des Fossils nicht kenne, dass aber in der Sahara bislang nur drei Exemplare davon gefunden worden seien und dass Händler deshalb beschlossen hätten, es nach dem Superstar Elvis zu benennen. Und er verschwieg auch nicht, dass Driss ihm das Fossil gestohlen hatte, um es zu Geld zu machen.

»Aber«, fügte er milde hinzu, »das kommt ständig vor. Die Jungen sind unzufrieden. Sie sehen für sich keine Perspektive, haben keine Hoffnung. Sie wollen nicht ihr Leben lang nach Fossilien suchen. Das ist ein mühseliges Leben, dem sie entfliehen wollen. Sie wollen nicht wie ihre Väter leben. Also stehlen sie einen Elvis, für den man in den Vereinigten Staaten, wie sie wissen, zehntausend Dollar bezahlt. Und selbst wenn sie ihn in Midelt für nur tausend Euro verkaufen, können sie damit nach Casablanca gehen und sich ein Mädchen suchen. Aber natürlich! Casablanca ist voll von leichten Mädchen, und mit tausend Euro kommt man bei einem leichten Mädchen weit. Und ich gebe unumwunden zu, dass es mir nichts ausgemacht hat, als ich es erfahren habe. Ich habe ihn verstanden, und in gewisser Weise habe ich ihm sogar Erfolg gewünscht. Schließlich ist es nur ein Fossil. Ein Klumpen Stein. Hätte er es Ihnen für ein paar hundert verkauft, hätte ich mich für ihn gefreut. Aufrichtig gefreut.«

Abdellahs Augen füllten sich mit Tränen. Hätte der Engländer doch nur angehalten und den verfluchten Elvis gekauft. Dann würde er jetzt in Azna mit seiner Frau Cocktails trinken, und Driss läge in Casablanca in den Armen einer Frau. Alles harmlos gemessen an dem, was tatsächlich geschehen war. Letztlich hatte der Elvis Driss dazu getrieben, fortzulaufen und sein Glück am Straßenrand zu versuchen. Er hatte nicht einmal aus Gier gehandelt, sondern aus Verblendung.

»Offen gestanden verstehe ich gar nicht, warum Leute wie Sie auf diese dummen Steine so versessen sind. Was ist denn so toll an ihnen? Wir wissen nur, dass ihr sie wollt und bereit seid, Geld dafür zu bezahlen. Mehr brauchen wir auch nicht zu wissen. Vielleicht seid ihr komplett geistesgestört. Wer weiß? Manch einer hier glaubt, dass das die unheilvollsten Kreaturen waren, die je existiert haben, dass sie die Überreste toter Dämonen sind. Jedenfalls sehen sie so aus, wie Sie zugeben müssen. Sie müssen einen Einfluss auf euch ausüben, einen bösen Einfluss. Und genau das ist es, was euch zu ihnen hinzieht.«

»Um ehrlich zu sein«, stammelte David, »ich habe keine Ahnung.«

»Wissen Sie, warum wir es Elvis nennen?«

Abdellah stand erneut auf und begann ohne ein weiteres Wort die Hüften zu schwingen. Er tanzte eine Weile, dann nahm er wieder Platz, seufzte schwer und schüttelte den Kopf.

»Ich verstehe.«

Aber David verstand überhaupt nichts.

»Nun ja, David, das bleibt alles ein Rätsel. Er hat meinen Elvis gestohlen und ist davongelaufen. Und Sie waren unglücklicherweise der Erste, dem er unterwegs begegnet ist.«

Er zog die Lampe näher und drehte die Flamme herunter. Sie aßen die letzten Apfelscheiben, während der Wind um das Haus toste und durch seine Ritzen und scheibenlosen Fenster pfiff. Das Schluchzen verstummte. David betrachtete den Elvis, der sich zu bewegen schien. Falls das Fossil zum Leben erwachte, würde er die Flucht ergreifen müssen. Die Augen der Kreatur glänzten. Abdellah zog eine lange weiße Tonpfeife hervor und entzündete sie an der Kerze.

»Sagen Sie, was essen Sie zum Frühstück?«, fragte er. »Ich persönlich bevorzuge Cornflakes. Die sind mir lieber als gekochtes Zicklein. Sie sind das einzig Gute, das wir euch zu verdanken haben, außer Eiscreme.«

Er kicherte und lehnte sich nach hinten.

»Freut mich, dass Sie Eis mögen«, spöttelte David.

»Ich mag alles, was kalt und erfrischend ist. Ihr scheint immer zu glauben, dass wir gern in diesem Glutofen leben. Aber glaubt ihr wirklich, wir lieben Kamele, Sand, Palmen und schon am Morgen vierzig Grad? Ganz und gar nicht. Die meiste Zeit träume ich von Schweden. Ich kenne es von Fotos in Illustrierten. Ein fantastisches Land, so wie es aussieht. Dort würde ich am liebsten leben. Wie wunderbar wäre es, nach Schweden zu gehen und sich dort niederzulassen. Es muss dort herrlich kalt sein.«

Der alte Mann machte eine seltsame Handbewegung, als zeichne er die Form eines Eiszapfens nach. Dann änderte sich sein Gesichtsausdruck.

»Sagen Sie«, fuhr er fort, »war mein Sohn eigentlich allein, als Sie ihn angefahren haben?«

David antwortete mechanisch:

»Soweit wir sehen konnten, war er allein.«

»Sind Sie sicher?«

»Absolut sicher.«

»Gut, dann wären wir fertig.«

Abdellah wischte sich die Hände ab und kratzte die Kerngehäuse der Äpfel zusammen, dann saßen sie eine Weile unbehaglich da und lauschten dem zunehmenden Wind, ehe Abdellah seine Pfeife ausklopfte und von Neuem stopfte. Er tat es so langsam wie nur irgend möglich, ohne sich darum zu kümmern, dass der Ungläubige sich langweilte. Aber dann kam ihm der Gedanke, dass David gar kein Ungläubiger im engeren Sinne war, denn er war überzeugt, dass David nicht einmal an seinen eigenen Gott glaubte. Er lebte in der Finsternis, in der tiefsten Finsternis, die sich ein zivilisierter Mensch gar nicht vorstellen kann. Und dennoch war ihm der Kerl nicht einmal unsympathisch. Er fragte sich, ob er ihm einen Zug aus seiner Pfeife anbieten sollte, anstatt ihm die Kehle durchzuschneiden, was er ursprünglich beabsichtigt hatte. Wenn er es sich recht überlegte, konnte er ja auch beides tun. Das war eine Idee.

Er stand auf, warf sich das lose Ende seines Chechs über die Schulter, ergriff die Kerze und wandte sich zum Gehen, während David auf seinem Stück Karton sitzen blieb.

»Monsieur David«, sagte er noch, ehe er die Tür hinter sich zuzog. »Ich an Ihrer Stelle würde die Tür verriegeln, wenn Sie schlafen. Anouar wird Ihnen später Tee bringen. Sie haben mir sehr geholfen.«

»Gern geschehen«, erwiderte der Atheist etwas dümmlich.

»Übrigens, Sie können sich absolut frei bewegen. Keine Tür ist verschlossen. Wenn Sie nach draußen wollen, tun Sie sich keinen Zwang an. Nur gehen Sie nicht nach La'gaaft. Dort wohnen die Schwarzen, wie Sie ja wissen.« Seine Stimme wurde lebhaft. »Sie würden es bereuen.«

Aber David verriegelte die Tür nicht sofort. Er wickelte sich in seinen Schlafsack und löschte die Lampe. Er war sich bewusst, dass er möglicherweise einen Fehler begangen hatte. Dieser Fehler war ihm im Verhalten und in der halbbewussten Körpersprache Abdellahs offenbar geworden. Der Alte war zu freundlich gewesen. Und weshalb die Warnung vor La'gaaft, das genauso aussah wie Taallalt? Und woher dieser Hass auf die Haratin, die vermutlich schon seit Jahrhunderten ihre Nachbarn waren? Im Zimmer wurde es kalt, und er begann zu zittern. Er nahm eine Banane aus seiner Tasche und verschlang sie gierig. »Da sitze ich nun in einem Schuhkarton und esse eine bescheuerte Banane«, hielt er sich vor. »Geht es hier um mich oder darum, dass ich ein Weißer bin?«

Etwas später nahm er ein Ambien, fand aber trotzdem keinen Schlaf. Er verriegelte die Tür und entriegelte sie gleich darauf wieder. Er wusste nicht, was ihn mehr bedrückte, eingesperrt oder geschützt zu sein. Eine Frau ging auf dem Korridor im Dunkeln auf und ab und führte Selbstgespräche. Er ließ seine Gedanken schweifen. Was Jo jetzt wohl gerade tat? Ob sie alleine dasaß und sich fragte, warum ihr Telefon nicht funktionierte? Er kannte sie. Sie war nicht partyaffin genug, um sich die Zeit zu verkürzen. Sie würde die Zeit mit dem Hammer totschlagen, wie ihre Mutter früher immer gewitzelt hatte. Bei Einbruch der Dunkelheit würde sie sich mit einem Fernglas oben auf der Umfassungsmauer postieren. Er fand es selbst schrecklich, dass er das für so selbstverständlich hielt, aber auch wenn seine Frau unglücklich war, so machte sie das noch lange nicht treulos. Es machte sie nur berechenbar.

Doch gerade für diese Berechenbarkeit liebte er sie, wenn er alle ihre Eigenschaften nüchtern betrachtete – und so nüchtern wie jetzt hatte er die Dinge seit Jahren nicht mehr betrachtet. Würde er sie beispielsweise weniger lieben, wenn sie in dieser Sekunde Kokain schnupfte? Mit Sicherheit. Es würde bedeuten, dass sie ihn eine Weile vergessen hatte, zu einer Zeit, in der Vergessen nicht erlaubt war. In der es ein Verbrechen war. Ihre Berechenbarkeit war ihre Treue, und die wiederum war der Knoten im Herzen ihrer rebellischen Melancholie. Doch keiner von ihnen konnte diesen Knoten lösen. Sie hatten eine unwiderrufliche Entscheidung getroffen.

20

Die Diener hatten auf den großen Glastisch, der prominent den Salon im ersten Stock dominierte, schokoladenbraune Terrakotta-Teller mit Feigen und zerteilten Orangen gestellt, die von Vasen mit weißen Orchideen überragt wurden. Da die Fenster geöffnet und die Vorhänge ganz zurückgezogen waren, strömte die Wüstenluft herein, doch sie war nicht so heiß wie in der Nacht zuvor. Ein Wetterumschwung sorgte vorübergehend für Abkühlung. Die genügte, um Jos Luken zu öffnen (sie stellte sich selbst als altes Frachtschiff mit lauter Luken vor) und sie dazu zu bewegen, sich mit der Nase tief über die Kokslinien zu beugen, die Richard sorgsam mit einem Brieföffner gezogen hatte.

»Aber nein, Schätzchen, nicht so. Dafür haben wir doch ein Röhrchen.«

Das Röhrchen sah aus wie ein schmaler Schreibstift aus graviertem arabischem Silber und war an einem Ende wie ein Katzenmaul geformt. Er reichte es ihr und sah zu, wie sie eine halbe Linie damit aufsog. Aus seinem Blickwinkel war ihr Profil sehr schön: präzise, adlerartig, makellos geschnitten. Im Gegensatz zu allen anderen lächelte sie nicht. Obwohl er sich zu Frauen nicht hingezogen fühlte, bewunderte er ihre heterosexuelle Anziehungskraft. Ob sich Männer in sie verliebten, sobald sie gezwungen waren, hinter ihr schmuckloses, intellektuelles Äußeres zu blicken? Denn an ihr gab es nichts Aufbrausendes, keine übertriebenen Reaktionen. Sie bewahrte stets Würde, im besten Sinne des Wortes. Selbst wenn sie eine Linie Koks durch ein Silberröhrchen schnupfte, wurde ihr Profil nicht entstellt. Es sah vielmehr so aus, als untersuche sie in einem Labor einen seltenen Fadenwurm, voll und ganz auf ihre Aufgabe konzentriert. Eine solche Frau braucht einen ganz besonderen Mann, dachte er, während er zusah, wie sie den Rest seiner exakt gezogenen Linie einsog, und das waren weder David noch Day. Wahrscheinlich hatte sie ihn einfach nicht gefunden und würde ihn auch nie finden. Solche Frauen gab es. Man sah sie überall.

Als sie fertig war, setzte sie sich wieder auf und wischte sich rasch die Nase ab.

»Ob du es glaubst oder nicht«, sagte sie, »ich habe das seit Jahren nicht mehr gemacht. Vielleicht sogar noch nie. Ich erinnere mich nicht.«

»Lass dir Zeit. Auf jeden Fall ist es eine ziemlich langweilige Droge. Ich nehme sie nur, weil Dally darauf besteht. Was ist mit Ihnen, Tom?«

Day lehnte das Angebot ab. »Das erinnert mich zu sehr an die Achtzigerjahre. Heute bekomme ich davon nur gereizte Nasenlöcher. Darauf kann ich verzichten.«

Die junge Französin, die mit am Tisch saß, schnupfte hemmungslos. Ihr marokkanischer Liebhaber sah fassungslos zu, schritt aber nicht ein. Ihr Gesicht bekam einen rosigen Glanz, und ihre Augen schienen gewissermaßen zu bluten.

»Mohammed, das ganze Haus ist voller Reptilien. Und du bist auch ein Reptil. Ein süßes, kleines Reptil.«

»Als Kind hatte sie zu Hause einen halben Zoo«, erklärte Mohammed der Runde. »Darunter war auch eine Eidechse, die Mohammed hieß. Allein dafür müsste sie enthauptet werden.«

Jo rührte sich nicht, damit sich die fremde Kraft der Droge in ihrem eigenen Tempo entfalten konnte. Sie nahm ein kleines Schinken-Sandwich vom Tisch und stopfte es sich in den Mund. Alle lachten. Day streichelte ihren Fuß unter dem niedrigen Tisch, um den sie barfuß herumsaßen. Und dann strich die kühle Luft über ihr Gesicht, und sie merkte, dass es ein dünner Schweißfilm überzog.

»Normalerweise«, meldete sich Dally zu Wort, »kann man nichts essen, wenn man was geschnupft hat. Schon gar nicht bei meinem Turbokoks aus Marseille.«

Richard flüsterte Jo zu: »Es freut mich, dass es dir etwas besser geht. David wird morgen zurück sein. Aber ich persönlich bin froh, dass du einen Tag und eine Nacht für dich hast. Ich glaube, das hast du gebraucht.«

Am liebsten wäre sie mit der Frage »Was redest du da?« herausgeplatzt, aber sie wusste, dass er recht hatte. Eine Ehe war die meiste Zeit eine erdrückende Angelegenheit.

»Alles wäre wunderbar, wenn ich mir keine Sorgen machen würde«, erwiderte sie pflichtbewusst.

Während die Diener heiße Servietten verteilten, wurde Swann streitlustig. Er war politisch linker, als man denken könnte.

»Sind Sie sicher, dass sie Sie nicht hassen, Dicky? Ich glaube, Sie machen sich etwas vor. Die werden Sie nie akzeptieren, weil Sie ein Ungläubiger sind. Da können Sie sagen, was Sie wollen.«

»Warum sollten sie ihn akzeptieren?«, schrie die junge Französin. »Sie haben allen Grund, Amerikaner zu hassen.«

»Finden Sie?«, fragte Richard genervt. »Hätten sie nicht mehr Grund, die Franzosen zu hassen?«

Sie blickte ehrlich erstaunt. »Aber wir haben doch ausgezeichnete Beziehungen zu den Arabern. Wir teilen uns das Mittelmeer mit ihnen. Aber das können Sie nicht verstehen.«

»Ich verstehe das sehr wohl. Sie meinen, weil sie in Ihren Ghettos leben, fühlen Sie sich Ihnen nahe. Fühlen Sie sich ihnen auch nahe, wenn sie in den Vorstädten Autos in Brand stecken und Synagogen plündern?«

»Das ist ein ... wie soll ich sagen ... *ein soziales Problem.*«

»Nein. Sie mögen euch genauso wenig wie uns, und aus demselben Grund. Wir sind keine Muslime, und wir kommandieren sie herum. Nach ihrem Weltbild müsste es umgekehrt sein. So gesehen, kann ich sie verstehen. Sie sind imperialistische Rivalen. Das kann ich ihnen nicht vorwerfen.« An diesem Punkt der Diskussion war es zu spät, ihr zu sagen, dass er gar kein Amerikaner war, und wahrscheinlich wäre ihr das ohnehin egal gewesen. »Außerdem sind die Muslime in Amerika wohlhabend und friedlich. Sie randalieren nicht in den Vorstädten und attackieren Polizeiautos nicht mit Mülltonnen.« Richard verfiel in einen unangenehmen Ton. »Warum tun sie das nur in Frankreich? Wohl aus ... wie Sie sagen ... *Solidarität?*«

»Das tut nichts zur Sache«, schrie sie. »Wir bringen nicht Hunderttausende von Irakern um!«

»Nein, meine Liebe, das erledigen die Mudschaheddin. Aber was den Irak angeht, sind wir einer Meinung. Ich habe auch gegen die Invasion demonstriert.«

»Dann wissen Sie ja, wie sie sich fühlen. Ich höre sie in der Küche reden. Alle Araber empfinden so. Man muss schon schwer von Begriff sein, um das nicht zu merken.«

Richard ergriff einen Nussknacker und wandte seine Aufmerksamkeit einer großen Schale mit Walnüssen zu.

»Der 11. September hat Sie verbittert«, fuhr die Nervensäge fort. »Als wären Sie völlig unschuldig daran, was passiert ist.«

»In Afghanistan gab es diese wunderbaren Buddha-Statuen«, sagte Richard sehr leise, wie zu sich selbst. »Und eines Tages beschlossen die Machthaber in diesem glücklichen Land, sie in die Luft zu sprengen. Wenn man auf Koks ist, könnte man vielleicht behaupten, dass dem armen alte Buddha ganz recht geschehen ist. Möglicherweise haben die Statuen eine beleidigende Botschaft verbreitet, oder irgendwas an ihren komplizierten Gesten war obszön. Ich weiß, wie das funktioniert. An Buddha und seiner Philosophie erhitzen sich die Gemüter. Manchmal hat man den Eindruck, dass die einzige Reaktion darauf ...«

Plötzlich lachte Jo laut los.

»Das liegt am Koks«, sagte Mohammed gedehnt und zwinkerte ihr zu.

»Mohammed«, protestierte die Französin, »hilf mir gefälligst gegen dieses Gelaber. Die Amerikaner behaupten ...«

»Nein, wir verstehen ja, dass man im Zweifelsfall immer uns Amerikanern die Schuld gibt. Mir würde etwas fehlen, wenn man es nicht tun würde. Ich würde mir irgendwie unwichtiger vorkommen. Glauben Sie mir, wir sind Masochisten. Wir genießen das, weil wir uns dadurch größer vorkommen, als wir sind. Es macht uns unerträglich arrogant. Ich wünschte, ich könnte das den Arabern begreiflich machen. Die wären sprachlos. Würde man weniger auf uns herumhacken, wären wir viel bescheidener. Wir würden uns nicht mehr für den Mittelpunkt der Welt halten.«

»Vorzügliche Rede«, sagte Day und klatschte langsam in die Hände. »Schade, dass wir Sie nicht bei Al Jazeera unterbringen können.«

»Ich glaube Ihnen nicht«, blaffte die Französin. »Sie würden sich trotzdem für den Mittelpunkt der Welt halten.«

Richard gab ihr eine geschälte Nuss. »Das ist ein verständlicher Irrglaube. Wir sind es ja auch ziemlich lange gewesen. Aber jetzt sollten Sie wieder einfach nur zugedröhnt sein. Sie sind so süß, wenn Sie sich von Reptilien umzingelt wähnen.«

»Ich *bin* von Reptilien umzingelt.«

»*Ze center of ze world?*«, platzte am anderen Ende des Tisches ein Mann heraus, den niemand kannte.

»Wird heute Abend eigentlich noch getanzt?«, erkundigte sich eine Frau bei Dally.

»Wir sind alle zu malade.«

»Malade?«

»Das heißt so viel wie erschöpft.«

Sie rief durch den Raum: »Er sagt, dass sie zu malade sind.«

Richard zog auf dem Glastisch neue Linien, und die Diener zündeten die Öllampen aus Messing an. Alles wurde in ein goldenes Licht getaucht. Jos Pupillen tanzten vor Vergnügen. Wenig später machte sich eine leicht melancholische Stimmung breit.

»Wir werden demnächst zum Essen runtergehen«, sagte Richard, »und ich möchte, dass dann alle ordentlich zu sind. Ich habe genug von nüchternen Gästen. Die sind jetzt mein Problem. Ich muss sie ausfindig machen und kurieren. Dally, ich glaube, in der Bibliothek sind welche.«

»Was?«

»Nüchterne Gäste. Ich werde sie ausfindig machen und kurieren.«

Er beugte sich mit seinem Silberröhrchen nach vorn. Day sah ihm zu und fuhr Jo mit der Hand über den Bauch. Sie zuckte vor kaum merklichem Vergnügen zusammen.

Die Orchideen, mit denen die Tafel geschmückt war, spiegelten sich in den Suppenterrinen. Ihre aufgeblähten, länglichen Staubblätter waren schwer mit goldenem Pollen behangen, und ihre fleischigen Korollen hatten ihre maximale Prallheit erreicht, bevor sie in ein paar Stunden oder spätestens am Morgen welken würden. Jo hatte den Eindruck, dass dieses Dinner am dritten und letzten Abend anders war als die beiden vorausgegangenen. Die Männer trugen alle

Smoking, die Kleider der Frauen waren eleganter. Es wurden ausgelassene Gespräche in mehreren Sprachen geführt, und die Augen flackerten wild, als wäre ein Fläschchen Atropin herumgereicht worden oder als hätten die Gäste Orchideenpollen eingeatmet, die mit einem unbekannten Aufputschmittel getränkt waren. Die Etikette, die an den beiden ersten Tagen noch gewahrt worden war, bröckelte, und etwas herrlich Bedrohliches brach sich Bahn. Jo war aufgeregt. Alles bekam eine sexuelle Note. Für Frauen, so analysierte sie kühl, war es schwierig, promiskuitiv zu sein, eben weil es zu leicht war. Wenn sie sich ihren Bedürfnissen hingaben, wurden sie auf der Stelle ausgenutzt, und dann immer wieder. Und gleichzeitig dachten sie nervös ans Schwangerwerden. Was aber, wenn das kein Thema mehr war? Würde diese Ausbeutung ihrer Lust, so banal und flüchtig sie auch sein mochte, noch so viel Bedeutung haben wie früher, als sie noch jung und fruchtbar waren? Auch Männer wurden mit zunehmendem Alter trauriger und desillusionierter, und daraus erwuchs die wechselseitige Anerkennung. Man wurde frei.

Sie schaute zu den verächtlich blickenden jungen Marokkanern, die aufgereiht an der Wand standen. Sie verkörperten Dallys Hochglanzfantasien. Würde sie bei ihnen schwach werden? Waren sie schön? Eigentlich interessierte sie das nicht. Schönheit interessierte sie allgemein nicht richtig. Es wäre kein Kampf erforderlich. Ihr Kampf fand mit Day statt. Bei ihm würde sie schwach werden, aber nicht einfach, weil er eben verfügbar war, sondern vielmehr deshalb, weil er sich mit ihr beschäftigt hatte, was Männer selten taten. Er hatte sich die Zeit genommen, über sie nachzudenken, sich mit ihr zu befassen. Ihre Vorzüge und Fehler zu beurteilen und wie auf der Goldwaage abzuwägen.

Als sie zu den jungen Europäerinnen hinübersah, erkannte sie sofort, warum sie auf Männer anziehender wirkten. Sie waren von Natur aus kokett, auf eine Weise, wie sie es nie sein könnte. Der Schalk steckte in ihren Augen, jedoch frei von Bosheit. Sie wussten, was Männer wollten. Sie waren Schlampen im positiven Sinn, und sie herrschten in ihrem Reich ohne langes Nachdenken.

»Und in mir steckt nicht einmal ein Prozent von einer Schlampe.«

Die Terrinen enthielten Schildkrötensuppe. Amphibienklauen schauten über den Rand hervor und brachten die Europäerinnen zum Kreischen. Day, auf seine Weise hartnäckig, saß neben ihr, und sein Atem war so pfefferscharf wie billiges Curry. Sie hätte ihm am liebsten ins Gesicht gespuckt, doch er beugte sich zu ihr herüber. »Sie sind sehr schön. Das liegt am Koks.«

»Schauen Sie mich nicht an. Ich bin ganz rosa im Gesicht.«

»Was ist daran verkehrt?«

»Ich sehe aus wie eine Torte. Als wäre ich mit Zuckerguss überzogen.«

Seine Augen glänzten.

»Zuckerguss ... dagegen hätte ich nichts einzuwenden.«

Sie unterhielten sich das ganze Essen über und zwangen sich, über die Scherze der anderen zu lachen. Doch je weiter der Abend voranschritt, desto ruhiger wurde es um sie herum, als ob sie zusammen in einen Schneesturm hineinspazierten, der die von außen kommenden Geräusche ausblendete und die Lichter der Welt nach und nach verlöschen ließ. Sie hörten nur noch einander zu. Er sprach über sein Haus auf Bali, das er selten bewohnte, aber häufig verschönerte. Bali, jene Insel, die man in die folkloristische Erweiterung eines Flughafens verwandelt hatte. »Was gefällt Ihnen an Bali?«, fragte sie, während man die Schokoladentorte anschnitt und arabische Geldstücke daraus zutage förderte.

»Ich bin in solchen Dingen nicht sehr romantisch. Ich mag heißes Wetter und billige Restaurants. Ich mag erschwingliche Erholungsorte, denn ich bin alt. Ich dachte, dass Mick Jagger dort lebt, aber das entpuppte sich als Irrtum.«

»Keine Freundin? Ich dachte, alle Weißen hätten in Asien eine Geliebte. Genauer gesagt bin ich davon überzeugt, dass Sie nebenbei gleich ein paar Flittchen haben, Mr. Day.«

»Was Sie nicht sagen.«

»Ich verurteile Sie nicht. Ich glaube, Männer brauchen Flittchen.«

Er hob die Augenbrauen.

»Merkwürdig. Ich persönlich finde, dass alle Frauen Flittchen sein sollten. Aber sie schaffen es nur, wenn sie betrunken sind.«

»Das liegt daran, dass Sie nicht wissen, wie man fragt.«

»Ich?« Er lachte.

»Ja, Sie. Sie haben nicht vergessen, dass ich einen Mann habe.«

»Nun, wir sollten ihn auch nicht vergessen. Obwohl wir genau das in gewisser Weise getan haben, nicht wahr?«

Sie nickte.

»Das bedaure ich.«

Sein Gesicht öffnete sich etwas mehr. »Ich hätte nie gedacht, dass das passieren würde. Ich bin überrascht. Ich glaube, Sie täuschen sich in mir, Mrs. Henniger. Was ich über Flittchen gesagt habe, habe ich nicht so gemeint. Das war sarkastisch und albern.«

»Nur Geschäker.«

»Ja. Jeder muss bei einem Dinner schäkern.«

Verführung, dachte sie. Wie sie das hasste!

Dann geriet er ins Wanken.

»Ich habe das Gefühl, dass ich Ihnen gegenüber nicht ganz aufrichtig war. Dass ich Ihnen etwas vorgemacht habe. Das passt eigentlich gar nicht zu mir. Ich habe nie die Gesellschaft verheirateter Frauen gesucht, weil das bequem ist und zu nichts verpflichtet ...«

»Aber wir sind ganz brauchbar, oder?«

Sie lächelte dazu so sanft und strahlend, wie sie nur konnte.

»So würde ich das nicht ausdrücken«, wandte er ein, aber sie brachen beide in Lachen aus, und das Unheil nahm gewissermaßen seinen Lauf. Er drückte seine Hand gegen ihre, die zwischen den silbernen Serviettenringen und gravierten Gabeln auf dem blendend weißen Tischtuch lag. Es war die flüchtige, unbedeutende Geste eines Mannes, der bereits mit ihrem Körper vertraut war, der bereits in ihren Gewässern schwamm. Eine Geste, so unbeschwert und instinktiv wie das Flattern der dicken Nachtfalter, die gerade so weit vom Tisch entfernt, dass man sie nicht hörte, gegen die rautenförmigen Fensterscheiben prallten.

Wenig später wurden die Terrassentüren geöffnet, und die Gäste strömten in die Nacht hinaus. Heute Abend gab es keinen Tanz, keine Musik, denn Richard wünschte sich einen kultivierteren Ausklang seines Wochenendes. Der Garten stand den Gästen zur freien Verfügung. Auf dem an den Speiseraum angrenzenden Rasen tauchte wie aus dem Nichts ein italienischer Fernsehstar inmitten des Blitzlichtgewitters von zwei oder drei Fotografen auf. »Das ist Monica Luciamora«, raunte jemand, als Day und Jo vorbeigingen, beladen mit Keksen, Erdbeeren und zwei Gläsern – die Flasche wartete im Chalet des Amerikaners.

Jo verbannte alle Gedanken aus ihrem Kopf, als sie durch das blendende Spektakel eilten, wobei Rauch ihre Kehle reizte. Sie verdrängte die Angst, blieb standhaft. Er ergriff ihre Hand, die so schweißnass war, dass es ihn ein wenig ekelte. Die Arme, dachte er, sie vergeht vor Hitze wie alle hellhäutigen Engländerinnen. Sie verträgt dieses Klima einfach nicht. Beim Gang durch die engen Gassen des Ksars schloss sie die Augen und ließ sich führen, und der Mann, der sie führte, wunderte sich nur darüber, wie leicht es gewesen war.

Als sie die Augen wieder öffnete, stand sie in dem recht feudalen, mit Schärpen und Berber-Nippes ausstaffierten Zimmer des Amerikaners, den sie nicht kannte. Sie sah die ordentlichen Wäschestapel und neben dem Schreibtisch ein Paar Lederpantoffeln. In einer Ecke kauerte eine von Richards hundert Katzen und schlabberte Kondensmilch von einem Unterteller. Day schälte die Verschlussfolie von der Champagnerflasche ab, die schräg in einem Eiskübel stand, und erklärte ihr gerade, dass der Fachausdruck für das Drahtkörbchen darunter *muselet* laute. Eine Flasche Champagner öffne man, so dozierte er, indem man sie fest am Hintern halte und dabei die Flasche drehe, nicht den Korken. Eine Flasche Rotwein halte man am Hals, eine Frau an der Taille und eine Flasche Champagner am Hintern.

»Das ist von Mark Twain«, präzisierte er mit leiser Stimme, als der Korken ohne Knall herausflutschte. »Aber solche Regeln kann man später am Abend ändern.«

»Das Gegenteil hätte mich auch gewundert.«

Er goss ein, dass es zischte.

Sie schleuderte die Sandalen von den Füßen und ging geradewegs zum Bett. Ihr Körper erschien ihr so leicht wie Blech, auf das man tage- und nächtelang unermüdlich und immer stärker gehämmert hatte. Ihr Kreisel rotierte langsamer und verlor sein perfektes Gleichgewicht. Sie warf sich theatralisch aufs Bett, sodass sich ihr Haar über die frischbezogenen Kissen ergoss, und spreizte leicht die Beine, um auf der marokkanischen Tagesdecke eine Pose einzunehmen, die sie für lasziv hielt. »Du bist betrunken«, sagte sie sich. »Zur Abwechslung mal du und nicht David.« Aber Day schien es gar nicht zu bemerken. Wie ein Kellner in einem drittklassigen Bistro goss er zwei Gläser Champagner ein. Er hörte nicht, wie ihr Herz schlug. Hätte er es hören müssen? Jedenfalls drehte er sich um und sah zu, wie sie sich auf dem Bett drehte.

»Es ist das gleiche Bett wie in Ihrem Zimmer«, bemerkte er trocken.

Ihr gärender Hass auf David, den sie so lange unterdrückt hatte, verwandelte sich in Champagnerbläschen und löste sich in nichts auf. Selbst Hass hat eine süße Seite, wenn er verfliegt. Day kam, die Gläser wackelig in den Händen haltend, zum Bett, und sie nippten beide schweigend, den Blick des anderen meidend. Dann ergriff sie seine Manschettenknöpfe, um sie mit den Zähnen zu öffnen. Eine Zeitlang schien er wie von ihr paralysiert und betrachtete sie, als würde sie ihm die Haut abziehen. Entgegen ihren Erwartungen wurde er nicht sanfter, und in gewisser Weise war es besser so. Er öffnete mit einer Hand seine Knöpfe, während sie unschmeichelhafte Bemerkungen über die Haare in seinen Ohren machte. Er kicherte. Langsam umschloss sie ihn mit den Beinen, so wie man mit einer Pinzette ein Insekt ergreift. Sie wälzten sich übers Bett, und er küsste mit seinen trockenen Lippen ihren Arm. Es dauerte lange, bis sein Drängen unwiderruflich wurde. Das lag daran, dass sie sich – selbst jetzt – nicht entscheiden konnte. Noch konnte sie jeden Augenblick einen Rückzieher machen, aus dem Zimmer stürzen und ihre Beziehung zu David vor Schaden bewahren.

Im Wandspiegel sah sie ständig Days nackte Füße, die sie an Schweinsfüße erinnerten. Das störte sie nicht, aber es stimmte sie wieder bedenklich. Als er ihr den Slip auszog, sträubte sie sich ein wenig, weil sie sich sträuben wollte. Na los, dachte sie, vergewaltige mich, wenn du kannst. Probier's.

Aber er vergewaltigte sie nicht, wenn überhaupt, so vergewaltigte sie ihn. Doch als sie sich schließlich wirklich wehrte, drückte er sie mit den Händen nach unten, und der Fluchtweg war endgültig versperrt. Er legte sein ganzes Gewicht in diese Verweigerung. Sofort fügte sich ihr Wille und zersprang in tausend Stücke.

Und diese Stücke drehten sich im Uhrzeigersinn. Der Ventilator drehte sich in die andere Richtung, und davon wurde ihr schwindelig. Auch das Bett drehte sich, sodass sie den Eindruck bekam, Zahnräder in Zahnräder greifen zu sehen. Ein triumphierender Ausdruck lag auf seinem Gesicht, und Feuchtigkeit glänzte um seine Augen. Sie hasste diesen Ausdruck, aber es war zu spät, und ohne Vorwarnung schob er die Arme unter sie und hob sie ein paar Zentimeter hoch. So hielt er sie eine Weile, dann ließ er sie wieder runter, und eine Art langer Stromschlag ließ die Muskeln an seinen Flanken nervös erzittern wie bei einem Pferd, das die Sporen bekommt. Sie stöhnte, weil sie den Atem nicht anhalten konnte.

Die Vorhänge waren nicht zugezogen, und der Mond warf sein Licht auf die Szenerie, die einem Schlachtfeld glich. Ein Schuh, eine Orange, eine zerbrochenes Glas, ein Messer, das, längst vergessen, auf einer Fensterbank lag. Es roch nach feuchten Trauben und Orangenschalen und nach dem Deo, das er sich reichlich unter die Achseln gesprüht hatte. Während er schlief, strich sie mit den Händen über das Laken, auf dem kleine Spermapfützen trockneten. Die Ähnlichkeit von Männern erschien ihr wie eine plötzliche Erkenntnis, die sie beruhigte. Niemals würde ihnen in den Sinn kommen, wie sehr sie einander glichen. Dass sie alle Teile desselben zusammenhängenden Ektoplasmas waren. Sie hob den Kopf ein wenig und bemerkte den Mond, der auf ein Stück Lehmmauer schien. Ein Geräusch drang von draußen herein, wie ihr schien, ein menschliches Geräusch, wie ein Atmen. Der Ventilator surrte über ihr. Die Bruchstücke ihres Bewusstseins fügten sich wieder zusammen, und sie begriff, dass sie nicht einschlafen würde. Sie wusste, dass sie beobachtet wurde, dass sie belauscht wurde, denn in diesem Ksar gab es keine Geheimnisse.

Tatsächlich stand Hamid draußen im Schatten der Lehmmauer und lauschte aufmerksam dem Liebesspiel, mit dem er zwar gerechnet hatte, das ihn aber gleichwohl zutiefst schockierte. Niemand hatte ihn beauftragt, den beiden nachzuspionieren. Unwiderstehliche Neugier hatte ihn getrieben. Die Ungläubigen kopulierten und betrogen, wie er mehr denn je erkannte, ohne die geringste Scham. Und dabei hatte er sogar noch Mitleid mit dieser Engländerin empfunden, als man ihren Mann in die Wüste schickte, wo er sich für ein Verbrechen verantworten sollte, das er aller Wahrscheinlichkeit nach gar nicht begangen hatte. Auch wenn er sich gegenüber dem Personal nie entsprechend geäußert hatte, hielt er Hennigers Verhalten doch für überraschend und aller Ehren wert. Niemand hatte ihn dazu gezwungen. Und kaum war er fort, ging seine Frau in das Chalet eines anderen Mannes. Das war also die vielgepriesene Freiheit der Frauen? Was für eine erbärmliche Befreiung.

Er kauerte sich nieder und spitzte die Ohren. Seine Fassungslosigkeit verzerrte seine Wahrnehmung so, dass er nur den erotischen Kampf der Ungläubigen hörte. Dann, als er genug hatte, lehnte er sich an die Mauer und versuchte sich zu sammeln. Er hörte, wie die Frau ins Badezimmer tapste. Ein Sprichwort besagte: Eine Frau ohne Diskretion ist wie ein goldener Ring in einem Schweinerüssel. Das Licht ging an und gleich darauf wieder aus. Schließlich eilte er davon, angewidert von sich selbst, weil er weiter in den Diensten Dallys und Richards bleiben würde, deren Freunde so nichtswürdig waren. Er blieb, weil er das Geld brauchte und die Krankenhausrechnungen seines Vaters stiegen. Er saß in der Falle notwendiger Ehrlosigkeit.

Er kehrte zum Tor zurück, wo Papierlaternen an langen Bambusstangen hingen. Die Party hatte heute Nacht eine merkwürdige Stimmung angenommen, die in nicht geringem Maße den Unmengen von Kokain geschuldet war, die man am Abend unter die Leute gebracht hatte. Die Droge erfüllte ihn mit einem leichten Grausen, denn sie war ihm unvertraut, fremd, und sie wirkte anders als Marihuana. Er verstand nicht, warum Menschen sie überhaupt konsumierten. Sie schienen keine Freude daran zu haben, und im Gegensatz zu Joints verbesserte sie auch nicht ihr psychisches Befinden. Im Gegenteil. Die

Droge machte sie überheblich, streitlustig und noch ungehobelter, als sie ohnehin schon waren.

Als er an der Mauer am Straßenrand ankam, wo er allabendlich seine Pfeife rauchte und sich von den Ärgernissen des Tages erholte, fühlte er sich plötzlich unendlich müde. Er hatte genug. Genug von der unglaublichen Verschwendung jeden Morgen beim Frühstück und den Unmengen toxischen Alkohols, die ständig gelagert, bereitgestellt, verkonsumiert, verschüttet und wieder erbrochen wurden. Genug von verlorenen Schmuckstücken und den großmäuligen Männern aus London und Paris, die in abstoßender Trunkenheit herumtorkelten. Genug auch von den ständigen Klatschgeschichten und abergläubischen Verdächtigungen der halbgebildeten, provinziellen Marokkaner mit ihren hoffnungslos überholten Vorurteilen und kindischen Prahlereien. Offen gestanden hatte er Jo Henniger gemocht. Nun aber ...

Er blickte hinaus auf die weite, dunkle Ebene mit der Oase im Vordergrund. Weit draußen, wo sich Wüste und Himmel begegneten, schimmerte ein blasses Lichtband von strohgoldener Farbe. Der Wind war kühl und flau, und er fragte sich, ob die Nacht tatsächlich so schnell vorbeigegangen war.

Er hatte den halb betrunkenen, halb bekifften Richard mit Hilfe Naufals zu Bett gebracht, und dabei hatte dieser verbitterte junge Mann in das Glas mit sprudelndem Alka-Seltzer seines Arbeitgebers gespuckt – auch das war auf seine Weise schockierend, wenn auch nicht so schockierend wie der Treuebruch Madame Hennigers. Sie hatten Richard in sein Glaoua-Bett gelegt und sich dann auf die Suche nach Dally begeben, den sie schließlich ohnmächtig in einem Blumenbeet fanden, neben einem Franzosen mit weit aufgerissenen Augen. Einfach schrecklich. Aufs Neue empört, zündete Hamid seine lange Tonpfeife an. Die ersten Vögel begannen zu singen. Aus der Wüste wehte ein Geruch nach Eisen, Fäulnis und Salz herüber. Schrecklich, wenn er sich Richard und Dally in diesem Bett vorstellte, eng umschlungen, schnarchend, sabbernd, sich in durchtriebenen Träumen hin und her wälzend. Dann richtete er den Blick nach vorn, in die Zukunft, in der er, davon war er überzeugt, ein weit rühmlicheres

Leben führen würde. Eine Anstellung im Intercontinental Hotel in Casa, und dann, warum nicht, ein Posten auf den Seychellen oder in Dubai, wo er in einem Hotel eine Etage leiten würde, umgeben von anständigen, respektablen Menschen. Davon träumte er jedenfalls. Er zuckte mit den Schultern, setzte sich auf die Mauer und rauchte mit großem Ernst, während die Nacht zu Ende ging. Es war bereits Montagmorgen, und in ein paar Stunden würden die ersten Gäste abreisen. Bei Gott, es wurde wirklich Zeit.

21

David erwachte etwa um dieselbe Zeit. Die Wände waren schwach beleuchtet, denn die Lampe brannte noch, und erstaunt stellte er fest, dass sie nicht weiß, sondern blassrot und mit Wörtern und Ziffern bekritzelt waren. Alles im Zimmer war von Staub überzogen, bis hin zu seinen Fingernägeln. Neben der Matratze stand ein Glasgefäß, darin ein Kugelschreiber und eine kleine Spielzeugfigur, ein Dalek mit Union Jack aus der Fernsehserie *Doctor Who*. Daneben lag ein Stapel nachlässig zusammengelegter Unterwäsche und ein Notizbuch. Die Sachen von Driss. Die wenigen Sachen, die ein junger Mann brauchte. Er war überzeugt, dass sie Salz in seine Wunde streuen wollten, dass sie ihn die Gegenwart des toten Jungen spüren lassen wollten. Das war ihre Art der Folter. Denn sie waren sich sicher, dass er an Geister glaubte.

Er setzte sich auf und hatte schrecklichen Durst, aber nicht nach Wasser, sondern nach einem kräftigen Scotch. Ein Wunder, dass er es überhaupt so lange ohne einen Tropfen ausgehalten hatte. Es war noch dunkel, aber er musste wohl geschlafen haben, weil er sich etwas erholt fühlte. Er schob den Türriegel zurück, schlüpfte geräuschlos auf den Flur hinaus und schlich zur Hintertür neben der Küche, vor der ein Hund mit Maulkorb schlief.

Der Hund öffnete die Augen, reagierte aber nicht, als David über ihn hinwegstieg und in das kalte Mondlicht trat, das den kleinen Gemüsegarten erhellte. Der Wind war abgeflaut, und so standen die diversen Pflanzen aufrecht da wie in einer Art sanften Rebellion, und die halbverdorrten Palmen regten sich unruhig, als würden sie von der Schwerkraft aufgewirbelt. Er kam sich vor wie ein Schuljunge, der jemandem einen Streich spielen wollte, als er um den Garten herumging und auf den steinigen Platz vor dem Haus gelangte. Der Mond stand jetzt tief und leuchtete so schwach, dass die Umrisse der Felswand kaum zu erkennen waren und die zahlreichen Höhleneingänge und Leitern wie zu einer großen Narbe verschmolzen. Das milderte den Schrecken, der von dieser senkrechten Wand ausging, in der sich

Kinder abschufteten. Man hätte fast vergessen können, dass nur Kinder klein genug waren, um sich mit ihren Hämmern in die Höhlen zu zwängen. Ihn erschreckte der Gedanke, dass Driss eines dieser Kinder gewesen war und die Jahre der Plackerei auf einem Friedhof hinter den Gärten beschlossen hatte.

Vorsichtig ging er bis zum Rand des Wadis und dann daran entlang bis zu der Stelle, wo es sich mit einem breiteren, ausgetrockneten Flussbett vereinte. Er blickte auf einen wirren Haufen weißer Steine, hinter dem die offene Wüste begann. Matt silberner Staub überglänzte die flache Erde. Ein Teppich aus krispeligem Gestein erstreckte sich vor ihm wie ein versteinertes Meer. Bei Tagesanbruch würden lange, schwefelgelbe Bergrücken mit schwarzen Kämmen sichtbar werden.

»Ich könnte fliehen«, war sein erster Gedanke. »Ich könnte bis zur nächsten Straße laufen, an ihr entlangmarschieren, bis ein Auto kommt, und hoffen, dass man mich mitnimmt.«

Verzweifelt ließ er den Blick über die halb sichtbare Ebene schweifen. Ein Teil von ihm war bereit, diesen Schritt zu wagen. Lauf, drängte ihn eine innere Stimme. Aber Flucht war immer sein erster Reflex gewesen, und bekanntlich wird man irgendwann des Fliehens müde. In diesem Moment sah er ein Flackern vor der Felswand des Bergs. Es war ein Lagerfeuer. Daneben saß ein Mann, den er noch nicht gesehen hatte, ein Fossiliensammler mittleren Alters in einem dunkelbraunen Burnus, der damit beschäftigt war, mit einem Schleifstein Werkzeuge zu wetzen. Das dabei entstehende klirrende Geräusch erzeugte ein metallisches Echo, das mit beruhigender menschlicher Regelmäßigkeit über die freie Fläche hallte. David ging zu ihm.

»*Salaam aleikum*«, stammelte er und hob die Hand.

Der Mann machte sich nicht die Mühe, den Kopf zu heben.

»Weglaufen ist sinnlos«, sagte er auf Tamazight.

David verstand ihn nicht und schwieg.

»Ich habe gesehen, wie du dich umgeschaut hast«, fuhr der Mann fort. »Du hast ausgesehen wie ein verdurstender Mann beim Anblick von Wasser.«

David schüttelte den Kopf. »Tut mir leid, aber ich verstehe nicht.«

»Kapierst du das nicht? Du weißt doch ganz genau, dass ich hier bin, um dich am Weggehen zu hindern. Keine Ahnung, wovon ich rede? Macht nichts, spielt sowieso keine Rolle.« Dann ließ er eine arabische Beleidigung folgen: »*Wlad lekhab.*«

Der Mann legte die Axt weg, die er geschliffen hatte. David schüttelte erneut den Kopf und wandte sich zum Gehen. Der Mann lachte.

»Kommen Sie«, sagte er auf Französisch, »ich werde Ihnen etwas Eigenartiges zeigen. Wussten Sie, dass es hier einen See gibt? Einen See mit Flamingos?«

Er stand auf und winkte David, ihm zu folgen. Plötzlich kam Wind auf und heulte um sie herum, als sie stolpernd die Wadis durchquerten und in die Dunkelheit eintauchten. David drehte sich um, um sich zu vergewissern, dass das Feuer noch da war, dann folgte er dem schlanken Fossiliensammler, der über ein Geröllfeld aus flachen bläulichen Steinen stapfte. Nach ein paar hundert Metern kniete der Mann nieder und deutete auf eine sanft geneigte, in harte Sandschichten eingebettete Felsplatte, die nicht zu erkennen gewesen wäre, hätte sich in diesem Moment hinter dem Issoumour nicht der erste Dämmerschein des Morgens gezeigt. Gewundene Formen, so fein wie Schablonenzeichnungen, bedeckten die Felsplatte, darunter ein großes Meerestier mit schnabelartiger Schnauze und Flossen, die auch Klauen hätten sein können. Ein Ichthyosaurus, eine Fischechse aus dem Devon. Der Mann strich mit den Händen darüber und grinste David verschlagen an.

»Wir nennen sie Flamingos«, erklärte er auf Französisch. »Ich kann ihn für Sie herausmeißeln.«

»Ich möchte nicht, dass Sie ihn herausmeißeln.«

Der Mann zog mit seinem Stock die Umrisse des Fischs nach. Wir befinden uns auf dem Grund eines Meeres, dachte David und fuhr sich mit der Hand über den Hals.

Der Mann fragte mit heiserer Stimme: »Woher kommen Sie? Aus London?«

»Ich kann keinen Fisch kaufen«, erwiderte David in seinem eingerosteten Französisch.

»Wir könnten einen Küchentisch daraus machen. Ihre Frau würde sich bestimmt freuen.«

Der Tanz zwischen ihnen nahm bedrohliche, aber auch rituelle Züge an. Schnalzend ging der Mann um ihn herum, klopfte mit dem Stock auf Schuppen und Schwanzknochen des Monsterfossils, das keinesfalls als Küchentisch taugte, und suchte mit den Augen die Wahrheit hinter der Maske des Ungläubigen. David wiederum spürte, dass sein Widerstand erlahmte und seine Knie nachgaben, und so setzte er sich schließlich freiwillig hin, während der andere ihn stampfend umkreiste. »Das ist ein Schnäppchen, eine einmalige Gelegenheit, und Sie merken es nicht einmal!«, rief der Mann, hielt sich einen Moment die Augen zu und fuhr dann mit der Hand am Rückgrat des Fossils entlang, wie um zu würdigen, wie eindrucksvoll und vollkommen es war – der offenkundige Beweis, dass lange vor dem Menschen Leben auf der Erde existiert hatte.

Im selben Moment tauchte Abdellahs Geländewagen am Wadi auf. Das Dröhnen des Motors durchbrach die Stille und hallte von der Felswand wider. David hob den Kopf und sah, wie sich die Gestalt eines Kindes an einem Knotenseil nach oben hangelte.

»Ah, man sucht Sie!«, krächzte der Mann.

Er stand auf und winkte.

Der Geländewagen näherte sich der Felsplatte mit den versteinerten Meerestieren, und David machte hinter der Windschutzscheibe das wutentbrannte Gesicht Abdellahs und die sanfteren Züge Anouars aus. Der Vater stieg aus, schlug die Tür zu und schritt auf die beiden Männer zu, die wie erstarrt im Scheinwerferlicht stehen geblieben waren. Der Fossiliensammler begrüßte Abdellah ehrerbietig und wechselte ein paar kurze Sätze mit ihm, doch die Aufmerksamkeit des Alten galt ausschließlich David.

»Wie ich sehe, haben Sie einen Spaziergang gemacht. Natürlich haben Sie festgestellt, dass Sie nicht von hier fliehen und sich auch nirgends verstecken können.«

»Ich wollte mich nicht verstecken«, erwiderte David kühl.

Mit einer schnellen, lautlosen Bewegung verschwand der Fossiliensammler.

»Das ist unwichtig«, blaffte der Alte gereizt. Er schien kurz vor einem Gewaltausbruch zu stehen.

»Sie haben doch gesagt, dass ich spazieren gehen dürfte«, protestierte David.

Er wurde sich bewusst, dass er wie jemand klang, der um sein Leben flehte.

»Das stimmt«, räumte der Alte ein. Dann grinste er boshaft. »Wollten Sie sich davonmachen, bevor es hell wird?«

Abdellah brüllte nach hinten zu Anouar die Anweisung, die Scheinwerfer auszuschalten. Die Dunkelheit kehrte wieder, und plötzlich standen sie allein im Wind, trotzten dem Sand, den er ihnen ins Gesicht blies, und in diesem Augenblick weitete sich der strohgoldene Riss im Nachthimmel zu einem klaffenden Spalt aus schmutzigem Sonnenlicht.

Abdellah griff in seinen langen, abgetragenen Mantel und zückte das Messer, mit dem er am Abend zuvor die Äpfel geschält hatte. Die furchterregende Klinge erschien zwischen ihnen, und sie glänzte heller als ihre Haut. David wich einen Schritt zurück und registrierte aus dem Augenwinkel die wellige Landschaft ringsum, die Weite, in die er fliehen könnte. Abdellah kam nicht näher, sondern verharrte auf der Stelle. Er war sich unschlüssig, was er tun sollte, denn der Schmerz beherrschte sein Denken und lähmte seinen Willen. Er machte einen Ruck nach vorn, hielt dann aber inne und umklammerte dabei das Messer so fest, dass seine Hand zu zittern begann. Schließlich zeigte er, einen schrecklichen Gedanken verwerfend, mit dem Messer in Richtung der Stadt Alnif.

»Anouar wird Sie zurückfahren. Ihre Taschen haben wir bereits im Wagen verstaut.«

Anouar kam zu ihnen geeilt, das Gesicht erfüllt von Angst und Abscheu und einem vagen Mitgefühl, das sich nicht offen zeigen durfte.

»David«, rief er, »keine Angst. Sie können jetzt in den Wagen steigen.«

Das würde ich dir auch raten, dachte Abdellah und ließ das Messer sinken. Er trat ebenfalls ein Stück zurück, und eine innere Kraft entwich aus seinem Körper in die Luft, wo sie verschwand. Auch für ihn wurde es Zeit.

Er drehte sich um und kehrte zum Geländewagen zurück, ohne jedoch einzusteigen. Stattdessen ging er weiter in Richtung Wadi, während sich der Himmel über ihm grau und golden färbte. Ein Hund aus dem Dorf kam ihm entgegen, um ihn zu begrüßen, und kurz darauf ertönten Hammerschläge aus der Wand oben, ein Zwitschern wie von tausend Vögeln, die sich um einen Kadaver scharen. In Taallalt krähte ein Hahn. Der alte Mann ging weiter, ohne die Kapuze seines Burnusses abzustreifen. Er hielt den Blick auf den Boden gesenkt, um der Gefühle Herr zu werden, die in ihm brodelten, und in einem geheimen Winkel seiner Seele war er froh, dass er ihre dunkelste Seite zu bezähmen vermochte.

Er kehrte ins Haus zurück, stopfte sich eine Pfeife und kochte sich eine Kanne Tee. Das unablässige Hämmern der Kinder, das von der Felswand herüberhallte, versetzte ihn unweigerlich um fünfzehn Jahre zurück und erinnerte ihn daran, wie der kleine Driss, an einem langen Seil festgebunden, so hoch oben von einem Felsvorsprung baumelte, dass sie ein wenig Angst um ihn hatten. Ruhig an seiner Pfeife ziehend, überließ er sich dem Strudel von Erinnerungen, bruchstückhaften Bildern von seinem einzigen Sohn, an die er sich nun mit zäher Beharrlichkeit klammern musste.

Nachdem er die Pfeife geraucht und ein hartgekochtes Ei gegessen hatte, ging er in das Zimmer des Jungen und verweilte zwischen seinen Sachen. Er meinte den Geruch des Lebewesens, das darin gewohnt hatte, noch zu erahnen, und musste daran denken, wie sich Driss nach seiner Rückkehr aus Frankreich mit seinen unmoralischen Geheimnissen hier eingeschlossen hatte, ohne der Familie jemals zu erzählen, wo er gewesen war und was er getan hatte. Er hatte einfach hier gelegen, seinen Joint geraucht und nur nachts das Zimmer verlassen. Er war nach Hmor zurückgekehrt, um sich wieder Arbeit im Steinbruch zu suchen, genauer gesagt, um sich auf seine alte Stelle zu bewerben, aber niemand wusste, ob mit Erfolg. Der Aufenthalt in Frankreich hatte ihn sehr verändert – und sehr zu seinem Nachteil, wie Abdellah den Frauen anvertraut hatte. Er war verletzend, hochmütig, verstockt. Schwierig war er immer schon gewesen, doch nun zeigte er sich auch noch unzugänglich, behielt seine mageren Einkünfte für sich und weigerte sich zu sagen, wie viel er in Europa verdient hatte. Dabei hatte er sich bei seiner Abreise so in die Brust geworfen und zuversichtlich gegeben. Wenn ich wiederkomme, schien er sagen zu wollen, werde ich besser sein als ihr alle. Reicher, gescheiter, einfallsreicher. So hatte ihn Abdellah ohne ein Wort gehen lassen, und nach seiner Rückkehr hatte der Junge kein Wort mehr gesprochen. Abdellah fand das sonderbar und schade, denn wie ein verbitterter Einsiedler zu leben war seines Sohnes nicht würdig.

Nach einer Weile verließ er das Zimmer wieder und kehrte in den Hauptraum zurück, wo er sich eine Weile hinlegte und dem Wind lauschte. Driss. Er lag jetzt nebenan auf dem sterbenden Friedhof, und seine Seele befand sich irgendwo in der Nähe mit all ihren Erinnerungen. Driss, der Junge mit den langen, schlanken Fingern und der Narbe an der linken Hand. Driss, der Junge mit dem ruhelosen Blick und der schlechten Angewohnheit, sich Geldscheine in die Socken zu stecken. Als er noch klein war, hatten seine Augen einen grünlichen Schimmer gehabt, der sich mit der Zeit verlor. Wer hatte ihn jemals wirklich gekannt? Er hatte stundenlang allein in seinem Zimmer mit Ohrstöpseln diese Raï-Musik gehört, und wenn er in Erfoud oder Rissani war, kam ihnen hinterher zu Ohren, dass er der Familie Schande gemacht hatte. Anscheinend hatte er mit Drogen gehandelt und Trilobiten auf dem Schwarzmarkt verkauft. Doch das taten mehr oder weniger alle Jungs. Er war nicht schlimmer als die anderen, er war nur weniger diskret. Er konnte einfach seinen Mund nicht halten.

In der folgenden Nacht bereute Abdellah, dass er den Engländer nicht getötet hatte. Nicht dass er von dessen Schuld überzeugt gewesen wäre. Ganz unabhängig davon, was der Ungläubige getan hatte oder nicht, konnte er ihm den Tod seines Sohnes nicht verzeihen. Er bedauerte diesen Moment der Schwäche am Morgen, als er vor den Augen des Ungläubigen das Messer in der Hand gehalten hatte. Alle Macht lag in meinen Händen, dachte er, und ich habe keinen Gebrauch von ihr gemacht. So waren Leben und Tod seines Sohnes umsonst gewesen, denn niemand hatte dafür bezahlt. Nach Mitternacht ging er zum Grab, setzte sich hin und sann über seine Schwäche nach, die ihm zuvor als Stärke erschienen war. Wofür er sich in Wirklichkeit hätte rächen wollen, war die Tatsache, dass er seinen Sohn eigentlich nie wirklich gekannt hatte. Und ein Missgeschick auf der Straße, die Fehleinschätzung eines Winkels oder einer Entfernung hatten dazu geführt, dass Driss auf ewig ein Unbekannter für ihn bleiben würde. *Basmala.* Unten in seinem Grab erinnerte sich sein Sohn an seine Vergangenheit, aber dort konnte keiner zu ihm, und so würden seine Rätsel verblassen und noch komplizierter werden, denn das Leben ist nur ein Spaß und ein Zeitvertreib, wie uns der Koran in Erinnerung ruft, und weil es nur ein Spiel ist und nichts weiter, vergisst man, dass der Sinn des Lebens der Tod ist.

DENEN MAN VERGIBT

22

Als Jo in Days Armen erwachte, glaubte sie im ersten Moment zu ersticken, atmete dann tief durch und bezwang ihre Panik. Wo war sie? Das Fenster stand offen, die Klimaanlage schwieg. Im Zimmer war es backofenheiß, und ein Kribbeln lief über ihre schweißnasse Haut. Dann das Gefühl zu ertrinken und schließlich die Erkenntnis, dass die Nacht bald dem Tag weichen würde. Sie schälte sich aus den fremden Männerarmen und ging ins Badezimmer, um sich das Gesicht zu waschen. Der Spiegel war mit Fingerabdrücken übersät.

In all den Jahren war sie David nie untreu gewesen und hatte eigentlich auch nie mit dem Gedanken daran gespielt. Seit zwei Jahren hatten sie sogar getrennte Schlafzimmer, und doch war ihr nie in den Sinn gekommen, sich in das Meer des Ehebruchs zu stürzen, in dem sie unweigerlich ertrinken würde. Sieh dich doch im Spiegel an: ausgezehrt, erschöpft, verschwitzt. Kann man sich von einem solchen Fehltritt jemals sofort erholen? Das Geheimnis, das man hinterher mit sich herumtragen musste, belastete die Zukunft und machte sie weniger lebenswert. Auch wenn sie sich gar nicht daran erinnerte, wie sie mit Day Liebe gemacht hatte (welch unpassender Ausdruck!), würde das Abenteuer als eine Bürde in ihr fortleben, die sie nicht mehr loswerden konnte, als eine Halb-Erinnerung, die in ihr Gedächtnis eingebrannt war. Sie wusste nicht einmal, ob sie es genossen hatte.

Das Rauschen der Wasserhähne weckte ihn nicht. Leise kehrte sie zum Bett zurück und blickte mit kühler Verwunderung auf den Amerikaner hinab. Hatte sie tatsächlich mit diesem wohldimensionierten, schnarchenden Tier geschlafen? Was hatte sie dazu gebracht? Eine Abfolge verrückter Momente, eine Flasche vergorener Traubensaft, ein cleverer Mann und eine unterschwellige, zunehmende Wut auf ihren Mann, der nicht da war und in vielerlei Hinsicht nie da gewesen war. Das war eine dürftige Entschuldigung für Ehebruch, und dennoch musste sie nicht lange überredet werden.

Ihr erster Gedanke war Flucht. Die Tür stand weit offen, und überall lagen Kleidungsstücke verstreut herum, darunter ihre Sandalen und Haarspangen. Aus der samtigen Nacht drangen die verlockenden Geräusche einer ausgelassenen Party und von Menschen zu ihr, die auf Zehenspitzen umhergingen. Das war genau die Atmosphäre, in die sie hatte eintauchen wollen, als sie vor zwei Tagen schmollend in London aufgebrochen waren, in jenen Tagen der Unschuld: in die Atmosphäre einer Party mit elegantem Touch, die nächtelang dauerte und reich war an geheimnisvollen menschlichen Begegnungen. Sie trat hinaus, sog tief die würzige Luft ein und lehnte sich an den Türpfosten. Der Morgen war noch fern, und das fand sie merkwürdig, hatte sie es doch vermeintlich dämmern gesehen, bevor sie eingeschlafen war.

Welch ein Unterschied zwischen der unermesslichen Weite der Nacht und der Enge des dunklen, nach Sex muffelnden Zimmers. Erstere frisch, unschuldig und so vollkommen wie ein Mädchen, das sich gerade die Haare gewaschen hat, Letzteres bereits schal und erdrückend. Zikaden zirpten in den Lehmmauern, Wasser gurgelte in den Rinnen, die die Pools speisten. Das war wie ein Versprechen. Dagegen waren in dem Zimmer nur die Überreste eines abgeschlossenen Aktes, der sich nicht wiederholen würde, und der Mann, der seinen Rausch ausschlief. Sie trat ins Freie und ließ das alles hinter sich.

Als sie den Weg hinabging, der mit versteinerten Muscheln verziert war – die, wie ihr jetzt zum ersten Mal auffiel, zu Bildern zusammengefügt waren und Fische, Tomaten und bucklige Monde darstellten –, kam ihr ein Aphorismus in den Sinn, wonach sich auf dem Grund eines jeden Herzens, so erkaltet und abgestorben es auch sein mochte, zwei oder drei Tropfen Liebe fänden, die genügten, um Vögel zu füttern. Es war ein Amerikaner, der das vor langer Zeit geschrieben hatte, aber sie erinnerte sich nicht mehr, wer. Sie entfernte sich rasch von dem Chalet, in dem Day schlief, und mischte sich wieder unter die Gäste. Verwundert stellte sie fest, wie wenige sie kannte. War im

Laufe des Abends ein neuer Schwung eingetroffen? Sie waren noch jünger, noch lauter und schenkten ihr keinerlei Beachtung, als sie sich mit der Bequemlichkeit ihrer vierzig Jahre zwischen ihnen hindurchschlängelte. Auf einem der künstlichen Rasen tanzten die jungen Leute zu einer CD von MC Raï, einem von Raï-Musik beeinflussten Rapper, während sich auf drei Seiten Feuerräder drehten, die von den Bediensteten immer sofort zügig durch neue ersetzt wurden, sobald sie abgebrannt waren. Da und dort hatte man neben Bäumen, die von unten angestrahlt wurden, Theken aufgebaut, auf denen große, mit Eiswürfeln und Fruchtstücken gefüllte Glaskrüge glänzten. Neben gekühlten Schüsseln mit gesüßtem Joghurt und Silbergestellen mit gekochten Eiern rührten Diener mit langen Löffeln Cocktails in hohen Gläsern und zerschnitten Büschel frischer Minze. Mojitos, Caipirinhas, Gin Tonics und »Moroccojitos« fanden regen Absatz. Die jungen Männer tanzten in geliehenen Babouches, berauscht von Majoun und schweißnass von Kopf bis Fuß.

Sie ging an den wirbelnden Feuerrädern vorbei, die bei den Angestellten eine solche Heiterkeit auslösten, dass sie sich gegenseitig mit den Ellbogen anstießen, und weiter zu dem Swimmingpool im Steinhof. Mindestens fünfzig Leute schwammen oder standen, die Arme über die Köpfe erhoben, im Pool. In dem länglichen Zelt am anderen Ende des Hofs, das mit Kissen und Wasserpfeifen ausgestattet war, lagen dicht gedrängt Männer und Frauen auf der Seite und rauchten, ohne sich darum zu kümmern, wie spät oder auch wie früh es war. Sie fragte sich, was sie tun sollte angesichts der ohrenbetäubenden Musik, vor der es kein Entrinnen gab. Ohne zu überlegen sprang sie mitsamt den Kleidern in den Pool und tauchte unter, die Arme weit ausgestreckt.

Während sie so in einem Wald aus dunklen Armen und Beinen schwebte und ihr Haar sich im Wasser wie schwerelos auffächerte, fühlte sie sich plötzlich wieder wie ein Kind. Sie ließ eine große Luftblase entweichen und hielt dann, von Glück überwältigt, die restliche Luft an.

Sie sah, wie sie zusammen mit ihrem Vater in der Nähe von Piddinghoe am Ufer der Ouse entlanglief und mit einem Netz Nachtfalter fing, in der Tasche einen Nierenfettkuchen, den ihre Mutter eingepackt hatte. Ob sie nun tatsächlich Nachtfalter oder Flussmuscheln gesammelt hatte, wusste sie nicht mehr. Ihr toter Vater war wieder am Leben, drehte sich um und suchte ihren Blick. Sie erkannten einander, und er sagte: »Du hast einen kleinen Bach in dir, der immer lebt, der immer fließt, mein Spatz.« Die Toten sind immer in uns, dachte sie. Sie machen uns lebendig, obwohl wir sie nur unter Wasser sehen.

Dann tauchte sie wieder auf, etwas aufgelöst und erfrischt, und fand sich zwischen wippenden Köpfen wieder, die sich zum Rhythmus von *Raivolution* bewegten. Sie stemmte sich aus dem Wasser, ging ins Zelt und legte sich hin. Ein Boy bot ihr Eiscreme und dann einen Joint an. Sie nahm beides ohne Zögern. Unterdessen zeigte sich über den Mauern der erste Dämmerschein und überzog die zackigen Umrisse des Berges mit einem roten Schimmer. Sie rauchte gedankenverloren und wartete darauf, dass etwas geschah, und als nichts geschah, überkam sie wieder das Gefühl, in Stücke zu brechen, und sie fragte sich, ob sie langsam den Verstand verlor oder ob derselbe Berg jetzt tatsächlich höher und schroffer war als zuvor. Die spitzen Zacken erinnerten an die Türmchen einer Kathedrale. Sie dachte an ihre ersten Stunden in diesem Land zurück, am letzten Freitag, und sie staunte, dass sie sich jetzt so sehen konnte, wie sie zu dem Zeitpunkt war, naiv und unerfahren. Innerhalb von zwei Tagen war sie von Grund auf zerstört, gleichzeitig aber befreit und wieder aufgebaut worden. Wäre David bei ihr geblieben, wäre nichts geschehen. Hätten sie diesen Jungen nicht totgefahren, wäre auch nichts geschehen. Nichts wäre geschehen, und sie wäre dieselbe geblieben, hätte sich weiter durch die Zeit geschleppt, der ihr vorbestimmten Unzufriedenheit entgegen. Driss war es, so folgerte sie, der sie schließlich befreit hatte. Und es wäre verkehrt, wollte man darin eine Ironie des Schicksals oder ein Paradoxon sehen. Solche Begriffe ließen sich auf eine so tiefgreifende Veränderung nicht anwenden. Wäre Driss nicht gewesen, so dachte sie bitter, hätte sie nicht mit Day geschlafen. Das war die unerbittliche Logik, der sie sich gebeugt hatte. Driss, Day, David, ihre drei Ds.

Nachdem Richard sie beim Gang durchs Partygetümmel von Weitem entdeckt hatte, kam er zu ihr, um ihr an seinem großen Wochenende erneut Gesellschaft zu leisten. Er wirkte entspannt und versprühte einen unglaublichen Charme, wie es schwule Männer manchmal tun, wenn sie ihr blendendes Aussehen rückhaltlos auf das weibliche Auge wirken lassen. Und er wusste, wie er ihr die Befangenheit nehmen und sie dazu bringen konnte, seine Neugier zu befriedigen, ohne zudringlich zu werden.

»Da bist du ja endlich«, sagte er und setzte sich zu ihr, bevor er hinzufügte: »In einer Stunde dämmert der Morgen, das wird dir gefallen. Das wird ein besonderer Tag.«

Sie sieht nicht deprimiert aus, dachte er.

»Ich bin schon ganz gespannt«, erwiderte sie.

»Ich auch. Und bis zum Essen wird auch unser David zurück sein.«

»Davon gehe ich aus.«

»Vermutlich«, sagte er und schlug die Augen nieder, »bereust du, dass du hergekommen bist. Aber vielleicht überlegst du dir ja, ein andermal wiederzukommen, wenn das alles überstanden ist.«

»Ja, ich werde es mir überlegen. Bei David habe ich meine Zweifel.«

»Du könntest allein kommen.«

Sie nickte. »Ja.«

Von nun an wäre allein tatsächlich besser. Das Alleinsein schien ihr mit einem Mal eine Zukunft der unbegrenzten Möglichkeiten zu eröffnen.

»Das wäre bestimmt besser«, fuhr er fort. »Wenn ich das sagen darf – ich weiß, es ist unverschämt –, aber du machst keinen sehr glücklichen Eindruck. Ich meine, im Allgemeinen. Du hast so gewirkt, als wärst du nicht du selbst.«

»Ich mache gerade eine schwierige Zeit durch. Woran ich auch selbst schuld bin. Ich habe lange nicht mehr gearbeitet. Zu Hause ist es nicht besonders gut gelaufen – ich kann mich nicht konzentrieren. Ich komme nicht in die Gänge. Weißt du, wie das manchmal ist?«

Er nahm ihre Hand und sagte: »Ach, Jo, was sind wir nur für komische Vögel, wir zwei.«

»Dann hast du auch solche Phasen?«

Er antwortete, dass es manchmal besser sei, einfach eine Zeitlang deprimiert zu bleiben. Dally habe ihm von einer neueren Studie über Krabben erzählt, die man der Wirkung von Prozac ausgesetzt habe. Diese Tiere, so habe man festgestellt, seien in hellere Gewässer geschwommen als normale Krabben und dort zur leichten Beute von Fressfeinden geworden.

»Und ich bin eine von diesen Krabben?«, lachte sie.

»Wie wir alle.«

»Im Moment komme ich mir wirklich wie eine vor, muss ich zugeben.«

»Du warst verschwunden – wo warst du?«

»Ich bin von einem Piraten gekapert worden.«

»Verstehe.«

Er bedachte sie mit einem vielsagenden, aber zurückhaltenden Blick.

»So was soll vorkommen.«

»Aber nicht bei mir.«

Sie war damit herausgeplatzt und bereute es sofort. Zu spät. Er nahm eine Praline von dem dreibeinigen Tisch vor ihnen, gab sie ihr und sah zu, wie sie gewissenhaft die Verpackung abschälte.

»Das kann jedem passieren. Da ist einiges zusammengekommen.«

»Allerdings, Dicky.«

»Irgendwie bin ich auch froh darüber. Nicht, was den Jungen angeht natürlich, aber deinetwegen. Es hat David von seinem hohen Ross heruntergeholt. Das ist doch gut, oder?«

Sie biss in die Praline und spürte, wie sie auf der Zunge zerschmolz. Manchmal kann ein einfacher Champagnertrüffel alle Türen in deinem Inneren öffnen, und du kannst dir dankbar die Finger lecken.

»Im Grunde genommen«, sagte sie, »spielt es keine Rolle, wie David sich verhalten hat. Ich habe überhaupt nicht an ihn gedacht, sondern ausnahmsweise mal nur an mich. Ich werde nie mehr dieselbe sein – auf hundert verschiedene kleine, radikale Arten. Wenn das kein Schicksal ist! Ich bin vorhin in den Pool gesprungen, Dicky, und ich habe mich so lebendig gefühlt wie noch nie. Ich weiß gar nicht, warum. Ich hatte das Gefühl, ich wäre wie Alice durch den Spiegel gegangen.«

»Vielleicht bist du das ja.«

»Schon komisch, aber genauso kommt es mir auch vor.«

»Was ist denn auf der anderen Seite?«

Alpträume, dachte sie, bevor sie leise antwortete:

»Das weiß ich noch nicht. Alle möglichen merkwürdigen Dinge. Auf jeden Fall eine andere Zukunft.«

»Du hast doch auch bisher nicht gewusst, wie deine Zukunft aussehen wird, oder?«

Das stimmte, und doch auch wieder nicht.

»Ich konnte sie ahnen«, wagte sie zu sagen. »Und sie hat mir nicht sehr gefallen. Jedenfalls bin ich froh, dass sie sich in Rauch aufgelöst hat.«

»Na also.«

Er schenkte ihr ein strahlendes Lächeln und drückte ihre Hand mit einer tiefen Sympathie, die ihr stillschweigend versicherte, dass er sie nie verurteilen würde. Ihre Augen füllten sich mit Tränen, doch sie hielt sie zurück. Sie zügelte die Gefühle, die sie zu überwältigen drohten, mit ihrem eisernen Willen. Jetzt war nicht die Zeit zu weinen. Sie hatte nichts verloren außer ihren Illusionen.

»Die einzige Zukunft, die es wert ist, dass man sich ihr hingibt«, sagte Richard, wobei er die merkwürdige letzte Formulierung betonte, »ist die, die wir uns nicht vorstellen können. Die wir nur teilweise erleben werden.«

»Ich wäre dankbar für alles, was nicht wie die Vergangenheit ist. Mir wäre alles recht. Das kannst du mir glauben.«

»Willst du dich scheiden lassen?«

»Das wäre noch zu früh. Aber es muss wohl sein, oder?«

»Das kann ich nicht sagen, Süße. Scheidungen sind nicht mein Fachgebiet. Aber normalerweise empfiehlt es sich, ein wenig damit zu warten.«

»Ja, aber an diesem Wochenende habe ich gemerkt, dass ich dazu fähig bin und dass es sein muss.«

»Ich verstehe.«

»Irgendwann in diesen zwei Tagen ist alles zerbrochen. Ich weiß nicht, wann genau, aber es ist zerbrochen, und ich habe es deutlich gemerkt. Und dabei dachte ich, okay, jetzt weiß ich es mit Gewissheit.«

»War es, als David zusammengebrochen ist?«

»Er ist nicht zusammengebrochen. Das war sein wahres Ich, das sich endlich zeigen durfte. Ich glaube, er war froh, dass er mal zur Abwechslung die Maske fallen lassen konnte. Er hat einen Vorwand gefunden, um er selbst zu sein, und die Gelegenheit beim Schopf gepackt. Insgeheim hat er sich wahnsinnig gefreut.«

»Das macht es noch schlimmer.«

»Ja, das macht es noch schlimmer. Der Mann, den ich geliebt habe, hat sich als ordinärer Fremder entpuppt.«

»Aber versetz dich mal in seine Lage«, erwiderte Richard in dem Versuch, David zur Abwechslung mal in einem positiven Licht darzustellen. »Das kann nicht leicht für ihn gewesen sein.«

»Es ist nicht seine Schuld«, fuhr sie auf. »Wie gesagt, ich spreche von mir. Ich bin es, die den Zusammenbruch hatte.«

Das hat sich schon seit Jahren abgezeichnet, dachte er.

»Du musst dich beruhigen, finde ich. Wenn ich es richtig verstanden habe, hast du die Nacht durchgemacht und bist jetzt müde. Vielleicht solltest du schlafen, bevor David zurückkommt.«

»Das ist das Letzte, was ich möchte. Ich kann jetzt nicht schlafen. Ich habe mich nie wacher gefühlt. Ich bin so wach, dass ich eine Gefahr darstelle.«

»Na gut. Dann lass uns tanzen.«

»Einen Moment noch. Bevor ich aufstehe … ich weiß, das klingt albern … aber würdest du meinen Puls fühlen?«

»Was?«

»Bitte, fühl meinen Puls. Ich bin mir sicher, dass er vorhin unregelmäßig war. Kannst du mir sagen, wie er jetzt ist?«

Er mokierte sich über sie, tat es aber trotzdem, und ihr Puls war tatsächlich etwas unregelmäßig. Er versicherte ihr, dass das völlig normal sei.

»Wir sind beide Trinker«, sagte sie verdrossen. »Das ist das Problem. Natürlich trinke ich nicht so viel wie David, aber ein Problem haben wir beide damit. Es lag auch am Alkohol, dass er so schlecht gefahren ist. Das sage ich dir nur, weil ich weiß, dass du das niemals der Polizei erzählen würdest und dass du mir sagen wirst, dass das jetzt auch nichts mehr ändert, und da bin ich deiner Meinung. Aber ich muss mir das von der Seele reden. Es war hundertprozentig unsere Schuld. Der junge Mann hat absolut nichts Falsches getan. Er ist nur auf die Straße getreten, damit wir langsamer fahren, und David – David hat panische Angst vor diesen Leuten – war so betrunken, dass ...«

»Wie du sagst, das spielt jetzt keine Rolle mehr. Ich wusste es sowieso von Anfang an. Es war ziemlich offensichtlich.«

»Sind wir als Paar so leicht zu durchschauen?«

»Sind das letztlich nicht alle Paare? Nimm Dally und mich: Niemand würde bestreiten, dass wir leicht zu durchschauen sind. In gewisser Weise sollte sich sogar jeder darum bemühen. Daran sieht man, ob eine Partnerschaft funktioniert.«

»Da bin ich anderer Meinung. Aber ich weiß, was du meinst.«

Sie wirkte für einen Moment sehr geknickt.

»Mir war es immer wichtig«, fuhr sie fort, »dass wir nicht leicht zu durchschauen sind, nicht einmal für einander. Wie bescheuert!«

»Aber jeder wünscht sich das.«

»Und dann werden wir alt und hutzelig.«

»Ja, mehr oder weniger.« Er kicherte. »Mit fünfzig, hab ich festgestellt, vegetiert jeder so ziemlich im selben Zustand anhaltender Verzweiflung.«

Es ist keine Verzweiflung, hätte sie am liebsten zornig erwidert.

»Das Komische an heute Abend ist«, sagte sie stattdessen, »dass ich mich zum ersten Mal seit Jahren wieder jung fühle. Ich weiß nicht, woran das liegt. Ich habe meinen lächerlichen Mann betrogen, was typisch für Frauen ist. Beim Aufwachen habe ich mich wie eine Göttin gefühlt. Ich bin schwimmen gegangen, und unter Wasser hatte ich eine Erleuchtung. Nein, Erleuchtung ist zu hoch gegriffen. Ich hatte einen *Flash*.«

»Was meinst du damit, junge Frau?«

Sie zuckte mit den Schultern, denn sie fand, dass das keiner Erklärung bedurfte. Das Wort selbst war so mächtig, so zwingend, dass es nicht definiert zu werden brauchte.

»Ich habe mich wieder lebendig gefühlt«, sagte sie offen. »Wie zurück aus der Eiszeit. Ich hatte das Gefühl, dass die Vergangenheit zurückkommt und mich wieder mit Leben erfüllt.«

Dann gibt es kein Zurück, hätte er ihr gerne gesagt, doch er fürchtete, der Gedanke könnte sie dazu verleiten, spontan danach zu handeln.

»Dann genieße das Gefühl«, sagte er freundlich. »Es wird nicht ewig anhalten. Wenn es nur eine Nacht dauert, koste diese Nacht voll aus und hoffe das Beste.«

»Ja, ich fühle mich auch nicht mehr schuldig. Ich habe nicht mehr das Gefühl, dass mir jemand vergeben muss.«

»Das sage ich doch schon die ganze Zeit.«

»Ich weiß, aber es ist verdammt schwer. Zu glauben, dass einem niemand vergeben muss.«

Er wusste nicht genau, was sie meinte, beließ es aber dabei. Schon bald waren ihre Gedanken ohnehin in unterschiedliche Richtungen gewandert, und in einer letzten Geste der Verbundenheit ergriff sie seine Hand und küsste sie. Sieh mal einer an, dachte er und fragte sich, wie wohl der Rest dieses schwierigen Tages für sie verlaufen würde: die Rückkehr ihres Mannes von seinem lächerlichen Ausflug in die Wüste, dann die gemeinsame Rückfahrt auf derselben Straße, die sie in eine so missliche Lage gebracht hatte. Viel Freude würde sie nicht haben. Und doch nahm der Tag jetzt einen märchenhaften Anfang, als die Wüstenvögel erwachten, die Sterne kaum merklich verblassten und die scharfe Linie der Berge so plötzlich hervortrat, als werde vor ihren Augen etwas zerrissen. Alles konnte sich noch auf unerwartete Weise in Wohlgefallen auflösen.

»Ich gehe ein bisschen tanzen«, sagte sie. »Solange es noch dunkel ist. Ich möchte nicht, dass es schon hell wird.«

»Ich komme mit.«

»Könnten wir vorher etwas trinken, was den Kopf frei macht? Eine Limonade zum Beispiel?«

»Nichts einfacher als das. Ich kümmere mich darum.«

Sie erklommen langsam die Mauer, um frische Luft zu schnappen, und Hamid brachte ihnen die Limonade, Gläser und Eis. Sie trank alles gierig auf einen Zug aus, und die beiden Männer sahen ihr verwirrt dabei zu. Auf den Hängen unter ihnen standen kleine Ziegen im Dunkeln und spitzten die Ohren, und auch die Kuhreiher regten sich in Erwartung des ersten Lichts, mussten sich aber noch gedulden. Jo lutschte an den Eiswürfeln, befeuchtete damit ihre Hände und fuhr sich dann damit durch die Haare, sodass Wasser von den Spitzen tropfte. Ihre Nerven an Armen und Beinen vibrierten, wiederbelebt von der kühleren Luft, die aus der Ebene heraufwehte, und dem kalten Wasser, das zwischen ihre Brüste rann. Sie fragte sich, ob aus Hamids Gesicht Missbilligung sprach, doch das schien nicht der Fall zu sein. Sie dankte ihm für die Limonade, wobei sie seinen Blick mied, und stieg mit Richard unter der Beobachtung des hochmütigen Dieners wieder nach unten. Auf der Tanzfläche im Haupthof angekommen, ließ sie sich in Richards Arme sinken und tanzte mit ihm. Als es ihr zu heiß wurde, zog sie ihr Shirt aus und tanzte barbusig weiter wie die anderen, bis der Mond hinter der Bergflanke versank und der Himmel sich erhellte. Mittlerweile war es ihr egal, ob es hell wurde oder nicht. Sie wartete nicht mehr auf Davids Rückkehr, und ebenso wenig zwang sie sich dazu, nicht auf sie zu warten. Sie gab sich ganz den eigenen Bewegungen hin, und es dauerte einige Zeit, bis die Musik abgestellt und in Pavillons das Frühstück serviert wurde, ohne dass währenddessen jemand den Eindruck bekam, dass etwas zu Ende ging.

23

»Unter uns gesagt«, vertraute Anouar David auf der Fahrt nach Alnif an, »ich wandere nächstes Jahr nach Frankreich aus. Ich habe einen Cousin, der in Rennes ein Restaurant besitzt. Das wird schwer, aber immer noch besser als Taallalt. Ich habe mit meinem Vater darüber gesprochen, und er kann mich nicht davon abhalten. Das ist eine Frage von Leben oder Tod. Na, jedenfalls fast.«

Es folgte eine lange Pause, und der Issoumour warf seinen bedrohlichen tiefblauen Schatten auf ihren Weg.

»Es tut mir leid wegen Abdellah«, sagte David schließlich in einem mürrischen Ton, als hätte er stundenlang mit sich gerungen, bevor er die Worte über die Lippen brachte. Er versuchte, dabei so ernst wie möglich zu klingen und sich seine Erleichterung nicht anmerken zu lassen. Anouar nickte flüchtig.

»Wir haben gespürt, dass es Ihnen leidtut. Deshalb hat er Sie gehen lassen.«

»Ach?«

»Er ist zu dem Urteil gekommen, dass Sie es ehrlich meinen.«

David erschauderte und sagte nichts mehr, bis sie Alnif erreichten mit seinem asymmetrischen Platz, seinem alten Bab, in dem Vögel nisteten, und seinen schmutzigen Straßen. Sie tranken im Hotel einen Kaffee. Anouar beugte sich zu ihm herüber.

»Abdellah hat mich angewiesen, Sie auf direktem Weg nach Azna zurückzufahren, in einem Rutsch. Und das gedenke ich auch zu tun. Falls Sie aber unterwegs ein paar Fossilien kaufen wollen, könnten wir in Rissani eine einstündige Pause einlegen. Ich kenne da einen guten Mann ...«

David schüttelte müde den Kopf. »Nein, danke. Bringen Sie mich einfach nur zu meiner Frau.«

Einen Augenblick später fügte er hinzu: »Glauben Sie, Abdellah hat es über sich gebracht, mir zu vergeben?«

»Davon bin ich überzeugt. Er muss Ihnen vergeben haben. Sonst würden wir beide nicht hier in Alnif sitzen und Kaffee trinken.«

Aus seiner Stimme sprach grimmige Gewissheit.

»Ich verstehe«, murmelte David.

»Er ist kein rachsüchtiger Mensch«, fuhr Anouar in leicht gekränktem Ton fort. »Er befindet sich jetzt in einer sehr schwierigen Lage. Driss war sein wichtigster Fossiliensammler, ihm hat er sein Auskommen verdankt. Wie soll es jetzt mit ihm weitergehen?«

»Ich habe keine Ahnung«, räumte David ein. Tatsächlich hatte er Abdellahs Unglück noch gar nicht von dieser Seite betrachtet.

Er dachte an den Haufen Bargeld, den er in seine Reisetasche gestopft, dann aber gar nicht gebraucht hatte, weil sich niemand dafür interessiert hatte. Was im Nachhinein übrigens bedauerlich war. Dabei hatte doch jeder gewusst, dass er es dabeihatte.

Sie fuhren an Rissani vorbei. Auf dem Seitenstreifen knabberten wilde Kamele an Grashalmen, die der Wind gegen den schwarzen Schotter gedrückt hatte. Fossilienpräparatoren erschienen aus armseligen Hütten, die dicht an dicht die Straße säumten, und winkten mit gefälschten Psychopygen und Comura, die sie mit Autoreparaturharz veredelt hatten. »Betrügerbande!«, lachte Anouar und drehte die Hand wie eine Schraube in die Luft. »Die Schande der Nation!«

Er trat das Gaspedal durch, und der verbeulte Toyota jammerte wie eine alte Mundharmonika. Sie fuhren durch Erfoud, ohne auch nur für ein Glas Wasser anzuhalten, und in den Außenbezirken von Errachidia bekam das Handy endlich Netz. Er sprach atemlos.

»Ich bin's, David. Du schläfst wahrscheinlich noch. Es ist alles in Ordnung. Ich werde gerade von einem der Männer aus Taallalt zurückgefahren. Wir sind jetzt kurz hinter Errachidia. Ich habe keine Ahnung, wie spät es ist. Wir werden in ein paar Stunden da sein, nehme ich an. Pünktlich zum Brunch. Mein Gott, was für eine Tortur. Ich hoffe, du hast dir keine allzu großen Sorgen gemacht. Na, jedenfalls ist es überstanden. Für die Rückfahrt möchte ich einen Chauffeur. Wenn ich da bin, werde ich ein Wörtchen mit Richard zu reden haben. Er wusste von Anfang an Bescheid, und offen gesagt, es fällt mir schwer, ihm zu verzeihen.«

Doch er war sich gar nicht sicher, ob das stimmte. Für ein heißes Bad und einen Gin Tonic würde er alles und jedem verzeihen. Diese kleinen Freuden hatte er sich wirklich verdient. Richards geschickten Betrug zu verzeihen erschien ihm wie eine Kleinigkeit im Vergleich zu der Absolution, die er im Haus Abdellahs für sich erwirkt hatte. So etwas war schließlich nicht so einfach. Er war sogar überzeugt, dass ihn diese Prüfung in einer Weise stärker gemacht hatte, die andere nicht so ohne Weiteres verstehen würden. Sie hatte ihn auch härter gemacht, aber das war ihm egal. Gleichzeitig überraschte ihn die Bitterkeit seiner Gedanken. Sie waren wie die verstreuten Reste einer verdorbenen Mahlzeit, die er gegessen hatte. Aber er hatte sie immerhin gegessen, sich den Magen damit verdorben und dann wieder davon erholt, und das war mehr, als man von diesen Idioten sagen konnte, die in Richards Ksar die Nacht durchtanzten. Was hatte er eigentlich mit diesen unterbelichteten Kiffern gemeinsam? Auf jeden Fall hatte er dank des Unfalls, an dem er nicht die geringste Schuld trug (was war daran verkehrt, seine Frau vor Individuen zu schützen, die die Straßen unsicher machten?), die Berber so kennengelernt, wie sie wirklich waren, was keiner von den anderen von sich behaupten konnte. In gewissem Sinne hatte er die Seiten gewechselt. Trotz seiner Abgestumpftheit hatte ihn Abdellah beeindruckt. An einem solchen Ort zu leben und zu überleben war eine Leistung für sich, und seine Furcht vor ihrer Habgier hatte sich letztlich als gegenstandslos erwiesen. Sie waren beileibe nicht so hinter dem Geld her, wie die materialistischen Westler ihnen gerne unterstellten. Und das erinnerte ihn wieder an das Geld in seiner Reisetasche. Er konnte unmöglich mit dem Geld zurückkehren, denn Jo und vor allem Richard würden ihn verdächtigen, dass er sich aus Prinzip geweigert hatte, es ihnen zu geben. Aber auch wenn das nicht stimmte, wie konnte er einen solchen Vorwurf entkräften?

Da kam ihm der Gedanke, es Anouar zu geben. Er wusste sehr wenig über ihn, aber wenn er tatsächlich vorhatte, nach Frankreich auszuwandern, weil er keine andere Möglichkeit sah, ein anständiges Auskommen zu finden, konnte er zweitausend Euro sicherlich gut gebrauchen. Zweitausend Euro waren für einen Mann aus der Wüste eine gewaltige Summe. Mit dem Geld konnte er es bis nach Paris schaffen und dort vielleicht sogar noch ein paar Wochen davon leben.

Es wäre kein unbedeutendes Geschenk. Eine seiner Gesten würde zur Abwechslung mal etwas bewirken. Sie würde das Leben eines Menschen verändern.

Sie gelangten in ein staubiges, heruntergekommenes *Bled*, das sich links und rechts der Straße erstreckte, und Anouar ging in einen kleinen Laden, um den Wasserkanister zu füllen. Ein paar Palmen wiegten sich über einem Rechteck von Häusern im Wind. David stieg ebenfalls aus und ging an einem überwucherten Garten entlang, in dem sich ein paar Kinder mit Sandkuchen und kaputten Spielsachen vergnügten. Sie schauten nicht auf. Er hatte die Reisetasche mitgenommen und musste ziemlich lächerlich, ja sogar verdächtig damit aussehen. Trotzdem schenkten sie ihm keine Beachtung, ganz ins Spielen vertieft. Die Sonne stand bereits recht hoch am Himmel und brannte unerbittlich auf die Parzellen mit ihren teilweise weiß gekalkten Dattelpalmen und wackeligen Zäunen herab, sodass er sich mit der Hand die Augen beschirmen musste. Er gelangte dann an eine Reihe von Walnussbäumen, die das Ende der Gärten markierten, und blieb dort, leicht verwundert über diesen strahlenden Morgen, stehen, als Anouar hinter ihm mit einem wunderbaren Geschenk in der Hand auftauchte, einem ofenfrischen Croissant.

»Wo haben Sie das denn her?«, rief David lachend, nahm es ihm aus der Hand, schwang die Tasche in seine Richtung und fügte hinzu: »Hier, das ist für Sie.«

»Für mich?«

»Ja.«

Aufrichtig überrascht nahm Anouar die Tasche.

»Was ist da drin?«

Weiß er es wirklich nicht?, fragte sich David.

»Unwichtig. Ich möchte Sie aber um etwas bitten. Schauen Sie erst rein, wenn Sie auf der Rückfahrt wieder durch das Dorf hier kommen. Können Sie mir das versprechen?«

»Bei Gott, ja.«

»Gut. Und jetzt sprechen wir nicht mehr davon, abgemacht?«

Anouar nickte verlegen, betrachtete die Tasche und machte ein finsteres Gesicht. Irgendwie kam er sich überrumpelt vor.

»Es ist mir eine Freude«, sagte David, »Ihnen diese Tasche zu geben. Es ist eine sehr schöne Tasche. Ich habe sie bei Timberland in London gekauft. Sehr solide.«
»Dann danke ich Ihnen.«
»Keine Ursache. Sie sind ein anständiger Mensch, Anouar.«
»Anständig?«
»Ja, anständig. Das ist das Mindeste, was ich sagen kann.«
»Und Sie, Monsieur David, sind sehr tolerant.«

24

Jo wartete an der Stelle, wo die Straße eine Biegung machte. Sie trug ein rosa Kleid mit Gürtel und einen großen Strohhut, den ihr Richard gegeben hatte. Er war mit Bändern geschmückt, die ihr auf den Rücken herabhingen, und die Krempe war so breit, dass sie ihr ganzes Gesicht beschattete. Außerdem steckten Senfblumen im Hutband. »Etwas zu viel Renoir«, hatte er kommentiert, als er ihn ihr aufsetzte, »aber hier weiß sowieso keiner, wer Renoir war, also hast du nichts zu befürchten.« Es war sein Hut, und deshalb trug sie ihn gern. Richard wusste, was gut für sie war.

Sie saß auf der Mauer und genoss die brütende Hitze. Um die kleinen Eidechsen aufzuscheuchen, trat sie gegen die blassgrünen, kissenartigen Feigenkakteen. Es war vollkommen still. Zedernduft lag in der Luft. Die Berge glänzten paradoxerweise wie Eis, wie schmutzig braunes Eis, das trotzdem glänzt. Als der Wind mit dem Saum ihres Kleides und den Bändern ihres Hutes spielte und den Duft von Zitronenölen und Thymian heranwehte, hatte sie das Gefühl, am ganzen Körper zu zittern. Sie hatte David erst gegen Mittag zurückgerufen und ein hektisches Gespräch mit ihm geführt, bei dem sie zunächst einmal alle banalen Fragen geklärt hatten.

»Ich bin früh zu Bett gegangen«, hatte sie gesagt, »und habe in Dickys alten Ausgaben von *Punch* gelesen. Das hat mich ganz traurig gemacht, denn es hat mich an Großvater erinnert.«

»Halb so wild«, erwiderte er plump. »Wenigstens hast du nicht wachgelegen.«

»Nein«, sagte sie.

Davids Stimme klang verzerrt, wie durch eine Glasscheibe hindurch, und kam ihr etwas unheimlich vor – wie die Stimme eines Mannes, der die ganze Nacht gefastet oder aber getrunken hat. Das war nicht mehr Davids zornige, verletzende Stimme, und sein normalerweise unerschöpflicher Vorrat an Gehässigkeiten schien versiegt. Die Stimme klang verletzt, angenehm vermenschlicht. Das hatte sie erstaunt.

Jetzt hörte sie den Wagen in der Ferne. Doch statt sich mitten auf die Straße zu stellen und dort zu warten, blieb sie sitzen. Hamid hatte ihr ein Tablett mit zwei Gläsern und einer halben Flasche Weißwein in einem Eiskübel gebracht. Sie hoffte, damit Davids Wunden zu lindern. Damit würde er nicht rechnen, und das war gut so.

Der Wagen kam näher, und plötzlich, wie aus dem Nichts, wurde sie nervös. Hatte er den Angehörigen das ganze Geld gegeben? Oder hatten sie ihm womöglich etwas angetan, worüber er am Telefon nicht hatte sprechen wollen? Sie stand auf, reckte den Hals und hielt nach dem Geländewagen Ausschau. Das Motorgeräusch war leiser geworden, und im nächsten Moment begriff sie, dass der Wagen angehalten hatte und der Motor nun im Leerlauf lief. Sie kletterte auf die Mauer, und dann sah sie ihn.

David saß im Geländewagen und sprach mit dem Mann neben ihm. Ganz ruhig und höflich, als hätten sie sich noch etwas mitzuteilen, bevor sie voneinander schieden. Sekunden später bog der Wagen um die Ecke. Er hielt neben Jo an, und im Glauben, dass sie ihn wiedererkannte, was nicht der Fall war, ließ Anouar die Scheibe herunter.

»Taxi?«, scherzte er.

»Fahren Sie bis ganz nach oben?«

Er hob den Daumen.

David kletterte mühsam aus dem Wagen und schlang die Arme um Jo. Anouar wartete geduldig und beäugte besorgt das Tablett mit dem Eiskübel und der Flasche.

»Das gibt's doch nicht«, rief David und blickte seinerseits zu dem Eiskübel, allerdings mit übertriebener Begeisterung, wie sie fand.

»Lass uns ein Glas trinken, bevor wir in diesen Höllenort zurückkehren.«

»Du bist ein Schatz«, seufzte er. »Ich bin am Verdursten. Wir sind seit dem frühen Morgen unterwegs.«

Sie küssten sich wieder in der prallen Sonne. Sie schmiegte das Gesicht an sein schmutziges Hemd, das nach Minze und Ziegenfett roch. Anouar beobachtete sie mit einem verdutzten Lächeln. Dann fragte er leise, ob David bis zum Tor gefahren werden wolle.

»Nein, ist schon in Ordnung, Anouar. Wir gehen den Rest zu Fuß. Wir haben miteinander zu reden.«

»Gut. Dann sollte ich jetzt fahren.«

Er stieg aus, und sie gaben einander herzlich die Hand. Sie hatten einander schätzen gelernt, aber ihre Sympathie hatte den distanzierten, flüchtigen Charakter, der besonderen Umständen geschuldet ist. Sie wünschten einander alles Gute. Anouar bedankte sich für die Timberland-Tasche, aber so, dass es Jo nicht mitbekam. Noch ein paar Worte, ein paar zusammenhanglose Sätze, dann fuhr er davon. Die Staubwolke, die der Wagen aufwirbelte, schwebte noch einige Augenblicke über der Straße. Jo und David tranken den Wein und amüsierten sich über die Wespen, die um sie herumschwirrten, dann stellten sie die Gläser auf die Mauer und gingen in der wohlriechenden Hitze langsam zum Haus.

»Was haben sie denn von dir gewollt?«

»Der Vater wollte mit mir reden, das war alles. Ich habe nicht alles verstanden, aber das habe ich verstanden.«

»Haben Sie Geld von dir verlangt?«

»Keinen Cent.«

»Wo sind dann die zweitausend Euro?«

»Ich habe sie ihnen trotzdem gegeben.«

»Was?«

»Ja. Erstaunt dich das?«

»Ich weiß nicht. Ja, ich bin wohl etwas überrascht.«

»Also, ich habe sie ihnen jedenfalls gegeben. Aber nicht, weil man mich dazu gezwungen hat.«

Sie senkte den Kopf. Sie wusste nicht, was sie sagen sollte. Ob sie noch nach Day roch? Sie sah ihn durchdringend an. Der Unterton in ihrer Stimme sprach Bände. Sie hatte alles verstanden, was er getan hatte. Auch er spürte, dass sie in seiner Abwesenheit in gewisser Weise auf einem anderen Planeten gewesen war. Und obwohl sie nie darüber würden sprechen können, würden sie es ebenso wenig jemals vergessen können. Das Geschehene hatte ihre Beziehung für immer verändert, und sie wussten es beide. »Ist schon gut, Dummerchen«, flüsterte sie, den Kopf an seiner Brust. »Wir können jetzt nach Hause fahren. Es ist vorbei.«

»Ja, nach Hause«, wiederholte er.

Die Frühnachmittagssonne brannte auf ihre Gesichter, und ihre Worte versiegten. Aus dem einladenden Schatten am Tor kamen Diener mit kühlen, feuchten Handtüchern, und gleich darauf tauchten sie wieder in die Partystimmung von Azna ein. Musik und Trubel, bellende westliche Stimmen und geschäftiges Treiben um Autos und Geländewagen, die für Gäste beladen wurden, die zum Flughafen mussten. Das Ende eines Wochenendes kann sehr erleichternd sein.

Richard unternahm in der Umgebung von Tafnet gerade einen Ausritt mit Lord Swann, als die Hennigers wieder zusammenfanden. Schließlich hatte ihm Davids Ausflug keine allzu großen Sorgen bereitet, denn er vermutete, dass die verarmten Fossiliensammler der Ergs die marokkanische Polizei genug fürchteten, um von fremdenfeindlichen Übergriffen abzusehen. Außerdem war das Wetter milder geworden und hatte seine alte Liebe zum Reiten wiedererweckt. Seine Stute hieß Britney, und er liebte es, ihr den langen, seidigen Hals zu tätscheln, der so braun war wie junge Kastanien, und ihr dabei diesen Namen ins Ohr zu flüstern, um sie daran zu erinnern, dass sie nach einer verrückten Popsängerin hieß, die auf dem absteigenden Ast war. Beim Reiten im Sonnenschein, den Pferdegeruch in der Nase und den rätselhaften Lord Swann an der Seite, hatten sich auch noch seine verbliebenen Sorgen und Befürchtungen rasch verflüchtigt, und sein akribischer Verstand hatte sich wieder seiner gewohnten Beschäftigung zugewandt, die dem Umbau des Hauses und der Modernisierung der elektrischen Installationen galt. Sein sorgfältig geplantes Wochenende, das beinahe zu einem kompletten Fiasko geworden wäre, neigte sich nun endgültig dem Ende zu, und er freute sich offen gestanden darauf, diesen unkontrollierbaren Haufen von Gästen loszuwerden, die ihn unablässig mit dummen Fragen belästigten. Sie widerten ihn an. Sie brachten alle ihre vorgefassten Urteile mit, die sie wie Leichen mit sich herumtrugen. Warum waren schlichte Neugier und die Freude am Reisen und einfacher Ortsveränderung so selten geworden? Im Grunde war es nur eine Frage der Fantasie. Es genügte, sich vorzustellen, wo man sich befand, anstatt seine nagende Unzufriedenheit und seine Marotten überallhin mitzuschleppen. Aber kaum einer schaffte das. Zum Beispiel Lord Swann. Er war ein absoluter Schmarotzer, wenn auch amüsant auf seine Art, und er war ziemlich in der Welt herumgekommen. Investitionen in Hongkong und so weiter. Aber er hatte ihm nie auch nur eine einzige Frage zu den Berbern gestellt, die für ihn offenbar ausschließlich Teil einer unveränderlichen Kulisse waren. Lebendes Inventar sozusagen. Natürlich äußerte er ihretwegen Bedenken und war wie jedermann heutzutage darauf konditioniert, ihnen zu misstrauen. Doch in Wahrheit war ihm jedes Wort über sie zu viel. Natürlich galten sie als Reservoir des Terrorismus, was sie dann wiederum doch für hitzige Diskussionen interessant machte.

Sie ritten gerade über eine Wiese mit verdorrten, senfgelben Wildblumen, deren Blätter eine silberne Haut überzog, als Swann sagte: »Ich habe Henniger vor längerer Zeit im Club kennengelernt. Er hat damals die Karbunkel meiner Tante behandelt. Ich bin sicher, dass er längst über Karbunkel hinaus ist. Aber ich habe ihn nie sonderlich gemocht. Durchtriebener Typ.«

»Wie meinen Sie das?«

»Er ist nicht wirklich einer von uns. Er hat mit Darcy Karten gespielt und immer gewonnen. Ich kann Leute nicht ausstehen, die immer gewinnen.«

»Ich bin mit ihm zur Schule gegangen, wissen Sie.«

»Tatsächlich? Das muss traumatisch für Sie gewesen sein. Ist er irgendwie auffällig geworden?«

»Er hat eine kleine Schulzeitung mit dem Titel *England ohne die Dunklen* herausgegeben. Das war eine Art Satireblatt, das den herrschenden Rassismus aufs Korn nahm.«

»Dann war er ein Linker?«

»Ich erinnere mich nicht. Ich habe ihn schon damals für einen leichten Schwachkopf gehalten. Daran hat sich nichts geändert. Und wenn ich mir's recht überlege, *ist* er ein Schwachkopf.«

»Viele Leute sagen das auch von mir, Dicky, und ich habe nie einen Hehl daraus gemacht, dass sie damit nicht ganz unrecht haben.«

»Irgendetwas hat mit ihm einfach nicht gestimmt«, sagte Richard nachdenklich. »Ich hatte immer den Verdacht, dass ihn sein Vater geschlagen hat oder so was in der Art. Er hatte diesen Blick, den Blick eines geprügelten Hundes.«

»Ein geprügelter Hund sinnt immer auf Rache. Vielleicht musste er deshalb beim Kartenspielen immer gewinnen.«

»Vielleicht.«

»Ich habe mich gewundert, ihn hier zu sehen, mit diesem Klappergestell von Frau.«

»Sie ist alles andere als ein Klappergestell, alter Mann.«

»Sie ist ganz hübsch, aber nicht mein Typ. Keine Kurven.«

Womit Swann indirekt zu verstehen gab, dass Richard nicht der Mann war, über so etwas ein Urteil abgeben zu können. Sie lachten. Sie waren oben auf dem kleinen Hügel angekommen, auf den Hirten im Sommer ihre Herden trieben, und schauten auf Azna hinab, das sich plötzlich in seiner Gesamtheit dem Blick darbot wie auf einer Militärkarte. Die Restaurierung war schon so weit gediehen, dachte Richard voller Stolz, dass das Dorf jetzt so aussah, wie es in seiner Blütezeit vor hundert Jahren ausgesehen haben könnte. Es war ein persönlicher Triumph, eine Bestätigung, und er hatte das Gefühl, noch nie etwas so Schönes gesehen zu haben. Da er niemals Kinder haben würde, widmete er sich eben diesem Projekt. Es war seine ureigene, persönliche Schöpfung.

Dann, wieder düsterer gestimmt, dachte er daran, was in ihm vorgegangen war, als am Samstagmorgen plötzlich Abdellah vor dem Tor gestanden hatte. Ohne Vorwarnung hatte die Wüste ihre Rechte geltend gemacht. Es war, als könnten diese Männer jederzeit einfach vorbeikommen und an die Tür klopfen, wenn ihnen danach war. Sie konnten einen erpressen und terrorisieren, wann immer es ihnen beliebte. Und wegen Davids unverzeihlichem Fehler wussten sie jetzt, wo er wohnte.

»Reisen Sie nachher ab?«, fragte er Lord Swann in beiläufigem Ton, als sie zurücktrabten.

»Ich fahre mit der Kleinen nach Tinerhir ins Hôtel du Sud oder wie das heißt. Sie möchte ein bisschen Wüste schnuppern. Ich selbst würde lieber in Malaga ins Casino.«

»Man ist immer so erschöpft nach diesen Wochenenden.«

Swann nickte reumütig. Er selbst würde nie solche Partys organisieren, außer um eine Orgie zu veranstalten. Doch die Zeit der Orgien schien leider vorbei.

»Ist der junge Araber glücklich unter der Erde?«, fragte er Richard fröhlich, als sie in den Weg oberhalb des Tors einbogen, wo die Palmen noch nicht krank waren.

»Ich nehme es an. So werden die Dinge hier gehandhabt. Alles wird unter den Teppich gekehrt. Letztlich will niemand Ärger. Ich gehe davon aus, dass unser bedauerlicher englischer Freund sie großzügig geschmiert hat.«

Swann grinste spöttisch. »Richtig so. Dieses Arschloch. Wozu hat ein Auto Bremsen?«

»Das habe ich mich auch von Anfang an gefragt.«

»Wie viel er wohl bezahlt hat?«

»So etwas fragt ein Gentleman nicht.«

David und Jo lagen den ganzen Nachmittag am Pool. Zikaden zirpten in den Mauern, und David schlief, aber seine Alpträume hielten sich in Grenzen. Er sah sich in der Turbine einer riesigen Boeing, ausgestattet mit einer Zahnbürste, mit der er die Propeller putzte. Manchmal brachten ihn solche Alpträume im Schlaf zum Lachen, so auch diesmal. »Geschreddert«, sagte er laut, als das Laufrad der Turbine zu rotieren begann und die Zwerge darin zerquetschte. Jo lächelte. Im Haupthof des Ksars versammelten sich die Fahrzeuge zum Aufbruch – die Mercedes-Cabrios und die Land Rovers mit drei Reservereifen, die gemieteten Peugeots 605 vom Flughafen in Casablanca und die Alfa Spiders mit spanischen Kennzeichen.

Angestellte wuselten umher, schleppten Gepäckstücke und von den Gastgebern gespendete Picknickkörbe für unterwegs, während die Gäste letzte Fotos machten, E-Mail-Adressen und Telefonnummern austauschten und dann in übertriebener Lautstärke voneinander Abschied nahmen. Das Ganze schien sie nichts anzugehen, dachte Jo. Und tatsächlich kam auch niemand zum Pool, um sich von ihnen zu verabschieden. Die Hennigers waren anscheinend Parias, auch wenn sie keiner von den Gästen bewusst ausgeschlossen hatte. Man verschwendete einfach keine Gedanken an sie. Der bittere Nachgeschmack, den der Unfall hinterlassen hatte, musste so schnell wie möglich getilgt werden, und nun hatten es die Leute eilig, von hier wegzukommen und in die Europäische Union zurückzukehren.

»Wir sehen uns dann in Azrou zum Abendessen. Im Hotel Panorama?«

»Nein, im Hotel Amros. Wir werden Forelle bestellen.«

Auf diese Weise wurden Treffen an der Strecke nach Casablanca verabredet, und während ein Wagen nach dem anderen vom Grundstück rollte, standen Richard und Dally am Tor im Schatten und verteilten Blumengirlanden, die sie in einigen Fällen mit Kusshand auf die Beifahrersitze der Cabrios fallen ließen. Kommt nächstes Jahr wieder!

Unterdessen lag Jo still da und wartete auf Kolibris, die nicht kamen. Ihr Blick war auf die fernen Berge gerichtet, die immer mehr verblassten, je weiter der Tag fortschritt. Eine leicht hysterische Panik regte sich in ihr. Sie hatte Day seit dem frühen Morgen nicht mehr gesehen. Er war in der Menge untergetaucht, da er von Davids Kommen wusste. Vermutlich wollte er ihr einen peinlichen Moment ersparen. Das war rücksichtsvoll von ihm, aber damit blieb alles, was letzte Nacht geschehen war, in der Schwebe. Sie spürte seine Gegenwart noch in sich wie etwas Warmes und Klebriges, und sie begriff, dass dieses Gefühl erst mit der Zeit nachlassen würde und dass sie Geduld haben musste. Aber das war nicht leicht. Zum Glück würden David und sie die heutige Nacht auf der Straße und nicht in einem gemeinsamen Hotelbett verbringen. Aber was die weitere Zukunft anging, so würde sie ihren Fehltritt nicht einfach damit entschuldigen können, dass sie Kokain geschnupft hatte. Andererseits: Wer beging nicht mindestens einmal im Leben einen solchen Fehler? Das war eine fadenscheinige Ausrede, aber sie konnte damit leben. Sie stand auf, um schwimmen zu gehen.

Nach drei Uhr wirkte das Haus wie verlassen. Die meisten Gäste der Wochenendparty waren inzwischen abgereist, da sie nicht bei Dunkelheit fahren wollten. Dagegen wollten sie und David unbedingt in der Nacht fahren. Sie wussten selbst nicht, warum. Vielleicht um unentdeckt zu bleiben, so unbemerkt wie Diebe.

Sie schwamm im Bruststil durch den dunkelblauen Pool. Als sie eine Pause einlegte, vernahm sie im Tal Hundegebell, das in der Ferne widerhallte. Der Schuss eines Jagdgewehrs ertönte, und ein Koch brüllte auf der Wiese hinter der Südmauer. Etwas später, als sie sich trocknen ließ, beugte sie sich über den schlafenden David. Sein Gesicht war blass und maskenhaft, und sein Kinn zuckte, weil ihn wahrscheinlich wieder einer seiner schlechten Träume plagte – nach deren Inhalt sie ihn übrigens nie fragte. In diesem sonnenüberfluteten, paradiesischen Winkel, in dem üppig blühende Helikonien und Geißblatt gediehen, war dieses Gesicht für sie wie ein Fenster in eine unterirdische Welt, die ihr verschlossen war und der es, wie sie wusste, an Schönheit mangelte. Ein schlafendes Gesicht kann so furchteinflößend sein wie eine Treppe, die von einer Falltür nach unten führt und dann verschwindet wie ein Seil, das man in einen Brunnen wirft. Sie fragte sich, ob sie in einigen Jahren, etwa bei einem heftigen Streit, David ins Gesicht sagen könnte, was geschehen war. Doch er hatte sie zur Lüge gezwungen, und damit waren sie irgendwie quitt. Sie fuhr mit der Hand über seine Augen, als wäre er tot, als schließe sie Lider, die bereits geschlossen waren.

Die Wüstennacht zog herauf und mit ihr ein schwacher, salziger Geruch. Sie stützte sich auf die Ellbogen, das Herz voll Hass und düsteren Vorahnungen. Welchen Weg sollte sie einschlagen? Vor sich sah sie nur Verwirrung und beängstigende Befreiung. Wenn sie doch nur jetzt, in diesem Moment, alles für die nächsten zehn Jahre anhalten könnte. Sie lauschte den Vögeln, die sich auf den grasbewachsenen Dachvorsprüngen niederließen, ein Schwarm von kalten Kreaturen, die sich in der Dämmerung sammelten – Dinosaurier mit roten Augen.

»Ich wundere mich, dass ihr nicht noch eine Nacht hierbleiben wollt«, sagte Richard am frühen Abend beim Essen auf der Terrasse, wo sie auf Seidenkissen lagen, während über ihnen Stare aufgeregt durch die schwüle Abendluft flatterten. Hamid servierte ihnen eine Zitronen-

Tajine und ein Couscous mit gedünsteten Pflaumen, mit Zimt und Zuckerstreifen garniert, die vor ihren Augen schmolzen. »Es wäre doch viel vernünftiger, ihr fahrt morgen in aller Frühe los, dann seid ihr am frühen Nachmittag in Azrou und könnt euch dort ausruhen. Ich hätte gedacht, dass ihr nach den schlechten Erfahrungen, die ihr bei der Herfahrt auf den dunkeln Straßen ...«

»Ich weiß, was du sagen willst«, unterbrach ihn David schroff, »aber wir haben es uns gründlich überlegt und wollen so schnell wie möglich zurück. Das kannst du doch sicher verstehen.«

»Natürlich. Nach allem, was ihr durchgemacht habt. Ich möchte nur nicht, dass ihr nochmal in einen Unfall verwickelt werdet!«

»Ach, der Blitz schlägt nie zweimal an derselben Stelle ein«, erwiderte Jo nervös, unsicher, ob das überhaupt stimmte.

»Es ist eure Entscheidung. Aber es würde mich freuen, wenn ihr noch eine Nacht bleibt und zu einer normalen Zeit losfahrt.«

»Ich habe den ganzen Nachmittag am Pool geschlafen«, entgegnete David. »Ich fühle mich topfit. Ich denke, wir werden die Nacht durchfahren, in einem Rutsch bis nach Tanger.«

»Das kann man natürlich machen. Wir werden euch eine bessere Karte mitgeben. Aber ihr könntet vielleicht ein oder zwei Nächte in Tanger bleiben und etwas ausspannen. Dort gibt es mittlerweile ein paar zauberhafte kleine Hotels. Ihr müsst nicht im Angleterre absteigen.«

David schüttelte den Kopf. Er hatte nichts über Taallalt erzählt, und niemand hatte ihn danach gefragt. Und jetzt hatte er nicht die Absicht, einfach zur Tagesordnung überzugehen und dies oder jenes zu tun, nur weil Richard es so wollte. Er wollte einfach nur nach England zurück. Er würde erst entspannen, wenn er in Malaga im Flieger saß.

»Das ganze Land kommt mir jetzt verhext vor«, sagte er.

»Das ist es mit Sicherheit nicht«, erwiderte Dally und sah ihn kühl an.

»Für euch vielleicht nicht. Für mich aber schon. Für Jo und mich. So etwas ist uns noch nie passiert.« Seine Hand zitterte.

»Ja, ich verstehe«, murmelte Richard. »Ich kann verstehen, warum ihr so schnell wie möglich fort wollt. Auf jeden Fall ist euer Wagen schon beladen. Auf dem Rücksitz steht ein Picknickkorb. In der Flasche ist alkoholfreier Cidre.«

Das war eine gemeine Spitze, und Richard bereute sie schon in der nächsten Sekunde. Doch andererseits sprach er nur offen aus, was er dachte. Marokko war keineswegs verhext, David war nur ein unverbesserlicher Trinker.

»Na jedenfalls«, sagte Jo in versöhnlichem Ton, »ist alles glimpflich verlaufen. Nicht für den Jungen, ich weiß. Aber für alle anderen. Es hätte viel schlimmer kommen können.«

Allerdings, dachte Richard trocken.

»Haben die da draußen eigentlich interessante Teppiche?«, fragte Dally, unvermittelt das Thema wechselnd. »Ich habe nie welche von so weit draußen gesehen.«

»Darauf habe ich weniger geachtet.«

Was waren die beiden nur für versnobte Schwuchteln, dachte David verärgert. Woher zum Teufel sollte er wissen, was sie dort für Teppiche hatten?

»Ich finde nicht, dass das Land verhext ist«, sagte Jo ruhig. »Es war schlicht und einfach ein Unglück. Und Verkehrsunfälle passieren ständig.«

»Das ist unbestreitbar.«

Richard sah sie nachdenklich an und bemerkte die tabakfarbenen Nuancen in ihren traurigen Augen. Hätte sie doch nur nicht David geheiratet. Hätte sie doch nur nicht … Der Kerl verströmte eine unsägliche Düsternis.

»Übrigens …« Sie hob rasch den Kopf. »Habt ihr Day gesehen, bevor er abgefahren ist?«

Richard und Dally sahen einander überrascht an.

»Äh … nein«, stieß Dally hervor. »Wir haben überhaupt nicht mitbekommen, wie er aufgebrochen ist. Wie hat er das bloß angestellt, Dick?«

»Der Typ ist unberechenbar. Keine Ahnung. Ich sehe ihn einmal im Jahr und bin eigentlich nie schlau aus ihm geworden.«

»Wer ist dieser Day?«, fragte David gereizt.

»Ein Amerikaner, der immer zu unseren Partys kommt.«

Richard und Dally tauschten ein amüsiertes, wissendes Lächeln, und Jo verkniff sich die Fragen, die sie noch stellen wollte. Auch gut. Sie hatte jetzt andere Sorgen. David war wieder voll da. Er hatte seine Angriffslust wiederentdeckt, und nun konnte man gespannt sein, was er damit anfangen würde. Er fühlte sich gedemütigt und sann auf Rache, konnte dieses Bedürfnis aber nicht stillen. Er warf einen giftigen Blick auf Hamid, der vor dem sich verdunkelnden Himmel am Geländer stand. Dieser undurchschaubare Mensch gab sich so reserviert wie immer. Doch ein- oder zweimal glaubte Jo, Mitleid in seinen Augen aufblitzen zu sehen, wenn ihre Blicke sich begegneten. Ja, alle hatten Mitleid mit ihr, aber keiner konnte etwas für sie tun. Hamid begriff das. Und er begriff auch, dass das Zittern von Davids Hand jene Abhängigkeit verriet, unter der so viele Ungläubige litten. Armselige Kerle waren sie. Das Einzige, was sie ihm voraus hatten, war Geld. Sie wandte den Blick von ihm ab. Ein leichter Wind kam auf und ließ seine Dschellaba flattern. Er trat einen Schritt vor.

»Madame, Monsieur, wünschen Sie Tee, bevor Sie aufbrechen?«

Sie erschauderte und gab keine Antwort. David schüttelte den Kopf, und ihre Gastgeber konnten es kaum erwarten, dass sie endlich fuhren.

Als das Personal und die beiden eleganten Gastgeber sie zum Wagen begleiteten, gingen die ersten Sterne auf, und die Hänge traten als schwarze Silhouetten mit scharf umrissenen Konturen aus dem vagen Dunkel hervor. Die Luft war frisch. Hamid öffnete das Tor und postierte sich mit einer Blechlaterne dahinter.

»Schickt uns eine Nachricht, wenn ihr angekommen seid«, sagte Richard, ans Fenster der Fahrertür gelehnt. »Wir machen uns immer Sorgen, solange wir nicht wissen, dass die Leute wohlbehalten zu Hause eingetroffen sind. Komischerweise fühlen wir uns für sie verantwortlich.«

Man tauschte Küsse, drückte sich die Hände, sagte, was Menschen so sagen, wenn sie sich nicht eingestehen wollen, dass sie einander womöglich nie wiedersehen. Nach einer Minute war es vorbei.

Hamid wünschte ihnen auf Arabisch viel Glück und winkte sie durch. Mit aufheulendem Motor fuhr der Wagen los, ein wenig aggressiv, wie Richard fand. Typisch David. Er war wütend, weil er in gewisser Weise den Kürzeren gezogen hatte.

Das Tor fiel zu, und Dally schenkte Richard in der Bibliothek einen alten Lagavulin ein. Sie entzündeten ein Feuer, aßen ein paar Törtchen mit Dörrobstfüllung und tranken schweigend, während der Wind um die zart bemalten Fenster heulte.

»Was für ein grässliches Wochenende«, sagte Dally nach einer Weile, seufzte und legte die Füße auf ein Ledersitzkissen. »Wir können von Glück sagen, dass wir das überlebt haben. Hast du mit dieser Französin gesprochen? Unglaublich, dass es solche Menschen gibt.«

»Ich habe Hamid gesagt, dass er die Außentore abschließen soll«, sagte Richard in einem seltsam abwesenden, aber herrischen Ton. Dally stutzte. Aber Richard setzte sein Glas an die Lippen und trank genüsslich den salzigen Nektar mit seiner torfig-rauchigen Note, dann lehnte er sich zurück und lauschte dem Wind. Das war recht unterhaltsam nach drei Tagen ununterbrochener Sinnlosigkeit.

Er sann über die Rätsel nach, die sich ihm im Verlauf des Wochenendes gestellt hatten, über die unüberwindbaren charakterlichen Unverträglichkeiten, aber seine Gedanken kehrten immer wieder zu den durchdringenden, unerbittlichen Augen Abdellahs zurück. Irgendetwas stimmte mit ihnen nicht. Wenn man in diese Augen sah, erwiesen sie einem nicht den Gefallen, den Blick zu erwidern. Es waren stolze Augen, voller Leben, ja sogar Munterkeit, aber sie sahen dich nicht an.

David fuhr auf der Straße nach Tafnet etwas zu schnell, bis ihm Jo die Hand auf den Arm legte und mehr oder weniger befahl, nicht so zu rasen.

»So kommen wir nicht schneller ans Ziel.«

»Je schneller, desto besser.«

Sie schluchzte. Er wusste nicht, was er sagen sollte. Er verspürte nur den heftigen Drang, weiterzukommen, alles hinter sich zu lassen und zu vergessen. Als sie die Hauptstraße erreichten, bog er mit einem scharfen Ruck am Lenkrad nach Norden ab. Er schaltete das Fernlicht an und suchte nach den Reglern des CD-Players.

»Schlag die Karte auf«, befahl er ungeduldig. »Ich schätze, diesmal sind wir schneller am Ziel. Diesmal verfahren wir uns nicht.«

Sie gehorchte, breitete die Straßenkarte über ihre Knie und knipste die Lampe des Handschuhfachs an. Sie prägte sich die Route ein und schaltete die Lampe wieder aus. Im Scheinwerferlicht erschienen dieselben weiß gestrichenen Pfosten und verlassenen Häuser wie Freitagnacht. Sie rasten einen langen, eintönigen Hügel hinauf. Oben war die Stelle, an der sie Driss getötet hatten.

»Ich finde, wir sollten anhalten«, sagte sie leise.

»Was?«

»Ich finde, wir sollten anhalten und ihm die letzte Ehre erweisen.«

Vor drei Tagen hätte er noch »Bist du übergeschnappt?« erwidert. Aber jetzt war er ihrer Meinung. Sie sollten tatsächlich anhalten und ihm die letzte Ehre erweisen. Er nahm also sachte den Fuß vom Gas und fuhr etwas langsamer.

Sie empfand tiefe Erleichterung. Vielleicht hatte er sich ja doch verändert, vielleicht sogar für immer. Die Unfallstelle kam in Sicht. Sie war mit einem zwischen zwei Plastikpfosten gespannten Polizeiband markiert. Rechts von der Straße erhob sich ein steiniger Hang, den sie bei der Herfahrt nicht bemerkt hatten. Er war mit Kakteen übersät, und von oben stürmte ein Mann herab, der einen rot-weißen Chech um den Kopf gewickelt hatte. Dieser Mann, der ganz plötzlich aufgetaucht war und wie ein Wahnsinniger rannte, hatte genau den richtigen Moment abgepasst, sodass er noch vor ihnen die Hügelkuppe erreichte, hinter der die Straße wieder abfiel. Er stellte sich mitten auf die Fahrbahn und hob eine Hand, die einen kleinen Trilobiten hielt, eine Psychopyge. Er schrie »*Anhalten!*«, und David trat heftig auf die Bremse.

Ein unheilvolles Zittern lief durch das Wüstengras, das die bröckeligen Ränder der Straße säumte. Ismael hatte fast den ganzen Tag allein auf diesem steinigen Hügel gesessen. Von einem Mantel, den er über drei Stöcke gespannt hatte, vor der Sonne geschützt, hatte er gegrübelt und nach Autos Ausschau gehalten. Am Nachmittag fuhren viele Gäste aus Azna in ihren noblen Karossen vorbei, und er musste jedes Mal den Hang hinunterrennen, um festzustellen, ob es die beiden Ungläubigen waren, die er suchte. Das war auf die Dauer ermüdend. Nach Einbruch der Nacht wurde es leichter. Auf der Straße herrschte kaum noch Verkehr. Er saß zitternd da, in der Hand den alten, schweren Revolver, den ihm Abdellah mit schaurig feierlicher Miene gegeben hatte. Im Kopf ging er noch einmal die Ereignisse von Freitagnacht durch, über die er beharrlich geschwiegen hatte.

Driss und er hatten an derselben Stelle gewartet. Sie waren von Erfoud aus mit dem Elvis und einigen anderen Fossilien per Anhalter hergefahren und hatten sich am Fuß des Hügels von dem Betonlaster absetzen lassen. In der Wüste sprachen sich Neuigkeiten schnell herum, daher wussten alle von der Party der beiden Schwulen in Azna. Driss war schlechtgelaunt, weil er sich mit seinem Vater gestritten hatte.

»Wir halten den ersten Wagen an, der vorbeikommt«, hatte er zu Ismael gesagt, als sie sich auf dem Hügel versteckten. »Die haben die Taschen voller Geld. Und sie sind Weicheier – sie werden keinen Widerstand leisten.«

»Und wenn doch?«, fragte Ismael.

Driss machte eine verächtliche Handbewegung. »Was für eine dämliche Frage. Bist du ein Mädchen? Das sind Ungläubige. Die können dir doch scheißegal sein.«

»Sie halten immer an, diese Blödmänner«, erklärte Driss später, als sie Sardinen aus einer Dose aßen. »Du darfst nicht feige sein, Ismael. Du musst handeln.«

»Habe ich dir doch versprochen«, gab Ismael zurück. »Oder glaubst du etwa, ich habe Schiss?«

»Du hast immer Schiss.«

»Das ist nicht wahr. Ich habe keinen Schiss. Ich bin nur aufgeregt.«

»Aufgeregt?« Driss lachte verächtlich.

»Hinterher wird die Polizei uns suchen. Hast du daran schon mal gedacht?«

»Was kümmert mich das?«

Sie saßen neben der Straße und warteten. Eine Windböe wirbelte den dunklen Sand und Staub auf, und Driss bedeckte sich das Gesicht.

»Natürlich habe ich daran gedacht«, hatte Ismael dann gemurmelt. »Aber morgen früh sind wir sowieso schon in der Stadt.«

Jetzt sah er das Gesicht seines Freundes wieder vor sich. Wenn er sich vorstellte, dass dieser großartige Krieger am Freitagabend noch gelebt hatte.

»Dann überlasse ich dir das Schießen«, hatte Driss noch gesagt. »Das wird deine Initiation sein.«

»Von mir aus.«

Jetzt ging Ismael mit sicherem Schritt und ohne das geringste Zögern auf den Wagen der Hennigers zu, in der linken Hand eine kleine Psychogype und in der rechten den Revolver, der mit sechs Patronen geladen war. Er sah, wie die Frau mit fragender, freundlicher Miene das Fenster herunterließ. Gleichzeitig nahm der Mann die Hände vom Lenkrad und stellte den Motor ab. Das war der Beweis, dass Driss die falsche Strategie gewählt hatte. Menschen waren im Allgemeinen vertrauensselig, besonders Ungläubige. Er ging einfach auf sie zu und rief »*Salaam aleikum*«. Erstaunt sahen sie ihn an, als wollten sie ihn um Verzeihung bitten, nachdem sie ihn plötzlich erkannt hatten. Sie begriffen nicht, dass es nicht in seiner Macht stand, ihnen zu verzeihen.

»Wenn sie wüssten«, dachte er traurig. Die Frau lehnte sich aus dem Fenster, damit sie ihn besser sehen konnte. Er durchquerte den Lichtkegel der Scheinwerfer und näherte sich ihr im Dunkeln. Dabei ließ er das Fossil fallen und hob mühelos den Revolver. Aus dem Wagen drang kein Laut, während er ums Heck herumhuschte und bei dem Mann anlangte, als der gerade die Tür öffnete. Davids Augen drückten keine Angst aus, nur verhaltene Neugier und Verwunderung. Ismael lächelte ihn mit einer Grausamkeit an, die aus tiefstem Herzen kam, denn er musste wieder daran denken, wie der Engländer ein kleines Loch gebuddelt und Driss' Ausweis darin vergraben hatte, was typisch für einen *gaouri* war.

David verstand plötzlich und war auch nicht überrascht. Er hatte ohnehin die ganze Zeit das Gefühl gehabt, dass er nichts tun konnte. Von wegen Freiheit des Handelns. Was für eine absurde Idee. Er hatte nie verstanden, warum ihm nicht vergeben worden war, weil er sich selbst vergeben hatte. So richtete er den Blick seiner müden, von Groll erfüllten Augen auf Ismael, und dann lief alles wie in Zeitlupe ab, was es erträglicher machte. Er war wieder in dem Alptraum mit der Turbine, den er am Nachmittag gehabt hatte. Er hob die Hand, um noch etwas zu sagen, doch es war zu spät. Seine Lippen konnten die Worte nicht mehr formen, und so musste er sie Ismael mit den Augen übermitteln, gewissermaßen per Telepathie. In diesem kurzen Augenblick der Reue tat es ihm leid. Eigentlich bedurfte es nicht vieler Worte, und doch war er letztlich nicht imstande gewesen, sie auszusprechen. Er schloss die Augen und ließ sich von der Turbine zermalmen.

DANK

Mein tief empfundener Dank gilt Caroline Dawnay für ihre intelligenten Ratschläge und die Hingabe, mit der sie mich bei der Arbeit an diesem Buch unterstützt hat, sowie Emma Parry, die es mit auf den Weg gebracht hat.

LESEN SIE WEITER ...

Mario Desiati   Spatriati   *Roman*

Heimat schmeckt nach Borretschblüten: ein wundersam poetischer Roman über eine unverbrüchliche Freundschaft und eine Generation von Unbehausten, Grenzgängern und Liebesuchenden – nicht nur in Italien.

Aus dem Italienischen von Martin Hallmannsecker
Quart*buch*. Gebunden mit Schutzumschlag. 256 Seiten

Giulia Caminito   Das große A   *Roman*

Caffè in der Wüste: In ihrem Debüt erzählt Giulia Caminito vom italienischen Leben in Eritrea, von kolonialen Träumen und Alpträumen – und von einer jungen Frau, die sich ihre Freiheit erkämpft. Ein historischer Roman von herber Schönheit.

Aus dem Italienischen von Barbara Kleiner
Quart*buch*. Gebunden mit Schutzumschlag. 272 Seiten

Tony Burgess   Idaho Winter   *Roman*

Begleiten Sie Idaho Winter auf seinem unvergleichlichen Trip durch die Mühsal des Alltags und der ausufernden Befreiung daraus! Sie werden um Ihren Nachtschlaf gebracht, denn seien Sie versichert: So etwas haben Sie mit tausendprozentiger Wahrscheinlichkeit noch nie gelesen ...

Aus dem kanadischen Englisch von Hans-Christian Oeser
Quart*buch*. Klappenbroschur. 144 Seiten

Finn Job   Damenschach   *Roman*

Zertrampelte Rosen, zerschmetterte Vasen, eine Puppe im Pool. Fünf erhitzte Figuren feiern Geburtstag – mitten im Wald. Sie essen zu wenig, trinken zu viel, verheddern sich gesprächsweise. Und bei Tagesanbruch vermag niemand zu sagen, ob sie sich retten werden...

Quart*buch*. Gebunden mit Schutzumschlag. 176 Seiten

Milena Michiko Flašar   Ich nannte ihn Krawatte   *Roman*

Ist es Zufall oder eine Entscheidung? Auf einer Parkbank begegnen sich zwei Menschen. Der eine alt, der andere jung, zwei aus dem Rahmen Gefallene. Nach und nach erzählen sie einander ihr Leben und setzen behutsam wieder einen Fuß auf die Erde.

WAT 829. Broschiert. 144 Seiten

Marco Missiroli   Alles haben   *Roman*

Letzte Runde: Marco Missiroli erzählt von einem ambivalenten Vater-Sohn-Verhältnis, dem Abschied von den Eltern, einem Leben im Konjunktiv – und von der Lust, alles aufs Spiel zu setzen. Ein Roman von großer Ruhe und Klarheit.

Aus dem Italienischen von Esther Hansen
Quart*buch*. Klappenbroschur. 176 Seiten

Marvel Moreno   Im Dezember der Wind   *Roman*

In jedem Satz steckt eine ganze Welt. Marvel Morenos karibische Saga um vier Freundinnen: ein ausschweifender, heftiger, überlebensgroßer Roman – und die lange überfällige Entdeckung einer faszinierenden Erzählerin.

Aus dem kolumbianischen Spanisch von Rike Bolte
Quart*buch*. Gebunden mit Schutzumschlag. 432 Seiten

Katharina Mevissen   Mutters Stimmbruch   *Roman*

Mutter ist schon lange kinderlos und hat nun auch noch ihre Stimme verloren. Sie muss sich gänzlich neu erfinden, um wieder stark und laut zu werden. Ein poetischer, kompromissloser Roman über das Älterwerden, einen späten Aufbruch und eine bleibende Sehnsucht.

Quart*buch*. Klappenbroschur. 112 Seiten mit 7 Monotypien von Katharina Greeven

LITERATUR BEI WAGENBACH

Elsa Morante   La Storia   *Roman*

Ein Meisterwerk der italienischen Literatur – endlich neu übersetzt. Mit beinahe kindlicher Wahrhaftigkeit und zarter Wärme erzählt Elsa Morante die Geschichte von Ida und ihren beiden sehr unterschiedlichen Söhnen im faschistischen Rom: ein unvergesslicher, zauberhafter Roman.

Neu übersetzt aus dem Italienischen von Maja Pflug und Klaudia Ruschkowski
Quart*buch*. Gebunden mit Schutzumschlag. Lesebändchen. 768 Seiten

Carlos Fonseca   Austral   *Roman*

Nach Süden, nach Süden! In eleganten Verschlingungen erzählt »Austral« von Geschichte und Gegenwart Lateinamerikas – und von den Europäern, die hier den Kontinent ihrer Theorien und Träume, ihrer Delirien und Irrwege entdeckten.

Aus dem Spanischen von Sabine Giersberg
Quart*buch*. Klappenbroschur. 192 Seiten mit Abbildungen

Michela Murgia   Drei Schalen   *Roman*

Wie gehen Menschen mit einer grundstürzenden existentiellen Veränderung um? Das neue, letzte Buch der großen italienischen Schriftstellerin Michela Murgia erzählt davon: unverblümt und trostreich, kompromisslos und voll ermutigender Lebensklugheit.

Aus dem Italienischen von Esther Hansen
Quart*buch*. Gebunden mit Schutzumschlag. 160 Seiten

Wenn Sie mehr über den Verlag und seine Bücher wissen möchten, schreiben Sie uns eine Postkarte oder elektronische Nachricht (mit Anschrift und E-Mail). Wir informieren Sie dann regelmäßig über unser Programm und unsere Veranstaltungen.

Verlag Klaus Wagenbach   Emser Straße 40/41   10719 Berlin
www.wagenbach.de   vertrieb@wagenbach.de